Mary Beth Keane
Sieben Tag einer Ehe

Das Buch
Malcolm und Jess sind schon lange verheiratet. Als sich ihr Kinderwunsch auch nach Jahren nicht erfüllt, stellt das ihre Beziehung auf eine harte Probe. Sie beginnen, sich anderen Projekten zu widmen, und merken erst spät, dass sie sich so immer weiter voneinander entfernen. Als ein schwerer Schneesturm Gillam erschüttert, wird die darauf folgende Isolation zum Brennglas für die verdrängten Probleme in ihrer Ehe: Was passiert, wenn ein Paar unterschiedliche Träume hat? Wer gibt wem Halt, wenn diese Träume platzen? Und was heißt es wirklich, sich füreinander entschieden zu haben?

Die Autorin
Mary Beth Keane machte ihren Master of Fine Arts an der University of Virginia und schrieb mit dem Roman *Wenn du mich heute wieder fragen würdest* einen internationalen Bestseller, der auch in Deutschland ein großer Erfolg war und derzeit als TV-Serie verfilmt wird. Nach ihrem Debütroman *Mit dir bis ans andere Ende der Welt* ist *Sieben Tage einer Ehe* ihr dritter Roman auf Deutsch. Mary Beth Keane lebt mit ihrem Mann und den gemeinsamen zwei Söhnen in der Nähe von New York.

MARY BETH KEANE

Sieben Tage einer Ehe

ROMAN

Aus dem amerikanischen Englisch
von Heike Reissig

EISELE

Die Arbeit der Übersetzerin an diesem Werk
wurde vom Deutschen Übersetzerfonds gefördert.

Besuchen Sie uns im Internet:
www.eisele-verlag.de

Das Motto auf Seite 7 stammt aus Louis Erdrich, *Liebeszauber*.
Aus dem Amerikanischen von Helga Pfetsch,
Berlin: Aufbau Taschenbuch 2019.
© Aufbau Verlage GmbH & Co. KG, Berlin 2019

Die Originalausgabe »The Half Moon«
erschien 2023 bei Scribner, New York.

Taschenbuchausgabe
1. Auflage Mai 2025

© 2023 Mary Beth Keane
© 2024 der deutschsprachigen Ausgabe
Julia Eisele Verlags GmbH
Lilienstraße 73, 81669 München
Bei Fragen zur Produktsicherheit wenden Sie sich bitte an
info@eisele-verlag.de
© Umschlaggestaltung: FAVORITBUERO, München
© Umschlagmotiv: Marcel / Stocksy
Alle Rechte vorbehalten
Gesetzt aus der Dante MT
Satz: Red Cape Production, Berlin
Druck und Bindearbeiten: CPI books GmbH, Leck
ISBN 978-3-96161-257-4

*Für meine ersten Lieben,
Annette und Catherine*

Richtig und falsch waren Bedeutungsnuancen,
nicht zwei Seiten einer Medaille.
Louise Erdrich, »Liebeszauber«

1

MALCOLM GEPHARDT konnte schon von weitem erkennen, dass in der Bar viel los war, selbst durch die schmutzige Windschutzscheibe seines Hondas. Es war ein nasskalter Abend, die Bürgersteige im Stadtzentrum waren seit Tagen mit schmutzigem Schnee übersät, der nicht schmelzen wollte. Die meisten Läden hatten die Wetterwarnung ernst genommen und wegen des aufziehenden Sturms geschlossen, aber als Malcolm sich der Ampel näherte und seinen eigenen Laden in dem braun geschindelten Gebäude am Fuße des Hügels erblickte, wurde ihm warm ums Herz.

»Schau sich das einer an«, sagte er zu seinem leeren Wagen. An diesem Abend wirkte der Laden anders als sonst, er strahlte eine mitreißende Energie aus; jenes einzigartige glückselige Chaos, das es nur in einer überfüllten Bar gab, wo gute Musik lief, Freunde einander in die Arme fielen und sich überall Behaglichkeit breitmachte, egal wie eiskalt es draußen war. Er versuchte, die Bar mit den Augen eines Fremden zu sehen. *Seine* Bar. Wirkte sie einladend? Bildete er sich das bloß ein oder brachte das Licht, das auf die Straße fiel, die gesamte Fassade zum Leuchten? Ja, entschied er, als er geschmeidig auf seinen Parkplatz scherte, und zum ersten Mal seit Wochen wallten Hoffnung und Vertrauen in ihm auf: in sich selbst, seine Stadt, diese Menschen, das Leben, das Schicksal und die eigene innere Stimme. Es ist eine gute Stadt, eine gute Bar, es geht mir prima, sagte er sich im Stillen, wie ein Gebet. *Half Moon,* Halbmond, stand auf dem alten Holzschild über der Tür. Verziert war es allerdings mit einem geschnitzten Viertelmond (ein Fehler, auf den die Leute gern hinwiesen), der im Laufe der Jahre schwarz und schimmlig geworden war; Malcolm hatte ihn, als der Deal durch war, gleich am nächsten Tag geschrubbt und strahlend weiß überstrichen.

Heute Abend standen zwei Frauen draußen und rauchten; eine dritte leistete ihnen bibbernd Gesellschaft. Ein positives Zeichen. Allerdings bedeutete es, dass er nun nicht zum Hintereingang gehen konnte, weil sie ihn bereits entdeckt hatten und ihm zunickten. Also blieb ihm nichts anderes übrig, als auf sie zuzugehen und das Übliche zu sagen: Na wie geht's, alles klar bei euch, gut seht ihr aus, es soll noch mehr Schnee geben, was für ein Winter, übers Wochenende kommt hier wohl keiner weg, hoffentlich gibt's keinen Stromausfall, was täten wir ohne Fernseher, ha ha ha. Er musste den Frauen zur Begrüßung die Wange küssen, und wenn sie ihn mit besorgter Miene fragten, ob es ihm gut ging, musste er fröhlich tun, als hätte er keine Ahnung, worauf sie anspielten, und wenn sie ihn kurz darauf abermals fragten, musste er sich mit dem Verstellen noch etwas mehr Mühe geben.

All das fiel ihm wesentlich schwerer ohne einen breiten Tresen vor sich, der die Leute auf Abstand hielt. Jedenfalls fiel es ihm schwerer als früher. Aber warum? Wahrscheinlich, weil er geglaubt hatte, sich selbst zu kennen. Weil er geglaubt hatte, Jess zu kennen. Er klammerte sich an das gute Gefühl von vorhin. Mach weiter, befahl er sich, du stehst den Abend schon irgendwie durch, denk einfach nicht an den nächsten. Neuerdings kam er öfter auf Ideen. Als er in der Woche zuvor auf der Wappinger an der Ampel stand, der Sonnenuntergang ein lila Bluterguss über dem Tallman Mountain, der breite Hudson dahinter verborgen, dachte er: Ich könnte doch weiterfahren. Ich könnte nach rechts abbiegen, Richtung Mexiko. Oder nach links, Richtung Kanada. Ich bräuchte nur regelmäßig zu tanken. Er sah gut aus, war charmant, man mochte ihn auf Anhieb. Eine Tatsache, die ihm schon sein Leben lang bewusst war und ihm sicher helfen würde, wenn er in irgendeinem Dorf in Quebec auftauchen und nach Arbeit suchen würde. Er überlegte, wie viel Geld im Safe lag und wie viel Spielraum noch auf den Kreditkarten blieb. Er dachte an sein Haus und überlegte, an welchen Gegenständen sein Herz hing, aber was davon war ihm wirklich wichtig? Die Kaffeekanne? Der Ledersessel? Dann wurde die Ampel grün, der Gedanke verflog wieder, und als er an der Bar ankam, hatte er das seltsame Gefühl, als läge ihm etwas Wichtiges auf der Zunge, das ihm partout nicht einfallen wollte.

Während er sich draußen mit den Leuten unterhielt, gestattete er sich die Hoffnung, dass vielleicht zwanzig Gäste drinnen waren. Zwanzig wären ein anständiger Abend, dann konnte er zufrieden sein, es wäre vermessen, sich gleich vierzig zu wünschen. Durchs Fenster schauen wollte er lieber nicht, das brachte nur Pech. Dreißig, wenn's hochkam. Gut möglich, dass es dreißig waren. Ein Schneesturm zog auf, das Gallagher's und das Parlor hatten gar nicht erst aufgemacht. Das Primavera nebenan ließ nach neunzehn Uhr keine Gäste mehr herein. Bei Tia Anna's oder dem neuen Thai-Laden wusste er es nicht genau. Wenn es unvermeidlich war, würde er schließen, aber bis dahin würde er Bier zapfen.

»Er ist da«, hörte er Roddy beim Hereinkommen sagen, und sein Optimismus geriet kurz ins Wanken. Wie immer wehte ein Hauch von Hektik in Roddys Stimme mit, eine Klangfarbe, die Malcolm über den Gesprächslärm hinweg erreichte wie ein Zupfen am Ärmel. Vierzig Gäste. Mindestens. Sein Freund Patrick war da. Siobhán auch, sie wippte sogar mit der Hüfte im Takt zur Musik, die aus der Jukebox kam. Seit Jess gegangen war, riefen seine Freunde ihn viel öfter an und schauten bei ihm vorbei, und ihre Fröhlichkeit rührte ihn, auch wenn sie nur aufgesetzt war; als er letzten Samstag wachwurde, weil Patrick und Toby in seiner Küche lärmend nach Kaffeefiltern suchten, bekam er sogar einen dicken Kloß im Hals. Schon seit fast vierzig Jahren machten Patrick und er sich regelmäßig über Toby lustig, aber da stand er, ihr gemeinsamer Kumpel, schnupperte an der Kaffeesahne, die er in Malcolms Kühlschrank gefunden hatte, und checkte das Verfallsdatum. Ob sie wohl auch mit Jess telefonierten? Siobhán bestimmt. Ein paar andere sicher ebenfalls. Doch niemand sprach das Thema direkt an. Wenn sie sich für eine Seite entscheiden mussten, ließen sie ihn durch kleine Zeichen wissen, auf welcher sie standen.

»Malcolm!«, rief Roddy zu ihm herüber.

Malcolm nickte Patrick und Siobhán zu und signalisierte ihnen, sich noch einen Moment zu gedulden. Roddy war Malcolm schon seit dem Moment auf die Nerven gegangen, als er seine erste Schicht im Half Moon antrat, aber er schien wenigstens ehrlich zu sein, sein Onkel hatte die Hand für ihn ins Feuer gelegt, und Ehrlichkeit war das Wichtigste für Malcolm nach dem Desaster vom letzten Jahr, als er herausfand, dass John ihn wahrscheinlich schon seit dem Tag beklaut hatte, als Malcolm die Bar übernahm; John hatte bündelweise Bargeld unterschlagen und nur die Kreditkartenabrechnungen über die Kasse laufen lassen. Und das, nachdem Malcolm ihn all die Jahre gedeckt hatte, als sie beide noch für Hugh Lydon arbeiteten. All das Koks, das John sich reinzog. Seine Frau, die auf der Festnetznummer anrief und fragte, wo er steckte, obwohl sie es längst wusste, und ihre Wut dann an Malcolm ausließ, der dumm genug war, ans Telefon zu gehen. Als er den Laden damals übernahm, hatte er John natürlich angeboten zu bleiben, und zum Dank dafür wurde er von John bestohlen.

Emma, seine beste Barkeeperin, sagte es ihm. Morgens um elf, als sie hundert Luftballons für eine private Feier aufblasen mussten. Sie nahm ihn am Arm, zog ihn ins Damenklo und schloss die Tür ab. Als ihre warme Hand seinen Trizeps berührte, war er wie elektrisiert. Er dachte lieber nicht darüber nach, wie sie seinen Gesichtsausdruck in jenem Moment interpretierte, denn als nächstes hob sie die Hände, wie um zu sagen: Entspann dich! Krieg dich wieder ein! Ich will dir nur was erzählen, okay? Sie legte den Finger auf die Lippen und horchte, um sich zu vergewissern, dass auf dem Flur niemand vorbeikam, aber die Servicekräfte waren vollauf mit dem Heliumtank beschäftigt, André schnitt lange Ballonbänder zurecht, und die Stühle standen immer noch umgekehrt auf den Tischen wie ein Wald aus Mahagonibeinen.

Sie wolle niemanden verpfeifen, sagte sie zu ihm, aber ihr sei schon seit einer Weile aufgefallen, dass John sein Trinkgeld nicht ins Glas steckte, und schau dir André an mit zwei Jobs gleichzeitig, und Scotty mit seiner Kinderschar. Jedenfalls sehe sie nicht ein, ihre Wochenenden dafür zu opfern, dass dieser Typ ihr das sauer verdiente Geld aus der Tasche zog. Sie habe John zur Rede gestellt und er habe ihr auf Anhieb dreihundert Dollar geboten.

»Hat er die Nummer schon abgezogen, als Hugh noch hier war?«, fragte Malcolm.

»Wo denkst du hin!«, sagte Emma. Bei Hugh Lydon hätte sich das niemand getraut. Aber bei Malcolm konnten solche Mistkerle sich das erlauben.

John ging ohne Protest, was man als Schuldeingeständnis werten konnte, und Malcolm war gezwungen, Ersatz für ihn zu finden. Roddys Onkel war Stammgast und Chef der Bauarbeitergewerkschaft. Ein Hüne, die Wangenfarbe wie rohes Porterhouse-Steak. Jess war ihm manchmal über den Weg gelaufen, als sie nach ihrem Jurastudium für die Arbeitergewerkschaft Laborer's International arbeitete. Jedes Mal, wenn er sie sah, zielte er mit Fingerpistolen auf sie und rief: »Malcolms Mädchen!« Es war ihr gleichgültig, dass er sich nie ihren Namen merkte; die Blicke der anderen Anwälte (Unglaublich, dass Sie den kennen!) machten das mehr als wett. Roddy sei ein guter Junge, sagte der Onkel zu Malcolm, er habe das College zwar nach zwei Semestern abgebrochen, aber wenn er wolle, sei er sehr clever. Er trinke nicht, sagte der Onkel. Und soweit er wisse, nehme der Junge auch keine Drogen. Hauptsache, man bekäme ihn vom Computer weg, das sei gut für ihn. Sein Vater habe sich schon vor Jahren von der Mutter getrennt, der Junge bräuchte dringend ein paar männliche Vorbilder. Würde Malcolm ihm den Gefallen tun?

»Malcolm!«, rief Roddy schon wieder. Was der Onkel in seiner Lobeshymne nicht erwähnt hatte: Der Junge war eine Nervensäge; er stand permanent unter Strom. Und das war schlecht, denn die Hektik eines Barkeepers übertrug sich auf die Gäste und schlimmstenfalls auf den gesamten Laden. Malcolm hatte gedacht, dass Roddy sich entspannen würde, sobald er eingearbeitet war, aber Fehlanzeige, es wurde immer schlimmer mit ihm. Und heute Abend trug er auch noch ein knallbuntes T-Shirt mit der Aufschrift »Byte Me« und dem Bild einer Diskette aus den Achtzigern. Was hatte Malcolm zu ihm gesagt, als er ihn einstellte? Wir haben hier einen Dresscode. Zieh dir was Dunkles an. Rasier dich. Kämm dich. Herrgott noch mal.

Malcolm war noch nicht in der Stimmung, sich um Roddy zu kümmern. Was wollte der Junge überhaupt? Ging es etwa um Jess? Hatte sie im Half Moon angerufen? Womöglich war sie noch in der Leitung und wartete darauf, dass Malcolm endlich ans Telefon kam. Aber wer benutzte denn noch die Festnetznummer? Außer Malcolms Mutter natürlich, die die Nummer auswendig kannte, seit er dort vor sechsundzwanzig Jahren seine erste Schicht angetreten hatte. Oder alte Stammgäste, die nach ihrer Hüft-OP im Bett lagen, aber trotzdem beim Super Bowl mitwetten wollten. Wärst du so nett, mir das Geld vorzustrecken, Malcolm? Na klar. Kein Problem. Aber wenn sie die Wette verloren, konnte er seinem Geld hinterherrennen.

Oder war Jess vielleicht in der Bar? Er schaute sich um.

Am Tresen war sie nicht. Auch nicht auf der Empore, ihrem Lieblingsplatz, von wo aus sie die Leute an der Jukebox schikanieren konnte. Bevor es das neue System gab, hatte sie sich die Zahlencodes sämtlicher Songs eingeprägt, die sie hasste, und wehe, jemand wollte *Piano Man* hören.

Roddys Miene verriet ihm jedoch, dass es nicht um Jess ging, sondern um ein Problem mit einem Gast. Er ließ den Blick über die Menschenmenge schweifen. Gelächter ertönte, ein paar

Leute spielten Darts. »Gephardt!«, rief jemand. Er drehte sich um und entdeckte zwei Kumpel aus dem Fitnessstudio. Einen alten Nachbarn aus dem Viertel seiner Mutter. Den Typ aus dem Friseursalon. Und seinen Kumpel aus dem Feinkostladen mit einer neuen Freundin. Hübsch. Alles wunderbar. Es konnte gar nicht besser sein. Auf seinem Weg durch die Bar klopfte er ein paar Leuten auf den Rücken und erhielt selbst ein paar freundliche Klapse. Die Leute waren gut drauf, fühlten sich wie zu Hause. Die Gruppe am Fenster war vielleicht einen Tick zu laut. Er beschloss, sie im Blick zu behalten, während er sich sammelte.

Und dann sah er Hughs Handlanger, Billy, der allein an einem Zweiertisch saß, ein Glas Whiskey vor sich. Ihre Blicke trafen sich und Billy hob sein Glas, als wollte er ihm zuprosten. Ein Prost auf die Gästeschar. Und auf das Geld, das der Abend garantiert einbringen würde. Malcolm wurde übel. Ignorier ihn, sagte er sich. Mach einfach weiter.

Er warf seinen Schlüsselbund wie gewohnt in die Schublade und nickte Emma zu. Sie hatte das Haar zu einem hohen Pferdeschwanz gebunden. Er gab sich wirklich Mühe, nicht auf so etwas zu achten, aber sie hatte einen schönen Nacken, und als er für eine Sekunde verstohlen zu ihr hinüberschaute, bemerkte er eine Haarsträhne, die sich gelöst hatte.

»Wie lange sitzt er schon da?« Malcolm deutete mit dem Kopf zu Billys Tisch.

»Eine Weile«, sagte Emma. »Hat bestimmt auf dich gewartet.«

Er zog an seiner verspannten Schulter, um sie zu dehnen, und hatte sofort Jess' Stimme im Ohr: Das machst du immer, wenn du dich unwohl fühlst. Er hasste es, sich zu verspäten, aber seine Mutter war mit einem Hackbraten vorbeigekommen. Sie hatte seinen Kühlschrank inspiziert, als wäre er wieder zweiundzwanzig und eben erst von zu Hause ausgezogen. Als sie gegessen hatten und sie ihm die Reste einpackte, sah Malcolm im Geiste Jess vor sich, wie sie die Augen verdrehte. »Ich muss los, Ma«, sagte er schließlich. »Kommst du alleine klar?«

»Was ist denn das für eine Frage?«, sagte sie. »Natürlich komme ich alleine klar.«

Früher waren freitags um vier immer die Bauarbeiter eingetrudelt. Um sechs zogen sie weiter, und die Zugpendler rückten nach. Gegen sieben hatte er gewöhnlich nach Jess Ausschau gehalten für den Fall, dass sie auf ein Bier und ein Sandwich vorbeikommen wollte, bevor sie ihm mit den Worten »Bis später« einen Gutenachtkuss gab. Jess hatte ihn ja vor Veränderungen gewarnt, aber wie hätte er denn ahnen sollen, dass die Leute an kaputten, versifften Barhockern hingen? Und dass sie immer wieder dieselben Lieder aus der Jukebox hören wollten, als wäre seit 1996 kein einziger neuer Song mehr produziert worden? Dabei hatte er lediglich einen Bruchteil seiner Vision tatsächlich umgesetzt. Er hatte auf die Schnelle ein paar neue und relativ preiswerte Sachen besorgt. Doch wie sich herausstellte, wollten die Leute nichts Schönes, sondern lieber etwas Vertrautes.

Die einzige Kundengruppe, die größer wurde, als Malcolm den Laden übernahm, waren Minderjährige mit ihren Freunden aus der Provinz. Das bedeutete Ebbe in der Kasse, denn die Kids bestellten bloß Softdrinks für einen Dollar, verzogen sich damit aufs Klo und kippten dann mitgebrachte Schnapsfläschchen hinein. Die hatten einen Riecher für so etwas. Kaum wechselte irgendwo der Besitzer, tauchten sie auf, mit klirrenden Party Shots in den Taschen.

»Glaubt nicht jede Generation, diesen Trick erfunden zu haben?«, hatte Jess gesagt, als er ihr davon erzählte.

Wo sie wohl gerade steckte? Jedes Mal, wenn er darüber nachdachte und ihm wieder klar wurde, dass er keine Ahnung hatte, zog es ihm den Boden unter den Füßen weg. Bis Anfang der Woche war sie bei ihrer Freundin Cobie gewesen, die mit ihrer Frau und den beiden Söhnen in Manhattan wohnte. Dass sie bei Cobie untergeschlüpft war, lag nahe: Sie kannten sich seit dem College, und in Jess' und Malcolms gemeinsamem Freundeskreis zählte Cobie zu den wenigen, die nur mit Jess befreundet waren und keine Verbindung zu ihrer gemeinsamen Heimatstadt hatten. Doch als er Cobie einige Tage zuvor anrief, weil Jess nicht auf seine Nachrichten reagiert hatte, sagte sie ihm, Jess sei wieder in Gillam.

Sieh mal einer an, hatte Malcolm gedacht. Sie pirscht sich nach Hause.

Cobie sprach Gillam aus, als hielte sie sich dabei die Nase zu. Zwei Mal war sie in Gillam gewesen: auf Malcolms und Jess' Hochzeit, und fünfzehn Jahre davor, um Malcolm kennenzulernen. Damals redete sie in einer Tour über interessante Dinge, die ihr auffielen. Zum Beispiel, dass es im Umkreis von acht Kilometern sieben katholische Kirchen gebe, und dass so viele Geschäfte irische Namen trügen. Und dass so viele Autos einen Gewerkschaftsaufkleber auf der Stoßstange hätten. Als sie zusammen durch die Stadt spazierten, kreischte sie jedes Mal auf, wenn sie einen entdeckte. Schreiner! Tunnelbauer! Gerüstbauer! Stahlarbeiter! Rohrschlosser! Als hätte sie noch nie von diesen Berufen gehört. Was man denn in so einem Job verdiene, fragte sie. Welche Zusatzleistungen es gebe. Wie lange man diese Arbeit machen könne.

»Warum willst du das wissen?«, fragte Malcolm. »Hast du vor, dich als Tunnelbauer zu bewerben?« Jess warf ihm einen warnenden Blick zu. Aber Cobies Bemerkungen gingen ihm auf die Nerven. In seinen Augen war sie ein Snob.

Aber interessant, dass Jess wieder in Gillam war. Sie wollte sich bestimmt mit ihm treffen, aber sie war stur. Tja, nun hatte er ja Zeit zum Nachdenken gehabt und ihr einiges zu sagen. Ohne Aussprache würde er sie jedenfalls nicht wieder hereinlassen, soviel stand fest. Als sie sich damals kennenlernten, hatte er hinterm Tresen gearbeitet, und sie hatte bei ihren Freundinnen gestanden und ihn die ganze Zeit nicht aus den Augen gelassen. Er war wie elektrisiert und zugleich verblüfft gewesen, weil sie so strahlte und alle so stolz auf sie waren, weil sie auf ein so gutes College ging, sie hatte langes, glänzendes Haar und wenn sie sich zu ihren Freundinnen drehte, raubte ihm ihr perfektes Profil den Atem. Und während er Drinks mixte und die Gäste am Tresen bediente, wartete er insgeheim darauf, dass sie wieder zu ihm hinüberschaute.

Seit Cobie ihm erzählt hatte, dass Jess wieder in Gillam war, malte er sich aus, wie sie es sich mit ihrer Mutter vor deren Blumentapete gemütlich machte, um die neueste True-Crime-Doku anzuschauen. Bestimmt überlegte sie, wie sie auf ihn zugehen und sich bei ihm entschuldigen sollte. Als er sie damals das erste Mal nach Hause fuhr, war sie fast vierundzwanzig, er achtundzwanzig. Noch war nichts zwischen ihnen gelaufen, aber an jenem Abend hatte er sich vorgenommen, sie zu küssen; es war ihm schleierhaft, warum er es nicht längst getan hatte. Sie waren vier Schulklassen auseinander, hatten sich auf der Highschool verpasst. Gut möglich, dass er dort ihrem älteren Bruder Mickey begegnet war, den er nur dem Namen nach kannte; Mickey war zwei Jahre jünger als er und ein Streber gewesen, der lieber Fußball als Football spielte. Jess war schön und lustig und irgendwie anders als die anderen Mädchen. Wenn sie sich an den Tresen stellte, bekam er jedes Mal weiche Knie, wurde tollpatschig und verlegen, keine Spur mehr von der selbstsicheren Geschmeidigkeit, mit der er sich auf der schmalen Bühne seines Arbeitsplatzes bewegte. Früher war er nie verlegen gewesen; erst, seit er ihr begegnet war.

Sie erzählte ihm, dass sie in Manhattan wohnte, aber alle paar Wochen nach Gillam käme, um ihre Eltern zu besuchen und mit ihren Highschool-Freundinnen auszugehen. An dem Abend, als er sie zum ersten Mal nach Hause fuhr, saß sie mit ihrer Clique an der Bar, und als die anderen gehen wollten, schlug er ihr vor, noch zu bleiben und ihm Gesellschaft zu leisten.

Woran er sich noch am besten erinnerte, als er sie um vier Uhr morgens vor dem Haus ihrer Eltern absetzte, war nicht der Kuss und wie er sich angefühlt hatte, sondern dass sie aus dem Auto hüpfte und wie eine Fünfjährige zur Vordertreppe rannte. Sie nahm zwei Stufen auf einmal und ruderte dabei mit den Armen. Als sie die Tür erreichte, drehte sie sich um und winkte ihm zu, bevor sie drinnen verschwand; kein aufreizendes Winken, auch kein sittsames à la Miss America, sondern ein überschwängliches, kindliches. Als er allein in seinem Auto saß, den üblichen Gestank der Bar auf der Haut, musste er lachen. So ein verrücktes Huhn.

Wahrscheinlich war sie seit ihrer Rückkehr nach Gillam jeden Tag an ihrem gemeinsamen Haus vorbeigefahren und hatte sich nicht getraut, anzuklopfen, weil ihr die richtigen Worte fehlten. Soll sie ruhig weiter schmoren, dachte Malcolm. Ich komme ihr bestimmt nicht entgegen.

Die Musik war eingängig. Immer mehr Leute wippten im Takt. Er schob sich durch die Menge zu Patrick und Siobhán.

»Schau dir den Laden an«, sagte Patrick, während Siobhán ihn behutsam umarmte, als wäre er ein Kind, das schlecht geträumt hatte. »Rappelvoll.«

Malcolm sagte nichts dazu, um den Eindruck zu erwecken, dass es immer so voll war. Aber dann fiel ihm wieder ein, dass er Patrick ja nichts vormachen musste. Patrick wusste Bescheid; er war sein ältester Freund und hatte schnell gemerkt, dass es nicht so lief, wie Malcolm sich das erhofft hatte. Einige Monate zuvor hatten Patrick und Siobhán den sechsten Geburtstag ihres Sohnes in der Bar gefeiert. Sie hatten einen Zauberer engagiert und Malcolm erzählt, Eamon und seine Freunde seien ganz verrückt nach den Mozzarella-Sticks im Half Moon. Die Eltern von Eamons Freunden hatten sie auch noch eingeladen, damit die Rechnung höher ausfiel. Malcolm weigerte sich damals, Patricks Geld anzunehmen. Er fand es dann in seinem Auto, in einem Umschlag im Handschuhfach, wo er seine Nikotinlutschtabletten aufbewahrte.

Er schaute zu Billys Tisch, aber Billy war schon wieder weg. Er hatte Malcolm nur zu verstehen geben wollen, dass er ihn im Auge behielt.

»Macht ihr heute Date Night?«, fragte Malcolm und bedeutete Bridget, der Kellnerin, seinen Freunden eine Runde zu bringen.

Siobhán warf Patrick einen Blick zu, der einen Hauch von Panik verriet.

»Ja, gewissermaßen«, erwiderte sie. Malcolm schaute zu Patrick, der seinem Blick jedoch auswich. Malcolm griff nach den leeren Gläsern, die noch vor ihnen standen. »Sorry, dass die noch nicht abgeräumt wurden«, sagte er. »Ich schicke gleich jemanden, um den Tisch abzuwischen.«

»Lass nur, kein Problem«, sagte Siobhán.

»Ja, mach dir bitte keine Umstände, Mal.«

»Normalerweise bin ich früher hier. Meine Mutter ist vorhin vorbeigekommen, um Essen zu bringen.«

»Lass dich von uns nicht stören«, sagte Patrick. »Wir können ja später noch reden. Falls du zwischendurch Zeit hast.«

»Ja? Okay, prima.«

Es war inzwischen über vier Monate her, seit Jess fortgegangen war. Siebzehn Wochen, um genau zu sein. Thanksgiving hatte er mit seiner Mutter, seiner Schwester, seinem abstinenten Schwager und seinen drei pubertierenden Neffen gefeiert. Er hatte sich volllaufen lassen, und seine Mutter, die ihm sonst Vorträge über genetische Veranlagung und seine Arbeit hielt, hatte ihn einfach nur nach oben in sein altes Bett gebracht und ihn zugedeckt. Am nächsten Morgen hatte sie ihm Kaffee und Rührei hingestellt und kein Wort gesagt.

Weihnachten hatte er mit Patrick und Siobhán verbracht, weil seine Mutter zu seiner Schwester nach Boston gefahren war; Silvester im Half Moon. Bei sich zu Hause ließ er rund um die Uhr den Fernseher laufen, weil er die Stille nicht aushielt. Wenn seine

Freunde ihn besuchten, ließen sie sich selbst durch die Hintertür herein; wäre Jess dagewesen, hätten sie das nie getan. Anfangs war es ein Schock. Mit dem Erwachsenwerden und dem Heiraten verlagerte sich der Fokus auf das eigene Umfeld, doch plötzlich sorgten sich alle um ihn, und er wurde das Gefühl nicht los, dass seine Freunde, alles Männer Mitte vierzig, es kaum erwarten konnten, sich samstagsnachmittags vor ihren Familien zu drücken unter dem Vorwand, nach Malcolm zu schauen.

»Malcolm«, sagte Roddy, als Malcolm sich dem Tresen näherte. »Hallo.«

Die Bar war brechend voll. Eine Gruppe von Leuten fing plötzlich an zu singen, andere stimmten mit ein, jeder kannte den Song, und schon machten alle mit. Hätten sie ihn beim Autofahren gehört, wären sie vielleicht still geblieben, aber in der Bar, mit einem Drink in der Hand, zusammen mit lauter Fremden? Pure Magie. Malcolms Traum war, dass so etwas jeden Abend passierte, aber das war natürlich unmöglich. So etwas ließ sich nicht planen, es klappte nur, wenn die richtigen Faktoren zusammenkamen. Eine lauschige Atmosphäre, ein Gefühl der Verbundenheit, ein schneeschwerer Abendhimmel – war der Funke einmal übergesprungen, gab es kein Halten mehr.

Am liebsten hätte er ein Video aufgenommen und es Jess geschickt: Siehst du? Ich hab's dir doch gesagt.

Roddy sah besorgt aus, aber Malcolm wollte sich den Moment nicht von ihm verderben lassen. Im Januar hatte irgendwer ein Urinal von der Wand abmontiert und durch die Seitentür nach draußen geworfen, wo es in unzählige Stücke zerbrach. Es war das dritte Urinal, das aus der Wand gerissen worden war, seit Malcolm die Bar übernommen hatte. In diesem Fall hatte der Übeltäter wenigstens das Wasser abgestellt. Malcolm hatte noch immer nicht herausgefunden, wer dahintersteckte. Es musste jemand gewesen sein, der sich mit Absperrventilen auskannte und einen Schraubenschlüssel dabeihatte. Als Roddy ihm damals mitgeteilt hatte, dass das Urinal verschwunden war – einfach *weg!* –, war er völlig hysterisch. Hätte Malcolm nur ein falsches Wort zu ihm gesagt, wäre er garantiert in Tränen ausgebrochen.

»Warum macht jemand sowas?«, fragte Roddy und folgte Malcolm aufs Männerklo. »Ich versteh das nicht.«

»Da gibt's nichts zu verstehen«, erwiderte Malcolm. »Leute, die betrunken sind, bauen eben Mist. Du musst dich wieder beruhigen.«

Aber seit dem Vorfall mit dem Urinal war Roddy bei der Arbeit noch angespannter. Und nun versuchte er zum x-ten Mal an diesem Abend, Malcolms Aufmerksamkeit zu erregen. Malcolm atmete tief durch und setzte seine zuversichtlichste Miene auf.

»Dieser Typ war wieder hier«, sagte Roddy.

»Ich weiß.«

»Und ...«

»Roddy, ich brauch noch 'ne Minute«, fiel Malcolm ihm ins Wort und warf ihm einen Blick zu, der sagte: Du schaffst es doch locker, so lange ohne mich klarzukommen, oder? Dann öffnete er die Tür zum Lagerkeller und tastete sich im Dunkeln die Treppe hinunter. Es war muffig da unten, die Decke niedrig, Fässer auf der einen Seite, Kisten mit protzigen Markenlogos auf der anderen. Er zog an der Schnur, um das Licht einzuschalten. Dann hob er die Hände, legte sie auf den Querbalken über seinem Kopf und lauschte. Erleichterung machte sich in ihm breit. Alles wird gut, sagte er sich, als er das Klackern der Absätze auf dem Parkett und das Scharren der Stühle hörte. Er fuhr über einen Stapel von Tischtüchern, die noch in Folie eingeschweißt waren, betrachtete die Gläser mit Kirschen und Oliven, die vakuumversiegelten Nuss-Mix-Packungen, die noch zwei Jahre haltbar waren. Eine Bar voller Gäste. Das wollte er einen Moment lang genießen, um sich später daran erinnern zu können.

Als er das Half Moon übernahm, hatte er bereits seit vierundzwanzig Jahren dort gearbeitet. Die Bar war ihm sogar vertrauter als sein Elternhaus; der Geruch, die Art und Weise, wie das Licht je nach Jahreszeit und Witterung hereinfiel. Im Half Moon hatte er gelernt, wie man kaputte Klospülungen und undichte Rohre repariert. Die Bar hatte ihn stark gemacht, weil er kistenweise Bud Lite und Ultra aus dem Keller hochschleppen musste, da Hugh kein Light-Bier zapfen wollte. Im Half Moon hatte er gelernt, Barzahlung zu akzeptieren oder abzulehnen. Er lernte den Umgang mit Vertrieblern und welche von ihnen Markengläser, Servietten und noch dazu Cocktailstrohhalme springen ließen, weil sie für ihr Leben gern plauderten. Er lernte, dass er in jeder Bar der Stadt aufs Haus trinken konnte und dafür umso mehr Trinkgeld geben musste. Er lernte, mit jedem zu reden und Gemeinsamkeiten zu finden. Er lernte, sich die Sorgen und Nöte der Leute anzuhören und dabei tunlichst nicht seine eigenen preiszugeben. Er lernte, nett zu Frauen zu sein, ohne die Grenze zu überschreiten, ihnen das Gefühl zu vermitteln, attraktiv zu sein, ohne dass es anzüglich klang, und wenn diese Frauen dann selbst die Grenze überschritten, lernte er, sie in ihre Schranken zu weisen, ohne sie dabei zu beleidigen oder in Verlegenheit zu bringen. Er lernte, sich nicht schockiert zu zeigen, wenn sie ihm ihre Geheimnisse verrieten, diese ganz normal erscheinenden Frauen, die mit ihren nahezu identischen Kunstlederjacken, Keilabsätzen und Korkenzieherlocken so aussahen, als wollten sie an einem Ü40-Schönheitswettbewerb teilnehmen; wenn sie zu viel getrunken hatten oder sich von ihrem Ehemann oder Partner schlecht behandelt fühlten, schütteten sie ihm ihr Herz aus. Er lernte, dass es Frauen gab, die durchschnittlich und bieder wirkten, doch Gedanken hegten, die sie Fremden eigentlich niemals sagen würden, außer, sie saßen an einem Freitagabend zu lange am Tresen und fanden den Barkeeper attraktiv.

»Das sind *Mütter*, die meisten jedenfalls«, berichtete er Jess danach. »Die haben *Babys* zu Hause.« Das Urteilen hob er sich für später auf, für sie.

Doch Jess versuchte immer, ihn davon abzuhalten. Sie sagte ihm, er solle sie nicht dafür verurteilen, dass sie sich auf der Jagd nach einem vergänglichen Kick einen Moment lang in ihre Jugend zurückversetzten. Er war jedes Mal verblüfft, wenn sie diesen Standpunkt vertrat. Würde sie solche Dinge etwa auch jemandem erzählen, den sie kaum kannte? Darum ginge es nicht, meinte sie dann. Sondern darum, zu verstehen, dass man einfach dreißig Sekunden lang wieder dieses berauschende Gefühl in seinem Leben haben wollte. Was sei daran so schlimm? Zumal die meisten am nächsten Morgen von einer hungrigen Kinderschar und einem Haufen schmutziger Wäsche begrüßt wurden. Anders als Malcolm bekam Jess oft genug mit, wie belastend das für ihre gemeinsamen Freundinnen war. Als Jess eine von ihnen fragte, wie sie das alles schaffte – die Kinder, den Haushalt, den Job, die Stoffservietten an den Feiertagen und so weiter –, legte die Freundin den Finger auf die Lippen, zog ihre Nachttischschublade auf und zeigte Jess ihren heimlichen Opioid-Vorrat; sie bekam das Zeug von Freundinnen zugesteckt, die einen Kaiserschnitt hinter sich hatten, die Pillen aber aus Angst vor der Suchtgefahr nicht weiter nehmen wollten.

»Und du willst trotzdem ein Baby, obwohl du all das weißt?«, fragte Malcolm.

»Ja«, sagte sie, ohne zu zögern. »Absolut.«

Wie hatte er darauf reagiert? Er erinnerte sich nicht mehr.

Der Schnee kam wirklich näher. Die Luft draußen war schwer und still.

Sie schickt bestimmt eine Nachricht, weil sie sich Sorgen macht, dachte er. Wegen des Sturms.

Da hörte er, wie die Tür zum Lagerkeller knarrend aufging und jemand zögernd auf die Treppe trat.

»Malcolm?« Das war die Stimme von Emma. Er schaute zu ihr hoch. Sie trug ihre übliche Arbeitsuniform: schwarzes Hemd, schwarze Jeans, wadenhohe schwarze Stiefel.

»Ja?«, sagte er.

»Komm mit«, sagte sie.

»Es geht um Tripp«, fuhr sie fort, als sie sich durch die Menge den Weg zum Fenster bahnten. »So habe ich ihn noch nie erlebt.« Tripp war um die sechzig, klein, doch breit gebaut. Er kam schon seit Jahren, zahlte stets bar, ließ nie anschreiben. Er saß immer am Fenster, legte ein paar Zwanziger auf den Tresen und verschwand, sobald die Scheine aufgebraucht waren. An diesem Abend jedoch nicht. Diesmal legte er noch Scheine nach. Er fuchtelte mit den Armen, als regte er sich über irgendetwas auf, und seine schwerfälligen Bewegungen ließen erkennen, dass er sturzbetrunken war.

Tripp habe Roddy gefragt, wie oft die Bierleitungen gereinigt würden, sagte Emma. Er habe auch wissen wollen, welches Spülmittel sie für die Gläser benutzten. Er habe in den Raum hineingesagt, dass er im Gesundheitsamt anrufen wolle, er kenne dort jemanden, und so eine Konzession könne im Handumdrehen entzogen werden. Als Emma ihn bei Roddy einen Jameson ordern hörte, habe sie ihm stattdessen ein großes Glas Eiswasser hingestellt.

Dann seufzte sie; das tat sie immer, bevor sie zum eigentlichen Problem kam. »Keine Ahnung, worüber sie geredet haben, aber als Nächstes hat er den großen Kerl da drüben einen ‚selbstgefälligen kleinen Scheißer' genannt.«

Malcolm hätte beinah gelacht – so ziemlich jeder Kerl Mitte zwanzig war ein selbstgefälliger kleiner Scheißer –, aber dann teilte sich die Menge plötzlich, und er sah, dass der Kerl vor Wut kochte.

»Lasst mich mal durch, Leute«, sagte Malcolm und drängelte sich durch das Gewühl, um zu den Streithähnen vorzudringen.

Aber es war zu spät. Die Atmosphäre war bereits zum Zerreißen gespannt. Gleich würde es eine Schlägerei geben.

Malcolm legte Tripp die Hand auf den Arm, um ihn zu besänftigen. Er war viel zu alt für diesen Blödsinn. Früher war Tripp freitagnachmittags direkt vom Büro mit dem Taxi zur Bar gefahren und sobald er sich etwas bestellt hatte, hatte er seine Krawatte abgenommen und sie sich übers Knie gelegt. Aber er war schon eine ganze Weile nicht mehr dagewesen. Normalerweise suchte er keinen Streit. Nach ein paar Drinks fing er schlimmstenfalls an, sich darüber auszulassen, dass er bald zwanzig Hektar Land in Peru kaufen und dorthin ziehen wolle, denn dort gebe es schöne und günstige Grundstücke. Er wolle aus seinem Leben aussteigen und noch einmal von vorn anfangen. In der Natur leben, Farmer werden. Dann fühle er sich gesünder und ausgeglichener – im New Yorker Ballungsraum könne man davon ja nur träumen. Er sagte, auf vielen Grundstücken im Heiligen Tal der Inkas gebe es erntereife Obstbäume; Feigen, Guaven, Äpfel. Das Schmelzwasser aus den Anden liefere Trinkwasser. Er wolle Solarpaneele aufstellen und sich durch richtiges Ackern fithalten, im wahrsten Sinne des Wortes.

Viele Menschen hatten ein bestimmtes Thema, auf das sie immer wieder zu sprechen kamen, wenn sie tranken: die Ex-Frau, eine gescheiterte Musikerkarriere. Tripps Thema war das Aussteigen.

»Wenn das so einfach wäre, würde es wohl jeder machen«, hatte Malcolm einmal gesagt, als Tripp wieder mit seinem Lieblingsthema anfing.

»Du auch?«

Malcolm lachte. »Nein, ich nicht. Was soll ich denn mit zwanzig Hektar Guavenbäumen anfangen? Ich wollte damit nur sagen, dass viele Leute genau so denken wie du.«

An Tripps Antwort erinnerte er sich nicht mehr. Er warf einen Blick zu Patrick und Siobhán herüber. Der Moment der puren Magie war zerplatzt wie eine Seifenblase.

Der junge Kerl verzog wütend das Gesicht und holte zum Schlag aus. »Warte«, sagte Malcolm, aber der Kerl ließ nicht mit sich reden, und schon prallte Fleisch auf Fleisch. Eine Energiewelle brandete auf Malcolm zu, kitzelte seinen Nacken. Tripp sackte in sich zusammen.

Nick, der Türsteher, fing den zweiten Schlag des jungen Mannes routiniert ab, während Malcolm versuchte, Tripp wegzubringen. Aber Tripp rührte sich nicht.

»Roddy«, sagte Malcolm. »Pack mal mit an.« Nick kümmerte sich um den Schläger und dessen Freunde und forderte sie auf, die Bar zu verlassen.

Malcolm und Roddy zogen Tripp durch die Schwingtür in die Küche und setzten ihn auf einen Klappstuhl. André war gerade mit der Fritteuse zugange, Scotty zerlegte Kartons. »Der bleibt auf keinen Fall hier«, sagte André. »Nick soll ihn rausschmeißen.«

Malcolm schaute auf die Uhr. »Es ist erst halb zehn. Wenn er etwas nüchterner ist, rufe ich ihm ein Taxi. Hoffentlich hat niemand die Polizei angerufen.«

»Ich spiele hier nicht den Babysitter«, sagte Scotty. »Ich muss weg, bevor wir hier einschneien.«

»Ich auch«, sagte André.

Emma stand in der Tür und sah schweigend zu.

Malcolm beugte sich zu Tripp herunter. »Hey, Tripp!«, sagte er laut. »Wo wohnst du?« Tripp hatte eine eigene Firma und schien ziemlich wohlhabend zu sein. Malcolm nahm an, dass er in dem großen viktorianischen Haus hinten am Acorn Drive wohnte, aber das sollte Tripp ihm bestätigen, bevor er ihn mit dem Taxi dorthin schickte.

Doch Tripp drückte nur seine Wange gegen den kalten Edelstahlschrank und schloss die Augen.

»Roddy«, sagte Malcolm. Er bekam allmählich Kopfschmerzen. »Wenn du mitbekommst, dass ein Gast sich die Kante geben will, kannst du ihm nicht einfach alles geben, was er verlangt.«

»Ich habe ja versucht, es dir mitzuteilen.«

»Was hast du versucht, mir mitzuteilen? Dass sich einer am Tresen betrinkt? Mit Betrunkenen umzugehen, ist nun einmal unser Job.« Malcolm seufzte. »Hat er bezahlt?«

»In bar, wie immer.«

»Und die anderen? Die jungen Männer?« Roddys Miene verriet, dass sie noch die Zeche schuldeten. Malcolm schaute stumm zu Emma herüber; sie eilte sofort durch die Schwingtür in die Bar zurück, um die Typen noch zu erwischen.

Roddy schwieg einen Moment. »Ich konnte doch nicht ahnen, dass du sie rauswirfst.«

»Geh zurück an die Arbeit«, sagte Malcolm.

In der Bar hatte sich die euphorische Stimmung in Luft aufgelöst. Ein paar neue Gäste waren inzwischen aufgetaucht, aber sie schienen zu spüren, dass etwas passiert war, und verhielten sich reservierter als die früheren Gäste. Immer mehr Leute bezahlten ihre Drinks, zogen sich die Jacken über. Mit dem Singen und Tanzen war es vorbei. Der Abend würde früh enden. Normalerweise hatten sie von acht Uhr abends bis vier Uhr morgens geöffnet, aber der Sturm brachte alles durcheinander. Eine Dreiviertelstunde später waren nur noch Patrick und Siobhán da. Malcolm stellte die Musik leise.

Er ging zu seinen Freunden hinüber. Sie hatten offenbar schon bezahlt.

»Der Kerl wäre um ein Haar zusammengeschlagen worden«, sagte Patrick. »Er schuldet dir was.«

Malcolm seufzte. »Das wird ihm vermutlich erst klar, wenn er wieder nüchtern ist.« Er setzte sich zu ihnen. »Ist schon eine Weile her, dass ich eine Schlägerei beenden musste.«

Die Türglocke ertönte, doch Emma rief, sie hätten schon geschlossen.

»Hör mal, Malcolm«, sagte Patrick mit angespannter Miene.

»Was ist denn heute Abend mit euch los?«, fragte Malcolm.

Patrick und Siobhán schauten sich stumm an, dann drehte Siobhán sich zu ihm. Er kannte sie, seit sie fünfzehn waren; sie war damals zu seiner Clique gestoßen und hatte sich in Patrick verknallt.

»Mal«, sagte sie. »Wann hast du zuletzt mit Jess gesprochen?«

»Warum?«

»Wir möchten sichergehen, dass du Bescheid weißt. Bevor du es auf andere Weise erfährst.«

Malcolm wartete. Sein Puls verlangsamte sich, dröhnte ihm in den Ohren. Hinter ihm verteilte Emma das Trinkgeld. Die neue Kellnerin verabschiedete sich und machte sich auf den Weg. Sie war erst seit Weihnachten da und hatte Probleme, sich einzugewöhnen. Er musste sich noch um Tripp kümmern. Er musste noch aufräumen. Es schneite jetzt kräftig. Er dachte an die Lastschriften, die in den nächsten Tagen vom Konto eingezogen wurden, an den Eiertanz, den er vollführen musste, um einen weiteren Monat zu überstehen. Doch während er dort saß und seine Freunde bei dem Versuch beobachtete, ihm auf möglichst schonende Weise eine Hiobsbotschaft zu überbringen, schien alles, was in diesem Moment in der Bar passierte, vor ihm zurückzuweichen, und etwas Verschwommenes am Rande seines Blickfelds wurde mit einem Mal klar erkennbar. Er spürte ein Brennen in der Brust. Er spürte jede Faser seines ein Meter neunzig großen breitschultrigen Körpers. Plötzlich wurde er so müde, dass er sich am liebsten auf den klebrigen Boden gelegt hätte, um auf der Stelle einzuschlafen.

»Du und Jess habt nicht miteinander geredet, oder?«, fragte Siobhán.

Er sparte sich die Antwort, da sie offenbar mehr wusste als er. Er fühlte sich zutiefst erschöpft.

»Weißt du, dass sie hier ist? In Gillam?«

»Ja, ich hab davon gehört«, erwiderte er, und in dem Moment wurde ihm klar, dass seine Vermutung, Jess wäre bei ihrer Mutter, womöglich falsch war. Cobie hatte nichts dergleichen erwähnt.

»Meg Whelan hat sie gestern Abend auf der Madison gesehen. Aber nicht in ihrem eigenen Wagen. Sondern in einem anderen, auf dem Beifahrersitz.«

»Aha.«

Einen Moment lang herrschte Stille.

»Komm endlich zur Sache«, sagte Malcolm.

Patrick räusperte sich. »Kennst du meinen Collegefreund? Den, der etwa zu der Zeit hierherzog, als du die Bar gekauft hast?«

»Neil«, sagte Malcolm.

»Ja«, sagte Patrick.

»Schwierige Scheidung«, fügte Malcolm hinzu. Ihm war, als schwankte der Boden unter seinen Füßen.

Ein Durchschnittstyp in einem Poloshirt. Nichts Besonderes, soweit Malcolm sich erinnern konnte. Einmal war er mit Patrick im Half Moon aufgetaucht, beide hatten schon ziemlich einen im Tee. Toby war auch dabei gewesen. Sie hatten eine Kneipentour gemacht, um Neil zu zeigen, was es in Gillam alles gab, und Patrick hatte das Half Moon als Endstation erkoren, um den Abend dort ausklingen zu lassen. Aber Malcolm war damals abgelenkt gewesen, er hatte Ärger mit einem Lieferanten gehabt, weil er immer häufiger in Verzug geriet. Später hatte er sich Vorwürfe gemacht, nicht gastfreundlich genug gewesen zu sein

»Ich weiß davon«, sagte er, obwohl das nicht stimmte, nicht einmal ansatzweise. Inzwischen war ihm klar, warum Patrick und Siobhán gekommen waren; jeder andere hätte sofort kapiert, was sie ihm mitteilen wollten, nur er nicht. Der Gedanke war ihm zwar schon gekommen, aber er hatte ihn jedes Mal wieder verworfen, weil er einfach keinen Sinn ergab. Er und Jess hatten Probleme, das ja, aber sie waren ein Paar. Und er kannte Jess so gut wie sich selbst; ihr Gesicht, ihren Körper, ihre Launen.

Malcolm konnte sich beim besten Willen nicht mehr an Neils Gesicht erinnern. Es war einfach zu weit hergeholt, dass ein Typ, den er kaum kannte, ausgerechnet mit dem Menschen zu tun haben könnte, der ihm am vertrautesten war.

»Von wem wisst ihr es?«

»Von ihm. Neil.« Patrick wandte den Blick ab.

»Ihr wisst es von ihm? Nicht von ihr?« Malcolm starrte Siobhán an. »Hat sie es dir nicht gesagt?«

»Sie reagiert nicht auf meine Nachrichten.«

»Dann stimmt es also vielleicht gar nicht.«

Patrick und Siobhán schwiegen beide.

»Doch, es stimmt«, sagte Patrick schließlich.

»Wir wollten nicht, dass du dir wie ein Idiot vorkommst«, sagte Siobhán. »Wir dachten, es wäre das Beste, wenn du es von uns erfährst. Aber ich glaube, wir sollten dabei bedenken, was Jess durchgemacht hat, und …«

»Woher kennt sie ihn überhaupt?«

Siobhán betrachtete ihre Hände. »Sie ist ihm bei uns begegnet …«

»Bei dieser Grillparty? Da war ich doch auch. Oder meinst du etwas anderes?«

»Du weißt doch, wie das ist. Samstags, wenn du in der Bar bist, treffen wir uns. Jess ist immer dabei. Und Neil seit etwa einem Jahr auch.« Die drei ließen den Blick durch die Bar schweifen, als sähen sie sie zum ersten Mal.

»Worauf willst du hinaus?«, sagte Malcolm. »Dass sie sich unterhalten haben?«

»Er ist ja auch Anwalt«, sagte Patrick. »In einer großen Kanzlei. Hat seinen Abschluss ungefähr zur gleichen Zeit wie Jess gemacht. Sie haben wohl ein paar gemeinsame Freunde.«

»Das weiß ich«, sagte Malcolm. »Irgendein alter Kommilitone von ihr ist auch in dieser Kanzlei.« Er merkte sich immer ein paar Fakten über jeden. Keinen Tratsch, das war ihm zuwider, nur Gesprächsstoff, falls jemand ins Half Moon kam und etwas Aufmunterung brauchte. »Aber was willst du mir überhaupt damit sagen? Dass es etwas Ernstes ist?«

»Nun«, begann Siobhán, doch als Patrick fast unmerklich den Kopf schüttelte, schluckte sie die Worte, die ihr auf der Zunge lagen, hinunter. Malcolm atmete auf. Die Frage, was schwerer wog – war es etwas Ernstes, oder bloß ein Flirt? – kam ihm absurd vor. Er wollte es gar nicht genau wissen. Das konnte er jetzt nicht verkraften. Er grübelte bereits seit Wochen darüber nach, was er getan hatte und was er hätte besser machen können – nur, um zu erfahren, dass Jess eine Geschichte am Laufen hatte, in der er gar nicht mehr vorkam. Sein Herz begann zu hämmern.

»Sie macht gerade etwas durch«, sagte Siobhán leise. »Anders kann ich mir das nicht erklären. Sie macht etwas durch, was niemand von uns verstehen kann.«

»Willst du damit sagen, dass ich es auch nicht verstehen kann? Zählst du mich dazu?«

Roddy war damit beschäftigt, den Tresen zu wischen. Was für ein Abend. Wäre Malcolm ein Zauberer gewesen, hätte er keine Probleme gehabt. Aber das war er nicht. Er konnte keinen Laden führen, der an drei Abenden in der Woche nur halb voll war. Er war inzwischen fünfundvierzig und hatte noch nie einen anderen Job gehabt. Und er war wirklich gut in seinem Job. Doch er wurde immer älter, und das zog eine unweigerliche Erkenntnis nach sich: Man konnte wirklich gut in etwas sein und trotzdem scheitern.

»Das ist alles meine Schuld«, sagte Siobhán. »Ich wollte unbedingt dafür sorgen, dass seine Töchter in der Schule Anschluss finden. Also habe ich Patrick jedes Mal gebeten, ihn ebenfalls einzuladen.«

Malcolm erhob sich. »Wisst ihr was? Mir fehlt jetzt wirklich die Zeit dafür.«

Es war einen Monat her, seit er zuletzt mit Jess gesprochen hatte. Er war gerade dabei, eine Tüte Lebensmittel ins Haus zu tragen, als ihr Name auf dem Handydisplay aufleuchtete. Er ließ die Tüte auf den Küchentresen fallen, zwei Äpfel rollten heraus und fielen zu Boden. Hastig drückte er auf den Knopf, der ihm ihre Stimme bringen würde. Sie fragte, wie es in der Bar lief, wie es seiner Mutter ging. Seine Antworten klangen wohl schroff und frustriert, denn statt ihm den Grund ihres Anrufs zu nennen, sagte sie, sie müsse aufhören. »Jess!«, rief er noch, aber sie hatte bereits aufgelegt. Das war eigentlich nicht ihre Art. Und dann ging ihm auf, dass sie geweint hatte. Im Laufe ihrer Beziehung hatte er sie nur ganz selten weinen sehen, und jedes Mal war es darum gegangen, dass in ihrem Garten nichts wuchs, während es in den Gärten der anderen so üppig blühte, dass sie kaum mit dem Gießen nachkamen. Zu wenige Eizellen. Follikelanzahl zu niedrig. Abgebrochene IFV-Zyklen. Unsinnige Versicherungsanforderungen. Warten auf den richtigen Moment. Immer nur warten. Einnistungsversagen. Entwicklungsversagen. Hoffen, dass ihre Periode bald kam. Hoffen, dass ihre Periode ausblieb. Er hatte von Anfang an Angst gehabt, etwas Falsches zu sagen, wenn sie darüber redeten. Kleine pastellfarbene Schachteln mit Tabletten und Nahrungsergänzungsmitteln auf dem Küchentresen, ein ganzes Kühlschrankregal war voll damit. Jess beim Telefonieren mit der Versicherung, ihren Aktenordner vor sich auf dem Küchentisch, darauf bestehend, dass die Klinik bereits ein Schreiben geschickt hatte. Jess, die die Namen der Medikamente aufzählte, als hätte sie einen Doktortitel in Pharmakologie, als beherrsche sie fließend eine Sprache, von der er kein einziges Wort verstand. Jeden Samstagvormittag, wenn sie sich Zeit für den Papierkram nahm, wie sie es nannte, hörte er sie sagen: Sicher, ich bleibe gern in der Leitung, ich warte nun schon eine Stunde – bis sie irgendwann den Kopf in den Armen vergrub.

Jess, die Malcolm sagte, dass sie verdammt noch mal nicht wisse, was sie zum Abendessen wollte, weil sie den ganzen verdammten Tag lang telefoniert habe, und die sich dann entschuldigte, es täte ihr leid, sie sei nur frustriert. Malcolm, der neben ihr stand und das Gefühl hatte, irgendwie ausgegrenzt zu werden. Als wolle er die Hand ausstrecken, um Jess zu berühren, doch irgendetwas war im Weg.

Wann hatte er dieses Gefühl zum ersten Mal gehabt? Am Abend der Hochzeit ihrer Freundin Rachel, auf der Toilette des Yachtclubs in Hyannis. Seit Jess weg war, dachte er oft an diesen Abend zurück. Sie hatte ihn gebeten, mit hineinzukommen und ihr Kleid zu halten. Sie hatte den Reißverschluss aufgemacht, sich das Kleid über den Kopf gezogen, es ihm gegeben und die kleine Kühltasche geöffnet, die sie an der Garderobe zurückgelegt hatte. Er legte sich das Kleid über den Arm, spürte die Wärme ihrer Haut auf dem Stoff. Sobald sie sich ausgezogen hatte, geriet sie in Panik. Der Waschbeckenrand war zu schmal. Der Abflussstopfen fehlte. Was, wenn alles im Abfluss verschwand? Während er fieberhaft über eine Lösung nachdachte, sank sie schon auf die Knie und breitete eine dreifache Lage Papierhandtücher auf dem Fliesenboden aus. Als alles zu ihrer Zufriedenheit war, legte sie ihre zwei Fläschchen mit Pulver und Flüssigkeit auf die Handtücher, dazu ihre Spritze und Injektionsnadel. »Kann ich dir helfen?«, fragte er, während sie den Inhalt des einen Fläschchens in das andere füllte.

»Nicht nötig«, sagte sie und schaute lächelnd zu ihm hoch; zweifellos kam ihr in jenem Moment die gleiche Erinnerung wie ihm, nämlich an das einzige Mal, als er ihr eine Spritze verabreicht hatte, einen Trigger Shot, der an einer Stelle am Rücken gesetzt werden musste, die sie selbst nicht erreichen konnte. Er hatte damals Blut und Wasser geschwitzt, und als er fertig war, war er auf dem geschlossenen Klodeckel sitzen geblieben, bis sein Puls aufhörte zu rasen, während Jess sich die Hand auf den Rücken presste und bis dreißig zählte.

Die Hochzeit in Hyannis war das erste Mal gewesen, dass sie sich auswärts eine Spritze geben musste. Damals hatten sie noch nicht alles durchgemacht, standen noch ganz am Anfang, was sie aber natürlich nicht wussten. Jess hatte Verabredungen abgesagt, sich aus Geschäftsreisen herausgewunden, aber die Hochzeit ihrer Freundin konnte sie weder verschieben noch absagen. Sie hatte damit gerechnet, an diesem Tag längst schwanger zu sein.

Als er sie dort mit wild entschlossener Miene auf dem Boden knien sah, wallte Liebe in ihm auf, für sie und für das Ziel, das sie so beharrlich verfolgten. Er schaute ihr genau zu, als sie sich an den Bauch fasste und die Nadel hineindrückte. Nebenan spielte eine neunköpfige Band so laut, dass die Wände wackelten. Die Wölbung ihres Bauches über dem Slip sah blass und verletzlich aus. Sie machte sich Sorgen, dass die ganzen Medikamente sie dick machten, aber er fand sie an jenem Abend wunderschön.

»Ich habe einen Timer für die nächste Spritze gesetzt«, sagte sie, ohne aufzublicken. Sie musste sich insgesamt drei Injektionen geben, mit einer Stunde Abstand. »Aber ich kriege das hin, jetzt habe ich ja ein System.« Dann hob sie die Papierhandtücher auf und sagte: »Geh dich ruhig amüsieren.«

»Ich kann dir wieder mit dem Kleid helfen.«

»Nein, es geht schon«, sagte sie, stellte sich auf die Zehenspitzen und gab ihm einen Kuss, bevor sie wieder in ihre Highheels stieg.

Als er eine Stunde später an der Bar stand, um sich einen Drink zu bestellen, sah er sie Richtung Toilette gehen, das Täschchen unauffällig an der Seite ihres Kleides verborgen. Auf jener Hochzeit gestand er sich zum ersten Mal ein, dass er sich Sorgen machte und das beängstigende Gefühl hatte, irgendetwas zu übersehen, irgendetwas tun zu müssen.

Aber inzwischen hatten sie mit alldem aufgehört. Die blauen Flecken auf ihrem Bauch waren verblasst. Der Aktenordner, der fast sieben Jahre lang auf der Fensterbank gelegen hatte, befand sich längst in einer Schublade. Malcolm brauchte nie wieder unter einer Neonleuchte in einen Plastikbecher zu wichsen. Er brauchte nie wieder den Flur hinunterzugehen, um dem Klinikpersonal (stets weiblich und blutjung) Bescheid zu geben, dass sein beschrifteter Becher bereitstand.

Zuerst dachte er, sie würden wieder an den Punkt zurückkehren, bevor das alles angefangen hatte. Dass sie wieder in der

Bar vorbeischauen würde, um ihn zu überraschen. Dass sie ihn wieder anlächeln, ihm wieder verführerisch zuzwinkern würde. Er sagte sich, dass es eine Weile dauern würde, dass er sich gedulden musste. Und dann war sie weg.

»Tut mir leid, Mal«, sagte Patrick, als sich in Malcolms Kopf alles zu drehen begann. »Ich dachte, du wüsstest es vielleicht schon. Und es tut mir leid, dass wir es dir ausgerechnet hier gesagt haben. Ich dachte, es wäre besser so, aber es war wohl ein Fehler.«

»Ich habe dich gewarnt«, sagte Siobhán.

»Stimmt, sie hat mich gewarnt«, fuhr Patrick fort. »Ich dachte, du würdest es hier vielleicht besser aufnehmen; bei dir zu Hause ist es ja gerade verdammt einsam, Kumpel. Aber Siobhán war anderer Meinung. Wie auch immer. Es tut mir wirklich leid.«

»Schon in Ordnung.«

»Nein, ist es nicht. Sollen wir dir helfen, die Stühle hochzustellen? Es schneit immer heftiger.«

»Ich mache das schon«, sagte Malcolm, ohne sich zu rühren. Fragen schwirrten ihm durch den Kopf, doch er wollte sie nicht stellen. Er war verwirrt, doch zum ersten Mal seit Monaten spürte er auch einen Hauch von Ruhe in sich, ein winziges Licht, das ihm helfen würde, alles besser zu verstehen, sobald er die Kraft hatte, über die Worte seiner Freunde nachzudenken. In den siebzehn Wochen, seit Jess gegangen war, hatte er gelernt, wie anstrengend es war, sich wie gelähmt zu fühlen; als hätte sie die Tür eben erst hinter sich zugeschlagen und als stünde er noch immer erschüttert da, sich angespannt fragend, was danach kam. Nun wusste er es. Und in gewisser Weise war das eine Erleichterung.

Siobhán und Patrick waren die letzten Gäste, die sich auf den Weg machten. Als sie die Tür öffneten, fegte der Schnee durch den Vorraum bis in die Bar.

Malcolm wandte sich Roddy zu. »Wie geht es unserem Freund?«

»Er ist nicht mehr da«, sagte Roddy. »Ist wohl durch den Küchenausgang abgehauen.«

»Wirklich? Dort ist doch alles vereist.«

Malcolm durchquerte die Küche, öffnete die Tür und spähte in die Dunkelheit, um sich zu vergewissern, dass Tripp nicht mit einem Beinbruch in der Gasse lag. Er schaltete die Taschenlampe seines Handys ein, trat vorsichtig nach draußen und hielt das Licht in alle Richtungen. Jess und Neil? Er konnte es noch immer nicht fassen. Wer hatte den ersten Schritt gemacht? Hatte sie ihm ein Zeichen gegeben, dass sie interessiert war? Oder war sie ihm in einer besonderen Stimmung erlegen, und dann wusste sie nicht mehr, wie sie es hätte rückgängig machen sollen? Der Bewegungsmelder aktivierte die Außenbeleuchtung, und im Lichtkegel sah Malcolm den wirbelnden Schnee. Einen Moment lang vergaß er, warum er überhaupt draußen war und was er dort wollte. Die Gasse war leer, bis auf den Müllcontainer, ein paar Dutzend flachgedrückte, zusammengeschnürte Kartons und einen Stapel kaputter Transportboxen, die schon seit über einem Jahr dort standen.

»Du bist ja immer noch hier«, sagte er zu Emma, als er in die Bar zurückging. Es war ein früher Feierabend für alle, doch so rasch, wie der Schneefall nun zunahm, hätte er den Laden besser schon Stunden vorher geschlossen. Emma musste nach Yonkers fahren. Auf der Brücke gab es sicher einen Stau. Roddy zählte gerade sein Geld. Alle anderen waren schon weg. Malcolm zog den Bauch ein. Hoffentlich bekam er keine Wampe. Jess sagte immer, bei seiner Statur fiele das nicht so auf. Bei ihr hörte es sich an, als könne er gar nichts dagegen tun, weil schon sein Vater eine Wampe gehabt hatte, sein Onkel ebenfalls, beide waren mit Mitte vierzig an einem Herzinfarkt gestorben. Er stützte sich am Tresen ab. Emma war mit ihrem Handy beschäftigt, ihre Finger flogen über das Display, als spielte sie auf einem Instrument. Falls sie wegen des Schneesturms lieber nicht so weit fahren wollte, konnte sie ja bei ihm übernachten. Genug Platz hatte er jedenfalls. Keine große Sache. Wenn sie Lust hatte, konnten sie sich ja einen Film anschauen.

»Bist du sicher, dass du bei diesem Wetter fahren willst? Du kannst gerne bei mir auf dem Sofa schlafen, wenn du möchtest.« Er versuchte, es so beiläufig wie möglich klingen zu lassen, als sei ihm der Gedanke gerade erst gekommen.

Als sie von ihrem Display aufsah und ihn musterte, schienen ihr hunderte Gedanken gleichzeitig durch den Kopf zu gehen, aber dann sagte sie, sie würde vorsichtig fahren, ihre Reifen seien nagelneu.

»Gut«, sagte er, unschlüssig, ob er enttäuscht oder erleichtert sein sollte. »Pass auf dich auf.«

Ein Schneepflug rauschte vorbei, als Emma sich auf den Weg machte. Malcolm schaute sich ein letztes Mal in der Bar um. »Bist du fertig?«, fragte er Roddy, während er sich die Jacke anzog. Er hielt Roddy die Tür auf, und als er sich umdrehte, um sie abzuschließen, kam ihm der Gedanke, dass er Roddy anbieten sollte, ihn nach Hause zu bringen.

»Schönen Abend noch«, sagte er stattdessen.

»Dir auch«, sagte Roddy und fügte dann hinzu: »Hör mal, ich wollte dir noch was sagen, besser spät als nie, oder? Tut mir echt leid wegen Jess. Das vorhin war ihre Freundin, oder? Die Lady, mit der du gesprochen hast?«

»Roddy«, sagte Malcolm. »Das mit Jess geht dich nichts an.«

»Oh.« Roddy wurde knallrot. »Bitte entschuldige.«

Als er den Jungen mit hochgezogenen Schultern durch den Schnee davonstapfen sah, in seiner dünnen Windjacke und mit abgewetzten Turnschuhen, kam er sich wie ein Monster vor. Roddy war halb so alt wie er und schaffte es noch nicht einmal, eine Playlist auszuwählen, wenn Malcolm ihn darum bat. Der

Junge schien von der Hand in den Mund zu leben. Sein Onkel hatte behauptet, er sei clever, ein Computergenie. Warum zum Teufel bekam er sein Leben dann nicht auf die Reihe? Malcolm hatte versprochen, sich um ihn zu kümmern.

Einen Moment später hielt Malcolm neben ihm an. »Soll ich dich mitnehmen?«, rief er.

»Nein, danke«, rief Roddy zurück, ohne stehenzubleiben. »Ich gehe lieber zu Fuß.«

Malcolm war so verblüfft, dass er lachen musste.

Dann fuhr er kopfschüttelnd davon.

2

IM MAI 2004 war Jess fünfundzwanzig und Malcolm dreißig, sie waren also mehr als erwachsen genug. Das Serienfinale von *Friends* stand kurz bevor, und die Gesichter der Hauptdarsteller prangten auf nahezu sämtlichen Bussen von New York City. Jess würde das Baby mit sechsundzwanzig zur Welt bringen, mit einem soliden Abschluss in der Tasche. Cobie hatte ein paar Freundinnen eingeladen und war damit beschäftigt, aufzuräumen und Snacks bereitzustellen, während Jess am Fenster nach Malcolms Wagen Ausschau hielt. »Ich bin mal kurz weg!«, rief sie Cobie zu, als sie seinen schwarzen Nissan entdeckte, dann rannte sie die Treppe hinunter bis um die Ecke, wo er immer auf sie wartete. Als sie einen Parkplatz gefunden hatten, gingen sie zum nächsten Drugstore und waren so schockiert von den gepfefferten Preisen, dass sie den billigsten Test nahmen. Aber als sie in der Schlange warteten und Malcolm das Kleingedruckte auf der Packung las, wusste Jess, dass sie dem Test nicht trauen würde, weil er nur halb so viel kostete wie die anderen. Also lief sie schnell zum Regal zurück und nahm stattdessen den teuersten. Als sie wieder bei Malcolm in der Schlange stand, drückte er sie an sich und gab ihr einen Kuss auf den Kopf. »Mach dir keine Sorgen«, sagte er.

»Du dir auch nicht«, sagte sie und legte die Arme um ihn.

Vor ihnen warteten zehn andere Leute darauf, Alltagsdinge aufs Kassenband zu legen: Mascara, Kondome, Beruhigungsdragees, Grußkarten, Zahnpasta. Es war ein schöner Frühlingsabend.

Sie wollte den Test nicht bei sich zu Hause machen, weil Cobie es dann mitbekommen hätte. Malcolm war überrascht, dass sie sonst niemandem von ihrem Verdacht erzählt hatte, nicht einmal Cobie, und war gerührt, ein Geheimnis, von dem nur sie beide wussten. So liefen sie eine Stunde lang durch Manhattan, die

Schachtel in Jess' Tasche, und als sie am Times Square am Pizza Hut vorbeikamen, hielt sie es nicht länger aus und rannte dort aufs Klo. »Ich komme mit«, erklärte Malcolm. »Du glaubst doch nicht etwa, dass ich so lange draußen warte, oder?«

Am Telefon hatte sie ihm gesagt, dass sie sich zu achtzig Prozent sicher war, aber als sie sich auf die Klobrille setzte, um auf das Testding zu pinkeln, kamen ihr achtzig Prozent übertrieben vor. »Und jetzt?«, fragte er. »Bist du dir jetzt nur noch zu fünfzig Prozent sicher?«

»Eher zu dreißig Prozent«, erwiderte sie. Sie wollte, dass er wegsah und sich die Ohren zuhielt, weil es ihr peinlich war, vor ihm zu pinkeln.

»Ich habe dich schon in peinlicheren Situationen gesehen«, lachte er.

»Das ist mir egal!«, sagte sie.

Sie war zwei Wochen überfällig. Und müder als sonst. Auch geruchsempfindlich, aber sie waren schließlich in Manhattan, und es war schon seit Tagen brütend heiß.

»Und jetzt?«, fragte er, als sie zusammen auf den Teststab starrten.

»In der Anleitung steht, es kann bis zu zwei Minuten dauern.« Draußen, im überfüllten Restaurant, lief einer seiner Lieblingssongs. Er zog Jess zu sich heran. Im Half Moon war er einmal hinter dem Tresen hervorgekommen, um zu diesem Song zu tanzen. Eine Frau hatte gemeint, es gebe nichts Besseres als einen großen Kerl, der geschmeidig tanzen könne, woraufhin er rief: Wollt ihr mal sehen, wie das aussieht? Er strich sich über die Krawatte, blieb einen Moment lang regungslos stehen, dann ließ er seine breiten Schultern kreisen und legte los. Die Menge klatschte im Takt mit und bildete einen Kreis um ihn. Er tanzte immer schneller, immer besser. Ich liebe diesen Kerl, dachte Jess an jenem Abend. Nach dem ersten Refrain verschwand er wieder hinterm Tresen, als wäre nichts passiert. Als Jess sich daran erinnerte, dachte sie:

Wir werden es wissen, bevor dieser Song zu Ende ist. Jemand hämmerte gegen die Tür, und Malcolm rief, dass es noch eine Minute dauern würde.

Sie sah das Ergebnis zuerst, zeigte es ihm, doch sie ließen sich nichts anmerken, bis sie wieder draußen waren, abseits des Touristengetümmels. Inzwischen war es dunkel geworden.

»Eigentlich müsste ich jetzt schockiert sein, oder?«, sagte sie. »Du auch. Eigentlich müssten wir uns jetzt gegenseitig fragen, wie das passieren konnte. Und ich müsste sagen, dass du dich nicht verpflichtet zu fühlen brauchst. Bist du schockiert?«

Sie musterte ihn unter den grellen Lichtern des Times Square, die die Nacht zum Tag machten. Er wirkte nicht schockiert. Nichts konnte ihn so leicht aus der Fassung bringen. Weder in der Bar noch jetzt, in diesem Moment.

»Nö«, sagte er. »Und du?«

»Nein.«

Er war so gebaut, dass ihn nichts umhauen konnte; er geriet vielleicht kurz ins Wanken, aber er fiel niemals um. Wir schaffen das, dachte sie und wusste, dass er dasselbe dachte. Sie wusste zwar nicht, wie, es würde sicher schwierig werden, aber tief in ihrem Herzen wusste sie, dass sie es schaffen würden. Überall wimmelte es von Menschen. Auf einer Riesenleinwand über ihnen verkündete Usher, wie sehr er New York liebte, während im Hintergrund »Yeah!« lief. Die Sache war klar, sie wussten beide, wie es passiert war. Sie hatte vergessen, sich ein neues Rezept für die Pille zu besorgen. Sie wollte übers Wochenende nach Gillam fahren, und um ein neues Rezept zu bekommen, hätte sie über eine Stunde in der Praxis warten müssen, weil sie keinen Termin hatte. Aber wenn sie gewartet hätte, hätte sie den nächsten Zug verpasst, und sie wollte so schnell wie möglich nach Gillam fahren, zu ihm. Als sie ihm einige Stunden später davon erzählte, sagte er, es sei in Ordnung, er könne Kondome besorgen, oder sie verzichteten dieses Mal darauf, was auch immer sie wolle.

Aber sie wollte nicht darauf verzichten. Was sollte denn schon passieren? Nur ein einziges Mal. Aber dabei blieb es nicht, denn sie waren das ganze Wochenende zusammen, und er kam nicht dazu, Kondome zu kaufen, und sie schaffte es erst am Montag in die Praxis.

»Ich will dich heiraten, Jessie«, sagte er. »Nicht deswegen. Ich wollte es schon die ganze Zeit und wusste nur nicht, wie ich dir den Antrag machen soll.« Er hielt kurz inne. »Du bist …«

»Was?«

Sie wusste, warum sie ihn liebte, war jedoch nicht sicher, warum er sie liebte. Er rang nach den richtigen Worten, und allein zu sehen, wie er sich bemühte, ließ ihr das Herz aufgehen, und sie wusste, sein Name war ihr in die Seele geschrieben, was auch immer als Nächstes kam. »Du bist liebenswert und humorvoll, aber das trifft auch auf Millionen von anderen Frauen zu. Du bist klug, aber auch das ist es nicht. Du bist anders. Du siehst die Dinge anders. Es fühlt sich an, als würde ich dich schon ewig kennen. Nur wenn ich mit dir zusammen bin, bin ich wirklich ich selbst. Ich weiß nicht, wie ich es sonst beschreiben soll.«

»Malcolm«, sagte sie. »Ich würde dich sofort heiraten.«

»Na dann los«, sagte er und nahm sie ungestüm in die Arme.

»Vorsichtig! Das Baby!« Sie lachte, und er starrte ungläubig auf ihren Bauch.

»Heilige Scheiße.«

»Ich will keine Hochzeitsfeier. Jedenfalls keinen Saal mit dekorierten Tischen und so weiter. Das passt nicht zu mir. Auch keine Hochzeit in Weiß.«

»Schon klar.«

»Standesamt reicht mir. Schnell und unkompliziert. Danach zu Fuß ins Restaurant.«

»Oder vielleicht eine Party in der Bar? Ganz schlicht?«

»Ja, natürlich«, lachte sie. Dann veränderte sich ihre Miene. »Oh Gott. Ich will dich dabeihaben, wenn ich es meinen Eltern sage.«

»Glaubst du, sie bestehen auf einer kirchlichen Trauung? Meine Mutter wird es mit Sicherheit vorschlagen, aber eigentlich ist es ihr egal.«

»Ja, schon, aber ...« Jess legte sich die Hand auf den Bauch. »Das kommt für mich nicht in Frage.«

»Was ist mit deinem Studium? Wir müssen uns eine Wohnung suchen.«

»Nach den Abschlussprüfungen bin ich fertig. Mir wurde schon eine Stelle bei Laborers' International angeboten, ich werde sie annehmen. Im Juli mache ich mein Examen. Wir haben neun Monate Zeit, um uns vorzubereiten. Oder besser gesagt, acht. Meine Mutter wird bestimmt helfen, solange wir in der Nähe sind. Wir schaffen das.«

»Und Hugh hat mir gesagt, dass er sich zur Ruhe setzen will. Er hat mich gefragt, ob ich den Laden übernehmen möchte.«

»Und das möchtest du, oder? Du liebst diese Bar.«

»Ja«, sagte er. »Das wird richtig gut!«

Als Hugh zwölf Jahre später endlich verkündete, nach South Carolina zu ziehen, weil er die Winter in New York wegen seiner Hüftschmerzen und seiner Neuralgie nicht länger ertrug, ging Malcolm davon aus, dass Hugh seine früheren Andeutungen vergessen hatte und die Bar einem seiner dämlichen Söhne überlassen wollte. Malcolm würde sich also nach vierundzwanzig Jahren einen neuen Job suchen müssen. Aber eines Vormittags, die Bar war noch geschlossen, und Malcolm ging gerade Quittungen durch, kam Hugh hereinspaziert, setzte sich jedoch nicht auf seinen üblichen Platz, sondern pflanzte sich wie ein Stammgast auf einen der Barhocker.

»Malcolm«, sagte er und klatschte seine massige Hand auf den Tresen. Sein Ehering schnitt ihm so tief ins Fleisch, dass es ein Wunder war, dass der Finger nicht abstarb. »Ich stelle mir Folgendes vor.« Sein Gesicht war rot und aufgedunsen, wie bei einem Säufer, aber Malcolm hatte ihn kein einziges Mal betrunken erlebt.

Hugh zog einen Stift aus der Tasche und schrieb zwei Zahlen auf eine Serviette. Die erste war der Preis nur für die Bar, die zweite der Preis für die Bar mitsamt Gebäude. Das Haus sah nicht besonders aus und war stark renovierungsbedürftig, aber es lag nur einen Steinwurf von Manhattan entfernt, hatte also echten Wert. Dann hustete Hugh eine halbe Minute lang in seine Faust, ein rasselndes Keuchen, es klang furchterregend. Als er aufhörte, legte er sich die Hand auf die Wampe und sagte Malcolm, er solle mal darüber nachdenken.

»Alles in Ordnung bei dir, Hugh? Geht's dir gut?« Malcolm stellte ihm ein Glas Wasser hin.

»Ja, alles bestens.«

Hugh hätte niemals zugegeben, dass es ihm schlecht ging, aber so sagte eben jeder seine Sprüche auf. Hugh hatte Malcolm aufwachsen sehen, er hatte Malcolms Vater Darren Gephardt gekannt, wollte allerdings nie über ihn reden. Hugh sagte, wenn Malcolm das Geld fehle oder die Bank ihm keinen Kredit gebe, fiele ihnen schon etwas ein.

Später, als er beobachtete, wie Hugh sich in seinen Cadillac zwängte, das Lenkrad wie Spielzeug in seinen Pranken, fragte Malcolm sich, was passiert wäre, wenn sein Vater nicht mit dreiundvierzig gestorben wäre. Wahrscheinlich hätte Malcolm irgendwann das Gephardt's übernommen, die Bar seines Vaters. Womöglich hätte er sie in der Zwischenzeit sogar geerbt. Die Bar war in der Nähe der Penn Station, und er erinnerte sich noch gut an die Atmosphäre und an die Leute, die sich dort getummelt hatten. Cops und Kriminelle, die Seite an Seite tranken; Frauen, die sich prüde gaben, ihm jedoch zuzwinkerten, sobald er sechzehn wurde, weshalb er nach dem Willen seines Vaters einen Bogen um sie machte.

Wenn zwischendurch wenig los war, hielt sein Vater an einem Zweiertisch im hinteren Bereich Besprechungen ab. Einmal, als die Bar wegen einer umfassenden Renovierung mehrere Wochen geschlossen war, kam ein Mann, den Malcolm noch nie zuvor gesehen hatte, durch den PVC-Lamellenvorhang und ging zögernd auf seinen Vater zu, als wartete er auf dessen Erlaubnis. Es war der Tag nach Malcolms neuntem Geburtstag, und er hatte gerade Ärger bekommen, weil er auf einer Fensterbank eine Nagelpistole entdeckt und damit geschossen hatte. Als die Erwachsenen abgelenkt waren, hatte er dreimal auf den Abzug gedrückt – peng, peng, peng – und wie von Zauberhand ragten glänzende Nagelköpfe aus der frisch grundierten Wand. Zur Strafe musste er sich eine Stunde lang still in die Ecke setzen. Doch ein Typ namens Truck, der für seinen Dad arbeitete, schob ihm eine große Chipstüte hin. Und so vertrieb er sich die Zeit damit, Chips zu knabbern und die Leute zu beobachten, die draußen vorbeiliefen.

»Schau dir den Jungen an«, hatte sein Vater kopfschüttelnd zu Truck gesagt. »Dem wird nie langweilig.«

Der fremde Mann hatte sich seinem Vater so genähert wie Lucky, ihr alter Jack Russell, wenn er sich den Bauch kraulen lassen wollte, aber Angst hatte, stattdessen getreten zu werden. Malcolm konnte nicht hören, worüber sie redeten, aber die Stimme seines Vaters klang anders, kalt. Das beunruhigte ihn so sehr, dass er die Chipstüte weglegte, sich die fettigen Finger an der Jogginghose abrieb und durchs Fenster nach seiner Mutter schaute, vielleicht kam sie ja vom Einkaufen zurück. Wenn seine Mutter da war, würde nichts Schlimmes passieren. Der Mann verabscheute seinen Vater, das war offensichtlich. Und er wirkte ungewöhnlich nervös für einen Erwachsenen. Sein Hemd war aufgeknöpft, die Krawatte saß schief. Sein Vater gab sich keine Mühe, den Mann freundlich zu behandeln, wie er es sonst immer tat, wenn jemand in seine Bar kam. Malcolm wurde immer mulmiger zumute. Er hatte das Gefühl, schreien oder irgendetwas machen zu müssen. Doch dann nickte sein Vater in seine Richtung, und die drei Männer blickten zu dem mit Sägemehl übersäten Kind in der Ecke, bevor sie stumm in das Büro seines Vaters gingen und die Tür hinter sich zuzogen. Dort waren sie auch noch, als Malcolms Mutter zurückkam.

»Darren?«, rief Gail, als Malcolm ihr gesagt hatte, wo sie waren. Sie klopfte leise an die Bürotür und lauschte.

»Fahr nach Hause«, antwortete Darren, ohne die Tür zu öffnen.

»Warum war dieser fremde Mann da?«, hatte Malcolm seine Mutter auf der Heimfahrt gefragt. »Worüber hat Dad mit ihm geredet?« Er erzählte ihr, wie gemein sein Vater zu dem Mann gewesen sei und dass ihm das Angst mache, weil er seinen Vater noch nie so erlebt habe; er sei ihm einen Moment lang wie ein Fremder vorgekommen. Aber seine Mutter antwortete ihm, er solle sich keine Sorgen machen, es sei etwas Geschäftliches, und sein Vater sei halt manchmal so, aber er hätte Malcolm lieb.

Hugh hatte drei Söhne, doch keiner von ihnen hatte jemals im Half Moon gearbeitet. Keiner von ihnen hatte dort jemals mit seiner Familie gefeiert oder zu tief ins Glas geschaut. Hughs Söhne wollten nicht, dass ihre Töchter auf den Tresen stiegen und einen irischen Tanz hinlegten, wie Malcolms Vater es oft von Malcolms Schwester Mary verlangt hatte, in der Glanzzeit des Gephardt's, einer Erfolgsgeschichte im Schatten des hektischsten Bahnhofs der Welt, der Malcolms Mutter so große Angst einjagte, dass sie freiwillig Autofahren und rückwärts einparken lernte, um Malcolms Vater in Manhattan besuchen zu können. Keine zehn Pferde hätten sie dazu gebracht, den Zug zu nehmen.

»Wo ist eigentlich all das Geld geblieben?«, fragte Malcolm mehrmals im Laufe der Jahre, erst zaghaft, dann mutiger. Er hatte die Fotos gesehen. Er hatte die Geschichten gehört. Muhammad Ali war zum Essen im Gephardt's gewesen, eine Woche nach seiner Rückkehr aus Irland, wo er Al Lewis nach elf Runden knapp besiegt hatte. Auch ein berühmter Schauspieler war einmal dort gewesen; als ihm die Warterei zu lang wurde, trank er einfach ein halbvolles Bierglas aus, das ein anderer Gast hatte stehen lassen. Seit Malcolm achtzehn geworden war, lebte seine Mutter sehr sparsam, denn trotz der ruhmreichen Zeiten war anscheinend kein Penny zurückgelegt worden.

»Aber Muhammad Ali«, sagte Malcolm einmal zu seiner Mutter. »Das Gephardt's muss doch ziemlich bekannt gewesen sein, wenn er dort hinging.«

Seine Mutter lachte bitter. »Dein Vater kannte Muhammad Alis Fahrer! Sie sind zusammen aufgewachsen. Mit solchen Geschichten kann man keine Rechnungen bezahlen.«

»Aber ich dachte …«

»Und die Miete schoss damals in die Höhe. Wir hätten die Bar nicht halten können, falls du darauf hinauswillst, es war unmöglich. Nicht ohne deinen Dad …« Sie verstummte, als fehlten ihr die richtigen Worte.

»Warum?«

»Na, er war natürlich ein Buchmacher.«

»Wie bitte?«

Sie sah ihn an. »Das weißt du doch.«

»Du hast immer gesagt, der Laden hätte viel eingebracht.«

»Das war auch so. Aber was diesen Teil anging?« Sie schüttelte den Kopf. »Den konnte ich nicht fortführen.«

Manchmal, wenn Hugh ihn dazu drängte, kam Hughie Junior ins Half Moon, aber die Bar war einfach nicht seine Welt. Malcolm begrüßte ihn dann freundlich und fragte, wie es ihm ging, aber Hughie schien sich jedes Mal unwohl zu fühlen, also ließ Malcolm ihn in Ruhe. Eigentlich schade, dass Hughie nie auf einen Drink blieb und in lustigen Highschool-Erinnerungen schwelgte, aber er hatte es immer eilig. Als seine Söhne achtzehn wurden, hatte Hugh Senior sie angeblich gewarnt, sich niemals von ihm beim Trinken im Half Moon erwischen zu lassen. Er wollte, dass sie Geschäftsmänner wurden und jeden Tag Anzug trugen.

Aber war Hugh nicht auch ein Geschäftsmann?, dachte Malcolm. War er nicht sogar besser dran als die Anzugträger, weil er niemandem Rechenschaft schuldete? Doch Hugh ging es nicht nur um das Trinken oder darum, dass seine Söhne nach jeder letzten Runde fluchende oder heulende Gäste aus der Bar hätten bugsieren müssen. Vor allem wollte er vermeiden, dass seine Söhne beim abendlichen Kassensturz einen Haufen Bargeld in die Finger bekamen. Für junge Leute sei es einfach zu verlockend, dieser Versuchung nachzugeben. Malcolm kam das seltsam vor. Schließlich war er genauso alt wie Hugh Junior und hatte in der Abschlussklasse neben ihm gesessen. Einmal musste Hughie in Geschichte ein kurzes Referat über den Bau der ersten transkontinentalen Eisenbahnlinie der Vereinigten Staaten halten; ihm stand der Schweiß auf der Stirn. Malcolm hatte völlig vergessen, dass er ebenfalls ein Referat halten musste. Er war als Nächster an der Reihe, und als er ans Podium trat, war es mit Hughies Schweißtropfen übersät. Er musste improvisieren und bekam eine Zwei. Hughie bekam eine Drei.

Aber als sie ihren Highschool-Abschluss in der Tasche hatten, machte Hughie den Sommerkurs an der Columbia, und sein Dad brachte nicht ihm, sondern Malcolm bei, wie man Fässer wechselte, Bier zapfte und Sirup herstellte, wenn keiner mehr da war. »Wundert mich, dass dein Vater dir das nie gezeigt hat«, sagte Hugh Senior einmal. Über zwanzig Jahre war das inzwischen her, doch jedes Mal, wenn Malcolm ein Fass wechselte, erinnerte er sich wieder daran.

»Dein Vater war stolz«, sagte Hugh ein anderes Mal, als im Fernseher über dem Tresen gerade ein Bericht über eine Schießerei vor der Penn Station lief. »Manche Leute hielten ihn für arrogant.«

»Wieso?«

»Wahrscheinlich, weil er nicht hier, sondern in Manhattan seine Bar eröffnet hat. Das Half Moon war ihm sicher zu provinziell im Vergleich zum Gephardt's.«

Malcolm drehte sich zu ihm um, aber Hugh starrte weiter auf den Fernseher. »Im Gephardt's hatte er ein Steak für dreißig Dollar auf der Speisekarte. Und das in den Siebzigern. In einem irischen Pub wäre das undenkbar gewesen.«

»Du warst dort? Du hast nie gesagt, dass du dort warst.«

»Doch, sogar oft.«

»Dann kanntest du meinen Vater also ziemlich gut?«

Hugh schien seine Worte abzuwägen. »Ich kannte ihn.« Er sah Malcolm an. »Hat er dir nie von mir erzählt? Oder vom Half Moon?«

»Nein«, sagte Malcolm.

»Wirklich? Nie?«

Malcolm zuckte mit den Schultern. »Nicht, dass ich wüsste.«

Hugh nickte. Hoffentlich ist er jetzt nicht gekränkt, dachte Malcolm. Vielleicht hätte er Hugh sagen sollen, dass seinem Vater das Half Moon gefiel, aber soweit er sich erinnern konnte, hatte sein Vater die Bar tatsächlich nie erwähnt. Er hatte sich total auf Manhattan eingeschossen; oft sagte er, wenn Gail nach Marys Geburt nicht vehement auf einem Haus mit Garten bestanden hätte, wären sie nach Downtown gezogen.

»Du erinnerst dich also an die Bar deines Vaters?«

»Klar. Ich war achtzehn, als er starb.« Aus dem Gephardt's wurde schließlich eine Sportsbar namens Over Time, und die irischen Landschaftsporträts wurden durch signierte Poster von Top-Athleten ersetzt.

»Ich hab mich nur gefragt, ob du ihn dort besucht hast. Ob er es dir und deiner Schwester überhaupt erlaubt hat.«

»Ja, hat er. Wieso?«

»Nur so, Mal. Ich frage doch bloß.«

Vor allem, als Malcolm noch jünger war, sagte Hugh hin und wieder zu ihm, er sei cleverer als seine Söhne. Malcolm versuchte jedes Mal, ein Kompliment darin zu sehen, doch aus irgendeinem Grund löste es Unbehagen bei ihm aus. Dabei war es doch eigentlich etwas Gutes, clever zu sein.

Nachdem Hugh sein Angebot gemacht hatte, stand Malcolm allein in der Bar, vor sich den Zettelspieß mit den sich türmenden Kassenbons. Er schenkte sich einen kleinen Scotch ein und trank ihn langsam, während er das Sonnenlicht betrachtete, das durch die Fenster auf die abgewetzten Tische und Stühle fiel. Es war kühl draußen, aber das Wetter sollte die ganze Woche herrlich bleiben. Wie schön es jetzt wäre, draußen zu sitzen, dachte er. Hughs Worte klangen ihm noch in den Ohren, und auf einmal sah er vor sich, was er aus diesem Laden machen konnte. Steinerne Wandverkleidungen, Lichterketten, Terrassenschirme, Heizstrahler bis in den November hinein, Wolldecken zum Ausleihen, falls die Gäste fröstelten; so wurde es zum Beispiel in Deutschland gemacht, das wusste er von Jess, sie war dort gewesen. Die Wolldecken könnte er mit Halbmonden besticken lassen. Die Terrassenschirme vielleicht auch. Und er könnte T-Shirts zum Verkauf anbieten, wie die Läden unten an der Küste.

Es war ein Risiko, das sie gerade noch eingehen konnten. Als Manager verdiente er ein festes Gehalt. Als Eigentümer würde er von Monat zu Monat schauen müssen, wie hoch der Nettogewinn war, welchen Betrag davon er in den Laden zurückinvestieren konnte und wie viel ihnen unterm Strich als Einkommen blieb. Doch stemmen konnten sie das nur, wenn sie sich einen weiteren Teil von Jess' Altersvorsorge auszahlen ließen.

»Es geht doch nur um Geld«, sagte Malcolm. Er hatte sich den Abend freigenommen und schon gekocht, als sie von der Arbeit nach Hause kam. Sie war total erledigt. Seit drei Uhr nachmittags hatte sie von einem kühlen Glas Wein geträumt. Sie hatte sich extra beeilt, um den Zug um viertel vor sechs noch zu erwischen, aber wegen einer Signalstörung blieb er in einem Tunnel kurz vor Hackensack stecken. Dann ging auch noch das Licht im Zug aus, und die Frau neben ihr fing an, nach Luft zu schnappen. Jess fragte die Frau, ob sie Platzangst habe, und bot ihr die

Wasserflasche an, aus der sie zuvor schon getrunken hatte, natürlich mit dem Hinweis, dass sie nicht krank sei. Ein Mann auf der gegenüberliegenden Seite des Ganges belehrte Jess, die Frau habe wohl eher Angst vor geschlossenen Räumen, und dies werde fälschlicherweise als Platzangst bezeichnet. Als er sich abwandte, verdrehte Jess die Augen, und auf dem Gesicht der Frau erschien der Hauch eines Lächelns.

Als sie endlich in Gillam eintraf, war es schon nach sieben. Zuerst dachte sie, dass Malcolm sie nur überraschen wollte – sie aßen freitagabends fast nie zusammen –, doch wie sich herausstellte, war der Tag, auf den er schon so lange gewartet hatte, endlich gekommen, und er wollte mit ihr darüber reden.

»Es geht doch nur um Geld«, echote Jess.

»Du weißt, was ich meine.«

Sie hatte jedoch keine Ahnung, was er meinte – wenn es etwas von fundamentaler Bedeutung gab, dann Geld.

Er hatte Pasta mit Hähnchen in Sahnesauce zubereitet. Topf und Pfanne standen schon gespült auf dem Abtropfgestell. Als ihr aufging, dass er sich nicht einfach von André aus dem Half Moon zwei Portionen hatte mitgeben lassen, wurde sie weich. Dass Malcolm den Laden kaufen wollte, war klar, zumal Hugh gesagt hatte, seine Söhne seien nicht interessiert, aber Malcolm musste einsehen, dass der Kauf des Gebäudes seine Möglichkeiten überstieg; das brauchte sie gar nicht erst durchzurechnen. Die Bar hatte zwar Potenzial, aber das Gebäude musste gründlich renoviert werden, und das konnten sie sich nicht leisten.

»Jedenfalls meinte Hugh, er würde es schon irgendwie mit mir regeln, falls ich beides kaufen will«, sagte Malcolm. »Er dachte an ein Nebengeschäft.«

»Kommt gar nicht in Frage«, sagte Jess ungläubig. »Ich will auf keinen Fall in Hugh Lydons Schuld stehen. Du etwa?«

»Wir kennen uns schon ewig! Bei mir würde das anders ablaufen. Mach dir keine Sorgen.«

Jess dachte an Hughs Handlanger, die Dinge für ihn erledigten, über die nie geredet wurde. Männer, die genauso alt wie Malcolm oder zwanzig Jahre älter waren, schwer zu sagen. Typen von der schweigsamen Sorte, aber wenn am Saint Patrick's Day Balladen liefen, hatten sie Pipi in den Augen. Wenn sie in die Bar kamen, bediente Malcolm sie, berechnete ihnen nichts, stellte keine Fragen. Sie besorgten Sachen für Hugh, kassierten die Miete für Wohnhäuser in der Bronx, die ihm gehörten, über die er aber nie redete, aber André wusste irgendwie trotzdem von den Häusern und sagte, es seien die reinsten Löcher. Wenn abends viel los war, kamen die Handlanger als zusätzliche Security. Jess erinnerte sich, wie einer von ihnen, er hieß Grog, sie eines Abends angebaggert hatte, obwohl sie bereits mit Malcolm verheiratet war, der nur wenige Meter entfernt stand. Sie war schon leicht angeheitert, lehnte an der Wand, darauf wartend, dass das Klo frei wurde. Sie schloss für einen Moment die Augen, und als sie sie wieder öffnete, stand er direkt vor ihr und legte ihr die Hand auf die Hüfte, als meinte er das als Frage. Und sie schob seine Hand sanft weg, fast entschuldigend, als sei sein Angebot verlockend, aber sie sei nun mal ein braves Mädchen.

Malcolm schien ihr gar nicht zuzuhören. »Das Obergeschoss würde sich relativ schnell rentieren. Ich würde von einem Architekten überprüfen lassen, ob sich das Dach verstärken lässt, damit es mehr Gewicht trägt. Und ich würde eine Holzverkleidung anbringen lassen, damit man den hässlichen Parkplatz nicht mehr sieht. Von dort oben hat man eine schöne Aussicht, solange man nicht nach Norden schaut. Die Atmosphäre wäre ganz anders als im Erdgeschoss.«

Sie legte ihre Gabel hin. »Du willst einen Architekten beauftragen? Es ist doch schon herausfordernd genug, nur den Laden zu übernehmen und wie gehabt weiterlaufen zu lassen. Sobald du auch nur eine Kleinigkeit änderst, werden die Stammgäste, auf die du angewiesen bist, weil sie zwanzig Drinks die Woche kaufen, sofort auf die Barrikaden gehen. Weißt du noch, als sie im Brew Pub neue Speisekarten eingeführt haben? Die Leute sind ausgeflippt. Dabei war das Essen noch immer das gleiche, sie hatten es bloß in einer anderen Schriftart gedruckt. Und selbst wenn alles so bleibt, wie es ist, fährst du noch lange nicht den gleichen Gewinn wie Hugh ein, denn du musst ja erst einmal die Hypothek abstottern.«

»Sag bloß, Jess.« Malcolm stieß sich vom Tisch zurück. Wo ist unser ganzes Geld denn geblieben?, fragte sein Blick. In der Welt der Fehlinvestitionen ist eine knapp siebenjährige Fruchtbarkeitsbehandlung wohl kaum zu toppen, oder? Was die Krankenversicherung nicht übernehmen wollte, hatten sie anfangs mit seinem Ersparten bezahlt. Aber das Ersparte war bald aufgebraucht. Das ganze Geld – einfach weg. Er sprach es zwar nicht laut aus, doch sie kannten einander gut genug, um auch das zu hören, was ungesagt blieb. Er verschränkte die Arme und tat so, als hätte er vergessen, was er sagen wollte, aber ihr Röntgenblick sah es trotzdem, jedes einzelne Wort.

An jenem Wochenende sprachen sie nicht mehr über das Thema, wichen ihm aus wie einem halbmondförmigen Senkloch. Sonntags ging sie laufen, eine lange Runde, aber vorher druckte sie Verkaufsangebote von anderen Bars in der Gegend aus und legte sie auf den Küchentisch. Bei allen lag die Preisvorstellung unter der Summe, die Hugh für das Half Moon verlangte, aber als Malcolm sich die Fotos anschaute, wandte er ein, dass die Läden entweder kleiner oder nicht so günstig gelegen oder in einem so schlechten Zustand seien, dass sie saniert werden müssten. Ihnen fehle einfach das gewisse Etwas. Es ginge schließlich um das Half Moon, wo er seit vielen Jahren arbeitete. Hugh habe sich etwas dabei gedacht, ausgerechnet ihn zu fragen. Er habe ihn aus gutem Grund ausgewählt.

»Und?«, fragte sie ihn Sonntagabend. Eine Entscheidung war fällig.

»Ich will es machen«, sagte er. Er drehte sich zum Fenster, doch es war schon dunkel draußen, es sah aus, als stünde er vor einem Spiegel. »Ich habe das Gefühl, du hattest deine Chance, und es tut mir auch wirklich leid, dass es nicht geklappt hat, aber jetzt bin ich mal dran.«

»Was um alles in der Welt soll das denn heißen?«

»Es soll heißen, dass …«

Ihr war natürlich klar, was er damit sagen wollte, und auch, dass er es nicht aussprechen würde.

»Malcolm«, sagte sie, stellte sich hinter ihn und legte ihre Wange an seinen Rücken. »Du verdienst es. Du verdienst es wirklich. Aber momentan haben wir einfach nicht das Geld. Ich weiß, dass du denkst, es ist meine Schuld …«

Er seufzte. »Das tue ich nicht.«

»Wie auch immer, jedenfalls fehlt uns das Geld für das Gebäude. Wir haben schon all unsere Mittel aufgebraucht. Aber die Übernahme der Bar bekommen wir schon irgendwie hin. Du hast sie dir wirklich mehr als verdient.«

»Gut, dann belassen wir es fürs Erste dabei«, sagte er und drehte sich zu ihr um. »Vielleicht können wir mit Hugh vereinbaren, das Gebäude später zu kaufen. Er könnte das Vorkaufsrecht in den Vertrag mitaufnehmen.«

Sie zog verblüfft die Augenbraue hoch.

»Ich habe mich informiert«, sagte er.

Er hatte nicht vorgehabt, sie zu hintergehen, aber irgendwann würde sie bestimmt verstehen, dass sich in der Geschäftswelt manchmal Gelegenheiten boten, die man unmöglich ausschlagen konnte. Sie beklagte sich oft, weil sie andauernd Meetings hatte, bei denen alles mehrmals besprochen wurde, aber in der Gastronomie lief es anders. Informationen wurden nett verpackt, alles klang perfekt und war es dann plötzlich doch nicht. Vereinbarungen wurden per Handschlag getroffen, man stieß darauf an, schwor sich gegenseitig dies und jenes. Kurz nachdem er und Jess widerwillig übereingekommen waren und Malcolm Hugh angerufen hatte, um ihm mitzuteilen, dass er nach reiflicher Überlegung nur die Bar kaufen wollte, kam Hugh vorbei, um seine persönlichen Sachen aus dem Lager zu räumen. Das war zehn Tage vor Vertragsabschluss. Sie sprachen noch einmal über das Gebäude und dessen Potenzial. Hugh sagte Malcolm, dass er es noch eine Weile halten könne, aber dann müsse er verkaufen. Und was dann? Was würde das für Malcolm bedeuten? Malcolm musste an die Bemerkung seiner Mutter denken, dass die Miete fürs Gephardt's damals in die Höhe geschossen war. Er erzählte Jess davon, doch sie blieb stur.

»Warum hast du eigentlich nie etwas aus dem Obergeschoss gemacht?«, fragte Malcolm. Hugh erinnerte Malcolm daran, dass das Gebäude ein heruntergekommenes Diner gewesen war, als er es 1973 kaufte. Er habe schon eine Menge Arbeit hineingesteckt. Er habe überlegt, das Obergeschoss in eine Wohnung umzuwandeln, aber dann gab es Probleme mit der Genehmigung, und er wollte auch nicht mitten in der Nacht von irgendwem angerufen werden, weil die Musik zu laut sei. Die Bar sei an vier Abenden in der Woche und fast den ganzen Sonntag lang gut besucht. Mehr könne man doch nicht verlangen. Aber ein junger Kerl wie Malcolm habe natürlich Visionen, um frischen Wind in den Laden zu bringen. Dann rieb Hugh sich mit seinem fleischigen Daumen über die buschige Braue und bot Malcolm ein privates Darlehen an, damit er das Gebäude auch noch kaufen konnte, ohne eine Hypothek aufnehmen zu müssen. Malcolms Bank würde natürlich Genaueres über die Herkunft einer so großen Einzahlung auf seinem Konto wissen wollen, aber sie konnten es ja als Schenkung bezeichnen. Große Schenkungen würden zwar ziemlich hoch besteuert, aber das könnten sie ja bei der Rückzahlung mit einkalkulieren, kein Problem. Malcolm und er würden sich schon einig werden. Malcolm war natürlich sofort klar, dass Hugh nur deshalb gekommen war, um ihm dieses Angebot zu machen.

»Sieh es mal so, Malcolm: Ist es wirklich deine Bar, solange das Gebäude jemand anderem gehört? Das würde ich mich jedenfalls an deiner Stelle fragen.«

»Jess ist von der Idee nicht so begeistert. Sie ...«

»Jess? Seid ihr denn noch ... Ich habe sie schon lange nicht mehr gesehen. Ich wollte lieber nicht fragen.«

»Bei uns ist alles in Ordnung«, lachte Malcolm und ließ sich seine Erschütterung nicht anmerken. Allein der Gedanke, dass er und Jess ... »Sie arbeitet eben viel. Du kennst das ja.«

»Hör mal, du solltest dir das wirklich überlegen.«

»Das werde ich.«

Aus Respekt vor Hugh hatte Malcolm sich keinen Anwalt für den Vertragsabschluss genommen. Jess konnte er nicht bitten, ihn zu begleiten, weil sie dann von dem Nebengeschäft erfahren hätte, und was hätte er dann tun sollen? Auf seine Schuhe starren, während sie Hugh mit tausend Fragen löcherte? Abgesehen davon gab es ohnehin kein Zurück mehr, selbst wenn Jess ihn dazu brachte, seine Meinung zu ändern. Denn in dem Moment, als er Hugh mitteilte, nun auch das Gebäude kaufen zu wollen, brachte er etwas ins Rollen, und noch am gleichen Nachmittag kam Bronx Stevie vorbei, um ihm einen Scheck zu bringen. »Vom Boss«, sagte er nur, bevor er sich ein Guinness bestellte. Als Malcolm den Umschlag öffnete, fand er einen Scheck über eine Summe, die das, was Jess und er für ihr gemeinsames Haus bezahlt hatten, bei weitem überstieg; sie hatten damals ihr gesamtes Erspartes hineingesteckt. Der Umschlag enthielt auch einen Brief an die Bank, der auf die langjährige Beziehung von Hugh und Malcolm verwies und bestätigte, dass es sich bei dem Geld ganz klar um eine Schenkung handelte.

»Der Brief ist natürlich nur zur Show«, sagte Bronx Stevie. Malcolm war verblüfft darüber, dass er ihn anscheinend gelesen hatte. Der Umschlag war zugeklebt gewesen.

Er ließ sich zwei Tage Zeit, um den Scheck einzulösen. Jess überprüfte am Monatsende immer den gemeinsamen Kontostand, also wartete er bis zum Anbruch des neuen Monats. Angeblich hatte Hugh jedem seiner Söhne deren erstes Haus spendiert. Malcolm war natürlich nicht so naiv zu glauben, dass Hugh ihn als Sohn betrachtete, aber es schien doch etwas zu bedeuten, dass er schon seit vierundzwanzig Jahren für ihn arbeitete.

Den Vertragsabschluss hatten sie mit einer Flasche Bourbon gefeiert, die Hugh für einen besonderen Anlass gebunkert hatte. Hughs Anwalt stieß beim Anblick der Flasche einen Pfiff aus und blieb noch auf ein Glas. Als er weg war, ging Hugh zu seinem Auto, holte eine Kiste Zigarren und bot den Gästen in der Bar welche an. Dann setzte er sich neben Malcolm auf einen Hocker, und dann rauchten und tranken sie zusammen und erinnerten sich an die guten alten Zeiten und die verrücktesten Abende. Den Revolver, den sie einmal unter einem Stuhl fanden, neben einer zerknüllten Serviette. Oder die Urne mit Asche, die jemand vergessen hatte. Oder diese Frau, die aus ihrem Kleid gestiegen war, ihre Brüste, die der BH perfekt zur Geltung brachte, die silbrige Kaiserschnittnarbe über ihrem Slip; Malcolm, der das Kleid dann aufhob, ohne mit der Wimper zu zucken, und es ihr reichte, als wäre es das Normalste der Welt. Der Boden sei schmutzig, sagte er, sie solle es vielleicht besser wieder anziehen. Was sie dann auch tat, vor aller Augen, und als sie fertig war, fragte er sanft: »Soll ich Ihnen ein Taxi rufen?«

Manche Geschichten hatte Malcolm schon vergessen, doch plötzlich tauchten sie wieder auf, als wären sie erst gestern passiert. Er war vor Freude so aus dem Häuschen, dass er Jess am liebsten angerufen hätte, sie solle in die Bar kommen, weil es endlich etwas zu feiern gebe. Das Half Moon gehörte ihm! Ganz offiziell! Nun lief der Laden auf seinen Namen, er hatte es schwarz auf weiß. Er liebte diese Bar. *Seine* Bar. Am liebsten hätte er Jess gefragt, ob sie sich noch an den Abend erinnerte, als sie das Dart-

Turnier der Damen gewann. Und an den Abend, als die Liveband sie während des Konzerts auf die Bühne holte und sie alle Anwesenden überraschte, weil sie mit glasklarer Stimme das irische Volkslied *The Parting Glass* zum Besten gab.

»Ich hatte ja keine Ahnung, dass du dieses Lied kennst«, sagte er damals zu ihr.

»Das kennt doch jeder«, sagte sie. »Hier zumindest.«

Ihre Stimme war fest und klangvoll, und alle Anwesenden hörten ihr gebannt zu. Du bist voller Überraschungen, dachte er an jenem Abend, als er sie ansah. Sie hatte etwas, das andere Frauen nicht hatten. Sie war immer ganz sie selbst, blickte nie nach links oder rechts, um herauszufinden, wie sie sein sollte. Manchmal konnte sie wild und ausgelassen sein, lachte und tanzte wie alle anderen, oder lief barfuß durch die Stadt, die High Heels in der Hand. Aber sie konnte auch sehr still sein. Wenn ihr jemand etwas Wichtiges erzählte. Wenn sie spürte, dass jemand bedrückt war. Oder wenn sie etwas auf dem Herzen hatte. Er schaute zu der Stelle hinüber, wo sie damals gesungen hatte, aber statt einer Bühne mit Band war dort jetzt ein Vierertisch mit drei Gästen.

Die Leute sprachen noch immer über Malcolms und Jess' Hochzeitsparty in der Bar. Wie lustig es gewesen sei, obwohl die Ankündigung so kurzfristig gekommen war und die Braut nüchtern bleiben musste. Die Party hatte nachmittags um zwei begonnen, und als die letzten Gäste sich in der Morgendämmerung verabschiedeten, war Jess auf einem Stuhl eingeschlafen, eingehüllt in Malcolms Sakko. Malcolms Mitbewohner hatte bereits ein paar Monate zuvor eine andere Unterkunft gefunden, und so war Jess mit ihrer Übernachtungstasche eingezogen; ihre restlichen Sachen, die noch bei Cobie waren, wollte sie bei nächster Gelegenheit mit einem Miettransporter abholen. Hugh entschuldigte sich, dass er nicht kommen konnte, und schenkte ihnen dafür die Party mit Häppchenbuffet und einem hohen Rabatt auf alle Drinks. Er ließ John ein Schild an die Tür hängen, auf dem stand, dass das Half Moon wegen einer privaten Feier geschlossen war. Cobie dekorierte das Lokal mit Blumen, überall standen Einmachgläser mit Margeriten. Jess' High-School-Freundinnen brachten Champagner mit, Gail Gephardt sorgte für den Kuchen. Jess' Eltern blieben etwa zwei Stunden lang und nippten an ihren Drinks, wahrscheinlich waren sie noch immer geschockt. Malcolm versuchte, sich in ihre Lage zu versetzen, fand jedoch, dass sie keinen Grund hatten, eingeschnappt zu sein. Jess' Mutter war noch enttäuschter als ihr Vater; sie kam einfach nicht darüber hinweg, dass ihre Tochter ihre glorreiche Zukunft in Manhattan sausen ließ, um sich ein Baby andrehen zu lassen – ausgerechnet von einem örtlichen Barkeeper, an den sie nun für den Rest ihres Lebens gekettet war. »Autsch«, sagte Malcolm, als Jess ihm davon berichtete. Sie wurde sofort blass. »Oh mein Gott, warum habe ich dir das überhaupt erzählt?«, sagte sie und umarmte ihn. »Sie meint es nicht so. Sie macht sich bloß Sorgen.«

Gail Gephardt schaute während der kurzen Zeremonie im Standesamt ständig zu den Ryans hinüber, damit sie nicht so dreinschauten, als hätte Jess einen Besseren als Malcolm verdient. Einig waren sich die Eltern des frischvermählten Paares lediglich darüber, dass es doch schön wäre, wenn auch noch ein Priester die Verbindung segnete. Gail sagte, ein Baby sei immer eine gute Nachricht, egal unter welchen Umständen, aber Maureen Ryan schwieg dazu.

Alle wussten, dass Jess schwanger war, obwohl Jess' Mutter ihr eindringlich dazu geraten hatte, den Leuten frühestens nach der zwölften Woche davon zu erzählen.

»Warum denn?«, hatte Jess gefragt. Sie waren jung und schön. Die Welt lag ihnen zu Füßen.

Als Malcolm sagte, er wünschte, sein Vater lebte noch und könnte mitfeiern, stellte Hugh mit betroffener Miene sein Glas ab. »Du bist ihm sehr ähnlich«, murmelte er nach einer Weile. »Außer…«

»Außer was?« Manchmal beschlich Malcolm das Gefühl, dass sie sich besser gekannt hatten, als Hugh zugeben wollte.

»Keine Ahnung.«

Hast du ihn gemocht?, hätte Malcolm am liebsten gefragt, aber es kam ihm erbärmlich vor, darauf zu hoffen, dass sein längst verstorbener Vater ein Mensch gewesen war, den andere sympathisch fanden. Als Hugh sich schließlich auf den Weg gemacht hatte, nicht ohne ihm nochmals alles Gute zu wünschen, nahm Malcolm sein Handy, um Jess anzurufen, doch als er sah, wie spät es war, bekam er einen Schreck. Der Vertragsabschluss hatte sich bis zwei Uhr nachmittags hingezogen, Hughs Anwalt war gegen vier gegangen, und nun war es schon fast Mitternacht. Er schrieb stattdessen eine Nachricht.

Was machst du gerade?
Bin schon im Bett. Alles unter Dach und Fach?
Alles gut
Bist du schon losgefahren?
Mache mich gleich auf den Weg
Lasst uns dieses WE feiern
Ja, unbedingt

Er griff nach der fast leeren Flasche, die Hugh dagelassen hatte, und betrachtete das Etikett.

»Wundert mich, dass er die geöffnet hat«, sagte er zu Emma, die hinterm Tresen stand. »Kostet ein Vermögen.«

»Die gehört ja jetzt dir«, sagte Emma. »Oder nicht?«

»Oh«, sagte Malcolm verblüfft. Und alle um ihn herum, die an jenem Abend miterlebt hatten, wie das Schicksal seinen Lauf nahm, brachen in Gelächter aus.

Was wäre gewesen, wenn sie mit der Heirat noch gewartet hätten? Was, wenn das Baby zur Welt gekommen wäre? Es war wie bei diesen Abenteuerbüchern, die er als Kind so geliebt hatte, in denen man den Fortgang der Handlung selbst bestimmen und mehrere Alternativen zur Auswahl hatte, von denen jede zu weiteren Alternativen führte.

Der Arzt sagte, es sei völlig normal. Es passiere öfter, als man dachte. Bei rund der Hälfte aller Schwangerschaften, meist bevor die Frau überhaupt wusste, dass sie schwanger war. Und bei fünfzehn bis fünfundzwanzig Prozent aller bekannten Schwangerschaften. Es könne einfach so passieren, ohne medizinisch ersichtlichen Grund. Es gebe wirklich keinen Anlass, sich Sorgen zu machen. Jess sei erst fünfundzwanzig und kerngesund. Falls sie es später noch einmal versuchen wollten, werde es höchstwahrscheinlich klappen.

Obwohl sie niedergeschmettert und zugleich verblüfft darüber waren, wie traurig sie das Ganze machte, waren sie sich einig, dass es auch etwas Gutes gebracht hatte. Sie fühlten einander noch mehr verbunden. Sie liebten einander und bereuten nichts. Jess erholte sich relativ schnell. Sie trat die Stelle bei der Gewerkschaft an. Sie legte die Anwaltsprüfung ab und bestand sie mit Bravour. Sie sagte, sie wisse nicht, wie sehr sie trauern dürfe, da sie es ja nicht schon seit langem versucht oder gewollt habe und erst in der neunten Woche gewesen sei. Malcolm erwiderte, was sie fühle, sei keine Frage des Dürfens, es gebe keine Regeln. Was ihn selbst betraf, war er vor allem überrascht. Sie fühlten sich beide irgendwie schuldig, als hätten sie etwas falsch gemacht – vielleicht waren sie abends zu lange unterwegs gewesen oder hatten sich in der kurzen Zeit zu viel vorgenommen –, aber Jess meinte, es ginge ihr von Tag zu Tag besser, also ging es Malcolm genauso. Sie waren sich einig, dass sie sich eine größere Wohnung und irgendwann ein Haus suchen mussten. Sie hätten es auf jeden Fall geschafft, davon waren sie überzeugt, doch immerhin konnten sie nun ein wenig planen. Sich vorbereiten. Immerhin wussten sie nun, was sie erwartete.

3

AM SAMSTAG nach dem Sturm wurde Malcolm gegen Mittag durch ein lautes Krachen geweckt, gefolgt von einem Knall. Einen Moment lang glaubte er, der Lärm käme von irgendwo im Haus, doch dann hörte er ein weiteres Krachen und wandte gerade noch rechtzeitig den Kopf, um einen großen Schatten an seinem Schlafzimmerfenster vorbeihuschen zu sehen. War da gerade jemand vom Dach gesprungen? Es war hoch genug, um sich die Knochen zu brechen, aber tödlich wäre ein Sprung wohl kaum. Außerdem konnte niemand ins Haus gelangen, ohne dass er es mitbekam. Jedenfalls nicht Jess. Seine Antennen schlugen ja schon aus, wenn sie bloß die Straße entlangfuhr.

Und dann fiel ihm wieder ein, was Patrick und Siobhán ihm am Abend zuvor erzählt hatten. Er versuchte, sich daran zu erinnern, was sie über Jess und Patricks Freund Neil gesagt hatten, doch es war, als wäre er durch eine dicke Glasscheibe davon getrennt. Und als er nun bei Tageslicht im Bett lag – für ihn war es eher ihr Bett als seins, weil ihre schlaksige, ihm zugewandte Gestalt stets schon darin lag, wenn er abends heimkam –, erschien es ihm absurd, dass sie vielleicht genau in diesem Moment an einem Ort schlief, der ihm fremd war. Dass sie irgendwo duschte und von Zimmer zu Zimmer lief, wo sie sich wie zu Hause fühlte, während er keine Ahnung hätte, welche Tür wohin führte, hätte er sie besucht. Einen Moment lang dachte er, das alles nur geträumt zu haben, doch dann sah er seine Klamotten vom Vorabend am Boden neben der Badezimmertür liegen. Wie anders es in ihrem gemeinsamen Schlafzimmer aussah, ohne Jess' Lotionen, Make-up-Kram und Multivitamintabletten auf ihrem Nachttisch. Ohne die Arzneiflaschen und Hormoncremes der letzten sechseinhalb Jahre. Ohne ihre Armreifen und Ohrringe.

Er schaute auf sein Handy. Keine neuen Nachrichten. Keine verpassten Anrufe. Er googlete ihren Namen, wie er es oft tat, und da war sie auch schon, Jessica Gephardt, Rechtsanwältin, im Blazer, die Frisur ordentlicher als im realen Leben.

Er schaute sich die letzte Nachricht an, die sie vor einem knappen Monat geschickt hatte.

Malcolm, ich habe die nächsten Termine bei Dr. Hanley abgesagt. Für die letzten beiden Termine berechnet er uns den vollen Preis, weil wir nicht gekommen sind, obwohl er uns eingeplant hatte.

Keine Abkürzungen. Perfekte Zeichensetzung. Was war eigentlich mit den Therapiesitzungen davor gewesen? War sie allein hingegangen? War es ethisch überhaupt vertretbar, in der Paartherapie über ihn zu sprechen, wenn er nicht dabei war? Sie hatte Dr. Hanley ausgesucht, weil er Malcolm daran erinnern sollte, wofür sie all diese Mühen auf sich nahmen. Aber Dr. Hanley wollte über die Vergangenheit reden. »Dafür fehlt uns die Zeit«, protestierte Jess, als sie die dritte Sitzung hatten.

Es ärgerte ihn, dass sie ihn nicht Mal, sondern Malcolm nannte. Patrick hatte ihn mehrmals gedrängt, zu ihr zu fahren, als wäre ihm die Idee nicht selbst gekommen. Aber die Vorstellung, vor Cobies Haus zu parken und wie ein Pizzabote auf der Treppe zu warten, bis Jess gnädigerweise zur Tür kam, ging ihm gegen den Strich. Und was sollte er überhaupt sagen? Sie hatte ihn verlassen. Also war es doch wohl eher angebracht, dass sie auf ihn zukam.

Während er im Bett lag und auf ihr LinkedIn-Foto starrte, fiel ihm auf, dass in letzter Zeit niemand nach ihr gefragt hatte. Da dämmerte ihm, dass vermutlich alle Bescheid wussten. Dass niemand nach ihr fragte, war der beste Beweis dafür, dass Patrick und Siobhán ihm die Wahrheit gesagt hatten.

Als er schließlich aufstand, merkte er, dass es eiskalt im Haus war, und als er ans Fenster ging, sah er zwei riesige Äste im Schnee liegen, ineinander verhakt wie ein Liebespaar, das erschöpft eingeschlafen war. Am Baum entdeckte er zwei helle Bruchstellen. Er griff nach der Bettdecke, hüllte seine nackten Schultern darin ein und ging durch den Flur zu einem der Vorderfenster. Der Briefkasten der Bennetts war verschwunden. Gerry Kowalskis zweitüriger Kombi war nur noch ein weißer Hubbel. Der Collie der Colemans war gerade draußen, Malcolm sah nur seinen Kopf, der ab und zu über dem Schnee auftauchte, während Jon Coleman in seiner offenen Garage stand und sich die Hände warmhauchte. Es gab keine Reifenspuren auf der Straße, kein Anzeichen, dass der städtische Schneepflug vorbeigekommen war. Die winterlich kahlen Gärten der Nachbarschaft waren unter einer frischen Schneedecke begraben, selbst Mike Dunleavys vermüllter Hof glich einem Postkartenidyll. Der Himmel war blau und wolkenlos. Die Wipfel der Fichten auf der anderen Straßenseite neigten sich im Wind. Die Temperatur sollte bis zum Abend auf zweistellige Minusgrade sinken und mehrere Tage lang so bleiben.

Am liebsten hätte er sie sofort angerufen und gesagt: Es wird Zeit, dass du heimkommst. Du blamierst dich nur, alle wissen, was du treibst, aber wir können das wieder hinbiegen. Der Schneesturm ist vorbei, es reicht jetzt.

Er versuchte abermals, sich Neil Bratton vorzustellen. Mit diesem Kerl ging Jess ins Bett? Undenkbar. Vielleicht war er ja wirklich zu naiv, aber konnte es nicht sein, dass sie nur gute Freunde waren, die viel gemeinsam hatten, und die Leute zogen falsche Schlüsse daraus? Sie hatten ja tatsächlich viel gemeinsam. Erstens waren sie beide Anwälte. Zweitens … tja. Mehr fiel ihm nicht ein. Aber wahrscheinlich spielte es ohnehin keine Rolle. Er selbst hatte mit relativ vielen Frauen geschlafen. Aber das hieß ja nicht, dass sie ihm etwas bedeutet hatten, Gott bewahre. Wenn er heute oder wann auch immer mit einer anderen Frau ins Bett ginge, würde sie ihm niemals so viel bedeuten wie Jess. Sie würde ihn auch gar nicht richtig kennen, geschweige denn Einfluss auf ihn nehmen können. Jess war normalerweise diejenige, die ihm sagte, wie er über bestimmte Sachen denken sollte, und er versuchte, das, was sie getan hatte, so zu betrachten, als sei sie gar nicht Jess und er gar nicht Malcolm, als sei Neil Bratton nur ein Double für jeden, und als seien die Leute aus ihrem Umfeld auch nicht die, die sie tatsächlich waren.

Vielleicht war es für Jess ja nur etwas Mechanisches, eine Verschmelzung von Körpern, ohne einander wirklich zu kennen. Wenn es so war, konnte er vielleicht darüber hinwegkommen. Aber sie hätte es längst zugegeben, wenn die Sache mit Neil Bratton nichts zu bedeuten hatte. Sie war keine Lügnerin, also konnte er ihr Schweigen nur so interpretieren, dass die Geschichte zwischen ihr und diesem Bratton etwas Ernstes war. In einer Reihe von zig Kniescheiben oder Ellbogen hätte er die von Jess auf Anhieb erkannt. Er konnte ihre Gedanken aus fünfzig Metern Entfernung lesen, nur anhand ihrer Schulterhaltung.

Oder auch nicht, dachte er. Oder eben auch nicht.

Plötzlich erinnerte er sich an den Morgen, als er sich bei offener Badezimmertür die Zähne putzte und im Spiegel sah, wie Jess sein Arbeitshemd aus dem Wäschekorb nahm und daran schnupperte. Er war drauf und dran, sie zu fragen, was sie da machte, als es ihm dämmerte. Er vermied es immer, Emma zu Hause zu erwähnen, aber vielleicht brachte gerade die Auslassung ihres Namens Jess darauf, dass er Emma attraktiv fand. Aber es war ja kein Verbrechen, jemanden attraktiv zu finden. Und dass er immer den Bauch einzog, wenn er sich in der Enge hinterm Tresen an ihr vorbeidrängelte, war ja auch nicht verboten. Wenn Emma ihn etwas fragte, zweifelte sie nicht sofort an seiner Antwort, und das fühlte sich gut an. Wenn sie ihm ein Problem meldete, schaute sie ihn an, als sei sie fest davon überzeugt, dass er es löste. Einmal, ein einziges Mal, als sie sich zusammen eine Rechnung anschauen, stand er so dicht bei ihr, dass er spürte, wie ihn das Licht streifte, das auf ihren Arm fiel. Sie blieben beide regungslos stehen. Dann kam Roddy herein, und Malcolm wich zurück.

Seit Cobie ihm erzählt hatte, dass Jess wieder in Gillam war, hatte er jeden Tag mit dem Gedanken gespielt, am Haus ihrer Mutter vorbeizufahren, aber er war standhaft geblieben und sogar stolz auf sich gewesen. Jetzt kam er sich wie ein Idiot vor. Er hätte schwören können, dass sie sich bei ihrer Mutter einquartiert hatte, aber das stimmte gar nicht. Nachdem Patrick und Siobhán extra vorbeigekommen waren, um es ihm zu sagen, beschloss er noch am selben Abend, hinzufahren, um sich selbst ein Bild zu machen. Das Schneechaos wurde von Minute zu Minute schlimmer, also stellte er die Scheibenwischer auf Maximalstufe, spähte übers Lenkrad gebeugt zwischen den Wischbewegungen hindurch und bog in Jess' alte Straße ein. Normalerweise genoss er die Fahrt vom Half Moon nach Hause, das Gefühl, noch wach und unterwegs zu sein, wenn alle anderen bereits schliefen. Es kam ihm wie eine andere Zeitebene vor, wenn er nach der Arbeit die stillen Straßen durchkreuzte. Doch an diesem Abend kam ihm die tiefe Ruhe wie eine Warnung vor. Er erreichte die Kurve, hinter der Jess' Elternhaus lag. Als er zum ersten Mal über Nacht geblieben war, nachdem er sie in ihrem Zimmer geleckt hatte – an der Wand neben dem schmalen Bett klebte ein INXS-Poster –, wollte er rasch durch die Küche verschwinden, doch Mr. Ryan hielt ihn auf und befahl ihm, sich zu setzen. Eigentlich hatte er schon weg sein wollen, bevor Jess' Eltern wachwurden, aber er musste eingeschlafen sein, denn im nächsten Moment war das Zimmer taghell und Jess' Wecker zeigte halb neun. Halb neun bedeutete, dass er offiziell übernachtet hatte. Und bei ihnen zu Gast war.

Während sie sich unterhielten, faltete Mr. Ryan eine Brotrinde und rammte sie in ein weichgekochtes Ei. Ein Tropfen Eigelb landete auf seinem Bart, und Malcolm musste sich zwingen, nicht zu würgen. Er nippte an dem Glas Orangensaft, das Mrs. Ryan ihm hingestellt hatte, und überlegte, ob das Gespräch nur ein Trick war und Mr. und Mrs. Ryan nur so lange höflich blieben, bis Jess auftauchte, um ihnen dann beiden eine Standpauke zu halten. Er war natürlich schon viel zu alt für so etwas, aber aus seinem eigenen Elternhaus wusste er, dass Töchter nie zu alt für Moralpredigten waren, und dass es nicht in Ordnung gewesen wäre, Jess damit alleinzulassen.

Und dann kam Jess in die Küche, frisch geduscht, in Jogginghose und T-Shirt, mit rosigen Wangen und leuchtend grünen Augen, obwohl sie nur vier Stunden geschlafen hatte. Sie wirkte überrascht, weil er noch da war, und nervös. Was ihr Vater wohl sagen würde?

»Er hat nicht in Mickeys Bett geschlafen«, sagte Mrs. Ryan zu ihrer Tochter, als wäre er gar nicht da.

Jess' Vater war zu diesem Zeitpunkt schon sehr krank, was allerdings keiner ahnte. Er hatte noch vor Augen, wie Mr. Ryan sich an jenem Morgen immer wieder geistesabwesend mit der Hand über die Brust fuhr, als tastete er nach etwas. Als er Jess ein paar Jahre später davon erzählte, sagte sie, er habe sich das nur ausgedacht.

»Wie alt bist du überhaupt?«, fragte Mr. Ryan brüsk. Aus dem Alter, hier zu sitzen, bin ich jedenfalls längst heraus, dachte Malcolm. Den Ryans erschien der Unterschied von vier Jahren zu groß. Für sie war Jess noch immer ein Kind, obwohl sie schon vierundzwanzig war, seit zwei Jahren Jura studierte und längst ausgezogen war, in eine Wohnung in Manhattan. Ihr altes Zimmer lag im Erdgeschoss und das Schlafzimmer ihrer Eltern im Obergeschoss, aber das Haus war ziemlich klein. Er hatte vorgeschlagen, dass sie zu ihm gehen, aber das wollte sie nicht, weil sie seinen Mitbewohner nicht leiden konnte, und außerdem hätten sie dann von der Bar aus ein Taxi nehmen müssen, weil Malcolms Auto gerade in der Werkstatt war. Ihr Elternhaus sei gleich um die Ecke, sagte sie, aber der Weg war länger, als er gedacht hatte. Als er fragte, wann sie denn endlich da seien, lachte sie nur. »Bist du sicher, dass deine Eltern nicht aufwachen?«, fragte er, als sie die Hintertür öffnete und einen Moment innehielt, um zu lauschen. Das Haus war dunkel und still.

»Letzte Nacht sind sie auch nicht aufgewacht«, antwortete sie.

Er verschränkte die Arme. »Wie bitte?«

»Das war ein Witz«, sagte sie und verdrehte die Augen.

»Er hat auf der Couch geschlafen«, sagte Jess zu ihrer Mutter. Wahrscheinlich meinte sie das alte Sofa im Flur; zumindest hatte Malcolm dort eins gesehen. Einen Moment lang befürchtete er, einem Kreuzverhör unterzogen zu werden – welche Decke hat Jess dir denn gegeben? und welches Kissen? –, doch Mrs. Ryan nickte nur und stellte keine weiteren Fragen. Anscheinend war es ihr gleich, ob ihre Tochter die Wahrheit sagte.

Fünfzehn Jahre ist das jetzt her, dachte er, als er vor dem Haus der Ryans anhielt. Jess' Auto war nicht da. Er starrte auf die leere Einfahrt, als wartete er auf irgendeinen Beweis, dass Patrick und Siobhán sich irrten, irgendein Zeichen, dass Jess drinnen bei ihrer Mutter war und darüber nachdachte, wie sie auf ihn zugehen sollte.

Als er nur wenige Minuten später auf seiner eigenen Einfahrt parkte, kam ihm die Nachbarschaft, ja die ganze Stadt noch einsamer vor als bei Tageslicht. Er stieg aus dem Wagen, fühlte sich aber noch nicht bereit, ins Haus zu gehen. Für gewöhnlich kam er in den frühen Morgenstunden heim, ließ sich ins Bett fallen und schlief sofort ein. Aber das konnte er jetzt vergessen, es war noch nicht einmal Mitternacht. Er setzte sich auf die Vordertreppe, das kleine Vordach über dem Eingang bot ihm Schutz vor dem Schnee, und kramte nach der Zigarette, die er eine Stunde zuvor von Scotty geschnorrt hatte, mit genau dieser Szene im Kopf. So kalt war es gar nicht. Und windig war es auch nicht, aber laut Vorhersage sollte sich das bald ändern. Der Schneefall klang wie ein zartes kristallines Wispern. Malcolm hatte seit Jahren nicht mehr geraucht, aber als er nun dort saß, hinter sich sein leeres Haus, das auf ihn wartete, fragte er sich, ob es möglich war, sich zu ändern. Und in einem Leben zu landen, das vollkommen anders war als das, was er zu haben glaubte.

Er hätte ihr an jenem Tag folgen sollen. Er hätte sie davon abhalten sollen, in ihr Auto zu steigen, und mit ihr über alles reden sollen; Dr. Hanley hatte ja immer gesagt, das sei wichtig. Aber er hatte sie einfach gehen lassen. Weil er unter Schock stand. Weil seine Gefühle verletzt waren. Und weil er nicht wusste, was er sagen sollte.

Erst, als sie weg war, merkte er, wie sehr er davon abhing, dass sie mit ihren Gewohnheiten seinen Tagesablauf bestimmte. Er wusste nie, was er mit sich anfangen sollte, wenn er allein war, und es war ihm seit jeher ein Rätsel, wie Leute, die allein lebten, überhaupt zurechtkamen. Seit Jess fort war, hatte er kein einziges Mal zu Hause gegessen. Wenn er freihatte, schrieb er seinen Freunden Nachrichten, um herauszufinden, was sie vorhatten; wenn er Glück hatte, luden sie ihn zu sich ein oder er konnte sie für ein paar Stunden von ihren Familien weglocken. Wenn das nicht funktionierte, klapperte er alle Läden ab, deren Barkeeper er kannte; dort war stets ein Platz am Tresen frei, und er konnte ein Sandwich essen, ohne mit jemandem reden zu müssen. Der Gesprächslärm der Leute um ihn herum reichte ihm als Gesellschaft, viel besser, als im leeren Wohnzimmer den Sportsender dröhnen zu lassen.

An Halloween, dem Tag, als Jess ihn verließ, fuhr er wie üblich zur Arbeit. Das Half Moon füllte sich rasch mit Leuten, die als Rockstars, Gespenster oder bekannte Filmfiguren verkleidet waren, und in manchen Momenten kam ihm das, was kurz zuvor passiert war, zu surreal vor, um wahr zu sein. Sie habe sich den Tag freigenommen, um aufzuräumen, sagte sie. Und das hatte sie dann auch, im wahrsten Sinne des Wortes. Gegen Mittag ging er ins Fitnessstudio, und als er wieder heimkam und seine Schlüssel auf den Flurtisch warf, fiel ihm auf, dass ihre Reisetasche neben der Tür stand. Aber er war abgelenkt. In der Bar lief es gerade nicht so gut. Sein Lebensmittellieferant hatte ihn schon zum zweiten Mal in diesem Monat hängen lassen. Er hatte bereits auf eine reine Imbiss-Karte umgestellt, kein frisches Gemüse mehr, nur noch Tiefkühlware, haltbar bis zum Weltuntergang. Als Nächstes würde er das Essen ganz abschaffen und sein Angebot auf Chipstüten beschränken müssen. Ungleich mehr Kopfzerbrechen bereitete ihm allerdings, dass er mit drei Rechnungen seines Guinness-Lieferanten in Verzug war, aber dass die letzte noch nicht beglichen war, hatte sich der Lieferant selbst zuzuschreiben, weil er den Scheck liegenließ, den Malcolm ihm hingelegt hatte. Malcolm wurde der Aufsichtsbehörde gemeldet, das sprach sich sofort herum, und seither musste er sämtliche Alkohollieferungen bar bezahlen. Dem Kerl mit dem klapprigen Lieferwagen, der immer die Zapfanlage reinigte, schuldete er ebenfalls Geld. Auch dem Kerl, der die Softdrinks brachte. Von der Müllabfuhr ganz zu schweigen. Er selbst wartete allerdings auch noch auf Geld, nämlich auf seine Anteile am Spielautomaten und an der Jukebox, aber die Typen, die die Geräte betrieben, waren fast noch Kinder, und es kam ihm schäbig vor, sich deswegen an ihre Fersen zu heften.

Und dann ging ihnen auch noch der Wodka aus, er hatte sich dummerweise verschätzt, also schickte er Roddy los, um Wodka im Spirituosenladen zu kaufen, zum vollen Preis natürlich. Anstatt mehrere Sorten zu holen, kam Roddy mit sechs Flaschen Absolut zurück, doch wie zu erwarten war, bestellte der nächste Gast Ketel One mit Soda, der übernächste verlangte Stoli und alle unter fünfundvierzig wollten Tito's, und alle taten so, als sei ihr Lieblingswodka der einzig Wahre, obwohl tatsächlich kein Mensch die Sorten auseinanderhalten konnte.

Überkam ihn eine düstere Vorahnung, als er ihre Reisetasche im Flur sah? Er hörte sie oben im Schlafzimmer hin- und herlaufen. Er ging die Post durch und warf sie dann neben seine Schlüssel auf den Tisch. Als er schließlich zu ihr hochging, sah er, dass sie auch noch ihren alten Rollkoffer packte. »Malcolm«, sagte sie überrascht, als hätte sie gar nicht mit ihm gerechnet.

»Willst du verreisen?«, fragte er. Dann begriff er, was los war, und er tat das, was er immer tat, wenn er aufgewühlt war; etwas, das sie hasste: Er wurde zu Stein. Er verschränkte die Arme, zog an seiner verspannten Schulter und tat so, als hätte er die Frage gar nicht gestellt.

Sie holte tief Luft. Ihm sträubten sich die Nackenhaare.

»Nur für eine Weile«, sagte sie. »Um nachzudenken. Es gibt so vieles, worüber wir …«

»Um nachzudenken«, wiederholte er, und sie nickte und sah ihn an, als wappnete sie sich dafür, von ihm mit Fragen bombardiert zu werden. Doch dazu war er viel zu überrascht. Er starrte auf ihre pulsierende Halsschlagader; sie hatte ihr langes dunkles Haar hochgesteckt, wie immer, wenn sie zu Hause war.

»Ich kann mich damit jetzt nicht beschäftigen«, sagte er schließlich. »Nicht in dieser Woche. Auf keinen Fall. Du hast keine Ahnung, was in der Bar gerade los ist.«

Er deutete auf ihre Kleiderstapel und schüttelte den Kopf, wie um zu sagen: Wir haben uns doch versprochen, dass wir einander nie verlassen. Und auch nie Witze darüber machen. Wir sind doch eine Familie, in guten wie in schlechten Zeiten.

Aber sie wandte sich wieder ihrem Koffer zu. Die Kopfschmerzen, die sie schon seit Tagen plagten, ballten sich hinter ihrer Stirn.

Wäre er aufmerksamer gewesen, hätte er es tags davor schon kommen sehen. Da hatte sie den Badezimmerschrank ausgeräumt, eine große schwarze Mülltüte geholt und sämtliche halbleeren Shampooflaschen und Lotionen hineinbefördert. Die noch ungeöffneten Schwangerschaftstests wollte sie eigentlich auch wegwerfen, aber irgendetwas hielt sie davon ab. Stattdessen öffnete sie einen, pinkelte darauf und betrachtete ihr Gesicht im

Badezimmerspiegel, während sie darauf wartete, dass der Strich erschien. Ihr letzter Schwangerschaftstest war zwei Jahre her. Woran hatte sie eigentlich früher beim Warten gedacht? Hatte sie manchmal überlegt, welche Einkäufe sie noch erledigen musste, oder hatte sie sich wirklich jedes Mal vorgestellt, wie es sich anfühlen würde, ein Baby aus sich herauszupressen, seine schockierten Schreie zu hören, es sich auf die Brust zu legen, damit es den vertrauten Geruch ihres Körpers wahrnahm, das einzige Zuhause, das sie je kannte? Das ist Luft, würde sie ihrem Baby zuflüstern. Das ist Licht. Das sind Menschen, wie du. Sie öffnete einen weiteren Test und wiederholte die Prozedur, obwohl sie kaum noch Urin in der Blase hatte. Was, wenn zwei Striche erschienen? Sie hatte Berichte von Frauen gelesen, die völlig unerwartet schwanger geworden waren. Hunderttausend Dollar für Fruchtbarkeitsbehandlungen ausgegeben, und dann klappte es plötzlich bei einem Wochenende in Puerto Rico, obwohl gar kein Eisprung ausgelöst worden war. Aber wenn zwei Striche auf dem Teststab auftauchten, wer war dann der Vater?, dachte sie erschrocken.

Sie musste ihm von Neil erzählen. Bevor er es von jemand anderem erfuhr.

»Malcolm« sagte sie und drehte sich zu ihm. »Ich weiß, dass jetzt ein schlechter Zeitpunkt ist, aber ich muss einen klaren Kopf bekommen. Ich glaube, wir können so nicht weitermachen. Aber bevor ich gehe, muss ich dir noch etwas sagen, was ich dir schon längst ...«

»Das sind meine«, unterbrach er sie und schaute auf die Earbuds in ihrer Hand.

Es fühlte sich an, als hielte er ihr den Mund zu.

»Die hier?«, fragte sie und hielt die Earbuds hoch.

»Das sind meine«, wiederholte er. Statt sie zu fragen, warum sie wegging und wohin, wollte er sich eine Schlacht um diese verdammten Stöpselkopfhörer liefern.

»Ich glaube, das sind meine«, sagte sie. »Schau.« Sie zeigte ihm den winzigen Nagellackfleck, mit dem sie die Earbuds markiert hatte, um sie nicht mit seinen zu verwechseln.

Dass sie packte, nahm er einfach hin. Dass sie gehen wollte, nahm er einfach hin. Aber der winzige Nagellackfleck ließ ihn austicken. Er stürmte die Treppe hinunter, und als er die Tür hinter sich zuschlug, bebte das ganze Haus.

Zehn Minuten später tauchte er wieder auf, tat so, als suchte er etwas, vielleicht, weil er überlegte, ihr doch noch eine Frage zu stellen.

»Willst du nicht wissen, wo ich hingehe?«, fragte sie schließlich, als er keinen Ton sagte.

»Nö«, erwiderte er.

»Ich gehe zu Cobie«, sagte sie mit zitternder Stimme.

»Geh doch zum Mond!«, sagte er und stürmte wieder aus dem Zimmer. Sie hörte ihn nach unten gehen, sah vor sich, wie er dort herumlief und mit den Fingern knackte, unschlüssig, was er tun sollte. Einen Moment lang glaubte sie zu hören, wie er seinen Wagen anließ und wegfuhr, doch er blieb. Er ist verletzt, sagte sie sich. Er ist wütend, kommt sich vor wie ein Idiot. So ginge es ihr auch an seiner Stelle. So ginge es jedem. Wenn die Wogen sich geglättet hatten, würden sie reden. Wenn sie sich daran gewöhnt hatten, etwas Abstand voneinander zu haben. Dann würde sie ihm alles erzählen.

Als sie mit dem Packen fertig war, fingen die Kinder an zu klingeln und »Süßes oder Saures« zu rufen. Malcolm machte ihnen Komplimente zu ihren Kostümen; bestimmt winkte er den Eltern am Straßenrand zu. Wirklich erstaunlich, wie er auf jedes Kind einging. Nur sie wusste, wie schwer es ihm fallen musste, freundlich und normal zu klingen. Aber warum gab er sich diesen Anschein? War das eine positive Eigenschaft, oder lag in dem verzweifelten Bestreben, sein Innerstes vor der Welt abzuschirmen, etwas Krankhaftes? Wer ihn reden hörte, hätte niemals vermutet, was gerade bei ihm daheim, in seinem Leben, passierte.

Als Jess ihren Koffer die Treppe hinunterschleppte, und Malcolm sah, wie sie sich abmühte, dachte er nur: Hoffentlich stolpert sie nicht. Er schaute zu, wie sie das schwere Ding in den Kofferraum ihres Wagens hievte, erstaunt darüber, dass sie es schaffte, und als sie zurückging, um ihre Reisetasche zu holen, stand er einfach nur da.

Verrückt. Auf der Heimfahrt vom Fitnessstudio hatte er noch gedacht, vielleicht begleitet sie mich ja in die Bar und macht mit mir zusammen die Jury, bewertet Halloween-Kostüme, vergibt Preise, spielt womöglich eine Runde Darts, wenn sie in Stimmung ist. Es war schon so lange her, dass sie dort den Abend verbracht hatte, und sie liebte Halloween. Die letzte Zeit hatten sie nur aneinander vorbeigelebt, sich kaum noch gesehen, aber in jener Woche hatte sie ihn am Arm berührt, als er an der Spüle stand und sie hinter ihm vorbeiging. Sie hatte im Schlaf nach ihm getastet und sich an ihn geschmiegt. Er war überzeugt gewesen, dass sich alles zum Besseren wendete, dabei hatte sie sich die ganze Zeit über von ihm verabschiedet.

Was hatte er in den zwei Stunden, in denen er allein war, gemacht, bevor er zur Bar fuhr? Abgesehen davon, dass er ständig zur Haustür lief, um Kindern Süßigkeiten zu geben? Er wusste es nicht mehr. Das Letzte, was sie zu ihm gesagt hatte, war: Lass bloß die Bonbonschale nicht draußen stehen, sonst kommt irgendein Rotzlöffel und schnappt sich alles. Und dann hatten sie sich aus drei Metern Abstand angesehen – sie stand im Vorgarten, er an der Tür – und er hatte gedacht: Meine Güte, selbst jetzt kontrolliert sie noch die Bonbonschale.

Er trank fast nie bei der Arbeit, aber als er schließlich in die Bar kam, kippte er schnell zwei Kurze, bevor die Party losging, und dann noch drei weitere im Abstand von etwa einer halben Stunde, so dass er nie richtig betrunken war, aber benebelt genug, um jeden Gedanken an Jess zu verdrängen. Er verlieh Preise für die beste Einzelperson und Gruppe und für die besten Kostüme.

Er glaubte, ganz normal, sogar lustig zu wirken, bis Emma neben ihm auftauchte und fragte, ob er eine Pause machen wollte.

»Ich hatte einen schlimmen Nachmittag«, sagte er und blickte auf ihr filigranes Schlüsselbein und die Bluse, die ihre Figur umschmeichelte. Er wollte ihr gerade erzählen, was passiert war, dass er und Jess sich getrennt hatten, falls man das so nennen konnte, doch dann wurden sie von einer Gruppe von Frauen in seinem Alter unterbrochen, die sich als Neunziger-Girlband verkleidet hatten und mit ihm zusammen ein Foto machen wollten. Also lächelte er, sie lehnten sich an ihn und streckten die Hüften heraus, und dann beugten sie sich über ihre Handys, um kurz darauf zu fragen, ob sie noch ein Foto machen dürften, nur ein einziges, aus einer etwas anderen Perspektive. Wie alt die Kinder dieser Frauen wohl waren, falls sie überhaupt welche hatten? Ob sie geschieden waren? Er konnte ihnen ansehen, ob sie schon als Teenager scharf gewesen oder erst später zur Bestform aufgelaufen waren, vielleicht nachdem sie geheiratet oder Kinder bekommen hatten; so etwas kam ja auch vor, wenn auch selten.

Die Bemerkung, dass sie sich für ihr Alter ja erstaunlich gut gehalten hatten, konnte er sich gerade noch rechtzeitig verkneifen. Er war wohl doch betrunkener, als er dachte. Emma führte ihn zu einem Hocker und sagte, er könne die Halloweenparty ja auch im Sitzen weiter moderieren. Dann brachte sie ihm ein Glas Wasser und einen Teller Fritten.

Als er Stunden später nach Hause kam, rechnete er irgendwie damit, dass Jess dort auf ihn warten und schlaftrunken murmeln würde: Tut mir leid wegen vorhin, können wir morgen darüber reden? Doch als er die Tür öffnete, war es noch immer so leer wie in dem Moment, als er aufgebrochen war, sein schmutziger Kaffeebecher stand noch immer in der Spüle.

Zuerst dachte er, dass er ihr vielleicht gar nichts von seinem Nebengeschäft mit Hugh erzählen musste. Irgendwann, wenn der Laden richtig brummte und Geld in die Kasse spülte, konnte er sie vielleicht damit überraschen.

Aber sie wollte einfach nicht lockerlassen. Hugh schickte ihnen einen Obstkorb, dazu eine Karte, in der er Malcolm nochmals zu seiner cleveren Entscheidung gratulierte und hinzufügte, der Laden hätte wirklich eine gute Substanz. Jess starrte immer wieder auf die Karte und fragte Malcolm, was die Nachricht zu bedeuten hatte.

»Er will uns einfach nur Glück wünschen«, antwortete Malcolm und zuckte mit den Schultern. Aber irgendetwas an der Karte ließ ihr keine Ruhe; sie wedelte damit herum wie eine Wünschelrutengängerin auf der Suche nach Wasser.

Zuerst war sie wirklich ahnungslos. Aber zwei Tage nach Vertragsabschluss, als Malcolm noch schlief und sie sich gerade für die Arbeit fertig machte, begriff sie es.

»Hast du etwa auch das Gebäude gekauft? Mit unserem Geld? Im Vertrag wurde doch nur die Bar erwähnt.«

Sie weckte ihn sonst nie, bevor sie zur Arbeit ging, aber an jenem Morgen rüttelte sie ihn, bis er schließlich die Augen öffnete.

Also sagte er es ihr. Sie wurde blass und starrte ihn lange wortlos an. Dann fragte sie ihn, ob er sich dafür einen Anwalt genommen hätte, und als er den Kopf schüttelte, wurde sie noch blasser. Einen Moment lang dachte er, sie würde sich schon beruhigen, weil das Ganze im Grunde ja dem entsprach, was sie vereinbart hatten, mit dem kleinen Unterschied, dass sie Hugh nun auch noch etwas zahlen mussten. Aber dafür gehörte ihnen nun das ganze Gebäude, und es hatte enormes Potenzial! Doch kaum hatte sie sich gefasst, bombardierte sie ihn mit Fragen: Welche Vertragsbedingungen hast du mit Hugh vereinbart, welche Zahlungsmodalitäten, was passiert, wenn du in Verzug bist? Sie wollte das Dokument sehen, das er unterschrieben hatte.

»Ich habe nichts unterschrieben. Wir haben uns per Handschlag geeinigt.«

Sie schlug sich die Hand auf die Stirn und starrte ihn stumm an. So kannte er sie gar nicht. Normalerweise war sie nie um ein Wort verlegen.

»Du hast mich doch auch nicht miteinbezogen«, sagte er, bevor sie den Mund aufmachen konnte.

»Wie bitte? Ich habe dir nie etwas verheimlicht!«

»Jetzt hör aber auf«, sagte er. »Du wusstest genau, dass ich nicht so weit gehen wollte, und hast trotzdem immer wieder neue Termine vereinbart. Das letzte Mal hast du dich sogar hinter meinem Rücken untersuchen lassen, ich hatte nicht die geringste Ahnung, dass es wieder losgeht. War das etwa keine Heimlichtuerei?«

»Heimlichtuerei? Das Fenster, in dem es klappen konnte, war sowieso schon so klein und wurde mit jedem Tag noch kleiner! Du willst immer einen Monat lang über alles nachdenken, aber dafür hat uns einfach die Zeit gefehlt! Ich kann keine Gedanken lesen, Malcolm. Ich hatte gedacht, wir waren uns einig. Wenn du so dagegen warst, warum hast du dann nichts gesagt?«

»Ich war nicht dagegen! Ich fand nur ... es war wie ein Vakuum, das alles aufsaugt.«

»Du denkst immer nur daran, wie teuer es ist, ein Kind zu bekommen. Aber alle, die eins haben, werden dir sagen, dass es jeden Preis wert ist.«

»Das weiß ich doch! Aber wir haben kein Kind, Jess. Das kann man also nicht vergleichen. Und was ich eigentlich damit sagen wollte: Unsere ganze Freude ist dabei draufgegangen. Wir haben an nichts anderes mehr gedacht. Natürlich ging auch Geld dabei drauf. Du tust das immer als oberflächlich ab, aber Leute wie wir können sich eben nicht mehrere große Träume gleichzeitig leisten. Wir können uns nur einen leisten. Und ich frage mich, warum es ausgerechnet dieser sein musste. Wo doch allen außer dir klar war, dass es nicht klappen würde.«

»Warum hast du dann so lange mitgemacht? Wenn du so sicher warst, dass es nicht funktionieren würde?«

Er schaute sie an, als wäre die Antwort so offensichtlich, dass er sie gar nicht auszusprechen brauchte.

»Warum?«, wiederholte sie.

»Weil du es wolltest.«

Die Erkenntnis, dass Jess vielleicht einen anderen liebte, war erschütternd, und zum ersten Mal seit siebzehn Wochen, zum ersten Mal, seit er beschlossen hatte, stur weiter seinem Trott nachzugehen, bis sie wieder zur Vernunft kam, blickte er auf und stellte fest, dass er die Orientierung verloren hatte. Um sich abzulenken, führte er in Gedanken seine vormittägliche Vorratskontrolle im Half Moon durch, doch zuversichtlich stimmte ihn das nicht, im Gegenteil. Was hatte er noch im Gefrierschrank? Was noch in der Speisekammer? Er stand bei sich zu Hause am Fenster, die Bettdecke um die Schultern gelegt, und sah alles vor seinem geistigen Auge. Der Beutel, in dem er das Bargeld sammelte, hatte sich zum ersten Mal seit langem wieder etwas schwerer angefühlt, doch ausgerechnet heute konnte er wahrscheinlich nicht zur Bank. Und zuerst musste er natürlich zur Bar, um den Beutel dort aus dem Safe zu holen. Er war schon seit Jahren nicht mehr Ski gefahren, aber seine Ausrüstung lag noch immer auf dem Dachboden, außer, Jess hatte sie bei ihrer Aufräumaktion weggeworfen. Ob die Bank überhaupt geöffnet hatte?

Gas, Strom und der Kabelanschluss für die Bar mussten am Montag bezahlt werden. Die entsprechenden Beträge für das Haus waren in der Woche danach zu begleichen. Bei zwei Kreditkarten waren die Mindestbeträge fällig. Jess' Studienkredit wurde automatisch von ihrem gemeinsamen Girokonto abgebucht. Bei Hugh war er mal wieder im Rückstand. Als ihm das zum ersten Mal passierte, kamen Hughs Handlanger in die Bar und fragten nach ihm. Roddy holte ihn aus dem Hinterzimmer, doch als sie ihn sahen, nickten sie ihm nur grüßend zu, als wollten sie ihm signalisieren, dass sie ihn im Auge behielten. Sie setzten sich an den Tresen, bestellten ein Bier, tranken es schweigend und verschwanden wieder, ohne zu bezahlen.

Er dachte, es sei alles in Ordnung. Er hatte die Bar erst vor einem knappen Jahr gekauft, und Hugh war für ihn wie ein Onkel, und wie ein Onkel wollte er ihn sicher nur an ihre gemeinsame Vereinbarung erinnern.

Er beschloss damals, etwas zu verkaufen, um seine Schulden bei Hugh zu begleichen. Er ging in den Schuppen und machte eine Liste aller Wertgegenstände. Er besaß ein paar teure Sägen, ein schönes Rennrad, das seit Jahren nur herumstand, einen Retro-Keramikgrill, eine Werkzeugsammlung. Unter einer Plane verbarg sich der Stapel teurer Natursteinplatten, die übrig geblieben waren, als er den Gehweg vor dem Haus angelegt hatte. Plus zwanzig Quadratmeter Mahagoni-Parkett und ein Kajak. Dann gab es noch die beiden fünfzig Pfund schweren Kupferdrahtspulen, die sie beim Einzug in ihr Haus gefunden hatten. Er verkaufte die Sachen und ließ sie abholen, während Jess auf der Arbeit war. Doch ihm war klar, dass er jeden Monat vor dem gleichen Problem stehen würde.

Seine Mutter konnte er nicht um Hilfe bitten. Ihr wäre unbegreiflich gewesen, wie er so hohe Schulden haben konnte. Sie wusste nichts von seinem Deal mit Hugh. Sie wusste nur, dass er die Bar übernommen hatte, und freute sich für ihn. Zu seinen Schulden kamen noch die sich endlos hinziehende Tilgung von Jess' Studienkredit und der Betrag, den sie der dritten Fruchtbarkeitsklinik noch zahlen mussten. Die monatlichen Sitzungen bei Dr. Hanley kosteten ebenfalls ein kleines Vermögen, da Jess' Versicherung nur ein Viertel übernahm. »Aber die Sitzungen sind wichtig«, sagte Jess, als sie überlegten, wo sie sparen konnten, und Malcolm war klug genug, sich die Frage zu verkneifen, ob Dr. Hanley womöglich alles noch schlimmer gemacht hatte.

Die Welt hat sich nun mal verändert, hätte er seiner Mutter sagen können. Doch das hätte sie ihm nicht abgekauft. Seine

Schwester hatte ihr vor Jahren ein paar teure Gesichtscremes geschenkt, die seither in ihrem lachsrosa gekachelten Badezimmer auf einem Ehrenplatz standen, ohne je benutzt zu werden. Wenn sie eines Tages starb, und er das Haus ausräumen musste, würde er die Cremes vermutlich wegwerfen, zusammen mit allem, was ihr lieb und teuer war. Sie arbeitete in der Küche der Grundschule, und jeden Freitag nahm sie dort Lebensmittel mit, die sonst in den Müll gewandert wären. Stets hatte sie ein paar in Folie verpackte Bagels, Erdbeermilch und Joghurtbecher im Kühlschrank. Er stellte sich vor, wie er ihr die Situation schildern würde, während sie einen buntgewürfelten Sandwichteller für ihn zubereitete, Toast mit Erdnussbutter und Marmelade, dazu ein Fleischwurstbrötchen.

Gib dein Bestes, hätte sie gesagt. Aber das tat er bereits. Er arbeitete sechzig Stunden die Woche in der Bar. Er organisierte Livemusik, DJs, Achtziger-Abende, Tanzkurse, Ladies Nights, Paint-Partys, Speed-Dating, Quizabende, alles Mögliche. Er schaltete Anzeigen in der Lokalzeitung. Er machte Bannerwerbung bei Baseballspielen. Er war immer gut drauf. Hieß jeden willkommen. Ließ sich nie anmerken, wie schlecht es lief, denn wer wollte das schon hören? Niemand. Die Leute kamen schließlich, um ihre eigenen Probleme zu vergessen.

»Wie läuft's denn im Half Moon?«, fragte seine Mutter ihn ab und zu. »Ist genug los?«

»Es könnte mehr los sein«, gab er nach etwa einem Jahr zu. »Der neue Laden auf der Oak macht es uns nicht gerade leicht. Zieht das gleiche Publikum an.« Wie sehr ihn das überraschte, ließ er unerwähnt. Bei dem Laden auf der Oak handelte es sich um eine auf modern getrimmte Brauerei, die teilweise reichlich exotisches Zeug anbot. Dass Typen um die Dreißig darauf abfuhren, war zu erwarten gewesen, aber dass einige seiner alten Stammgäste dort nun Rotbier und Weizenbier schlürften, nur weil sie sich ärgerten, dass er im Half Moon ein paar Neuerungen eingeführt hatte, war wirklich absurd. Genauso absurd wie die Zweiundzwanzigjährigen, die kaum Geld hatten und trotzdem zehn Dollar für ein Pint ausgaben.

»Ach, wirklich? Kommst du denn trotzdem über die Runden?«
»Ja, klar. Alles gut. Mach dir keine Sorgen.«

Malcolm war achtzehn, als sein Vater starb. Alle schienen Darren gemocht zu haben, doch Malcolm war am deutlichsten der Wutausbruch seines Vaters in Erinnerung, als sie einmal keine Milch mehr im Haus hatten; Darren schlug die Kühlschranktür damals so fest zu, dass es nur so klirrte. Einmal machte Darren sich über ihn lustig, weil er in einer Klassenarbeit März und April verwechselt hatte; Malcolm war damals erst sieben oder acht gewesen. Charme war etwas, das man anderen Leuten vorspielte, das hatte Malcolm gelernt. Sobald er abends seine Bar betrat, ging er in seiner Rolle auf.

Nur wenige Monate danach geriet Malcolm bei Hugh abermals in Rückstand. Er verstand noch immer nicht so ganz, wie das passieren konnte; eben war das Geld noch da, und dann war es plötzlich weg. Als sei das Gesetz von Plus und Minus auf dem Konto im Half Moon außer Kraft gesetzt. Er prüfte den Saldo, notierte sich den Betrag, rechnete alles nach. Doch am nächsten Tag war nur noch ein Drittel der Summe übrig.

Diesmal kamen Hughs Handlanger zu ihm nach Hause. Klopften an die Tür, obwohl es eine Klingel gab. So wie sie aussahen und nach Tabak stanken, passten sie überhaupt nicht zu Jess' Hortensien und der türkisfarbenen Willkommensmatte. Jess kam nach unten, weil sie eine fremde Stimme gehört hatte. Ein Blick genügte, und sie wusste Bescheid. Im Unterschied zu sonst blieb sie still und hörte zu. Der Große – er hieß Billy – lächelte breit, als wäre alles in Ordnung, der andere hielt sich im Hintergrund.

»Hallo, Malcolm«, sagte Billy. Er versuchte, Malcolm nach draußen zu schieben, um unter vier Augen mit ihm zu reden, aber Malcolm schüttelte ihn ab. Das war sein Haus. Jess schaute zu. Im Hintergrund lief der Wäschetrockner. Malcolm kochte innerlich vor Wut.

»Wie sieht's aus?«, fragte Billy.

»Mach dir keine Sorgen«, antwortete Malcolm.

Billy lachte. »Ich mache mir keine Sorgen«, sagte er. »Du etwa?«

»Ich kläre das mit Hugh.«

»Du klärst das mit Hugh? Ich habe heute Morgen mit ihm geredet.«

»Super.«

»Er hat kein Wort davon erwähnt.«

Was lassen sie sich als nächstes einfallen?, dachte Malcolm. Was haben sie vor?

»Wie konntest du dich nur auf seine Bedingungen einlassen?«, fragte Jess wieder und wieder.

Sie war davon überzeugt, dass Hugh ihn hereingelegt hatte. Dass Hugh ihn nur für seine eigenen Zwecke benutzt hatte. Dass er Malcolm noch nicht einmal annähernd so mochte, wie Malcolm sich das einredete. Beweise dafür hatte sie keine, ihr Bauchgefühl sagte es ihr. Aber warum hätte er mich hereinlegen sollen?, fragte Malcolm. Er hätte doch sofort einen anderen Käufer für den Laden gefunden. Und jedes Mal entgegnete sie: Bist du dir sicher? Es stimmte zwar, dass niemand das Half Moon so gut kannte wie Malcolm, aber andere Interessenten hätten sich vorher über die Marktlage informiert und sich erkundigt, ob die Eröffnung neuer Läden geplant war. Andere Interessenten hätten einen Anwalt engagiert, um dafür zu sorgen, dass nichts Wichtiges übersehen wurde. Andere Interessenten hätten vorher die Lieferanten kontaktiert, um zu fragen, ob die bestehenden Verträge weiterlaufen konnten, und hätten dann herausgefunden, dass Hughs Verträge, selbst wenn er die Bar behalten hätte, ausgelaufen wären, weil die Lieferanten von anderen Unternehmen aufgekauft wurden und plötzlich nicht mehr die Kumpel aus der Bronx waren, die man seit vierzig Jahren kannte, sondern Filialen internationaler Konzerne. Malcolm wandte ein, Hugh hätte doch nicht ahnen können, dass auf der Oak ein neuer Laden aufmachte, der dann auch noch so erfolgreich sein würde, ganz zu schweigen von den guten Kritiken in der Presse.

Als Billy wieder weg war, rief Malcolm sofort Hugh an. Er wollte mit ihm reden, nicht mit seinen Handlangern. Sie würden sich bestimmt auf eine Lösung einigen. Sie hatten so viele Stunden zusammen in der Bar verbracht, Hugh hatte ihm so oft Ratschläge gegeben, die er beherzigt hatte. Malcolm ließ das Telefon lange klingeln, doch Hugh ging nicht ran. Zuerst versuchte er es auf Hughs Handy, dann auf seiner Festnetznummer, womöglich war er gerade in Gillam. Schließlich überwand er sich und rief Hugh Junior an, hinterließ ihm eine Nachricht, er müsse mit seinem Vater sprechen.

An der Stelle, wo Billy vor wenigen Monaten geparkt hatte, lag nun hüfthoher Schnee. Malcolm war es damals irgendwie gelungen, etwas aus dem Hut zu zaubern, doch nun war er schon wieder im Rückstand. Er musste unbedingt etwas unternehmen. Er musste dringend eine Lösung finden, aber er steckte zu Hause fest. Wo blieb eigentlich der Schneepflug?

Die Stille war erdrückend. Er schaute auf sein Handy: keine Nachrichten.

Auch im Haus war es totenstill: keine knackende Heizung, kein brummender Kühlschrank. Er ging nach unten. Das Display der Kabelbox war leer, die Uhr an der Mikrowelle tot. Er bewegte den Flurschalter mehrmals auf und ab, als könne das etwas bringen. Die Möbel sahen anders aus in der Stille. Das Sofa, die Stühle. Ob der Stromausfall die gesamte Stadt lahmgelegt hatte? Sein Handy hatte nur noch neunzehn Prozent Akku. Wie viel Benzin hatte er noch im Tank? Er dachte an das Half Moon, an die Rohrleitungen in den Wänden, an das tragbare Stromaggregat, das er letzten Winter gekauft hatte. Doch um es zum Laufen zu bringen, musste er dorthin.

Er zog sich mehrere Schichten Kleidung über. Auf eine Mütze verzichtete er, doch kaum trat er nach draußen, kniff ihm der Frost in die Ohren. Er stapfte über den Hof zum Schuppen. Als er die Tür öffnete, fiel ihm ein, dass er seine Schneeschaufel in der Bar gelassen hatte. Er schaute sich nach einem Spaten um und entdeckte eine Harke, außerdem mehrere Planen und Benzinkanister. Vielleicht konnte er den Kowalski-Jungen ja für zwanzig Dollar Schnee schaufeln lassen. Mrs. Kowalski hatte eine Schwäche für Malcolm. Wenn sie ihm auf der Straße begegnete, grüßte sie ihn höflich, wie unter Nachbarn üblich, doch wenn sie ins Half Moon kam, legte sie ihm zur Begrüßung jedes Mal die Hand auf den Arm.

Er fegte Schnee vom Auto, bis er die Tür aufbekam, dann ließ er den Motor an und drehte die Heizung auf. Der Benzintank war halb voll. Er schloss sein Handy ans Ladegerät. Vielleicht konnte er die Bar ja zu Fuß erreichen. Etwas Bewegung tat ihm sicher gut. Oder er ging zu Siobhán und Patrick. Ihr Haus stand nur zwei Straßen weiter. Aber was konnten sie schon tun, außer dort in Pyjamas mit ihren drei Kindern festzusitzen und ihm besorgte Blicke zuzuwerfen? Siobhán würde ihn daran erinnern, dass Jess noch immer sie selbst war, egal was. Wahrscheinlich würden sie Müsli löffeln, während sie mit ihm redeten, und die Kinder würden ständig dazwischenfunken. Im Auto war es warm und gemütlich. Er schloss die Augen und beschloss, dort sitzenzubleiben, bis sein Handy zu fünfzig Prozent aufgeladen war.

Eine halbe Stunde später ging er wieder ins Haus, setzte sich an den Küchentresen und machte eine Tabelle. Was er schuldete, was er hatte, was er brauchte. Als von oben ein Ächzen ertönte, hielt er inne und lauschte. Wahrscheinlich Eis in der Dachrinne. Und in den Rohrleitungen. Was konnte er tun? Er ging in den Keller, drehte den Haupthahn zu, ging wieder hoch und drehte den Hahn der Spüle auf, um die Leitung zu leeren. Er füllte alle Töpfe mit Wasser und stellte sie auf den Herd. Er ging nach oben und füllte die Badewanne. Dann setzte er sich wieder in die Küche, erstellte eine Liste mit Traumprojekten und rechnete aus, was sie einbringen würden.

Er machte zwanzig Liegestützen.

Er machte zwanzig Dips am Küchenstuhl.

Er suchte in der Krempelschublade nach Streichhölzern, um den Herd anzuzünden, aber er fand nur eine halbleere Schachtel mit Geburtstagskerzen.

Er ging zum Bücherregal und überflog die Titel, vielleicht hatte Jess ja etwas dagelassen, das er noch nicht gelesen hatte, doch die Stille lenkte ihn zu sehr ab. Er öffnete eine Schachtel mit Müsliriegeln und aß vier davon. Trank einen halben Liter Wasser.

Er legte sich eine Weile aufs Sofa und überlegte, Emma eine Nachricht zu schicken. Am besten eine, die klang, als erkundigte er sich nach dem gesamten Team, nicht nur nach ihr. Er verwarf die Idee. Er bemerkte den Staub unter dem Fernsehschrank und stand auf, um den Staubsauger zu holen, doch dann fiel ihm wieder ein, dass es ja keinen Strom gab. Seufzend schlüpfte er wieder in seine Stiefel und stapfte zu den Colemans, um sich eine Schaufel zu leihen. Er schaufelte eine Stunde lang, bis sämtliche Schichten unter seiner Jacke schweißnass waren.

Als er fertig war, wettete er mit sich selbst, ob der Strom wieder funktionierte. Er schaute nach oben, zu den schweren schwarzen Kabeln zwischen den Masten. Ja, dachte er. Er fließt wieder, ich spüre es. Um etwas Zeit herauszuschinden, stapfte er mit der Schaufel zurück zu den Colemans, obwohl Jon gesagt hatte, es sei nicht eilig. Er blieb noch einen Moment in Jons Garage stehen, räusperte sich und trat den Schnee von den Stiefeln ab, nur falls Jon auf die Idee kam, ihn auf einen Drink hereinzubitten. Doch nichts geschah. Also stapfte er wieder nach Hause, und als er langsam die Tür öffnete, war er ernsthaft überrascht, die Wette verloren zu haben; das Licht funktionierte nach wie vor nicht, und es war noch immer totenstill.

Ich muss irgendwas tun, dachte er. Ich kann ja schlecht Däumchen drehen, bis der Strom wieder läuft. Er öffnete die Luke zum Dachboden, stieg hoch und schaltete die Taschenlampe seines Handys ein, um nach seinen Skiern zu suchen. Kaum sah er den erleuchteten Speicher, hätte er Jess am liebsten aus ihrem geheimen Versteck geschleift, damit sie sah, welches Chaos sie dort hinterlassen hatte; wie in aller Welt sollte er denn in diesem Durcheinander wichtige Sachen für den Notfall finden? Am liebsten hätte er sie angerufen und gesagt: Es ist mir egal, mit wem du in die Kiste steigst, aber was hast du dir dabei gedacht, die alten Campingstühle auf die Weihnachtsbaumkugeln zu schmeißen? Aber wehe, er warf seine Schlüssel irgendwohin. Er griff wahllos nach ein paar Sachen und schleuderte sie weg. Herrlich, dieses Geräusch, wenn sie auf den Boden knallten. Er schleuderte mit voller Kraft. Kartons mit Papieren, Taschen voller Schuhe, Kram, den er noch nie gesehen hatte.

Er fand Babysachen von ihren Freundinnen, oh Gott, sie hatte sie behalten, er konnte es kaum fassen. Aus dem klaffenden Maul einer Einkaufstüte zog er eine Babydecke, dann noch eine und noch eine; wie viele davon brauchte ein Kind denn bitte? In einer anderen Tüte steckten mindestens zehn Strampelanzüge. Er ging in die Hocke und starrte auf all das flauschige Zeug, das vor ihm lag. Er hielt sich ein grünes Handtuch mit einer Froschkopf-Kapuze an die Wange, und für einen Moment sah er ein darin eingewickeltes Kind vor sich, noch nass vom Baden, dunkelhaarig wie Jess und er, mit hellen Augen und langen Wimpern. Seine Wut verrauchte so plötzlich, wie sie gekommen war. Er sank auf die Knie. Zählte bis zehn.

Sein Blick fiel auf eine kleine Wippe mit baumelndem Spielzeug daran. Sie hatte sich so oft ein Baby darin vorgestellt. Was wog mehr – das oder Neil Bratton? Er wollte lieber nicht darüber nachdenken. Die Skier konnte er nirgends entdecken. Er schloss die Dachbodenluke wieder, ging kurz ins Schlafzimmer und schaute aus dem Fenster. Draußen war niemand zu sehen, nicht einmal Kinder, die Schneemänner bauten.

Er ging wieder nach unten, schickte ein paar Freunden Nachrichten. Er tippte Namen ein, als spielte er Ringwerfen, vielleicht landete er ja einen Treffer. Aber alle antworteten, sie säßen fest, ihre Straße sei noch nicht geräumt, es sei zu kalt, es hätte doch eh alles zu.

Er schaute sich auf seinem Handy eine Fernsehsendung an. Als die Sendung zu Ende war, ging er zum Spirituosenschrank, denn ihm fiel ein, dass sein Schwager ihm Weihnachten vor zwei Jahren eine Flasche Macallan geschenkt hatte. Dann fiel ihm ein, dass er sie ja mit in die Bar genommen hatte. Er schaute nach, was noch im Schrank war. Nur Überreste. Kein Gin. Etwas Rum. Im Kühlschrank war noch etwas Wermut. Er fläzte sich erneut aufs Sofa und starrte vor sich hin. Er stand wieder auf, öffnete den Gefrierschrank und fand eine Flasche mit einem sirupartigem Rest Wodka. Er wärmte die Flasche eine Weile mit den Händen. Als sich der Inhalt verflüssigt hatte, ging er zurück zum Spirituosenschrank und nahm das noch ungeöffnete Glas mit Oliven heraus. Da er zu faul war, sich ein Martini-Glas oder den Shaker zu holen, mischte er alles in einem Longdrink-Glas und nahm es mit aufs Sofa. Kaum hatte er daran genippt, bereute er seine Faulheit. Er zwang sich, genau die Hälfte zu trinken und kippte den Rest in die Spüle.

Um 19:30 Uhr schlief er in seiner Winterjacke auf dem Sofa ein. Als er gegen Mitternacht aufwachte, war sein Hemd noch immer schweißnass vom Schaufeln. Er stand auf und ging hoch ins Schlafzimmer.

Und dann, als er auf seiner Bettseite lag, in der absoluten Dunkelheit – keine Sterne am Himmel, keine Lichter auf den Veranden der Nachbarhäuser, keine Straßenbeleuchtung – hörte er eine Stimme, die immer wieder seinen Namen rief, und zwar so regelmäßig, dass sie Teil der Geräuschkulisse in seinem Kopf geworden war. Er hörte sie nur wegen der Dunkelheit und der Stille, weil sein Verstand ununterbrochen kreiste, auf der Suche nach einem Landeplatz. Als er sich auf die Stimme konzentrierte, sah er Siobhán, die mit gesenktem Kopf an der Bar saß und sagte, dass es ihr leidtäte. Und dann sah er auf einmal diesen Neil Bratton in Siobháns Garten vor sich, er trug ein Polohemd und beugte sich herunter, um etwas hochzuheben. Ein Kind.

Da fiel es ihm wieder ein. Neil Bratton hatte drei Kinder. Und das jüngste war erst zwei Jahre alt.

»Das kann ja wohl nicht wahr sein«, sagte er laut und setzte sich auf.

Er checkte sein Handy. Keine verpassten Anrufe. Keine Nachrichten.

4

KURZ BEVOR JESS Neil kennenlernte, den Namen seiner Straße herausfand und in den Stadtplan ihres Handys tippte, passierte San Francisco.

Die Route zu Neils Haus, sie folgte ihr mit dem Finger, erinnerte sie an die Kinderzeichnung einer Treppe. Als sie in ihrem stillen Schlafzimmer saß – Malcolm war in der Bar, der Roman, den sie zu lesen versuchte, lag aufgeschlagen auf ihrer Sessellehne –, überlegte sie, wie leicht es wohl wäre, ihre Prinzipien einmal außer Acht zu lassen und diese schiefe Treppe hochzusteigen, um zu schauen, was geschehen würde. Es wäre doch nur ein kleiner Abstecher vom Alltag. Was auch immer da zwischen ihnen war, löste sich womöglich schon in Luft auf, sobald es ausgesprochen wurde.

Doch vor Neil passierte San Francisco, zum ungünstigsten Zeitpunkt. Die Bar gehörte ihnen erst seit Kurzem, es war zwei Monate her, seit Malcolm die Papiere unterschrieben hatte, ohne sie über die Details zu informieren, geschweige denn sie überhaupt zu begreifen; er war so verdammt überheblich, immer wenn er etwas haben wollte, grinste er einfach und bekam es. Hätte er sich so sehnlich wie sie ein Kind gewünscht, hätten sie längst eins gehabt. Garantiert. Aber sein sehnlichster Wunsch hatte darin bestanden, eine eigene Bar zu besitzen und sagen zu können: *Mir gehört das Half Moon in Gillam.* Eine andere kam natürlich nicht in Frage. Im Laufe der Jahre hätte er auch andere Läden übernehmen können, aber er fand immer irgendetwas, das dagegen sprach. Das Licht. Die Lage. Ein schlechtes Bauchgefühl. Hugh habe ihm ja schon vor Jahren gesagt, dass er bald gehen wolle, er müsse einfach nur warten.

Als Hugh ihm dann endlich gesagt hatte, dass es so weit war, und Malcolm noch so tat, als wolle er erst darüber nachdenken, fing er an, von einem Restaurant zu sprechen. »Restaurant?«, fragte Jess, als sie gerade Wasser aufsetzte. »Ich dachte, wir reden vom Half Moon.« Etwas früher an jenem Abend hatte sie im Schrank nach Oregano gesucht und war dabei auf eine halbleere Dose mit Fruchtbarkeitspillen gestoßen. Es war, als begegnete sie einem alten Freund, mit dem sie noch eine Rechnung offen hatte. Sie wollte die Dose wegwerfen, brachte es aber nicht über sich. Stattdessen nahm sie eine Pille und schluckte sie mit einem Glas Wasser. Dann versteckte sie die Dose wieder im Schrank.

»Du hast richtig gedacht«, sagte Malcolm mit entschlossener Miene. Ihr war schleierhaft, warum er aus dem Half Moon ein Restaurant machen wollte. Beller's Steakhouse war ein Restaurant. Das Half Moon war eine Bar, die nur deshalb ein Kindermenü anbot, um die Konzession behalten zu können. Als er anfing, von einem Restaurant zu reden, hätten bei ihr schon die Alarmglocken schrillen sollen. Spätestens aber in dem Moment, als er sich in Sakko und Krawatte auf den Weg zur Vertragsunterzeichnung machte. Kurz davor hatte sie eine neue Stelle in der Rechtsabteilung von Bloom angetreten, einem linksgerichteten Medienkonzern, der mehrere Zeitschriften und Kabelsender besaß; das genaue Gegenteil zu der konservativen Gewerkschaft, für die sie bis dahin tätig gewesen war. Sie durfte keine Meetings verpassen, zumal sie noch neu war, und der Bankangestellte, der für ihre Hypothek zuständig war, hatte gemeint, Malcolm könne einfach in ihrem Auftrag unterschreiben. Sie wollte sich gerade auf den Weg zu einem Lunch-Meeting machen, als er ihr vor dem Schlafzimmerspiegel stehend ein Selfie schickte.

Trefft ihr euch nicht in der Bar?, schrieb sie zurück.

Doch, antwortete er. **Will einfach nur gut aussehen. Heute ist schließlich der große Tag!**

Du siehst toll aus, schrieb sie und bekam plötzlich ein schlechtes Gewissen, überlegte sogar, eine Magenverstimmung vorzutäuschen und zur Penn Station zu hasten, damit sie es noch rechtzeitig nach Gillam schaffte. Er sah so glücklich aus. Und für sie war es schließlich auch ein großer Tag. Natürlich würden alle sagen, dass der Laden nun Malcolm gehörte, aber ihr gehörte er genauso.

Jess mochte die Arbeit bei Laborer's International zwar lieber, aber der Wechsel in die freie Wirtschaft war sinnvoll. Dort bekam sie ein höheres Gehalt, konnte ihren Kredit weiter abbezahlen und sogar noch etwas beiseitelegen. Wenn sie ihren Job gut machte, würde man sie in einigen Jahren zur Partnerin befördern, nicht zuletzt wegen der Frauenquote. Mit zweiunddreißig, an ihrem siebten Hochzeitstag, warf sie die Verhütungspillen in den Müll und verkündete Malcolm, sie sei nun bereit. Er hatte wiederholt gesagt, er sei bereit, wenn sie es sei, sie solle ihm einfach Bescheid geben.

Ein halbes Jahr später besorgte sie sich einen Termin bei einem Fruchtbarkeitsspezialisten, den ihr Gynäkologe ihr wegen ihres Alters empfohlen hatte. Zu dem Zeitpunkt war sie schon dreiunddreißig.

»Wegen meines Alters?«, fragte Jess damals, während sie auf dem Behandlungsstuhl saß und ihre Beine betrachtete, die dringend eine Feuchtigkeitslotion nötig hatten.

»Nun ja«, sagte ihr Arzt. »Die Fruchtbarkeit nimmt leider keine Rücksicht auf die Anforderungen des modernen Lebens.«

Im Aufnahmebogen der ersten Klinik kamen die üblichen drei Horrorfragen auf Seite zwei: Wie viele Kinder haben Sie bereits? Null. Wie oft waren Sie schon schwanger? Einmal. Wie alt waren Sie bei Ihrer ersten Schwangerschaft? Fünfundzwanzig. Dass sie eine Fehlgeburt hatte, sei kein Anlass zur Sorge, versicherten ihr die Ärzte wiederholt. Was zählte, sei die Gewissheit, dass sie schwanger werden konnte.

Jess' Versicherung verlangte, dass vor jeder In-vitro-Fertilisation vier IUI-Behandlungen durchgeführt wurden. Beim ersten

Mal war sie noch ganz entspannt. Sie wollte es einfach versuchen. Sie war noch weit davon entfernt, in Panik zu geraten. Sie kannte viele Frauen, bei denen es eine Weile gedauert hatte, bis sie schwanger wurden.

Doch alle vier intra-uterinen Inseminationen schlugen fehl, genau so, wie es der Fruchtbarkeitspezialist vorhergesagt hatte, und als die erste In-vitro-Fertilisation ebenfalls erfolglos blieb, erklärte der Chefarzt der Klinik Jess' Versicherung in einem Schreiben, warum intra-uterine Inseminationen in Jess' speziellem Fall nicht das Geringste brachten, und dass beim nächsten Mal direkt eine In-vitro-Fertilisation durchgeführt werden solle. Sie habe eine verminderte Eierstockreserve, nur noch einen Bruchteil der Eizellenmenge, die für ihr Alter typisch sei. Hinzu käme, dass ihre Eizellenqualität schlecht sei. Und eine schlechte Eizellenqualität, so der Arzt, hinge mit Chromosomenanomalien bei den Embryonen zusammen, was in der Regel zu einer Fehlgeburt führe. Er empfahl, vor weiteren künstlichen Befruchtungen einen Gentest durchzuführen.

Dr. Manns Schnurrbart war so lang, dass er ihm beim Sprechen gelegentlich zwischen die Zähne geriet. Konnte sie so einem Menschen überhaupt trauen? Sie fragte ihn, ob er wisse, warum sie bei ihrer ersten Schwangerschaft eine Fehlgeburt hatte. Nein, sagte er, und es habe auch keinen Sinn, darüber zu spekulieren. An der Wand hinter seinem Schreibtisch hingen Fotos, auf denen er verschiedene Babys im Arm hielt, lauter Erfolgsgeschichten.

»Aber damals wurde ich ganz unverhofft schwanger«, sagte sie.

»Damals waren Sie fünfundzwanzig«, sagte er.

Jess nahm die Nachricht aus einer gewissen Distanz zur Kenntnis; vielleicht waren ja ihre Laborergebnisse mit denen einer anderen Frau verwechselt worden. Seit zehn Jahren ließ sie sich einmal jährlich gynäkologisch untersuchen. Ihr Gewicht war normal. Sie joggte täglich vier Meilen, manchmal sogar fünf. Sie kaufte Bio-Tomaten und Bio-Ketchup. Sie wurde nie krank. Und dann, ganz langsam, begriff sie. Vielleicht war ihr Körper nicht das, wofür sie ihn hielt.

Die Versicherung war nur dazu bereit, die Anzahl der erforderlichen IUI-Behandlungen auf drei zu reduzieren. Die einzige andere Alternative hätte darin bestanden, alles aus eigener Tasche zu zahlen, aber die Kosten waren astronomisch hoch, also ließ sie die drei IUI ungeduldig über sich ergehen. Als sie endlich anfangen konnten, die zweite In-vitro-Fertilisation in die Wege zu leiten, sah zuerst alles recht vielversprechend aus, aber der geplante Embryotransfer konnte dann doch nicht stattfinden, weil sich von den vier zuvor entnommenen und befruchteten Eizellen keine einzige zu einer Blastozyste entwickelt hatte. So verlief das erste Jahr.

In den sechseinhalb Jahren, in denen sie es versuchten, dachte sie morgens beim Aufwachen sofort an ihre Eierstöcke. Ihr Zeitgefühl spielte verrückt; eine Woche erschien ihr wie ein Monat, ein Monat wie ein Jahr. Die Meditationslehrerin aus der Akupunkturpraxis – eine ältere Frau, die gern tief ausgeschnittene Blusen und enge Jeans trug – riet ihr, jeden Tag mit positiven Verstärkungen zu beginnen, aber Jess konnte einfach nicht aufhören, sich Vorwürfe zu machen. Sie hätten früher anfangen sollen; das war immer Vorwurf Nummer eins. Sie hätten es direkt nach der ersten Fehlgeburt wieder versuchen sollen. Sie hätte aufs Rauchen verzichten sollen, selbst auf Hochzeiten und Partys. Und auf die ganzen Diät-Colas auch. Einmal hatte sie grob nachgerechnet, wie viele sie seit ihrem achten Lebensjahr schon getrunken hatte; ihr wurde ganz schwindelig von dem Ergebnis. Von dem billigen Eisteepulver, das ihre Mutter immer in riesigen Dosen kaufte, hätte sie ebenfalls die Finger lassen sollen. In ihren Zwanzigern hätte sie lieber Sprudel trinken sollen, statt abends beim Darten im Half Moon einen Shot nach dem anderen zu kippen. Vielleicht war es aber auch genau umgekehrt. Vielleicht hätte sie mehr Spaß haben, weniger büffeln und sich keinen Kopf wegen ihres Studienkredits machen sollen, mit dessen Tilgung sie seltsamerweise kaum vorankam. Warum hatte sie so viele Nächte gebüffelt und sich mit Kannen von Kaffee wachgehalten? Sie hätte lieber schlafen sollen, statt ihren Körper so zu belasten. Sie hätte auch niemals in Whirlpools steigen sollen, schon gar nicht in Ferienhäusern an der Küste.

Nach zwei Jahren wechselten sie zu einer Klinik, die bessere Konditionen für Selbstzahler bot. Sie musste sechs Wochen warten, um überhaupt einen Termin zu bekommen, und dann dauerte es weitere zwei Monate, bis die Finanzierung und die Ergebnisse der Voruntersuchungen durch waren. Und was hatte es gebracht? Nichts, trotz all des Geredes über neue Verfahren und Erfolgsquoten. Im fünften Jahr wechselten sie zu Klinik Nummer drei.

Als sie das Selfie von Malcolm sah, der sich mit Sakko und Krawatte auf den Moment vorbereitete, den er schon seit seinem ersten Arbeitstag im Half Moon herbeigesehnt hatte, wurde ihr klar, dass sie trotz all der Spannungen, die es zwischen ihnen gab, eine Party hätte organisieren sollen. Er war inzwischen dreiundvierzig, sie fast neununddreißig. Nach vielen Jahren der Enttäuschungen gab es endlich einen Grund zum Feiern. Sie hatte sich morgens regelrecht zwingen müssen, aufzustehen und ins Bad zu gehen. Hatte sie ihm überhaupt Glück gewünscht? Plötzlich bereute sie es, sich nicht wenigstens die Zeit genommen zu haben, ihm zu sagen, dass sie stolz auf ihn war.

Aber als der Vertrag unter Dach und Fach war und sie von den Details erfuhr, war es mit der Liebe, die beim Anblick von Malcolms Selfie in ihr aufgewallt war, wieder vorbei. Stattdessen machte sich eine enorme Wut in ihr breit; manchmal konnte sie vor lauter Anspannung gar nicht einschlafen.

Jess war zu Bloom gewechselt, um ihren eigenen Misserfolgen zu entfliehen. Sie hatte fest damit gerechnet, Partnerin zu werden, doch seit sie bei der Beförderung übergangen worden war, wurde ihre Scham von Tag zu Tag größer. Sie hatte das Gefühl, dass ihre Kolleginnen und Kollegen sich das Maul über sie zerrissen. Sie magerte ab, weil sie ihre Mittagspause nicht mehr damit verbrachte, an ihrem Schreibtisch ein Sandwich zu verschlingen, sondern stattdessen in den Park ging, um sich dort auf eine Bank zu setzen und Passanten zu beobachten. Seltsamerweise fiel ihr dabei jedes Mal die Debattier-Übung ein, die sie während ihres Jurastudiums gewonnen hatte. Der Dozent hatte ihr anerkennend zugenickt, und anschließend war sie mit ihren Kommilitonen noch in eine Kneipe gegangen; an jenem Nachmittag hatte sie sich klug und stark und schön gefühlt. Sie ahnte noch nichts von der Crux, die das Leben für sie bereithielt. Die Jess der Gegenwart hätte die Jess der Vergangenheit am liebsten an den Schultern gepackt und geschüttelt. Aber was hätte sie ihr schon sagen können?

Sie fing an, seltsame Dinge zu tun. Eines Tages kaufte sie sich an der Eighth Avenue ein Eis, doch es war ihr zu süß und nachdem sie ein paar Mal daran geschleckt hatte, wollte sie es nicht mehr. Doch anstatt es in einen Mülleimer zu werfen, senkte sie einfach die Hand und ließ es los. Niemand blieb stehen oder starrte sie an. Niemandem tat es leid; was war schon schlimm daran, wenn ein frisches Eis auf den Boden fiel? Die Taxis, Busse, Lastwagen, Autos, Fahrräder und Mopeds rasten unbeirrt weiter die Avenue entlang. Nur ihre scharfkantigen Umrisse verwirbelten langsam, bis sie schließlich verschwanden. Ein anderes Mal ging sie den ganzen Weg bis zur High Line, wo sie eine Gruppe junger Leute sah, die mit hochgekrempelten Hosen und Ärmeln auf dem Grasstreifen lagen und sich sonnten. Es war Frühling, der erste sonnige Tag nach einer düsteren Woche, und sie beschloss, sich auch ein wenig zu sonnen. Sie zog ihre Bluse aus, knöpfte sie von oben bis unten auf, als säße sie auf der Bettkante, und dann legte sie sich hin, in ihrem Bleistiftrock und dem dunkelblauen BH, der im Grunde wie ein Bikinioberteil aussah. Sie stellte die

Weckfunktion ihres Handys auf zweiunddreißig Minuten, und als es klingelte, schreckte sie hoch; sie war tatsächlich eingeschlafen, die Handtasche wie ein Kissen unter den Kopf geschoben. Danach juckte ihr stundenlang der Bauch, weil er seit Jahren keine Sonne mehr abbekommen hatte.

Eines Nachmittags kam eine Frau mit einem Kinderwagen, setzte sich zu Jess auf die Bank, nahm das Baby heraus und legte es sich an die Brust. Das Baby reckte seine winzige Faust, dann entspannte es sich. Jess nahm seine warme Schwere, den süßen Duft seines Haarflaums aus einem Meter Entfernung wahr, und ihr stockte der Atem, als wäre sie in eiskaltes Wasser gesprungen. Die Mutter, sie war schon etwas älter, drehte sich kurz zu ihr und lächelte.

Als man ihr mitteilte, dass sie keine Partnerin werden würde, wusste sie, dass sie sich als gute Verliererin zeigen musste. Es sei doch eigentlich besser so, sagten alle. Sie müsse nicht so viel Zeit mit schwierigen Kunden verbringen, brauche keinen Anteil einzubringen, bekäme weiterhin ihr Gehalt, habe weniger Sorgen. Man wolle sie behalten, unbedingt. Nur wenige Unternehmen waren so großzügig. Aber dass sie fast exakt in dem Moment übergangen wurde, als sie und Malcolm mit den Befruchtungsversuchen aufhörten – genauer gesagt, war es nur Malcolm –, konnte kein Zufall sein. Die Verantwortlichen hätten es natürlich nie zugegeben, aber Jess wusste, dass sie vor allem deshalb nicht zur Partnerin befördert wurde, weil sie Fälle mied, bei denen sie verreisen musste. Sie wollte nicht in die Situation kommen, der Sicherheitskontrolle am Flughafen ihre Kühltasche mit Medikamenten erklären zu müssen, und auch nicht riskieren, dass die Medikamente ruiniert wurden, weil die Tasche zu lange offenblieb. Sie hatte keine Lust, in Savannah, Austin oder Denver nach einer Praxis zu suchen, um ihre Follikel untersuchen zu lassen. Wer wusste schon, ob diese Praxen überhaupt gut waren? Sie verbrachte auch so schon genug Zeit auf gynäkologischen Stühlen, während ihre Büroassistentin einen Anrufer nach dem anderen vertrösten musste. Wenn sie danach wieder an ihrem Schreibtisch saß, schloss sie jedes Mal die Augen, schob alle anderen Gedanken beiseite und stellte sich vor, wie sich tief in ihrem Bauch genau zum richtigen Zeitpunkt ein Zahnrädchen drehte. Vielleicht hatte sie jemand dabei gesehen und gedacht, sie wäre bei der Arbeit eingeschlafen. Hätte sie Kinder gehabt, wäre es wenigstens nachvollziehbar gewesen, aber so?

Als sie Malcolm erzählte, dass man sie nicht zur Partnerin befördert hatte, sagte er, es sei doch nur ein Titel; viel wichtiger sei, dass man sie behalten wolle. Ihre Stelle bei Bloom sei trotzdem noch immer besser als ihr früherer Job bei der Gewerkschaft. Damit meinte er vor allem, dass sie dort mehr Geld verdiene. Er sprach es zwar nie aus, aber er war überzeugt, dass alle Anwälte im Grunde das Gleiche taten.

»Bist du auf der Arbeit nett zu den Leuten?«, fragte er. »Mögen sie dich?«

Jess schoss das Blut in die Wangen.

»Ich frag ja nur«, sagte er. »Das ist doch die Hauptsache, oder? Ganz egal, welche Arbeit man macht.«

»Und ich dachte immer, es ginge um Kompetenz.«

»Wirklich?«, fragte er; ihr Tonfall schien ihm gar nicht aufzufallen. Er war abgelenkt, suchte im Poststapel nach einem verloren gegangenen Rubbellos. »Das glaube ich ganz und gar nicht.«

Im Laufe ihrer knapp sieben Jahre währenden Bemühungen hatte sie im Abstand von acht Monaten zwei sehr frühe Fehlgeburten, jeweils um die fünfte Woche herum. Wo waren sie hin, diese Schwangerschaften? Einfach verschwunden. Wie ein Luftballon, dessen Band ihr aus der Hand geflutscht war. Im dritten Jahr hatte sie eine Eileiterschwangerschaft. Als es noch in ihr war, ging sie einmal auf eine lange Laufrunde und dachte dabei die ganze Zeit: Könnte ich es doch beim Rennen nur aus mir herausschütteln, es irgendwohin schicken, wo es leben konnte.

Einmal hatte sie erst nach sieben Wochen eine Fehlgeburt, das Baby hatte es da drin sogar an die richtige Stelle geschafft, aber dann blieb sein Herz einfach stehen, als wäre es im falschen Haus auf der falschen Party aufgetaucht und hätte dann wieder kehrtgemacht.

Danach mussten sie vier Monate warten, bevor sie die Ultraschalluntersuchungen für eine weitere Fruchtbarkeitsbehandlung machen lassen konnte, weil ihr HCG-Wert noch immer positiv war. Der darauffolgende Behandlungszyklus wurde schon bei der Entnahme abgebrochen. Der nächste nach dem Transfer.

Achtzehn Monate nach dem letzten Verlust war sie wieder schwanger. Erst als sie die zehnte Woche erreichte, wagte sie es, sich zu freuen. Doch meistens hatte sie Panik und das Gefühl, sich jeden Tag schonen zu müssen. Sie trieb keinen Sport mehr. Sie bat Malcolm, den Wäschekorb die Treppe hochzutragen. Auch die Kisten mit Wasserflaschen ließ sie in ihrem Kofferraum, bis Malcolm heimkam. Sie kaufte nur noch kleine Milchpackungen, weil sie leichter waren. In der elften Woche traute sie sich, es ihrer Mutter und Siobhán zu erzählen. In den Babyforen und privaten Facebook-Gruppen, in denen sie Mitglied war, und auch auf Reddit wurde pausenlos wiederholt, was sie schon als Fünfundzwanzigjährige von ihrer Mutter gehört hatte: Ab der zwölften Woche konnten sie sicher sein, dass die guten Wünsche, die sie einander immer geschickt hatten, wenn sie abends im Dunkeln auf ihre Displays starrten und ihre größten Hoffnungen in ein Kästchen tippten, tatsächlich etwas gebracht hatten.

Und dann, nach elf Wochen und fünf Tagen, ein dumpfer Schmerz in ihrem Unterleib. Bräunliche Flecken auf dem Klopapier, als sie sich abwischte. »Nein«, entschied sie, schloss die Augen und tat so, als hätte sie nichts gesehen, nichts gewusst. Malcolm schlief tief und fest, neben sich auf dem Nachttisch seine Geldbörse, seine Schlüssel, sein Handy und ein kleiner Stapel Münzen, alles wie immer. Doch als sie einige Minuten später in der Küche stand, spürte sie etwas Warmes, Nasses aus sich heraussickern.

»Malcolm!«, rief sie und sank zu Boden. Er kam die Treppe heruntergerannt, Panik im Gesicht.

Er sah sofort, was los war. »Alles in Ordnung«, sagte er, kniete sich neben sie, um sie zu stützen, und suchte gleichzeitig auf ihrem Handy nach der Nummer der Klinik. »Alles wird gut, keine Sorge.«

Damals hatte Malcolm sich zu der Bemerkung hinreißen lassen, dass er den Namen Nora für ein Mädchen schön fände. Und Dennis für einen Jungen. Eines Vormittags, als sie bei der Arbeit war, fuhr er sogar heimlich zum Haus seiner Mutter, um seine alte Kinderkommode zu holen. Die Kommode war mit alten Stickern der New York Mets übersät, sorgfältig von ihm aufgeklebt; er war damals zehn oder elf.

Elf Wochen und fünf Tage, kurz bevor der Embryo zum Fötus geworden wäre. Der Arzt gab einige Theorien zum Besten und wiederholte dann, was man ihnen zuvor schon gesagt hatte: Es deute darauf hin, dass eine gesunde Schwangerschaft möglich sei. »Wie meinen Sie das?«, fragte Malcolm fassungslos. Die Klinik war anderthalb Autostunden von ihrem Haus entfernt. Der Arzt erwiderte, dass sie mit jedem Rückschlag etwas dazulernen und die Behandlung entsprechend anpassen würden.

»Das war ja klar«, sagte Malcolm, als sie zurückfuhren. »Er will, dass wir weitermachen.«

»Glaubst du, er lügt uns an?«

»Nein, nicht direkt. Aber …« Sie überquerten gerade die Tappan Zee Bridge. Malcolm nahm die erste Ausfahrt und hielt an einem Park mit Blick auf den Hudson. »Wollen wir ein wenig frische Luft schnappen?«, fragte er. Dann stieg er aus und ging Richtung Fluss.

»Weißt du noch, als wir klein waren?«, sagte er, als sie ihn einholte. »Da gab es doch diese Paare, die keine Kinder hatten. Meine Mutter hatte eine Freundin namens Annie, die uns immer Geld schenkte, wenn sie zu Besuch kam. Zwei-Dollar-Scheine. Mary und ich haben uns immer darüber gestritten, ob Zwei-Dollar-Scheine überhaupt echtes Geld sind.«

»Bei uns gab es Tante Linda«, sagte Jess.

»Genau. Diese Paare ...« Malcolm schien auf der Suche nach den richtigen Worten zu sein. »Wahrscheinlich wollten sie Kinder. Mag sein, dass ich mich irre, aber ich vermute es. Also versuchten sie alles, was vor vierzig Jahren möglich war. Aber damals waren die Möglichkeiten begrenzt, und das musste man akzeptieren. Heute dagegen gibt es immer irgendwen, der sagt: Vielleicht geht es ja doch, wenn Sie dies und jenes tun und Medikament A oder B nehmen, und so weiter. Wenn jemand unbedingt ein Kind will, selbst wenn die Chance fast bei null liegt, gibt es immer irgendeinen Arzt, der eine Behandlung vorschlägt.«

»Gott sei Dank, oder?«, sagte Jess, obwohl sie schon ahnte, dass er es anders sah.

»Nun ja«, sagte Malcolm. »In gewisser Weise schon. Aber wann hört es auf? Wir haben einander. Und du bist mir genug. Ich möchte nur, dass du das weißt. Wir machen gerade eine schwere Zeit durch, aber wenn wir das hinter uns lassen, können wir trotzdem ein schönes Leben haben. Wir versuchen es jetzt schon so lange. Wir zwei sind doch auch eine Familie. Oder nicht?«

Ein Teil von ihr war erleichtert, dass er so mitgenommen wirkte. Sie hatte sich schon gefragt, ob sie mit ihrer Trauer allein war.

»Natürlich bist du mir auch genug, Malcolm«, sagte sie. »Natürlich sind wir eine Familie. Ich habe dich auf den ersten Blick geliebt. Ich habe bloß immer damit gerechnet, dass wir Kinder haben würden. Es ist schwer.«

»Ich weiß, dass es schwer ist«, sagte er.

Sie schauten noch einen Moment auf das Wasser, dann drehte er sich zu ihr und grinste. »Auf den ersten Blick, sagst du? Du warst scharf auf mich«, neckte er sie und zog sie an sich.

Er glaubte, sie hätten es auf diese Weise gelöst, das wusste sie. Er glaubte, sie hätten sich irgendwie geeinigt.

Als sie zwei Wochen später von der Arbeit kam, stand seine alte Kommode an der Einfahrt am Bordstein, im Dunkeln, wie ein einsames Kind, das von seinen Eltern vergessen worden war. Sie stellte den Wagen ab. Es gab niemanden, den sie besser kannte als Malcolm. Niemals hätte sie es für möglich gehalten, dass es so weit kommen würde. Niemals hätte sie es für möglich gehalten, dass er alle Hoffnung fahren ließ. Nora mit dem aufgeschürften Ellbogen. Dennis, der so gern in der Badewanne sang. Hatte er die Hand auf die Kommode gelegt und kurz innegehalten, oder war er damit hinausgestürmt, wie es seine Art war? Als sie nach oben ging, um sich die Stelle anzuschauen, wo sie gestanden hatte, sah sie, dass er das Fenster einen Spalt geöffnet hatte, um frische Luft hereinzulassen.

Natürlich lag es nahe, dass Malcolm die Bar kaufte. Schon lange bevor Hugh ihm mitteilte, dass er sie übernehmen könne, war er, wenn er abends von der Arbeit heimkam, oft noch stundenlang wachgeblieben, um sich Ideen zu notieren, wie er das Half Moon moderner machen wollte. Manchmal, wenn Jess nach ihrem gemeinsamen iPad griff, waren noch Tabs geöffnet, mit Bildern von Bars in Los Angeles, Reykjavik oder Tel Aviv. Von manchen Fotos hatte er Screenshots gemacht und sich zugemailt. Elegantes Design mit Holz, Chrom, Leder. Beim Anblick dieser perfekt inszenierten Bilder musste Jess jedes Mal an sein Auto denken: zusammengeknüllte Sandwichtüten, Nikotinkaugummi-Packungen, leere Limonadenflaschen und Tabakfäden, wie Sand, der sich nach einem Strandausflug überall verteilte.

Als sie ihn zu einer Eizellspende überreden wollte, war er irritiert. »Ich hab dir doch gesagt, dass ich damit durch bin, Jess. Ich ertrage das nicht mehr.«

»Was soll das denn heißen? Wie kann man denn mit so einem Thema durch sein?«

»Ich bin's jedenfalls.«

»Wo liegt das Problem? Das würde doch trotzdem mit deiner DNA laufen.« Die übrigens nicht gerade der Hit ist, hätte sie am liebsten hinzugefügt. Sein Vater war mit dreiundvierzig an einem Herzinfarkt gestorben, und seine Mutter trank mehr Rotwein, als ihr guttat.

»Ich will es aber nicht.«

»Warum?«

Er hob die Hände, als wollte er sagen: Tut mir leid, dass ich so empfinde und es nicht erklären kann.

»Dann eben eine Adoption«, schlug sie vor. Sie hatte sich bereits erkundigt und erfahren, dass eine Adoption Jahre dauern konnte, aber das behielt sie für sich. Er hätte gesagt, dass es sie nur noch mehr Zeit kosten würde. Sie hatte den Bericht einer Frau gelesen, die achtzehn Monate lang einen Jungen in Pflege hatte. Als er zu ihr kam, war er fünf Monate alt; ein Baby, das zum Sonnenschein ihres Lebens wurde. Schon nach wenigen Wochen stellte sie einen Antrag auf Adoption. Während sie auf die Genehmigung wartete, umsorgte sie ihn weiter, er lernte krabbeln und laufen. Es wird klappen, wurde ihr gesagt. Es dauert nur eine Weile. Er nannte sie Mama; auch »hallo«, »tschüss«, »Hund« und »Ball« konnte er sagen. Und dann wurde er ihr weggenommen. Seine leibliche Mutter wollte ihn zurück. Die Frau war untröstlich. Jess hatte ebenfalls Tränen in den Augen, als sie das las. So etwas wollte sie nicht auch noch erleben müssen.

»Nein, Jess«, sagte Malcolm. »Wir haben unser Bestes versucht.«

»Nein, haben wir nicht! Wir haben noch nicht alle Möglichkeiten ausgeschöpft!«

Sie besorgte sich einen Termin bei Dr. Ianucci. Sie war fest entschlossen, nur Andeutungen zu machen, aber als sie ihm gegenübersaß, platzte es doch aus ihr heraus. Sie fragte ihn, ob sie eine Eizellenspende nicht selbst mit Malcolms Sperma befruchten könne. Der Arzt wich ihr jedoch aus, sagte nur: »Eine Eizellspende als nächster Schritt wäre sicherlich eine kluge Entscheidung.«

»Das meinte ich nicht. Ist es möglich, es so zu machen, dass Malcolm denkt, es sei von uns beiden? Wenn Sie mir einfach ein anderes Ei reinschieben?«

Sie hielt kurz inne.

»Oder eine Embryonenspende, wenn das einfacher wäre. Das muss doch irgendwie gehen, oder?« Krumme Geschäfte gab es in jeder Branche, warum sollte es bei Fruchtbarkeitsbehandlungen anders sein?

»Jessica«, sagte der Arzt freundlich.

»Jess.«

»Jess. Wenn Sie den Wunsch hätten, als Alleinerziehende ein Kind zu bekommen, wäre das etwas anderes. Aber Malcolm zu täuschen kommt nicht in Frage. Auch wenn Sie zweifellos schon weitaus mehr durchmachen mussten als viele andere Paare.«

Als San Francisco passierte, hatte sie sich schon überlegt, was sie gegen Malcolms Vereinbarung mit Hugh unternehmen konnte – und auch, wie es mit ihnen beiden weitergehen konnte. Sie hatte es satt, dass jedes Gespräch in einem Streit endete. Wenn sie seinen Wagen auf der Einfahrt hörte, fing sie an, Wäsche zu falten, Apfelsinen zu schälen oder sich mit irgendetwas anderem zu beschäftigen, nur um ihn nicht begrüßen zu müssen. Einmal hatte sie sich sogar ihr Handy ans Ohr gehalten, ihm signalisiert, still zu sein, und war dann in die Küche gegangen, wo sie so tat, als telefonierte sie mit jemandem über Haftungsrecht, obwohl niemand am anderen Ende der Leitung war. Sie kam erst wieder aus der Küche heraus, als sie hörte, dass er den Fernseher eingeschaltet hatte. Punkt eins ihrer persönlichen To-do-Liste war, dass sie so nicht mehr weitermachen konnten.

In ihrem Job musste sie kaum noch verreisen, aber um die Konferenz in San Francisco kam sie nicht herum. Punkt eins auf Malcolms persönlicher To-do-Liste waren ein paar Kleinigkeiten in der Bar, die ihn schon seit zehn Jahren in den Wahnsinn trieben und die er nach der Übernahme so rasch wie möglich in Ordnung bringen wollte. Ein paar kaputte Lampen. Ein paar wippende Dielen. Doch eins führte zum anderen, es kam immer mehr dazu, Jess hatte es natürlich geahnt und Malcolm gewarnt, aber er meinte, sie sehe nur noch schwarz. Als es ihm nicht gelang, die Lampen selbst zu reparieren, beauftragte er einen Elektriker. Der Elektriker schaute sich alles an und sagte Malcolm dann am Telefon, er müsse ihnen etwas zeigen, ob sie sich am nächsten Morgen mit ihm dort treffen könnten. Malcolm stand extra früh auf, Jess gab im Büro Bescheid, dass sie etwas später käme. Es war einer dieser drückend heißen Sommertage.

Als sie im Half Moon ankamen, zeigte der Elektriker ihnen ein Kabelbündel, das anscheinend gefährlich war; Jess verstand davon nichts.

»Ist es nur an dieser Stelle?«, fragte Malcolm.

»Nein«, sagte der Elektriker.

»Können wir es nicht noch eine Weile so lassen?«, fragte Jess. Der Elektriker riss entsetzt die Augen auf.

»Was ist mit dem Sicherungskasten?«, fragte Malcolm. »Der ist relativ neu. Ich weiß noch, wann Hugh ihn hat einbauen lassen.«

»Malcolm«, sagte der Elektriker; wahrscheinlich war er ein Stammgast. »Selbst wenn, das Ding ist völlig überlastet. Allein schon durch die Klimaanlage. Das muss alles erneuert werden, oder der Laden fliegt euch irgendwann um die Ohren.«

Und Malcolm sagte: »Alles klar, natürlich, dann mach das. Was bleibt uns anderes übrig?«

»Bisher hat es doch noch ganz gut funktioniert«, sagte Jess und drehte sich zu Malcolm. »Wenn du nicht vorgehabt hättest, die Lampen zu reparieren, wüssten wir gar nichts davon.«

»Ich hatte es aber vor, und jetzt wissen wir es«, erwiderte Malcolm und drehte sich zu seinem Elektrikerfreund. »Kannst du das auch vormittags erledigen? Ich kann die Bar nicht schließen. Was brauchst du, um loszulegen?«

»Warte«, sagte Jess. »Nicht so schnell.«

Doch Malcolm warf ihr einen Blick zu, der verriet, dass er kurz davorstand, die Beherrschung zu verlieren. Im Laufe ihrer Beziehung hatte er sie erst zwei oder drei Mal so angeschaut. Er gab niemals sein Innerstes preis, schon gar nicht Bekannten oder Kunden gegenüber. Doch jetzt war er mit seiner Geduld am Ende. In seiner Wange zuckte ein Muskel.

»Wir reden später«, sagte er zu ihr. »Sonst verpasst du noch deinen Zug.«

»Klasse Typ«, sagten die Leute, wenn sie erfuhren, dass sie mit Malcolm Gephardt verheiratet war, als sei er ein Star, als kannten sie ihn fast genauso gut wie sie. Und dann erzählten sie meist irgendeine Geschichte über Malcolm, die sie noch nie gehört hatte: zwei Uhr morgens, die Bar rappelvoll, jemandem widerfuhr Unrecht, Malcolm kam zur Rettung. Die Leute kannten ihn nur glattrasiert, das Hemd perfekt gebügelt, die Ärmel hochgekrempelt. Sie konnten sich nicht vorstellen, dass er zu Hause ganz anders war, als sie dachten. Dass er seine nassen Handtücher immer auf den Boden warf. Und überall im Haus Kleingeld verteilte, das dann im Trockner oder Staubsauger landete. Dass er Papierhandtücher benutzte, um sich die Nase zu putzen. Wenn er oben ins Bad musste, rief er immer, sie solle »mal kurz warten«, als hätte sie vor, direkt nach ihm aufs Klo zu gehen.

An dem Morgen, als Jess nach San Francisco musste, war ihr gemeinsames Konto auf einen dreistelligen Betrag geschrumpft; zwei Rechnungen, die relativ hoch waren, hatten sie noch gar nicht bezahlt. Während sie mit ihrem Koffer an der Haustür stand und auf das Firmentaxi wartete, das sie abholen sollte, scrollte sie auf ihrem Handy durch die Buchungsvorgänge. »Da ist ein Lastschrifteinzug vom Lieferanten«, sagte sie. Beim Anblick des Betrags lief ihr ein Schauer über den Rücken.

»Von welchem?«, fragte Malcolm leichthin, als wüsste er es nicht.

»Von dem in Jersey«, sagte sie ganz neutral, damit er ihr nicht vorwerfen konnte, einen Streit anzetteln zu wollen. Sie stellte lediglich eine Tatsache fest. Sie wartete darauf, dass er zugab, dort gewesen zu sein und dass er natürlich gewusst habe, dass das Geld knapp sei, es jedoch Sachen gebe, die er brauche. Die Bar war bereits komplett ausgestattet, aber er hatte schon immer diese großen bauchigen Weingläser haben wollen, die wie Goldfischgläser auf Stielen aussahen. Hugh hatte solche Gläser stets abgelehnt, weshalb Malcolm sich vorgenommen hatte, als Erstes die Weinkarte zu erweitern und neue Gäste anzulocken, sobald die Bar ihm gehörte. Natürlich hatte er diese blöden Gläser gekauft! Sie waren die einzigen, die der Lieferant nicht in Kisten lieferte.

»Oh. Ach ja. Richtig.«

»Was hast du denn für einen so hohen Betrag gekauft?«

Sag es, dachte sie. Sag, es geht mich nichts an. Sag es.

»Die Weingläser, die dir so gefallen, sind in einer Bar wie dem Half Moon fehl am Platz«, schob sie nach.

Ihr war bewusst, dass sie genau wie die Sorte Ehefrau klang, die sie niemals hatte werden wollen. Sie sprach mit ihm, als wäre sie seine Chefin oder seine Mutter. Machte es ihr Spaß, mit ihrem eigenen Mann so zu reden, als wäre er ein Kind? Nein, natürlich nicht! Aber wenn man davon träumte, den Rest seines Lebens mit einem bestimmten Menschen zu verbringen, verdrängte man leider die Tatsache, dass es manchmal notwendig war, Dinge auch auszusprechen.

»In diesen Gläsern sehen zweihundert Milliliter wie ein Schluck aus. Deine Mitarbeiter werden zu viel einschenken. Und die Kunden werden sich trotzdem beschweren, weil es nach nichts aussieht.«

Sie konnte es einfach nicht lassen. »Die Leute werden diese Gläser in Servietten einwickeln und in ihre Handtaschen stecken.

Wenn sie Pintgläser von Smithwicks klauen, okay, aber diese? Was hast du dir nur dabei gedacht?«

»Meine Güte«, murmelte er, als wäre sie die größte Spielverderberin.

»Was?«

Sag es, dachte sie.

Er starrte sie an.

»Sag mir, was ich machen soll«, sagte sie. »Soll ich den Mund halten? Obwohl wir schon darüber gesprochen haben? Und uns auf das genaue Gegenteil geeinigt haben, nämlich auf gar keinen Fall Hunderte von Dollar für Weingläser auszugeben? Das Half Moon ist nicht das Plaza. Ich kann nicht mehr, Mal. Seit fünfzehn Jahre arbeite ich sechzig Stunden die Woche. Nur, um festzustellen, dass wir neunhundertdreiundzwanzig Dollar auf dem Konto haben.«

»Ich weiß, dass es ist nicht das Plaza ist, Jess. Ich arbeite auch sehr viel. Sogar schon länger als du. Glaubst du etwa, du bist die Einzige?«

»Meine Güte, das meine ich doch gar nicht, und das weißt du auch.«

Er verzog das Gesicht. Mit dieser Grimasse sah er aus wie seine Mutter. Jedes Mal, wenn er dieses Gesicht machte, bekam sie einen Vorgeschmack davon, wie er als alter Mann aussehen würde. Gail sagte manchmal, Malcolm habe sein breites Kreuz von ihr geerbt, und dann ließ sie die Schultern kreisen, als sei sie stolz darauf, wie ein Mann gebaut zu sein. »Viele Models haben breite Schultern, weil die Kleidung dann besser fällt«, sagte Gail einmal. Jess hätte sich fast an ihrem Sandwich verschluckt.

»Kannst du sie zurückgeben?«

»Weißt du was, Jess? Das geht dich überhaupt nichts an. Kümmere du dich um deinen Job, und ich kümmere mich um meinen.«

Wow, dachte Jess. Da haben wir's. Sie kochte vor Wut. »Das geht mich nichts an?«

»Du glaubst weder an mich, noch an die Bar. Das hast du sehr deutlich zum Ausdruck gebracht.«

»Wenn du das so siehst, haben wir ein ernstes Problem«, erwiderte sie im selben Moment, als das Taxi in die Einfahrt bog. Anstatt ihr einen Abschiedskuss zu geben, ging er nach hinten und schlug die Verandatür zu.

Auf der Konferenz hatte Jess im Grunde nur die Aufgabe, sich bei den Podiumsdiskussionen und Cocktailpartys blicken zu lassen. Der Streit mit Malcom und die anschließende Taxifahrt zum Flughafen hatten sie aus dem Gleichgewicht gebracht. Wütend war sie eigentlich nicht. Noch nicht einmal verletzt. Sie fühlte sich eher betäubt, als wäre alles, was sie tat, jeder Teil ihres Lebens, weiter von ihrem wahren Selbst entfernt, als sie zuvor gedacht hatte. Als sie an der Sicherheitskontrolle stand und ihr Gepäck auf das Band hievte, war ihr Kopf vollkommen leer. Wenigstens muss ich mir keine Sorgen machen, dass anderthalbtausend Dollar teure Fruchtbarkeitsmedikamente beschlagnahmt werden, dachte sie. Wenigstens das. Erst als sie in den Körperscanner trat, fiel ihr ein, dass sie noch ein Haargummi mit Metallverschluss in der Hosentasche hatte. Sie wurde abgetastet, bekam es aber kaum mit. Wie benommen ließ sie sich mit dem Strom der Passagiere zum Gate treiben. Vielleicht hatte sie beim Warten aufs Boarding eine Zeitschrift gelesen oder einen Kaffee getrunken; sie wusste es nicht mehr. Während des Fluges wählte sie eine Wiedergabeliste und setzte die Kopfhörer auf, doch erst eine Stunde später merkte sie, dass gar keine Musik lief. Als sie am Flughafen San Francisco das Rollfeld betrat, war sie erleichtert, doch im Gegensatz zu sonst war sie nicht darüber erleichtert, sicher gelandet zu sein, sondern eher angenehm überrascht darüber, die Welt im tatsächlichen Maßstab zu sehen. Als sie darüber nachdachte, wie weit sie geflogen war und feststellte, dass Malcolm, das Half Moon, das gemeinsame Haus mit den leeren Zimmern, der gemeinsame Freundeskreis und die Bemerkungen ihrer Mutter dreitausend Meilen entfernt waren, war ihr, als fiele eine schwere Last von ihren Schultern. Sie atmete tief durch und rief sich ein Taxi.

In der Hotellobby bemerkte sie eine Gruppe von sieben Männern in ihrem Alter, die anscheinend nichts mit der Konferenz zu tun hatten. Vielleicht ein Junggesellenabschied, dachte sie, obwohl sie dafür schon etwas zu alt wirkten. Die Gruppe war ihr schon beim Einchecken aufgefallen, nicht wegen der Lautstärke, sondern weil keine Frauen dabei waren. Nur sieben attraktive Männer um die Vierzig, die ziemlich gut in Form und elegant gekleidet waren und sich offenbar bestens verstanden. Sie hatten nichts Einschüchterndes an sich, wie es bei manchen Männergruppen der Fall war. Als sie an der Hotelbar Platz nahm, um sich vor dem Abendessen einen raschen Drink zu genehmigen und ihre Gedanken zu ordnen, fiel ihr die Gruppe abermals auf. Die Männer saßen hinter ihr an einem Tisch und unterhielten sich. Sie lauschte eine Weile und erfuhr, dass sie eigentlich zum Golfen wollten, ihre Pläne aber wegen des schlechten Wetters geändert hatten.

Als sie mit ihrem Drink fast fertig war, stellte sich einer der Männer ein Stückchen weiter neben sie an den Tresen, um auf die Barkeeperin zu warten. Er stand nah genug, dass ihr sein angenehmer Duft auffiel. Jetzt war sie froh, dass sie zum Abendessen nicht bloß die Bluse gewechselt, sondern ein Kleid angezogen hatte.

Er nickte ihr zu und legte seine Kreditkarte auf den Tresen. Stützte sich auf die Ellbogen. Sie schaute verstohlen zu ihm herüber. Schöne Hände. Unter der hochgerutschten Manschette eine Narbe, direkt über dem Handgelenk. Nettes Gesicht. Außer Jess saß niemand am Tresen, und trotzdem stand er nur einen knappen Meter von ihr entfernt.

»Hallo«, sagte er. »Dürfte ich Sie um etwas bitten?« Er deutete mit dem Kopf auf seine Kreditkarte und dann auf die Barkeeperin, die gerade am anderen Ende des Tresens war.

»Soll ich ihr das geben?«, fragte sie. Sie hatte nicht damit gerechnet, dass er sie ansprechen würde.

»Ja, ich ...«

»Verstehe schon. Sie wollen die Rechnung übernehmen.«

»Wenn mir von meinen Freunden keiner zuvorkommt. Gleich wird ihnen nämlich auffallen, dass ich schon zu lange weg bin.«

»Kein Problem«, sagte sie und schob die Kreditkarte neben ihre Serviette.

»Sagen Sie der Barkeeperin, sie soll sie behalten, und ich zahle später. Meine Freunde würden es sonst merken, wenn ich wieder zum Tresen gehe, um zu unterschreiben.«

»Wenn Sie wollen, unterschreibe ich für Sie, dann kann die Barkeeperin den Vorgang schon abschließen.«

Er schaute sie amüsiert an. »Das würden Sie machen?«

»Klar. Wahrscheinlich wird sie bald abgelöst.«

»Sie meinen, es wäre ihr egal?«

»Nein, aber es wäre ihr bestimmt lieber, die Kasse zu schließen«, sagte Jess.

Er musterte sie, als hätte er eben erst bemerkt, dass sie eine Frau war und nicht bloß jemand, der gerade zufällig am richtigen Platz saß, um ihm einen Gefallen zu tun.

»Okay. Danke. Ich bin übrigens Fred.«

»Frederick, genauer gesagt«, erwiderte sie und tippte auf seine Kreditkarte.

Er lächelte, und seine Offenheit gefiel ihr; er versuchte nicht zu verbergen, dass er die Unterhaltung mit ihr genoss. Zugleich wirkte er zurückhaltend. Aus den Südstaaten kam er wahrscheinlich nicht. Definitiv nicht aus dem Nordosten. Aber sie war nicht besonders gut darin, Akzente zu erkennen, die außerhalb von New York und New Jersey stammten.

»Vielen Dank jedenfalls«, sagte er, und als er sich abwandte um wieder an seinen Tisch zurückzugehen, bemerkte Jess die breite Säule hinter ihrem Rücken. Er hatte sich nur deshalb so nah zu Jess gestellt, weil seine Freunde ihn dort nicht sehen konnten.

Später, nach dem Meet & Greet und einem unfassbar öden Dinner mit lauter Rednern, die düstere Witze über das Ende der Printmedien brachten, wollten ein paar von den Kollegen noch irgendwo tanzen gehen und luden sie ein, mitzukommen. Christopher aus dem Vertrieb würde sicher seinen Blazer auf einen Stuhl werfen und außer Rand und Band geraten, sobald Flo Rida ertönte. Die anderen kannte sie bisher kaum, aber da sie in der Hierarchie am höchsten stand, würde sie mindestens eine Runde spendieren müssen. Das konnte sie sich in ihrer aktuellen Situation allerdings nicht leisten, denn selbst wenn Bloom ihr das Geld erstattete, dauerte das mindestens sechs Wochen.

Als sie ins Hotel zurückkam, war es noch nicht einmal zehn, also beschloss sie, noch einen Drink zu nehmen und ihn auf ihre Zimmerrechnung setzen zu lassen. Sie schaute auf ihrem Handy nach, ob Malcolm ihr eine Nachricht geschickt hatte, fand aber nur eine Nachricht ihrer Freundin Maria, mit Fotos von ihren Töchtern in Klamotten, die Jess ihnen zum Geburtstag geschenkt hatte.

Sie setzte sich wieder an die Bar, diesmal auf einen anderen Hocker. Als sie den Wodka Soda nahm, den die Barkeeperin – eine andere diesmal – ihr hingestellt hatte, ertönte plötzlich eine Männerstimme neben ihr: »Finden Sie dreißig Prozent Trinkgeld nicht etwas übertrieben?«

Sie fuhr vor Schreck zusammen, und der Drink schwappte ihr auf den Ärmel. Sie stellte das Glas auf den Untersetzer zurück, ohne einen Schluck zu nehmen.

»Bitte verzeihen Sie«, sagte der Mann und legte ihr die Hand auf die Schulter. Mit der anderen nahm er sich ein paar Servietten und wischte die Spritzer weg, die auf dem Tresen gelandet waren. »Ich wollte Sie nicht erschrecken.«

»Bei dem ganzen Drama, das Sie ums Bezahlen gemacht haben, fand ich dreißig durchaus angemessen«, sagte sie, drückte eine Serviette auf ihren Ärmel und schlug die Beine übereinander. Er lehnte sich an einen Barhocker und wandte sich ihr zu.

»Sind Sie bei dem Medienkonzern, der hier eine Konferenz abhält?«

»Ja, aber ich gehöre zur Rechtsabteilung. Ich bin Anwältin.«

»Eine Anwältin namens Jess«, sagte er. Sie hatte vergessen, ihr Namensschild abzunehmen.

»Kurzform für Jessica?«

»Igitt. Ja. Schrecklich.«

Er tat zerknirscht. »Meine Mutter heißt Jessica. Meine Großmutter auch.«

Das Flirten war noch immer so wie früher, als spielte man sich Bälle zu. Es funktionierte wie das Muskelgedächtnis und machte umso mehr Spaß, je schneller man spielte.

»Dann wissen die beiden ja Bescheid«, sagte sie.

Als er lächelnd den Kopf senkte, hatte sie das sonderbare Gefühl, als sei dieses Gespräch unumgänglich, als verlangte ihre erste Unterhaltung eine Fortsetzung, da etwas ungesagt geblieben war. Als sie sich die Hände schüttelten, hielt er ihre etwas länger fest als nötig. Seine Gruppe war auch wieder da und wirkte ausgelassener als zuvor.

»Ihre Freunde scheinen sich ja gut zu amüsieren. Junggesellenabschied?«

»Nein, eher das Gegenteil.« Er setzte eine verschwörerische Miene auf. »Scheidungsparty. Sehen Sie den Typ im blauen Hemd?«

Jess reckte den Hals, um ihm über die Schulter zu schauen, als interessierte es sie tatsächlich, welcher der Männer sich scheiden ließ, als sei es nicht bloß Smalltalk.

»Ich sehe *drei* Typen in blauen Hemden.«

»Okay, der mit dem Bart.«

»*Zwei* von denen haben einen Bart.«

»Echt?« Er schaute hinüber. »Okay, der, der uns am nächsten sitzt. Der kleinere. Seine Scheidung ist gerade durch.«

»Eigentlich kein schöner Anlass zum Feiern.«

»Kommt drauf an.« Er zuckte mit den Schultern. »Es war schon lange die Hölle.«

»Ach so«, sagte Jess.

»Er hat einen Sohn. Der ist aber schon fast achtzehn.«

»Verstehe.«

»Möchten Sie uns vielleicht Gesellschaft leisten?«, fragte er. Er trug einen Ehering. Er wollte nur höflich sein. Sie trug auch einen Ehering.

»Nein.« Sie schüttelte den Kopf. »Ich trinke das noch aus, dann gehe ich hoch. Aber danke.«

Er schwieg.

»Ich reise morgen ab. Mein Flug geht sehr früh.«

»Verstehe«, sagte er und hielt kurz inne. »Also, danke nochmals, Jess.« Er wandte sich ab, um wieder zu seinen Freunden zu gehen, dann drehte er sich noch einmal um. »Meine Mutter heißt übrigens Elise.«

»Die Glückliche«, sagte Jess.

Sie beobachtete im Spiegel, wie er wieder in das Gespräch einstieg, das seine Freunde ohne ihn weitergeführt hatten. Ihr wurde schwindlig, sie musste sich am Tresen abstützen. Er beobachtete sie bestimmt ebenfalls. Sie dachte unwillkürlich an Malcolm und daran, wie sie früher zusammen eingeschlafen waren, stets eng aneinandergeschmiegt. Auch wenn sie erleichtert war, dass sie nachts nicht mehr dreimal aufwachte, weil ihr Arm unter Malcolms Gewicht eingeschlafen war, machte es sie irgendwie traurig, dass die Leidenschaft in ihrer Beziehung anscheinend verflogen war. Als sie das letzte Mal Sex hatten, war sie kaum bei der Sache und bat ihn deshalb, sich hinter sie zu stellen und sie fester zu halten.

»Fester«, forderte sie ihn an jenem Nachmittag immer wieder auf. »Ich sagte, fester.« Doch Malcolm reagierte genervt und drehte sich weg.

»Tu einfach so, als wäre ich eine andere«, sagte sie in der Hoffnung, damit etwas in ihm auszulösen, ihn aus seiner Routine zu bringen. »Stell dir einfach vor, ich wäre Emma.«

»Was?«, fragte er und starrte sie schockiert an. »Was hast du gerade gesagt?« Er hatte es natürlich verstanden. »Du hast sie doch nicht mehr alle, Jess«, sagte er schließlich.

Er zog sich an und verließ das Zimmer. Das Ganze war ihr so peinlich, dass sie erst nach unten ging, als sie hörte, dass er mit seinem Wagen davonfuhr.

Als sie noch Jura studierte und Malcolm der Star des Half Moon war, den alle sehen wollten, überredete sie Cobie dazu, wenigstens einmal übers Wochenende nach Gillam zu kommen, um ihn kennenzulernen. Sie hatte damals schon ein paar Mal mit ihm geschlafen, redete sich jedoch ein, dass es nichts Ernstes war. Beim ersten Mal, er kam direkt aus der Bar, bot er ihr an, zuerst zu duschen, weil er nach Zigaretten stank. Sie war ganz verblüfft darüber, dass ein so schöner Kerl wie er so verlegen sein konnte. Er sagte, ihre Haut dufte nach Zitrus, und er war sichtlich geschmeichelt, als sie erwiderte, das wäre seinen Händen zu verdanken, die den ganzen Abend Limetten und Orangen in Scheiben geschnitten hatten.

Cobie, die die Vorstadt eigentlich hasste, willigte schließlich ein und witzelte, ein Kerl, der es schaffe, Jess von Manhattan wegzulocken, habe bei ihr von vornherein keine Chance. Sie konnte kaum glauben, dass Jess Malcolm nicht schon früher kennengelernt hatte, aber Jess erwiderte, er sei eben ein paar Jahre älter, und Gillam sei zwar eine Kleinstadt, aber *so* klein nun auch wieder nicht.

»Na gut, ich schau ihn mir mal an«, sagte sie und verdrehte die Augen.

Und selbst Cobie ertappte sich dabei, ihn zu beobachten, wie sie Jess später erzählte, und sie tat es nicht nur, weil sie extra nach Gillam gekommen war, um ihn kennenzulernen. Während sie in der Bar saß, sich umschaute, der Musik lauschte, die Leute beobachtete und sich mit Jess' Freundinnen von früher unterhielt, passierte es ihr immer wieder, dass sie unwillkürlich zu Malcolm herüberschaute.

»Da hast du's«, erwiderte Jess. »Aber woran liegt das?«

»Er hat eine starke Ausstrahlung. Und zusammen seid ihr wie der König und die Königin beim Abschlussball.«

»Auf ihn mag das ja zutreffen«, sagte Jess. »Aber auf mich wohl kaum.«

»Nicht, wenn du allein bist. Aber mit ihm zusammen?« Cobie hielt kurz inne. »Du bist hier anders.«

Jess kannte Cobie seit der Orientierungswoche am College. Sie hatten beide darüber gejammert, wo sie aufgewachsen waren – Cobie kam aus Texas – und dass einem der Lebensweg dort von Geburt an vorgeschrieben wurde. Dabei hätten ihre Familien nicht unterschiedlicher sein können. Als Jess zaghaft fragte, ob es für Cobie nicht schwer gewesen sei, sich ihren Eltern gegenüber zu outen, antwortete Cobie lachend, sie hätte sich gar nicht outen müssen, weil ihre Eltern schon wussten, dass sie lesbisch war, bevor sie selbst es überhaupt ahnte. Sie hatte wegen etwas ganz anderem das Gefühl, daheim zu ersticken: Wenn jemandem etwas Bestimmtes wichtig war, wurde automatisch davon ausgegangen, dass es den anderen genauso wichtig sein musste. Alle Neuankömmlinge, denen Jess in der Orientierungswoche begegnete, waren heilfroh, sich endlich befreit zu haben, doch je mehr sie über ihre Heimat klagten, desto klarer wurde Jess, dass ihre eigene gar nicht so übel war. Es lag ja nicht an Gillam, dass die Ryans nur wenig Geld hatten, und soweit Jess sich erinnerte, waren die Leute immer nett gewesen. Von ihren Lehrerinnen und Lehrern war sie stets ermutigt und gefördert worden.

Sie hatte ein großzügiges Stipendium erhalten, brauchte aber trotzdem einen Studienkredit, erst recht, als sie beschloss, in Vollzeit zu studieren; sie musste schließlich sogar ein weiteres Darlehen aufnehmen. Der Kreditsachbearbeiter verkündete fröhlich, sie könne die Darlehen zu gegebener Zeit auch problemlos bündeln. Für sie machte es damals jedoch keinen Unterschied, ob sie einen oder zwei Kredite zurückzahlte. Sie war zweiundzwanzig, Geld war noch zu theoretisch für sie, und je höher die Kreditsumme, desto abstrakter erschien sie ihr.

»Wow«, sagte Jess, als sie Malcolm zum ersten Mal hinter der Bar stehen sah. »Wer ist denn das?« Es war am Geburtstag ihrer Freundin Jenny. Im Abschlussjahr an der Highschool hatten sie zusammen das Leichtathletikteam geführt, und wenn Jess nach Gillam kam, trafen sie sich manchmal noch immer zum Joggen. Jenny hatte gerade ihre Verlobung gelöst, und Jess hatte kurz zuvor mit einem Kommilitonen Schluss gemacht, der ohnehin nicht zu ihr passte; ein rechthaberischer Typ, der ihr ständig ins Wort fiel. Genug Gründe also, einen draufzumachen. Sie verabredeten sich mit ein paar anderen Highschool-Freundinnen, die Jess schon lange nicht mehr gesehen hatte.

»Oh«, sagte Jenny mitleidig. »Du kennst Malcolm noch gar nicht?«

»Hallo, Anwaltsfreundin von Jenny«, sagte Malcolm zu ihr, als sie an der Reihe war, eine Runde auszugeben. »Deine Freundinnen haben schon viel von dir geschwärmt.«

»*Noch* bin ich keine Anwältin«, sagte Jess. »Das dauert.«

»Aber bestimmt nicht mehr lange«, sagte er.

»Ich bin Jess«, sagte sie.

»Ich weiß«, erwiderte er. »Ich bin Malcolm.«

»Ich weiß«, sagte sie und lachte. »Du bist hier der große Star.«

Als Jess mit acht Bierflaschen und einem verklärten Lächeln an den Tisch zurückkehrte, sagte Jenny: »Schlag dir das aus dem Kopf. Der hat mit jeder was.«

»Was soll ich mir aus dem Kopf schlagen?«, fragte Jess. Aber jedes Mal, wenn sich die Gelegenheit bot, schielte sie zu ihm herüber.

Zwei Wochen später fuhr sie unter einem Vorwand wieder nach Gillam. Zwei Wochen danach erneut. Später, als sie schon zusammen waren, ohne dass es jemand wusste, rief Jess ihm ihre Bestellung über den Lärm hinweg zu, und er beugte sich ganz nah zu ihr, als hätte er sie nicht richtig verstanden. Es stimmte nicht, dass er mit jeder was hatte, im Gegenteil: Er ließ sich grundsätzlich nie mit Frauen ein, die zu den Stammgästen zählten, weil er ihnen ständig begegnet wäre, selbst wenn längst Schluss war. Frauen, die ihn anbaggerten, während sie sich betranken, und ihm dann kurz vor Kneipenschluss um den Hals fielen, waren nicht sein Fall. Er stand auf Frauen, die sich im Griff hatten und um Mitternacht noch normale Gespräche führen konnten. Frauen wie Jess.

Kaum hatte es sich herumgesprochen, begannen die Freundinnen, die Jess am ersten Abend bemitleidet hatten, weil sie Malcolm noch nicht kannte, ihr Seitenblicke zuzuwerfen. War sie nicht etwas zu groß geraten? Waren ihre Brüste nicht ein bisschen zu klein? War sie eigentlich wirklich so hübsch oder hatte sie einfach nur Glück mit ihrer Figur und den Haaren? Manchmal konnte man das ja nicht genau sagen.

Gelegentlich kam er sie in Manhattan besuchen, um ihr die Pendelei zu ersparen. Aber er ließ nur sehr ungern eine Wochenendschicht im Half Moon sausen, und ihm graute jedes Mal vor der Parkplatzsuche. Wenn Jess' Kommilitoninnen zu Besuch waren, fragte er sie, ob Jess eher eine Streberin sei oder ob es auch mal vorkomme, dass sie bei den Vorlesungen einschlafe. Es kam ihm unfair vor, dass sie mit seinem Alltag vertraut war, er aber nicht mit ihrem; er wollte ihn sich wenigstens vorstellen können. Wenn sie ausgingen, hatte er stets genügend Dollarscheine parat, die er ordentlich gefaltet mit einer Klammer zusammenhielt. Er ließ Kerle, die in ihren Hosentaschen wühlten, wie Kinder aussehen.

In ihrem dritten Studienjahr, sie war damals fünfundzwanzig, durfte Jess ihre Fakultät bei einer Tagungsreihe für internationales Recht in Südostasien vertreten. Bei der Konferenz in Myanmar trug sie eine von Cobies Seidenblusen, in Singapur aß sie die beste Mahlzeit ihres Lebens. Am Strand von Kambodscha ging sie schwimmen, in Thailand bewunderte sie den riesigen Goldbuddha. Zu diesem Zeitpunkt war ihr bereits klargeworden, dass sie in Malcolm verliebt war, und sie schickte ihm fast täglich eine Postkarte. Meist schrieb sie übers Essen. Wenn sie morgens aufwachte, war sie wie ausgehungert. Sie fragte ihre Kommilitoninnen, ob es ihnen auch so ginge. Vielleicht brachte die Zeitverschiebung ja den Körper durcheinander.

Auf dem Rückflug musste sie sich übergeben, was ihr extrem peinlich war. Hoffentlich hören die anderen mich nicht, dachte sie, als sie sich in die winzige Kloschüssel erbrach. Als sie aus der Toilette kam, reichte ihr eine überaus freundliche Stewardess ein Eisgel-Pack. Halten Sie das an Ihr Gesicht und Ihren Hals, dann geht es Ihnen bald besser, sagte sie. Als Jess endlich in New York gelandet war und ihren Koffer die vier Stockwerke bis zur Wohnung hochgewuchtet hatte, blieb sie bis spät in die Nacht auf und redete mit Cobie über all die Dinge, die sie sich im Leben wünschten und all die Orte, die sie noch sehen wollten. Und dann schlief sie zwanzig Stunden, wurde zwischendurch nur wach, weil sie pinkeln musste oder Durst hatte. Als sie ausgeschlafen hatte, war ihr geradezu schlecht vor Hunger. Malcolm war unterwegs zu ihr.

Cobie wollte sich aus dem Staub machen, sobald er ankam, aber vorher wollte sie Jess noch etwas sagen, ergänzend zu ihrem Gespräch am Abend davor. Jess solle ihr bitte nicht böse sein, sagte Cobie, aber mit Malcolm werde Jess nie über Gillam hinauskommen. Eigentlich habe sie damit gerechnet, dass Jess mit ihm Schluss mache. Aber da es ja offenbar doch etwas Ernstes sei, habe sie sich Gedanken gemacht, und sie sei Jess keine gute Freundin, wenn sie ihr gegenüber nicht ehrlich sei.

»Du warst gerade in Südostasien«, sagte Cobie. »Hat Malcolm überhaupt Interesse daran, mal etwas anderes als Gillam und die Küste von Jersey zu sehen?«

»Das ist unfair«, sagte Jess. »Reisen ist teuer. Bei dir hat ein einziges Schuljahr mehr gekostet als bei den meisten Leuten das gesamte Studium. Manche Dinge verstehst du einfach nicht, Cobie. Glaubst du wirklich, normale Menschen könnten es sich leisten, nach Vietnam zu fliegen? Wenn die Uni mich nicht zufällig ausgewählt und mir alles bezahlt hätte, wäre ich nie im Leben nach Südostasien gekommen.«

»Die Uni hat dich aber nicht zufällig ausgewählt«, entgegnete Cobie. »Und das weißt du auch.«

»Er ist nicht dumm«, erwiderte Jess. »Ganz im Gegenteil.«

»Das habe ich auch nicht gesagt.«

»Aha.«

»Wirklich nicht.«

»Und was hast du gegen die Küste von New Jersey? Sie ist doch schön. Viele Leute wissen das gar nicht.«

»Stimmt.«

»Gillam ist auch schön.«

»Sicher.«

»Jedenfalls will er etwas erreichen«, sagte Jess. »Sein Ziel ist es, irgendwann eine eigene Bar zu haben.« Sie legte die Hand auf den Bauch und lehnte sich zurück.

»Dann ist ja alles bestens«, sagte Cobie.

Auf dem Rückflug nach New York und auch noch unzählige Male später dachte Jess darüber nach, was eigentlich in den fünf Minuten, nachdem Fred sich von ihr verabschiedet und bevor sie die Bar verlassen hatte, geschehen war. Was genau war ihr auf dem langen Weg durch die Lobby bis zu den Aufzügen durch den Kopf gegangen? Sie wusste noch, dass ihre Hände gezittert hatten, sie musste sie zusammenpressen und tief durchatmen.

Als Jess durch die Lobby ging, zählte sie langsam bis fünf, bevor sie zu den Aufzügen abbog. Und da stand er, genau an der Stelle, wo sie ihn vermutet hatte, und schaute sie an.

»So sieht man sich wieder«, sagte er. Er schien überhaupt nicht nervös zu sein. Er schlenderte auf sie zu, blieb einen knappen Meter vor ihr stehen, vergrub die Hände in die Hosentaschen und zuckte mit den Achseln. »Noch einen Drink?«, fragte er. »Nicht hier«, schob er nach.

Jess warf seinen Freunden einen Blick zu. Hätten sie zu ihnen hinübergeschaut, wäre sie gegangen. Doch sie schienen gar nicht zu bemerken, dass er sich von ihnen entfernt hatte.

»Wo dann?«, fragte Jess.

»Oben?«, sagte er und drückte den Aufzugknopf. Er berührte sie nicht, stand nur ganz nah bei ihr. »Wenn du willst.«

»Bleibt es denn bei einem Drink?«, fragte sie.

»Vermutlich nicht, nein.« Er lächelte.

Sie wollte wie eine Frau wirken, für die solche Einladungen nichts Besonderes waren.

»Wie dem auch sei. Ich gehe jetzt aufs Zimmer 704. Ich würde mich freuen, wenn du nachkommst. Falls nicht, hat es mich trotzdem gefreut, dich kennenzulernen.« Er hielt kurz inne. »Und falls du nicht nachkommst, lass dir sagen, dass du ganz wunderbar bist, Jessica-die-ihren-Namen-nicht-mag. Ich hoffe, du hast jemanden, der dir das sagt.«

Als sich die Aufzugstür schloss, stand sie eine gefühlte Ewigkeit da. Sie hörte, wie die Maschinerie in Bewegung geriet und ihn mit surrenden Stahlseilen auf seine Etage beförderte. Dann Stille. Das ganze Gebäude schien auf ihre Entscheidung zu warten. Sie legte die Hand auf die Tür. Dann drückte sie den Knopf, und das System erwachte zum Leben. Als sie in den Aufzug trat, drückte sie auf Nummer sieben.

Sie dachte, sie hätte eine Minute, um sich zu sammeln, aber als sich die Tür wieder öffnete, saß er in dem Sessel gegenüber vom Aufzug.

Sie schluckte unwillkürlich.

Er erhob sich, kam auf sie zu, nahm sie an den Unterarmen und führte sie langsam rückwärts, bis sie gegen die Wand stieß. Dann küsste er sie. Zuerst vorsichtig, als testete er, doch als sie seinen Kuss erwiderte, drückte er sich an sie und schob ihr das Knie zwischen die Beine. Dass es ihm gelang, den Reißverschluss ihres Kleides herunterzuziehen, merkte sie erst, als sie seine Hand auf ihrem nackten Rücken spürte.

»Wir sollten vielleicht vom Flur weg«, murmelte er.

Doch als er sie zu seinem Zimmer schob, kam Jess der Gedanke, dass er sich dort vielleicht anders verhalten würde. Ihr vielleicht wehtäte. Oder aber sie sähe im Bad seine verschmierte Zahnbürste in einer trüben Wasserpfütze, und ihr ginge auf, dass er gar nicht so war, wie er nach außen wirkte, und dass die Frau, die er in Seattle, Toronto oder Minneapolis zurückgelassen hatte, mit dem Gedanken spielte, ihn zu verlassen, weil sie es leid war, ständig hinter ihm herzuräumen.

»Warte«, sagte sie und wich von ihm zurück. »Es tut mir leid, aber ich gehe jetzt lieber. Es tut mir wirklich leid.«

»Das muss dir nicht leidtun«, sagte er und ließ sie sofort los. Er seufzte nur, nahm es ihr jedoch nicht übel, und dadurch tat es ihr erst recht leid.

»Bist du sicher?«, fragte er.

»Ja«, sagte sie.

»Okay. Lass mich nur eben …« Stirnrunzelnd griff er nach hinten und zog ihr den Reißverschluss wieder hoch. Klopfte ihr dann auf den Rücken, wie um zu signalisieren, dass sie jetzt gehen konnte.

»Machst du das oft?«, platzte sie heraus. »Mir ist dein Ring aufgefallen.«

Sie meinte es nicht böse, doch offensichtlich missfiel ihm die Frage. Statt zu antworten, drückte er für sie auf den Aufzugknopf und wartete höflich, bis sich die Tür öffnete.

Am nächsten Morgen harrte Jess bis zur letzten Minute auf ihrem Zimmer aus, bevor sie sich hinter ihren Haaren und ihrer Sonnenbrille versteckte und hastig auscheckte.

Im Flieger dachte sie an die Stewardess auf ihrem Rückflug von Bangkok. Und daran, wie sie eigentlich mit fünfundzwanzig gewesen war. Was war ihr durch den Kopf gegangen, was hatte ihr Sorgen gemacht, trug sie schon damals das Herz auf der Zunge? Die Stewardess war wirklich nett gewesen, erst brachte sie ihr den Eisbeutel, später noch eine kalte Dose Ginger Ale. Als Jess zum zweiten Mal aufs Klo rennen musste, um sich zu übergeben, fragte die Stewardess mitfühlend, ob ihr beim Fliegen immer schlecht werde oder ob sie vielleicht guter Hoffnung sei. Sie sind ja ganz blass, sagte sie mit einem zaghaften Lächeln, als wollte sie Jess ermutigen, ein Geheimnis zu verraten. Doch dann wurde die Stewardess von einer Kollegin auf Thailändisch zurechtgewiesen und schaute betreten zu Boden.

»Guter Hoffnung?«, fragte Jess, und erst viel später, in der klimatisierten Dunkelheit ihres Economyclass-Sitzplatzes, neuntausend Höhenmeter über Afrika, in einer Röhre, die mit achthundert Stundenkilometern durch die Luft schoss, begriff sie, was die Stewardess gemeint hatte.

Als sie nach einer verspäteten Ankunft am Flughafen La Guardia und einer weiteren Verzögerung – der Fahrer des Firmentaxis nahm die falsche Abzweigung – endlich ihr kleines Haus in Gillam betrat, stellte sie überrascht fest, dass Malcolm dort auf sie wartete, obwohl Samstag war. Sein Gesicht, seine Haltung, der kleine Wirbel in seiner linken Augenbraue, die er jeden Morgen sorgfältig glattstrich, die Art, wie er den Kopf zur Seite legte und sich die Bartstoppeln rieb, wenn er nervös überlegte, was er sagen sollte; all das war ihr so vertraut wie ihr eigenes Spiegelbild.

»Ich habe die Gläser zurückgegeben«, sagte er, nahm ihren Koffer und stellte ihn auf den Treppenabsatz, um ihn später nach oben zu tragen. »Die Gutschrift müsste in einer Woche auf unserem Konto sein.«

»Du hast nicht angerufen«, sagte sie. »Du hast mir keine einzige Nachricht geschickt.«

»Du auch nicht«, sagte er. Und das hatte ihn verletzt, sie konnte es sehen. Aber er hätte es niemals zugegeben.

Ihr kamen die Tränen. Sie schlug die Hände vors Gesicht, krümmte sich, als sei sie geschlagen worden. Und dann weinte sie, wie sie noch nie zuvor geweint hatte, selbst damals nicht, als sie das Baby verlor, das sie im Stillen Nora nannte. Malcolms Nora.

»Jessie«, flüsterte Malcolm, strich ihr durchs Haar und drückte sie fest an sich. Ihr Fels in der Brandung, ganz anders als dieser Fremde im Flur. Wie hatte sie nur so weit gehen können?

»Jessie. Liebling. Nicht weinen. Bitte.«

»Die Gläser sind nicht das Problem.«

Er schwieg lange. Dann sagte er: »Das weiß ich doch, aber ich weiß nicht, was ich tun soll.«

5

SIE BEGEGNETEN SICH zum ersten Mal beim Barbecue von Siobhán und Patrick, am Memorial-Day-Wochenende. Siobhán rief Jess freitags auf der Arbeit an. »Patricks bester College-Freund ist nach Gillam gezogen«, sagte sie. »Habe ich dir das schon erzählt?« Er kenne noch niemanden. Er sei nach Gillam gezogen, weil Patrick ihm viel von der Stadt erzählt habe und er dann recht plötzlich ein neues Haus für sich und seine Kinder habe finden müssen, auch eine neue Schule. Davor hätten sie in Manhattan gewohnt, aber er habe ein Haus mit Garten gesucht, und von Gillam aus könne er ja prima in die City pendeln. »Eigentlich war ich davon ausgegangen, dass er für das lange Wochenende schon andere Pläne hat, aber falsch gedacht. Ihr müsst also unbedingt kommen!«

»Und wenn wir schon etwas anderes vorhaben?«, sagte Jess.

»Habt ihr?«

»Nein.«

»Du bist ihm übrigens schon auf unserer Hochzeitsfeier begegnet«, sagte Siobhán. Als hätte Jess sich nach einer ganzen Flasche Prosecco und einem Malheur im Shuttlebus noch an alle dreihundert Gäste einer Feier erinnern können, die schon siebzehn Jahre her war. Abgesehen davon sprach sie auf solchen Feiern nur mit Leuten, die sie schon kannte. Den Rest überließ sie Malcolm. Er hatte damals für die gute Stimmung an ihrem Tisch gesorgt. Auch für die gute Stimmung im Aufzug, der alle nach oben brachte. Die Warteschlange am Buffet hatte er mit Witzen bei Laune gehalten und jedem, den er kannte und seit Ewigkeiten nicht gesehen hatte, die Hand geschüttelt.

»Neil und Malcolm waren doch Groomsmen, weißt du nicht mehr?« schob Siobhán nach. Patrick hatte allerdings nicht bloß zwei, sondern zehn männliche Brautjungfern gehabt, und Jess und Malcolm waren damals erst seit ein paar Monaten zusammen gewesen. Jess hatte Siobhán zwar schon gekannt, war aber noch nicht mit ihr befreundet gewesen. Also hatte sie hauptsächlich darauf gewartet, dass Malcolm mit seinen Groomsman-Pflichten fertig wurde, damit sie endlich Zeit mit ihm verbringen konnte.

»Neil macht sich wegen seiner Kinder Sorgen«, sagte Siobhán. »Der Ärmste. Seine Ex ist wirklich unmöglich. Stell dir mal vor, Patrick müsste von heute auf morgen als alleinerziehender Vater klarkommen.«

»Er würde es bestimmt irgendwie hinkriegen«, sagte Jess.

»Neil ist übrigens Anwalt«, säuselte Siobhán. »Ich glaube, er macht etwas Ähnliches wie du früher bei Bloom.«

»Oh Gott. Sag, dass das nicht wahr ist. Was hast du ihm über mich erzählt? Siobhán! Wenn er weiß, wie lange ich bei der Firma war, kann er sich doch sofort denken, dass sie mich nicht zur Partnerin machen wollten!«

»Ich wollte ihm doch nur das Gefühl geben, dass es hier Leute gibt, die einen ähnlichen Hintergrund haben wie er. Versetz dich mal in seine Lage. Er war noch nie auf dieser Seite des Hudson, bevor er hierherzog! Er kennt Gillam und unsere Freunde nur durch Patricks Erzählungen. Und diese Freunde müssen wir ihm jetzt vorstellen, verstehst du? Es ist ihm völlig egal, warum du die Firma verlassen hast. Außerdem gibt es Spareribs. Du liebst Spareribs doch, oder? Ich bereite gerade die Marinade zu.«

»Mach mich nicht schwach«, sagte Jess, die kurz davor ein trockenes Truthahnsandwich an ihrem Schreibtisch gegessen hatte. »Ich liebe deine Marinade.«

»Ich weiß.«

»Na gut, wir kommen. Aber rede nicht mehr über meine Arbeit, klar?«

»Hab dich lieb.«

Es ging nicht darum, ob es ihm egal war. Es war einfach nur peinlich. Jess arbeitete zu diesem Zeitpunkt schon eine ganze Weile bei Bloom. Das Half Moon gehörte ihnen bereits, auch wenn alles noch neu war. Es rentierte sich sogar, aber der Vergleich der monatlichen Gewinn- und Verlustrechnungen zeigte in eine deutliche Richtung, falls sich nichts änderte. Sie hatte deshalb eines Abends im Büro eine Tabelle erstellt, um Malcolm das Ganze zu verdeutlichen. Und sie hatte wirklich großzügig gerechnet. Hatte noch nicht erfasste Ausgaben berücksichtigt; unbezahlte Rechnungen, auch die Sitte des Anschreibenlassens und die undurchschaubaren Trinkgeldregeln der Branche. Bargeld, das in Umschlägen übergeben oder als dickes Bündel in Hemdtaschen gesteckt wurde, um dann in einem Bankschließfach deponiert zu werden, wobei mysteriöserweise stets ein paar Scheine verschwanden. Aber als sie Malcolm die Tabelle zu Hause präsentieren wollte, warf er nur einen flüchtigen Blick darauf und meinte, sie solle ihm den Inhalt einfach erklären. Als sie sagte, dass sie innerhalb der nächsten sechs Monate rote Zahlen schreiben würden und geliefert wären, wenn sich nichts änderte – wenn sie keinen Investor fanden oder die Bar verkauften oder sich ein brandneues Konzept ausdachten, um Leute anzulocken –, sagte er, ihre Tabelle sei Schwarzweißmalerei, bloß Zahlenspalten, reduziert auf Gewinn und Verlust, Erfolg und Misserfolg. Seine Welt sei dagegen bunt, sie hinge von Stimmungen, vom Wetter und von aktuellen Ereignissen ab. Wenn die Mets es in die World Series schafften, sei es im Oktober garantiert rappelvoll. »So etwas kann man nicht in einer Tabelle festhalten«, sagte er. Und sie sagte: »Doch, kann man, ich hab's getan, du musst nur hinschauen.«

An dem Tag, als Siobhán anrief und sie einlud, zum Barbecue zu kommen und Neil kennenzulernen, hatten Jess und Malcolm seit fast drei Monaten nicht mehr miteinander geschlafen. Im Morgenradio und in Nachmittagstalkshows hieß es, das sei bei vielen Paaren normal. Doch bei ihnen war es nicht normal. Das letzte Mal miteinander geschlafen hatten sie an dem Tag, als sie aus San Francisco zurückkehrte, und seither kam ihr jeder verstreichende Tag wie ein Wecker in ihrem Innern vor, der nachts klingelte und sie wachhielt. Er konnte unmöglich ahnen, was in San Francisco passiert war, aber manchmal fragte sie sich, ob er es nicht doch wusste. Er spürte es nämlich, wenn jemand in seiner Nähe traurig oder streitlustig war; richtig unheimlich war das. Vielleicht merkte er, dass sich etwas in ihr veränderte; dass ihre Treue ins Wanken geriet und das Band zwischen ihnen allmählich riss. Man konnte ihm jedoch nie ansehen, ob ihn irgendetwas beschäftigte.

Als Jess die Stelle bei Bloom antrat, war ihnen bereits klar gewesen, dass die Therapie bei Dr. Hanley nichts brachte. Sie hatte Dr. Hanley ausgesucht, damit er ihnen half, ihre Meinungsverschiedenheiten in Sachen Fruchtbarkeitsbehandlung zu überwinden; genauer gesagt sollte er Malcolm dazu bringen, das Gleiche zu wollen wie sie. Doch als sie das erste Mal in seiner Praxis saßen, wurde ihr bewusst, dass es weitaus mehr gab, was sie störte. Sie verschwiegen Dr. Hanley, dass sie keinen Sex mehr hatten. Er erkundigte sich alle zwei Wochen nach ihrem Liebesleben, und alle zwei Wochen antworteten sie, es sei alles in Ordnung. Ob seine anderen Patienten wohl auch dazu erzogen worden waren, alle Probleme für sich zu behalten und sofort zu verdrängen? Tatsächlich war Jess diejenige, die behauptete, ihr Liebesleben sei in Ordnung; Malcolm schwieg und schaute weg, und Dr. Hanley sagte, das sei gut, ein Zeichen von Gesundheit, ein Zeichen für eine solide Basis.

Nach ihrem Telefonat mit Siobhán musste sie sich beeilen, um den Zug nicht zu verpassen. Ihr gemeinsamer Termin bei Dr. Hanley war nachmittags um fünf; später konnte er nicht, wegen des langen Wochenendes. Der Tag fühlte sich an wie bei jedem anderem Termin. Jess erwischte den Zug in letzter Minute, Malcolm holte sie am Bahnhof ab, und dann warteten sie fünf Minuten im Vorraum, während das Paar, das vor ihnen dran war, sich verabschiedete und durch die Hintertür verschwand, damit sie einander nicht begegneten. Im Vorzimmer hatte Dr. Hanley ein Gerät, das für beruhigende Klänge sorgte, manchmal Meeresrauschen, manchmal Regen.

»Du weißt doch, dass er zu allen das Gleiche sagt«, sagte Malcolm, während sie warteten. An jenem Tag schien es ihn besonders zu nerven, einen Termin bei Dr. Hanley zu haben. Er überlegte die ganze Zeit, wie sich das Memorial-Day-Wochenende auf die Bar auswirken würde; gut möglich, dass es leer blieb, weil viele verreist waren, genauso gut konnte es aber auch voll werden, weil die Daheimgebliebenen feiern wollten.

Er hatte nie Lust, zu Dr. Hanley zu gehen. Für sie war es auch kein Spaß, aber an jenem Nachmittag machte seine ganze Einstellung sie irgendwie wütend. Es war herrlich draußen, perfektes Maiwetter. Ihr wäre es natürlich auch lieber gewesen, den Termin abzusagen und sich irgendwo in die Sonne zu setzen und einen Cocktail zu schlürfen. Aber die Sitzungen waren ja dazu da, ihnen zu helfen. Er hatte sich anscheinend kurz vorher die Haare schneiden lassen; sie erkannte es an der blassen Linie in seinem Nacken.

Sie wollte ihn gerade fragen, ob er eigentlich um seinetwillen oder um ihretwillen zu Dr. Hanley ginge, und ob er auch der Meinung sei, dass es zwischen ihnen ein Problem gebe, das gelöst werden müsse, als Dr. Hanley sie hereinbat. Sie nahmen auf dem Zweiersofa Platz. Malcolm schaute auf sein Handy, und das brachte sie zur Weißglut. Also schlug sie die Beine übereinander, beugte sich vor, und bevor Dr. Hanley fragen konnte, wie es ihnen in den vergangenen zwei Wochen ergangen war, sagte sie, Malcolm habe vermutlich ein Porno-Problem. Malcolm war so verblüfft, dass ihm ein unwillkürliches Quieken entfuhr. Er schaute zur Decke und seufzte. Sie suchte bloß wieder Streit, weiter nichts. Im Laufe der Jahre hatte er hin und wieder vorgeschlagen, sich zusammen einen anzuschauen, und sie hatte natürlich nichts dagegen gehabt. Gut, manchmal gefiel ihr seine

Auswahl nicht, oder sie hielt sich die Augen zu und sagte »la la la«, bis das Gestöhne vorbei war, oder sie legte den Kopf schief und sagte, das Ganze sähe aus wie Gynäkologie-Übungen für Medizinstudenten, aber sie war nie verärgert oder beleidigt gewesen, wirklich nicht. Als sie das Wort »Porno« in Dr. Hanleys trister Praxis aussprach, zehn Autominuten von ihrem Haus entfernt, in diesem nach Putzmittel riechenden und mit Mahagoni-Imitaten möblierten Raum, nur wenige Tage bevor Dr. Hanley seine Praxis für drei Wochen schließen wollte, um in Maine angeln zu gehen, was Malcolm natürlich kaum erwarten konnte, verschränkte Dr. Hanley die Hände vorm Bauch und spitzte die Ohren.

Malcolm warf Dr. Hanley einen Blick zu, als wollte er sich vergewissern, dass sie auf einer Wellenlänge lagen. »Ich habe kein Porno-Problem«, sagte er. »Sie mag ja mit einigem, was sie hier sagt, recht haben, aber was das angeht, irrt sie sich gewaltig. Ganz selten schaue ich mir vielleicht mal einen an« fügte er hinzu und wurde knallrot. »Aber nennt mir einen einzigen Mann mit Internetanschluss, der das nicht tut!«

»Mein Vater«, sagte Jess. Malcolm schaute wieder zur Decke, als flehte er um Hilfe. Sie wusste, dass sie ihn damit schachmatt gesetzt hatte, denn ihr Vater war tot.

»Wenn du meinst«, sagte er nur.

»Willst du damit etwa andeuten, mein Vater hätte Pornos geguckt?«, fragte Jess. »Wo hätte er die denn bitte herhaben sollen?« Ihr Vater war nach langem Kampf dem Krebs erlegen und hatte kein Internet gehabt, bloß einen Fernseher.

»Dort, wo man sich Pornos besorgen konnte, als es noch kein Internet gab.«

»Ich glaube, wir kommen hier etwas vom Thema ab«, sagte Dr. Hanley.

»Willst du etwa behaupten, meine Mutter hätte ihm Pornos aus der Videothek besorgt? Hast du vergessen, dass er die letzten vier Jahre seines Lebens nicht mehr selbst Auto fahren konnte?«

»Ich behaupte gar nichts. Die Einzige, die hier Behauptungen aufstellt, bist du.«

»Hören Sie«, warf Dr. Hanley ein. Er beugte sich vor und sagte, solange beide Seiten einverstanden seien, sei alles in Ordnung; er habe jedoch den Eindruck, bei Jess habe das Einverständnis gefehlt.

Malcolm kochte innerlich, Jess konnte es ihm ansehen. Entweder stand er als Nächstes auf und ging einfach, oder aber er brachte irgendeine Zote, nur um Dr. Hanley in Verlegenheit zu bringen. Doch stattdessen sagte er: »Jess, ich glaube, das ist ziemlich normal.«

»Normal für wen?«

»Normal für ein Paar, das schon so lange Sex hat wie wir.«

»Haben wir denn Sex?«

Er antwortete nicht.

»Du machst es dir einfach. Kommst mit einem Porno an, der dir die Arbeit abnehmen soll.«

»Klappt doch auch. Manchmal jedenfalls. Oder etwa nicht?«

Einen Moment lang wäre Jess vor Scham fast im Boden versunken, dann packte sie die Wut.

»Wenn schon, denn schon«, legte Malcolm nach. »Das hast du doch gesagt, Jess. Oder? Stimmt es etwa nicht, dass einige Pornos dich ziemlich angetörnt haben?«

Sie drehte sich weg.

»Ich bin verwirrt«, sagte er. »Sind wir nicht hier, um ehrlich zueinander zu sein?« Er sah Dr. Hanley an, und dann schaute er auf sein Handy und las eine Nachricht.

»Ich muss in die Bar.«

Als er an jenem Abend heimkam, schlief sie bereits. Sie wurde davon wach, dass er ihr das T-Shirt über den Kopf zog. Als nächstes zog er ihr den Slip herunter, und eigentlich wollte sie ihm widerstehen, um ihm eine Lektion zu erteilen, weil er sich bei Dr.

Hanley so unmöglich benommen hatte. Eine Nachricht, um sich bei ihr zu entschuldigen, hatte er auch nicht geschickt. Vielleicht wollte er sich ja auf diese Weise entschuldigen oder ihr zumindest etwas mitteilen, und es lag an ihr, es zu entschlüsseln. Ihr Blick wanderte unwillkürlich zu ihm, als er sich kurz zurücklehnte, um sein Hemd auszuziehen. Er sah immer noch verdammt gut aus. Er gehörte zu den Männern, die mit jedem Jahr besser wurden, weil er mit zunehmendem Alter an Wissen und Selbstbeherrschung gewonnen und gelernt hatte, die Leidenschaft, die in ihm loderte, zu zügeln. Sie erkannte es daran, wie er sich hielt, wie er dastand, wie er zuhörte. Er war unerschütterlich, wie ein Fels. Das war seine größte Stärke und zugleich seine größte Schwäche. Doch jetzt war er wütend – und das Ungewöhnliche daran war, dass er es sich diesmal anmerken ließ und schon stundenlang wütend war. Er wich ihrem Blick aus. Seine Haut stank nach Gin. Er schien wie weggetreten, als sähe er sie gar nicht richtig, und das verletzte ihre Gefühle, doch ihrem Körper war es egal. Er packte sie an den Hüften und drückte sie nieder. Es ging sehr schnell, und als es vorbei war, ließ er sich nicht so wie sonst neben sie fallen und zog sie an sich, sondern stand auf und ging unter die Dusche. Sie schloss die Augen und stellte sich seine nackten Schultern vor, wie er sich dem wärmenden Wasser entgegenreckte und den Kopf hineintauchte, wie sich seine Bauch- und Armmuskeln beim Einseifen anspannten. Sie hingegen schien immer schwächer zu werden, ihre Jugend strömte aus ihr heraus, als hätte sie einen Platten und könnte das Loch nicht finden, geschweige denn flicken. Als er mit Duschen fertig war, ging er nach unten, ohne sie eines Blickes zu würdigen, und schaltete den Fernseher ein.

Siobhán war zuerst nur mit Malcolm befreundet gewesen – sie kannte ihn und Patrick schon seit der Highschool –, doch im Laufe der Jahre wurde sie auch eine enge Freundin von Jess. Malcolm erzählte oft, es sei Siobhán gewesen, die ihm damals gesagt habe, Jess sei anders als die anderen Frauen, sie brächte das Beste in ihm hervor. Jess hatte vielleicht zwei Mal versucht, mit Siobhán und Alice, ihrer besten Highschool-Freundin, darüber zu reden, was zwischen ihr und Malcolm ablief. Dass ihr Körper sich in einen Käfig verwandelte. Dass sie spüren konnte, wie etwas Krankes Wurzeln schlug.

Ihre Freundinnen hätten ihr sicher gute Ratschläge gegeben. Aber jedes Mal, wenn sie sich überwinden wollte, darüber zu reden, gewann plötzlich der Wunsch Oberhand, ihr und Malcolms Geheimnis, wie sie es im Stillen nannte, zu bewahren. Und sie wusste auch gar nicht, wie sie es zur Sprache hätte bringen sollen. Wann wäre der richtige Moment gewesen? Ihre Freundinnen hätten ihr natürlich aufmerksam zugehört, ohne sie zu unterbrechen. Und ihr dann gesagt, dass alles gut werden würde. Sie hatte sich vorgestellt, es ihnen zu sagen: Er schläft mindestens zwei Mal pro Woche auf dem Sofa. Er hat mich schon seit Monaten nicht mehr angefasst. Siobhán hätte ihr versichert, das sei normal und bei allen so, doch ihre Miene hätte das Gegenteil verraten. Und so hatte Jess lieber geschwiegen, statt die Schleusentore zu öffnen.

Außerdem hätten sie anschließend darüber geredet, weil sie sich Sorgen machten. Aber Jess wollte nicht, dass sie sich Sorgen machten, sie wollte eine konkrete Lösung. Sie wollte ein Mittel gegen den Kummer und jemanden, der ihr sagte, wo sie es finden konnte. Siobhán, Alice und alle anderen Frauen aus ihrem Bekanntenkreis waren feinfühlig genug, nicht über das, was Jess durchmachte, zu reden, außer sie brachte es von sich aus zur Sprache. Doch selbst bei zurückhaltenden Äußerungen wurde Jess unweigerlich an das blühende Familienleben der anderen erinnert. Sie sah es an ihren Autos, deren Sitze mit Krümeln, Schienbeinschonern und verwaisten Socken übersät waren. Sie sah es an den Lebensmitteln in ihren Kühlschränken, besonders an den Getränken; Saftpackungen, Sportdrinks, Wasserflaschen mit Blumenmuster. Sie sah es daran, wie ihre Freundinnen im Restaurant ihre Handys neben sich auf den Tisch legten, um regelmäßig zu checken, ob die Babysitterin eine Nachricht geschickt oder eines der Kinder angerufen hatte, weil es lieber doch nicht woanders übernachten und abgeholt werden wollte.

Auch Cobie hätte es nicht verstanden, denn sie war in einer Familie aufgewachsen, in der alle über ihre Gefühle redeten und Probleme offen angesprochen wurden. Wenn Cobie Besuch von ihren Angehörigen bekam, umarmte sie sie immer ganz fest und rief: »Ich freu mich so, dass ihr da seid!« Jess wurde immer ganz verlegen, wenn sie dabei war. Cobies Frau war nach einer intrauterinen Insemination mit Zwillingen schwanger geworden – »mit der Bratenspritze«, wie sie zu sagen pflegte –, und soweit Jess wusste, hatte es auf Anhieb geklappt. Manchmal schien Cobie zu vergessen, warum es bei Jess nicht genauso gelaufen war.

Siobhán und Alice waren eher wie Malcolm und Jess aufgewachsen, doch sobald Siobhán ein paar Drinks intus hatte, war es mit ihrer Reserviertheit vorbei. Erst neulich, bei einem Glas Wein auf Jess' Terrasse – es war das erste Mal seit langer Zeit, dass Jess ein paar Freundinnen eingeladen hatte, Malcolm war auf der Arbeit gewesen – platzte sie damit heraus, dass sie sofort, nachdem sie und Patrick beschlossen hatten, eine Familie zu gründen, schwanger geworden war.

»Oh Gott«, sagte sie gleich danach und stellte ihr Weinglas ab. Es war, als wäre ein kalter Windstoß durchgefegt. Die anderen schauten betreten zu Boden, und in diesem Moment wurde Jess klar, wie oft über sie gesprochen wurde, wenn sie nicht dabei war. »Bitte verzeih! Das war unglaublich dumm von mir. Was habe ich mir nur dabei gedacht?«

»Schon gut«, sagte Jess wie bei den unzähligen Malen zuvor, wo so etwas vorgekommen war. »Mach dir deswegen keinen Kopf.« Siobhán war gut darin, Jess vor den Erzählungen anderer zu schützen, aber ihre eigene Zunge hatte sie leider nicht im Zaum. Alice gab gern Geschichten darüber zum Besten, was sie und ihr Mann Jack sich alles einfallen ließen, um ungestört Sex zu haben; wo sie sich vor ihren Kindern versteckten, wie viel Mühe sie sich gaben, damit die Kinder sie und die knarrenden Bettfedern nicht hörten; erst kürzlich war der ansonsten so knauserige Jack mit ihr sogar in ein Hotel gefahren und hatte ein Zimmer für die ganze Nacht bezahlt, obwohl sie nur drei Stunden geblieben waren. »Mir hätte es auch gereicht, einfach in Ruhe fernzusehen«, hatte Alice mit selbstzufriedener Miene gegrinst.

Eines Morgens beschloss Jess, Malcolm unter der Dusche zu überraschen, doch als sie den Vorhang beiseiteschob, stand er nur reglos da, Augen geschlossen, Gesicht im Wasserstrahl, Hände auf die Fliesen gepresst. Er sah traurig aus, und das kam wirklich selten vor. Jess ging rückwärts hinaus, schloss die Tür und versuchte, das Bild aus ihrem Kopf zu verbannen. Es hatte Zeiten gegeben, da hätte er den kleinsten Luftzug auf der Haut gespürt und sofort gewusst, dass sie dort stand, und sie an sich gezogen.

Er machte sich natürlich Sorgen wegen der Bar, auch wenn er sich ihr gegenüber nichts anmerken ließ. Er war jemand, der stets zufrieden wirkte. Wenn er mit dem Gartenschlauch den Rasen wässerte, summte er fröhlich vor sich hin, seine permanent gute Laune ging ihr manchmal regelrecht auf die Nerven. »Hi!«, rief er jedes Mal zurück, wenn ihn jemand im Vorbeifahren grüßte. Manchmal fügte er auch den Namen hinzu, »Johnny B! Alles klar?«, und wenn sie zwanzig Minuten später hinaussah, stand er noch immer da und unterhielt sich.

Nachdem alles passiert war, versuchte Jess zu rekonstruieren, was sich eigentlich vormittags abgespielt hatte, bevor sie Neil auf dem Barbecue kennenlernte. Worüber hatten sie und Malcolm zu Hause gesprochen? Sie waren nicht zusammen zur Party der Hills gegangen, weil Patrick Malcolm gebeten hatte, noch ein paar Eiswürfelbeutel zu besorgen, und Jess ihren Buffalo Chicken Dip rechtzeitig vorbeibringen wollte, damit Siobhán ihn als Eigenkreation präsentieren konnte. Bevor sie aufbrachen, liefen sie sich im Flur über den Weg, beide hektisch mit ihrem eigenen Kram beschäftigt, Malcolm in einem neuen T-Shirt, auf dessen Ärmel noch der Größenaufkleber prangte. Sie legte ihm die Hand auf die Brust, und er schaute sie angespannt an, als wappnete er sich für ihre Worte. Sie konnte sehen, wie ihm alles, was sie sagen könnte und wovor er sich fürchtete, durch den Kopf ging, und er wusste, dass sie es sah, aber sie schwiegen beide. Sie pellte den kleinen XL-Aufkleber von seinem T-Shirt und hielt ihn hoch. Als er ihn sah, wirkte er erleichtert, auch wenn er es abgestritten hätte. Er warf ihr einen kurzen Blick zu, bevor sich ihre Wege wieder trennten. Es war schon heiß, und der Garten der Hills würde erst spätnachmittags vollständig im Schatten liegen.

Eine Stunde später riss Malcolm im Garten der Hills die Eiswürfelbeutel auf und füllte den Inhalt in Kühlboxen, während Jess mithalf, Stühle auf den Rasen zu stellen. Sie war bereits durchgeschwitzt und fächelte sich gerade mit einer Packung Servietten Luft zu, als Neil in den Garten kam, seinen erst sechs Monate alten Sohn in einer Babytrage. Seine beiden älteren Töchter in identischen Sommerkleidern wichen ihm nicht von der Seite, klebten förmlich an ihm. An der Hecke zögerte er, griff nach der Hand seiner jüngeren Tochter. Er schien Luft zu holen, als wollte er sich rüsten; dabei war es nur die Grillparty eines Freundes, der noch andere Freunde eingeladen hatte, und er war ein gestandener Mann, alle waren auf seiner Seite, es gab keinen Grund, nervös zu sein. Einen Moment später lächelte er seine Töchter an, die aufmerksam zu ihm hochschauten. Jess beobachtete die Szene aus Gewohnheit weiter; bestimmt tauchte gleich seine Frau hinter ihm auf, die Mutter seiner Kinder, doch dann fiel es ihr wieder ein.

Siobhán hatte ihr zwar erzählt, dass seine Kinder noch klein waren, aber so richtig bewusst wurde es ihr erst in dem Moment, als sie sie sah. Sie wollte auf ihn zugehen, um sich vorzustellen, doch dann kam Patrick ihr zuvor, klopfte ihm auf den Rücken und beugte sich über das Baby; da wollte sie nicht stören.

Sie steckte den Kopf in die Küche, um Siobhán zu sagen, dass er da war, doch statt hinauszugehen und ihn zu begrüßen, winkte Siobhán sie herein. Sie saß mit Tobys Frau Amanda und einer anderen Frau namens Laura zusammen; deren Kind war mit einem von Siobháns Kindern befreundet, weshalb sie nun öfter zu den Partys der Hills kam.

»Sie hat noch nicht einmal darum gekämpft, sie zu behalten«, sagte Siobhán. »Der Tropfen, der das Fass zum Überlaufen brachte – aber behaltet das bitte für euch –, war, dass sie betrunken am Steuer saß, die Kinder im Auto. Die Einzelheiten weiß ich nicht mehr genau, aber eines der Mädchen war bei einer Freundin, um dort zu übernachten, fing dort aber an zu weinen und wollte nach Hause. Christine – so heißt seine Ex – fuhr dann hin, um sie abzuholen, aber statt die anderen beiden zu Hause zu lassen, nahm sie sie einfach mit.«

Siobhán sah in die Runde und machte eine bedeutungsvolle Pause. Das war eine Seite, die Jess an ihrer Freundin nicht mochte. Natürlich meinte Siobhán es nur gut, sie wollte alle auf Neils Seite ziehen und dafür sorgen, dass sie ihn willkommen hießen und behandelten, als gehörte er schon seit Jahren dazu, aber sie kam bloß wie eine Klatschtante herüber.

»Die armen Kinder«, sagte Amanda.

»Furchtbar«, sagte Laura.

»Hattest du nicht gesagt, sie haben in Manhattan gewohnt?«, fragte Jess. »Warum ist sie dann mit dem Auto gefahren?«

»Sie haben ein Haus auf Cape Cod«, antwortete Siobhán und warf ihr einen Blick zu, der sagte: Darum geht es hier doch gar nicht. Jess starrte sie an, um sie zum Aufhören zu bewegen, doch Siobhán achtete nicht weiter auf sie.

»Genauer gesagt, hatten sie eins, in Chatham. Sie haben es gerade verkauft. Obwohl die Kinder dort Freunde haben.«

»Wie egoistisch«, sagte Amanda kopfschüttelnd.

»Und wo war er an dem Abend?«, fragte Jess und deutete mit dem Kopf Richtung Garten. »Warum hat er die Kleine nicht abgeholt?« Im Garten wurde es allmählich voll. Siobhán hatte anscheinend ganz Gillam eingeladen. Die Frauen würden alles, was Siobhán ihnen erzählte, brühwarm weitererzählen, und wenn Neil das nächste Mal in den Supermarkt ging, würden die Leute ihm bewundernd Platz machen und denken: alleinerziehender Vater von drei Kindern – Hut ab vor diesem Mann.

»Wo soll er schon gewesen sein«, antwortete Siobhán leicht ungehalten. »Auf der Arbeit natürlich.«

»Abends?«, fragte Jess. »In den Ferien?«

Siobhán warf ihr einen giftigen Blick zu, und Jess zuckte mit den Schultern.

»Die Trinkerei kann man ja noch durchgehen lassen«, sagte Amanda augenzwinkernd. Sie schien einen Witz machen zu wollen. Doch niemand lachte, und Amanda wurde wieder ernst. »Aber die Vernachlässigung auf keinen Fall.«

»Du sagst es«, stimmte Siobhán zu.

Malcolm hätte vermutlich gefragt, warum Jess schon wieder Streit suchte, aber erst kürzlich hatte Jess Patrick morgens um zwei aus dem Bett klingeln müssen, damit er zur Haustür kam und mithalf, seine Frau ins Bett zu bringen. Patrick war in seinen Boxershorts die Treppe heruntergekommen, hatte den Arm um Siobhán gelegt und sie nach oben gehievt, und jedes Mal, wenn sie eine weitere Stufe geschafft hatte, sagte er: »So ist es gut, Babe, du schaffst das.« Und Jess hatte sich die Deko-Schale von der Flurkommode geschnappt und sie Siobhán die ganze Zeit unters Kinn gehalten.

Neil war attraktiv und wirkte durchtrainiert. Er kümmerte sich um die Kinder und versuchte dabei, vier Dinge gleichzeitig zu machen. Nachdem er die Babytrage mit seinem Sohn in den Schatten der Hecke gestellt hatte, führte er seine Töchter zu den anderen

Kindern, die in einer Ecke des Gartens versammelt waren. Als sie zögerten, kniete er sich hin und redete mit ihnen. Jess gefiel es, dass er auf Augenhöhe mit ihnen sprach. Als er wieder zu den Erwachsenen herüberging, kamen weitere Gäste an, und er rückte einen Stuhl beiseite, um mehr Platz zu schaffen. Er schaute nach seinem Sohn, der eingeschlafen war. Er lockerte die Gurte der Babytrage und schob seinen Sohn noch weiter in den Schatten. Er wirkte etwas schüchtern, als wäre er es nicht mehr gewohnt, unter so vielen Menschen zu sein; als wüsste er nicht so recht, wie er sich verhalten sollte. Irgendwo da draußen gab es eine Frau, die ihn entweder verloren oder verlassen hatte. Jess überlegte, was seine Ex wohl in diesem Moment machte. Hatte sie das Gefühl, ihrer Familie beraubt worden zu sein, oder fühlte sie sich befreit?

Als er kurz darauf in die Küche kam, um zu fragen, ob er ein Fläschchen aufwärmen könne, und Siobhán sie einander vorstellte, redete Jess mit ihm, als sei er wie die anderen männlichen Gäste in Begleitung seiner Frau gekommen. Später dachte sie, dass sie ihm gegenüber wahrscheinlich so förmlich gewesen war, weil sie ihn noch nicht gekannt hatte. Und weil sie ihn sofort attraktiv gefunden hatte. Vielleicht hatte sie bereits geahnt, dass sie mehr über ihn erfahren wollte – welche Gewohnheiten und Vorlieben er hatte, welche Musik er mochte, ob er schnell oder langsam fuhr und worüber er sich Gedanken machte, wenn er mal ein bisschen Zeit für sich allein hatte. Siobhán stellte sie schlicht als »Jess« vor, ohne zu erwähnen, mit wem sie zusammen war, und so war Jess diejenige, die »Malcolms Frau« hinzufügte, als sie ihm die Hand schüttelte. Malcolm war in diesem Moment an der improvisierten Bar zugange. Er rief Siobhán zu, ihm Honig zu bringen, falls sie welchen hätte, und auch die Flasche mit scharfer Soße, die er in der Küche gesehen hatte. Siobhán rief zurück, er solle sich die Sachen selbst holen.

»Jess«, sagte Neil, als käme ihm der Name bekannt vor. »Warst du nicht bei Kinney-Bartle?« Jess fühlte sich von ihm taxiert. Als entspräche sie nicht seinen Erwartungen. »Ich glaube, einer meiner Kollegen hat mit dir zusammen studiert.«

Er nannte den Namen eines ehemaligen Kommilitonen von ihr, sie hatte seit Jahren nicht mehr an den Kerl gedacht. Nach einem misslungenen Date war der Kontakt abgebrochen.

»Als ich ihm erzählt habe, dass ich hierherziehe, hat er dich kurz erwähnt. Er hat gesagt, du seist hier aufgewachsen.«

»Das wusste er noch?« erwiderte Jess. »Kaum zu glauben.«

»Tja.« Neil verneigte sich leicht. Dann grinste er, und sie wurde rot. Er war wohl doch nicht so schüchtern, wie sie gedacht hatte.

»Siobhán hat erzählt, dass du jetzt für einen Medienkonzern arbeitest. Gefällt es dir dort?«

»Frag mich in einem Jahr wieder«, erwiderte sie. »Kann ich jetzt noch nicht sagen. Aber zumindest die Arbeitszeiten sind besser.«

Später, als sie darüber nachdachte, wie viel sie sich selbst zuzuschreiben hatte, überlegte sie, ob es ein wenig anmaßend war davon auszugehen, ihn ein Jahr später gut zu kennen. Als sie miteinander redeten, wurden sie ständig von den anderen Frauen unterbrochen, die wissen wollten, ob er etwas für seine Kinder brauchte. Sie benutzten Wörter, die Jess noch nie gehört hatte. Kannst du ein Boppy gebrauchen? Einen Schnuller? Einen Tommee Tippee? Einen Thermo? Alle waren von ihm hingerissen – ein Mann, der es schaffte, seine drei Kinder nicht nur zu baden, sondern sogar ordentlich angezogen zu einem Barbecue mitzubringen! Ein Mann, dem es sofort auffiel, wenn sein kleiner Sohn unruhig wurde! »Entschuldige, Jess«, sagten sie, als sie weitergingen. Amanda reichte Teller mit fein säuberlich zerteilten Hotdogs herum.

»Ein Freund von mir will sich beruflich verändern. Er hat den gleichen Hintergrund wie du. Kannst du eventuell einen Personalberater empfehlen? Wenn du einverstanden bist, gebe ich ihm deine Nummer.«

»Klar, warum nicht«, sagte Jess und schaute zu, wie er zuerst ihre Nummer und dann J-E-S-S eintippte, als gäbe es nur eine Jess auf der Welt.

Später, auf dem Heimweg, wollte Malcolm wissen, was sie von ihm hielt. Das fragten sie einander immer, wenn sie neue Leute kennengelernt hatten, aber er tat so, als wären die Spannungen, die zwischen ihnen herrschten, vergessen. »Ist dir auch aufgefallen, dass Neil gar nichts getrunken hat?«, sagte er. »Vielleicht ist er ja bei den Anonymen Alkoholikern.« Später erzählte Neil ihr, er habe nichts getrunken, weil er die Kinder dabeigehabt hätte. Und er sei schockiert darüber, wie oft die Leute in Gillam nach solchen Abenden einfach ihre Kinder auf dem Rücksitz anschnallten und hofften, dass nichts passierte: »Wir müssen ja nur drei Straßen weiter! Zum Glück sind es bloß Seitenstraßen!« Als er das sagte, fragte sie sich, ob sie und Malcolm genauso gewesen wären, wenn sie so viel Glück gehabt hätten. Wären sie vorsichtig gewesen wie Neil, oder sorglos wie die meisten Leute, die keine Ahnung hatten, wie glücklich sie sich schätzen konnten? Irgendwann fing seine jüngere Tochter an zu weinen und kam auf die Terrasse, wo Jess mit ein paar anderen Frauen saß. »Hallo«, sagte Jess. »Kann ich dir helfen?« Sie strich dem Mädchen die verschwitzten Haare aus dem Gesicht, und die Kleine ergriff ohne Umschweife ihre Hand und sagte, sie bräuchte ihren Daddy.

»Ich wette, er kommt aus einer reichen Familie«, sagte Jess.

»Bestimmt«, sagte Malcolm. »Schon seltsam, dass man das immer sofort merkt, oder? Seine Ex bekam angeblich eine hohe Abfindung. Vermutlich, um sie davon abzuhalten, sich mit ihm übers Sorgerecht zu streiten.«

»Aber welche Frau würde sich auf so etwas einlassen?«, sagte Jess.

Auf ihrem Heimweg gab es einen Straßenabschnitt mit so vielen Ästen voller Maiblüten über ihren Köpfen, dass es ihnen vorkam, als liefen sie durch einen überdachten Korridor. Einen Moment lang glaubte Jess, Malcolm würde ihre Hand nehmen, doch stattdessen legte er den Arm um ihre Schulter, zog sie ruppig an sich, um sie zu küssen, und ließ sie wieder los. Das war seine Art, einen Waffenstillstand anzubieten. Das war seine Art, ihr zu sagen, dass er nicht mit ihr streiten wollte und dass er sie liebte. Sie schlang den Arm um seine Taille und lehnte den Kopf an seine Brust. Das war ihre Art zu sagen, dass sie sein Angebot annahm.

»Er wirkte ziemlich langweilig«, fügte Jess hinzu, obwohl sie gar nicht so dachte.

»Vielleicht weil er außer Patrick niemanden kannte«, sagte Malcolm.

Als sie sich auf der Party mit Neil unterhielt, schauten sie beide zu dem alten Trampolin der Hills, auf dem so viele Kinder herumhüpften, dass Jess Angst bekam, die Sprungmatte könnte reißen.

»Sind deine auch dabei?«, fragte er.

Jess betrachtete blinzelnd das Trampolin, als hielte sie nach einem bestimmten Kind Ausschau. »Nein«, sagte sie schließlich, als wäre ihres gerade auf der Toilette, oder beim Fußballspielen, oder machte gerade ein Nickerchen.

Mehrere Wochen vergingen, ohne dass sie von ihm hörte; sie hatte bereits vergessen, dass sie ihm ihre Nummer gegeben hatte. Dann meldete er sich.

Zuerst im Gruppenchat. Ob jemand Lust auf ein Treffen habe. In einem Biergarten in Riverside. Oder zum Abendessen, irgendwo in der Gegend oder in Manhattan. Oder zu einem Konzert mit einer Band, die alle mochten, in der Forest Hills Arena. Ob jemand mitkommen wolle? Seine Nummer war die einzige, der kein Kontakt zugeordnet war. Sie war zuerst nicht sicher, wem die Nummer gehörte.

Und dann eine Nachricht an sie persönlich. **Habe ich dich heute Morgen am Bahnhof vorbeijoggen sehen?**

Einen Moment lang dachte sie, die Nachricht sei für jemand anderen bestimmt. Aber sie war an jenem Morgen tatsächlich am Bahnhof vorbeigejoggt. Dann erinnerte sie sich.

Du hättest hupen sollen, um mich anzufeuern!

»Alles okay?«, fragte Malcolm. Sie stand am Küchentresen und war gerade dabei, Sellerie zu schnippeln, als Neils Nachricht kam. Seit langer Zeit kochten sie und Malcolm mal wieder zusammen.

»Ja, alles okay«, sagte sie. »Nichts Wichtiges.« Dann legte sie das Handy mit dem Display nach unten auf den Tresen. Sie dachte an die Doku auf National Geographic, bei der sie einige Tage zuvor eingeschlafen war; es ging dabei um Spinnen und deren angeborene Fähigkeit, ein Netz zu weben, ohne je eines gesehen zu haben oder eine Vorstellung davon zu besitzen, wozu ein Netz überhaupt gut war.

Als sie später zusammen abspülten, schaute sie nach, ob er sich noch einmal gemeldet hatte.

Sie schickten sich vielleicht zwanzig nichtssagende Nachrichten, verteilt über mehrere Wochen. Meistens ging es um Gillam, ob Jess ihm etwas Bestimmtes empfehlen könne. Sie nahm an, dass er Patrick oder Siobhán ebenfalls solche Sachen fragte. Auch seine neuen Nachbarn. Vermutlich hatte er so viele Fragen, dass er sie auf ein Dutzend Leute verteilen musste, weil eine einzige Person damit überfordert gewesen wäre. Wo gab es das beste Sushi, wo die beste Reinigung, war das Jugendzentrum okay. Er hatte sicher tausend Fragen bezüglich der Kinder und Schulen und Freizeitaktivitäten, und es lag nahe, dass er diese Fragen Leuten stellte, die ebenfalls Kinder hatten. Diesen Leuten schickte er sicherlich mehr Nachrichten als ihr. Einmal sah sie beim Autofahren seinen Namen auf dem Display aufblinken und hielt am Straßenrand an, um ihm zu antworten. Später fragte sie sich, warum sie damit nicht gewartet hatte, bis sie zu Hause war. Er hatte ihr wohl leidgetan, weil er sich mit über vierzig einen neuen Freundeskreis aufbauen musste und bestimmt hoffte, dass die Leute ihn miteinbezogen und dass es ihm gelingen würde, an einem Ort, der ihm fremd war, Fuß zu fassen, seinen Kindern zuliebe.

Manchmal endeten seine Nachrichten mit drei Ausrufezeichen. Manchmal enthielten sie überhaupt keine Satzzeichen. Dafür aber Rechtschreibfehler. So nachlässig schien er sonst jedoch nicht zu sein. Sie hatte einen Blick in seinen Wagen geworfen, alles sehr ordentlich, auch die Wickeltasche. Manche Nachrichten waren rein beruflich. Er schickte ihr einen Artikel über Bloom, den er gelesen hatte. Er schickte ihr einen Artikel aus einer juristischen Zeitschrift, die er abonniert hatte. Einmal erwähnte sie eine bestimmte Band, die sie mochte, und ein paar Tage später schickte er ihr einen Spotify-Link zu einem Song einer anderen Band, von der sie noch nie gehört hatte, weil er fand, dass die Bands ähnlich klangen, und er wissen wollte, ob sie auch so dachte. Als Siobhán anrief, um Jess zum Geburtstag zu gratulieren, war er bei den Hills. Bevor Siobhán auf Lautsprecher schaltete, hörte Jess zwei Männerstimmen im Hintergrund. »Habt ihr Besuch?«, fragte sie beiläufig, obwohl sie seine Stimme sofort erkannt hatte; ihr wurde ganz kribbelig. Siobhán antwortete, dass Neil mit seinen Kindern zu Besuch sei. Alice und ein paar andere Freundinnen hatten Jess vorgeschlagen, sich auf ein paar Drinks zu treffen, aber sie mochte nicht. Es war ein schöner Augustabend, die Zikaden gaben ein lautes Konzert. Ihr Vater hatte immer gesagt, dann werde es brütend heiß am nächsten Tag. »Bist du wirklich sicher, dass du nicht kommen willst?«, fragte Siobhán und schaltete den Lautsprecher wieder aus. Jess war etwas baff darüber, dass Siobhán Neil als Köder benutzte und davon ausging, dass sie anbiss. Malcolm hatte jedoch schon versprochen, an seinem freien Abend mit ihr zu feiern. Sie legte sich schließlich mit einem Buch ins Bett und wachte irgendwann mitten in der Nacht auf, geblendet von ihrer Nachttischlampe.

Sie sah ihn dann einige Male in der Stadt, in seinem weißen SUV. Viele Leute fuhren so einen Wagen, aber seiner hatte einen königsblauen Cape-Cod-Aufkleber auf der Stoßstange. Wenn sie unterwegs war, ertappte sie sich dabei, dass sie nach diesem Aufkleber Ausschau hielt.

Mit neununddreißig bist du noch zu jung, deinen Kinderwunsch aufzugeben; so lautete das Feedback in den Facebook-Gruppen, wenn sie ihre Geschichte von sechseinhalb kummervollen Jahren in zwei kurzen Absätzen zusammenfasste. Sie las zwanghaft, und danach schloss sie ihre Tabs und löschte den Verlauf. Sie las von Frauen, die ihr ersehntes Baby erst mit über vierzig bekommen hatten; eine war sogar schon siebenundvierzig gewesen und hatte noch viel schlechtere Werte als Jess.

Als die Hills am Labor Day zum Barbecue einluden – diesmal hatten sie eine riesige Wasserrutsche für die Kinder gemietet – war er auch wieder unter den Gästen. Er schaute einige Male zu ihr herüber, bevor er zu ihr kam, um Hallo zu sagen. Wenn sie sich persönlich begegneten, waren sie zurückhaltender als bei den Nachrichten, die sie sich schickten.

»Wo steckt Malcolm eigentlich?«, fragte er, nachdem sie eine Weile geplaudert hatten. »Muss er heute arbeiten?«

»Ja, er muss arbeiten, bis in die Nacht.«

»Patrick hat schon oft von der Bar erzählt. Ihr scheint dort ja viel Spaß zu haben.«

»Oh ja.«

»Aber ist es manchmal nicht schwierig?«

»Wie bitte?«

»Die vielen Nächte und Wochenenden?«

Jess lachte. »Er liebt das. Er ist eine Nachteule. Hat sich noch nie beschwert.«

»Nein, ich meinte, für dich.«

»Für mich?« Ihr wurde flau im Magen. Er sah sie eindringlich an. Ihr Herz klopfte, als wollte es ihr etwas Wichtiges sagen.

»Nein, gar nicht. Wir sind das ja gewohnt. Wir haben unseren eigenen Rhythmus.«

Als er wegging, weil Patrick nach ihm rief, war Jess ganz aufgewühlt, als wäre etwas geschehen, das sie nicht in Worte fassen konnte.

Etwa eine Woche nach dem Feiertags-Barbecue fand er sie nachts auf Facebook und likte sämtliche ihrer Fotos. Von den Benachrichtigungen machte sie einen Screenshot, schrieb »Psycho« darunter und hätte es ihm beinahe geschickt, doch irgendetwas hielt sie davon ab. Sie löschte den Screenshot wieder.

Dann legte sie das Handy neben sich auf den Nachttisch. Sie betrachtete Malcolm, der neben ihr schlief, das Gesicht schon wieder mit Stoppeln bedeckt, obwohl er sich jeden Nachmittag gründlich rasierte. Malcolms Leben bestand aus Routinen. Er wachte auf, ging eine Stunde ins Fitnessstudio, holte sich auf dem Heimweg in seinem Lieblingsladen einen Kaffee und ein Eiersandwich mit Salz, Pfeffer und Ketchup ohne Käse, plauderte kurz mit Jay und dessen Frau Carmen, die an der Kasse saß, erkundigte sich nach den Kindern, nach Jays Bruder, der an Parkinson litt und bei ihnen eingezogen war, plauderte mit allen, die ebenfalls in der Schlange standen und auf ihre Bestellungen warteten, und danach ging er noch in den Mini-Mart, um drei Rubbellose zu kaufen. Falls Lorenzo im Mini-Mart an der Kasse stand, plauderte er normalerweise noch kurz mit ihm, aber wenn Rick Dienst hatte, nahm er einfach nur die Lose und fuhr nach Hause, weil Rick ihm unheimlich war; nur Jess wusste davon. Wenn er zu Hause auf der Einfahrt geparkt hatte, legte er die Rubbellose nacheinander aufs Lenkrad und kratzte sie mit dem Penny auf, den er im Becherhalter seines Autos aufbewahrte, während das Sandwich und der Kaffee neben ihm kalt wurden. Wenn das Los eine Niete war, stopfte er es ins Ablagefach der Tür, das er erst leerte, wenn es randvoll war. Wenn er hereingekommen war, stellte er sich an den Küchentresen, las die Zeitung und krümelte sie dabei mit seinem Sandwich voll. Das dauerte zwanzig Minuten, und danach duschte er, rasierte sich und machte sich auf den Weg zum Half Moon.

»Bist du glücklich?«, fragte sie ihn einmal. Lange vor San Francisco. Noch bevor sie ihre Versuche, ein Baby zu bekommen, aufgaben, aber nachdem bereits klar war, dass es für sie wohl kein Happy End gab. Noch bevor er ihr eine klare Absage zu Eizellspenden und Adoption erteilte, aber nachdem sie bereits gemerkt hatte, dass er auf Abstand ging und seine Vorstellung davon, wie ihr gemeinsames Leben aussehen sollte, überdachte.

Als sie ihn fragte, ob er glücklich sei, tat er so, als verstünde er die Frage nicht, als wüsste er nicht einmal, warum diese Frage in ihrem Leben überhaupt relevant war. »Was meinst du damit?«, fragte er.

»Ich meine damit, dass du immer so fröhlich wirkst, aber bist du es wirklich? Oder sehnst du dich manchmal nach etwas anderem?«

»Nach etwas anderem?« fragte er. »Habe ich denn eine Wahl?« Sie konnte ihm ansehen, dass er sich diese Frage entweder noch nie gestellt hatte oder einer Antwort stets ausgewichen war. Und sie konnte ihm auch ansehen, dass er dachte, bei ihrer Frage ginge es in Wahrheit darum, ob *sie* glücklich war.

»Meinst du damit, ob ich gern woanders leben würde? Oder mich nach einem anderen Job sehne? Oder nach einem anderen Menschen?«

»Fang doch damit an, ob du gern woanders leben würdest.«

»Wo denn?« Er schaute sich in ihrem Häuschen um, als könnte es nichts Schöneres geben. »Warum willst du das überhaupt wissen?«

Sie nahm sich vor, in Zukunft langsamer auf Neils Nachrichten zu reagieren. Jedes Mal, wenn sie eine von ihm bekam, stellte sie den Timer auf zwei Stunden, fest entschlossen, ihm auf keinen Fall früher zu antworten. Aber manchmal schickte er in dieser

Zeit noch eine Nachricht, und dann musste sie überlegen, ob sie dafür einen weiteren Timer stellen sollte.

Eines Morgens kam er ihr auf ihrer Runde am alten Bahndamm entgegengejoggt. Konnten Frauen und Männer nicht einfach befreundet sein? Mit ein paar Jungs aus der Highschool war sie doch auch noch befreundet, da lief rein gar nichts. Weihnachten stand vor der Tür, und sie schickten sich inzwischen so viele Nachrichten, dass Jess nicht länger versuchte, herauszufinden, ob ihre Freundinnen ebenfalls von Patricks Collegefreund zugetextet wurden. Als sie ihn sah, bekam sie Herzklopfen. Am besten sagte sie im Vorbeilaufen etwas Nettes, Harmloses zu ihm. Unter Läufern war es ja normal, nicht anzuhalten. Und es war ja auch so kalt. Sie trugen beide Strickmützen und Handschuhe. Aber als er sie erreichte, wechselte er die Richtung und lief neben ihr her, ohne ein Wort zu sagen. Er war kleiner als Malcolm, und schlanker gebaut. Er hatte große kupferbraune Augen, dichte Wimpern, hohe Wangenknochen, volle Lippen. Sie schaute immer wieder zu ihm herüber und dann wieder weg, er auch. Seine Sportuhr piepte. Obwohl es eiskalt war, liefen seine Wangen nicht rot an wie bei ihr und Malcolm. Das Haar trug er stoppelkurz. Wenn er die Mütze abgenommen hätte, hätte ihn die Kälte wohl wie ein Schlag getroffen.

Als sie auf dem Joggingpfad ungefähr einen halben Kilometer nebeneinanderher gehechelt waren, sagte er, er sei froh, ihr über den Weg gelaufen zu sein. Seine jüngere Tochter müsse zum Friseur, aber er sei nicht sicher, welche Damensalons im Ort auch Kinderhaarschnitte anboten. Er könne die Kleine ja schlecht zum Barbershop mitnehmen. Jess stellte sich vor, wie er einen Salon betrat und alle Frauen aufschauten. Wie ihre Blicke sich in den Spiegeln trafen, ohne ihre Gedanken preiszugeben. Die ältere Tochter habe Locken und müsse nicht so oft zum Friseur. Aber die Kleine habe glattes, feines Haar, das sich ständig aus der Spange löse.

Vor ihrem inneren Auge sah Jess, wie er seinen Töchtern morgens die Haare machte und ihnen beim Anziehen half. Die Väter, die Jess kannte, die Väter, mit denen sie und Malcolm aufgewachsen waren, gehörten einer anderen Spezies an. Undenkbar, dass ihr Dad das Wort »Haarspange« in den Mund genommen hätte. Nie im Leben hätte er sich ein Video-Tutorial angeschaut, um zu lernen, wie man Zöpfe flocht.

»Könnte ihre Mom denn nicht …?«, fragte Jess vorsichtig; unsicher, wie sie es ausdrücken sollte.

»Sie wollte sich darum kümmern. Aber bisher hat sie es nicht getan.«

Sie hatten den ersten Kilometerstein passiert, liefen genau im gleichen Rhythmus.

»Wir kommunizieren über unsere Anwälte.« Er drehte sich zu ihr und lächelte. »Wir sind ihre besten Mandanten«. Ein Anwaltswitz. Sie waren so zerstritten, dass die Kanzleien sich eine goldene Nase an ihnen verdienten.

»Gott«, sagte Jess unwillkürlich. Unfassbar, dass zwei Menschen aus Liebe geheiratet hatten und irgendwann nicht einmal mehr imstande waren, ihrem gemeinsamen Kind die Haare schneiden zu lassen.

Und dann sagte er: »Diese Schlampe«, als sei gar nichts dabei, als mache er eine Bemerkung übers Wetter. Jess drosselte ihr Tempo. Bewegte sich ein Stückchen von ihm weg. Danach hatte sie den ganzen Tag seine Worte im Ohr; seinen Tonfall, die Wut, die darin brodelte. Diese Schlampe. Besser, sie blieb auf Abstand. Er war Patricks Freund. Er brauchte nicht ihrer zu sein.

Und dann, über ein Jahr, nachdem sie sich im Garten der Hills kennengelernt hatten, schrieb er ihr abends eine Nachricht. Malcolm war in der Bar.

Ich sehe gerade den neuen Film über den Flugzeugabsturz, und die Hauptdarstellerin erinnert mich an dich.

Die Nachricht war weder obszön noch anzüglich. Jess kannte den Film. Die Schauspielerin sah ihr tatsächlich ein bisschen ähnlich. Doch beim Lesen bekam sie das Gefühl, sich in einem Stolperdraht zu verfangen.

Was ist eigentlich das Problem?, dachte sie, als sie in ihrem stillen Schlafzimmer lag. Dass er ihr Äußeres zur Sprache brachte? Dass er an sie dachte? Ihr war sein Aussehen ja auch nicht egal. Eigentlich checkten sich doch alle ständig gegenseitig ab. War ihr nicht letztens erst aufgefallen, dass Phil Colombo, den sie seit ihrer Schulzeit kannte, abgenommen hatte und nun viel jünger wirkte? Er sah klasse aus, sogar besser als mit zwanzig. Sie hatte sogar »Schnapp sie dir, Tiger« zu ihm gesagt, und er hatte daraufhin gefaucht und sie ungestüm umarmt. In der Brotabteilung des Supermarktes, vor den Augen aller, die dort waren, und niemand hatte sich darüber gewundert.

Warum war daran nichts auszusetzen, an Neils SMS aber schon?

Sie löschte sämtliche Nachrichten, die sie sich geschickt hatten.

Das Problem war ihre Reaktion, die bebende Begierde, die sie in sich spürte. Sie nahm sich jedes Mal vor, nicht zu antworten, tat es dann aber doch. Was auch immer es war, sie wollte, dass es weiterging.

Doch diesmal beschloss sie, die Augen zu schließen und zu schlafen. Sie würde es abflauen lassen. Und wenn sie ihm das nächste Mal begegnete, würde sie einfach nur freundlich mit ihm plaudern. Als sie ein paar Tage später zu Patrick und Siobhán fuhr, stand er im Garten und half Patrick, einen Baumstumpf auszugraben. Der Sommer war vorbei. Für Neils Kinder begann bereits das zweite Schuljahr in Gillam. Jess brachte Siobhán eine Auswahl an Schuhen vorbei, damit sie sich welche für eine Hochzeit aussuchen konnte, zu der sie eingeladen war. Neil schwang die Schaufel im Unterhemd, sein Anzughemd hing an einem Busch; er war offenbar direkt von der Arbeit gekommen, vielleicht hatte Siobhán auf seine Kinder aufgepasst, und Patrick hatte ihn dann überredet, ihm im Garten zu helfen. Siobhán witzelte darüber, wie die beiden sich abmühten, um die Baumwurzel auszuheben, aber Jess war nicht nach Lachen zumute. Sie hörte ihrer Freundin kaum zu, weil es sie aus dem Konzept brachte, Neil dort zu sehen. Er schien ebenfalls verblüfft. Patrick rief »Hallo!« zu ihr herüber, doch Neil schwieg. Er stand einfach nur da hinten im Garten und schaute sie an. Jess hatte wirklich keinen Grund, deswegen beleidigt zu sein. Er schwitzte, war mit Dreck übersät. Sie kannte ihn kaum.

Aber in jenem Moment passierte etwas, ein gegenseitiges Erkennen vielleicht. Hätte ein Richter den Austausch, der bis dahin zwischen ihnen stattgefunden hatte, mit einem Wort zusammenfassen sollen, hätte er ihn vermutlich als völlig belanglos bezeichnet und sich gefragt, warum es überhaupt zu diesem Austausch gekommen war. Später wurde Jess klar, dass dies der Moment war, wo sich etwas veränderte. Sie erkannte ihn, und er erkannte sie, aus ungefähr zwölf Metern Entfernung. Ohne Drinks, an denen sie schlürfen konnten. Ohne Handys, hinter denen sie sich verstecken konnten.

»Geht es dir gut?«, fragte Siobhán an jenem Abend. Es dämmerte bereits, die Tage wurden kürzer. Und dann fragte sie etwas leiser: »Wird dir von den Präparaten immer noch übel?«

»Nein, wir haben damit aufgehört«, sagte Jess beiläufig, als hätte sie ihrer Freundin diese Neuigkeit nicht schon seit einem ganzen Jahr verschwiegen. Sie ließ den Autoschlüssel um den Finger kreisen und tat so, als merkte sie nicht, dass Siobhán sie anstarrte. Sie ging ins Haus, stellte die Schuhe auf den Boden. Als Siobhán ihr nachkam, erklärte sie ihr, welche Schuhe am bequemsten waren und welche sich am besten zum Tanzen eigneten, und dabei behielt sie die ganze Zeit Neil in Siobháns Garten im Auge.

»Jessie«, sagte Siobhán besorgt. »Wie wäre es mit einem Gläschen Wein? Die Kinder sind noch mindestens zwanzig Minuten beschäftigt.« Sie wedelte mit einer Flasche Sancerre, den Jess besonders mochte.

Jess war in Versuchung. Wenn sie blieb, würden die Männer vielleicht hereinkommen. Ein Gläschen mittrinken. Er würde sich vielleicht zu ihr setzen.

»Oder mit einem Tee? Es ist schon viel zu lange her, dass wir beide miteinander gesprochen haben. Komm schon.«

»Ich würde ja gerne«, sagte Jess. »Aber ich muss los.«

»Malcolm ist doch noch arbeiten.«

»Ich bin mit meiner Mutter zum Essen verabredet.«

»Du verhältst dich irgendwie seltsam.«

»Ich weiß.«

»Was ist denn los?«

»Nichts. Keine Ahnung.«

»Na gut. Aber dann lass uns das bitte bald nachholen, ja? Ich fände es schön, wenn wir mal wieder miteinander reden würden.«

Sie rief Patrick und Neil Tschüss zu und musste sich zwingen, nicht zu ihrem Auto zu rennen. Kaum war sie mit ihrem Wagen außer Sichtweite, hielt sie am Straßenrand an. Sie zitterte am ganzen Leib, versuchte, sich zu beruhigen. Es ist doch gar nichts passiert. Du warst nur kurz bei deiner Freundin, um ihr die Schuhe zu bringen. Es ist doch gar nichts passiert. Aber sie zitterte weiter wie Espenlaub.

Sie war sicher, eine Nachricht zu bekommen, doch nichts geschah. Als sie zu einer Party eingeladen wurde, zu der er vermutlich auch eine Einladung bekommen hatte, sagte sie ab.

In den nächsten Monaten begegnete sie ihm hin und wieder, sorgte aber dafür, dass die Wortwechsel kurz und belanglos blieben. Schön, dich zu sehen, aber ich hab's leider eilig. Die Sitzungen bei Dr. Hanley halfen allmählich etwas. Das Half Moon schrieb mal rote, mal schwarze Zahlen, der Saldo schwankte von Monat zu Monat, aber nur leicht, nie extrem. Jess begann sich zu fragen, ob es vielleicht doch möglich war, den Rest des Lebens am Rande eines Abgrunds zu verbringen. Als sie die Einladung zu Amandas und Tobys jährlicher Silvesterparty bekamen, redete sie sich ein, von der Stimmung, die sie im vergangenen Sommer überkommen hatte, geheilt zu sein. Das waren die Hormone. Trauer. Langeweile. Die wachsende Erkenntnis, dass das Leben an ihr vorbeizog, und dass sie, wenn sie untätig blieb, keinen Beweis dafür hinterlassen würde, dass sie überhaupt existierte.

Malcolm sagte immer, Silvester sei der einzige Abend im Jahr, an dem die Leute es so richtig krachen ließen, weshalb er in der Bar sein wollte. Er hatte einen DJ engagiert und Tische und Stühle weggeräumt. Er bot Tickets im Vorverkauf und an der Abendkasse an. Die Polizei würde die Leute überall in der Stadt ins Röhrchen blasen lassen. Er schlug ihren gemeinsamen Freunden vor, Silvester im Half Moon zu feiern, aber sie wollten nicht, das Publikum war ihnen zu jung und die Musik zu laut. Er wiederholte seinen Vorschlag nicht; es war nicht seine Art, Leute zu drängen. Mit Jess schloss er folgenden Kompromiss: Sie würden zusammen zu Toby gehen, und wenn Malcolm später zum Half Moon aufbrach, würde Jess entscheiden, ob sie ihn begleitete oder auf der Party blieb.

»Ich muss aber die ganze Zeit arbeiten«, warnte er sie. »Falls du mitkommen willst, nimm lieber ein paar Leute mit.« Jess war klar, dass die anderen keine Lust haben würden, die Party zu verlassen, wenn sie sich dort gut amüsierten.

Neil war der erste Gast, den Jess entdeckte, als sie Amandas und Tobys Küche betrat. Er lehnte mit verschränkten Armen am Tresen, und sein Blick sprang eine Millisekunde zu ihr und Malcolm, dann zurück den Leuten, mit denen er redete. Malcolm ging sofort auf ihn zu und schüttelte ihm die Hand. Jess folgte ihm, und Neil begrüßte sie mit einem Kuss auf die Wange, so wie jede andere Frau auf der Party auch. Wann immer Jess an jenem Abend Gespräche führte, egal mit wem sie gerade zusammenstand, sie wusste immer, wo Neil war und wo Malcolm war; sie brauchte gar nicht hinzuschauen. Malcolm ging regelmäßig hinaus, um im Half Moon anzurufen, und jedes Mal, wenn er zurückkam, rechnete sie damit, dass er sich auf den Weg machen wollte, doch er blieb. Tobys Tochter kam aufgeregt aus dem Keller gestapft und fragte, wie die Kinder eigentlich wissen sollten, wann Mitternacht sei, weil es unten keinen Fernseher gebe.

Und dann fiel plötzlich der Strom aus. Jemand fragte laut, ob Toby seine Stromrechnung bezahlt hatte, und alle lachten. Es war erst zehn Uhr. Malcolm ging auf die Veranda, um in der Bar anzurufen und herauszufinden, ob die ganze Stadt von dem Stromausfall betroffen war. Die anderen rührten sich nicht von der Stelle aus Angst, gegen einen Stuhl zu stoßen oder ein Glas umzuwerfen. Und dann spürte sie plötzlich, wie jemand ihr Haar zur Seite schob und ihr einen Kuss auf den Hals gab. Sie war so überrascht, dass sie es gar nicht richtig mitbekam, doch danach, eine Minute später, eine Woche später, rief sie sich dieses warme Drücken und Loslassen wieder und wieder in Erinnerung, fühlte seinen Atem auf ihrer Haut.

»Du bist ja ganz blass«, sagte Malcolm, als das Licht wieder anging.

»Ich bin nur müde«, sagte sie. Früher hatten sie sich jedes Mal, wenn sie das sagte, gefragt, ob sie vielleicht schwanger war.

Malcolm blies in eine Rolltröte und ließ sie gegen ihr Ohr stoßen. »Partymuffel«, sagte er. »Dann kommst du wohl nicht mit in die Bar.«

»Nein«, sagte sie. »Aber kannst du mich zu Hause absetzen?«

»Bist du sicher? Du könntest auf Hughs altem Thron sitzen. Cocktails für lau, den ganzen Abend lang.«

»Aber dann sitze ich dort fest, bis du den Laden zumachst.«

»Ich kann dir doch ein Taxi rufen!«

»Nein«, sagte sie. »Heute wird es unmöglich sein, ein Taxi zu erwischen. Bitte bring mich heim.«

»Gehst du schon?«, fragte Neil einen Moment später, er stand in der Tür des Gästezimmers, wo sich die Mäntel und Jacken stapelten. »So früh?« Malcolm war noch damit beschäftigt, sich im Wohnzimmer von allen zu verabschieden.

»Ja«, sagte Jess, ohne ihn anzusehen. Sie tat so, als suchte sie etwas in ihrer Handtasche. Nebenan zerbrach klirrend ein Glas; Leute riefen hektisch nach Besen und Kehrblech, lachten schallend.

»Hey, tut mir leid«, sagte er. »Das vorhin, meine ich. Ich wollte nur …«

Er ging einen Schritt auf sie zu und begann zu schwanken, hielt sich an einem Stuhl fest, um nicht das Gleichgewicht zu verlieren.

Oh Gott, dachte Jess. Da haben wir's.

»Ich möchte mit dir reden«, sagte er.

»Neil«, sagte sie, und ihre Blicke trafen sich.

»Bist du fertig?« Malcolm tauchte hinter Neil auf und klopfte ihm zum Abschied auf den Rücken. Neil wünschte ihnen eine gute Nacht und kehrte zu der Party zurück, zu diesem endlosen Kreislauf aus Geschichten, abgestandenen Witzen und nachgeschenkten Drinks. Amanda verteilte Halsketten und Plastikbrillen, die mit der Zahl 2018 dekoriert waren. Auf Tobys Veranda zog Jess den Kragen ihres Mantels zusammen und schaute zu Malcolm hoch, der sie stirnrunzelnd ansah und seine Jackentaschen abtastete, als suchte er etwas.

»Was ist?«, fragte Jess.

»Ich weiß auch nicht«, sagte Malcolm. »Ich habe gerade ein ganz komisches Gefühl.«

Immer wieder ließ sie es Revue passieren. Immer wieder fasste sie sich an die Stelle an ihrem Hals. Warum war sie eigentlich so prüde? Jeder wusste doch, dass an Silvester Grenzen übertreten wurden. Er hatte eben zu viel getrunken.

Das nächste Mal sah sie ihn in Manhattan, an der Penn Station, Mitte Januar. Sie hätte sich durch die Menge drängeln und Hallo sagen können, aber sie tat es nicht. Er sah anders aus in der City, trug Businesskleidung, eine Messenger Bag über der Schulter. Er war in sein Handy vertieft. Als sie in Secaucus umstieg, sah sie ihn erneut, doch er befand sich vor ihr und drehte sich nicht um. Auf der Fahrt nach Gillam stellte sie sich die ganze Zeit vor, dass er irgendwo im selben Zug saß und auf dieselbe Aussicht starrte, und erst als sie am Bahnhof von Gillam ausstiegen, sah er sie auch.

»Ach, hallo«, sagte er überrascht. Sie standen beide im Lichtkegel der Straßenlaterne. Wie einsam er sein musste. Wie viel Mut es ihn gekostet haben musste, sein Leben völlig umzukrempeln. Die anderen Pendler hatten sich bereits zerstreut. Sie redeten ein wenig über die Bahn, die üblichen Klagen. »Hattest du einen guten Tag?«, fragte er. Er schien ehrlich an ihrer Antwort interessiert, also erzählte sie ihm ein wenig, dann fragte sie, wie sein Tag gewesen war.

Er müsse gehen, sagte er schließlich. Die Babysitterin müsse gleich los. Seine jüngere Tochter brauche einen Stein für den Malunterricht und habe im Garten keinen geeigneten gefunden. Die ältere Tochter brauche für ihre Projektwoche ein T-Shirt in einer bestimmten Farbe, und er habe versprochen, mit ihr ins Einkaufszentrum zu fahren.

»Da hast du ja noch viel vor«, sagte Jess.

»Stimmt«, sagte er. »Aber ich wollte mich noch entschuldigen wegen …«

»Schon gut.«

»Du weißt, was ich sagen wollte?«

»Ich denke schon.«

Das war an einem Donnerstag. Am Freitag, direkt am nächsten Abend, schickte er ihr zum ersten Mal seit langem wieder eine Nachricht. Er fragte, ob sie zu Hause sei und ob er vorbeikommen könne. Ihm musste klar gewesen sein, dass Malcolm bei der Arbeit war. Alle wussten, wo Malcolm Gephardt freitagabends steckte.

Als er hereinkam, schloss er die Tür hinter sich und blieb stehen. Er wollte seinen Mantel nicht ausziehen. Vielleicht will er bloß etwas vorbeibringen, dachte Jess. Aber er hatte nichts dabei. Sie war nervös, ihre Stimme laut, als sie ihm etwas zu trinken anbot. Sie wollte unbedingt cool und relaxed wirken. Doch statt zu antworten, griff er sich an den Kopf, als versuchte er, ihn zusammenzuhalten.

»Jess«, sagte er schließlich und ließ die Hände wieder sinken.

Sie rührte sich nicht, aber ihr Körper war wie elektrisiert. Der Moment war gekommen. Sie musste eine Entscheidung treffen. Sie trug eine Jogginghose und ihr altes R.E.M.-T-Shirt, die Haare hatte sie zu einem Pferdeschwanz gebunden. Sie war ungeschminkt.

Er kam einen Schritt näher und griff nach dem Lichtschalter. Die kalte Luft von draußen wellte aus seiner Kleidung. Er schaltete das Flurlicht aus. Was auch immer er vorhatte, er wollte sichergehen, dass man sie von draußen nicht sehen konnte.

»Was machst du da?«, fragte sie atemlos. Seine Jacke stand offen, und sie legte ihm die Hand auf die Brust, auf sein Herz. Er stand regungslos da, vielleicht dachte er, sie wollte ihn wegstoßen. Dann ließ sie die Hand zu seiner Schulter gleiten, und er stöhnte auf wie verletztes Tier.

6

SONNTAGS, am zweiten Morgen nach dem Sturm, wachte Malcolm in seinen Klamotten vom Vortag auf, seine Strickmütze im Bettlaken verheddert, seine Jacke auf dem Boden. Der Akku seines Handys war leer. Er erinnerte sich, dass er mitten in der Nacht aufgestanden war, um im Medizinschrank und dann in Jess' Nachttisch nach einer Xanax zu suchen; vielleicht war ihr ja aus Versehen eine Tablette aus der Dose gefallen. Sie nahm nur dann eine, wenn sie partout nicht einschlafen konnte, und auch höchstens eine pro Woche. Er fand jedoch nur Haarnadeln, eine Tube Selbstbräuner und ein leeres Tütchen mit der Aufschrift »Folsäure«. Im Mondlicht, das schräg hereinfiel, konnte er seinen Atem sehen.

Ob Neil Bratton inzwischen wusste, dass sie Schlafprobleme hatte? Dass sie zwar leicht einschlief, aber wieder aufwachte und Nacht für Nacht in einer Gedankenschleife festhing, pausenlos darüber nachgrübelnd, was sie anders hätte machen können, wie eine Kugel, die in einem fort durch die Windungen einer Murmelbahn rollte?

Bald musste der Strom doch zurückkommen. Irgendetwas musste jedenfalls passieren, denn noch einen Tag wie den gestrigen, ohne Orientierungspunkte, ohne Anfang, Mitte und Ende, hielt er nicht aus. Ihm taten die Schultern weh. Er stand auf und ging erst zum hinteren Fenster und dann durch den Flur zum vorderen. Das war sein neues Schneesturmritual. Der Pflug war durchgekommen, auf der Straße waren Spuren zu sehen, aber sie waren verwischt; anscheinend hatte es wieder geschneit. Er hielt nach der Sonne Ausschau, um die Uhrzeit an ihr abzulesen, aber der Himmel war ein einziges Grau.

Die Wanduhr unten zeigte an, dass es kurz nach zehn war. Er griff nach dem kleineren der beiden Wassertöpfe auf dem Herd und trank so viel er konnte. Dann stellte er den Topf zurück auf den Herd und atmete tief durch, die Faust gegen die Brust gepresst. Er durchsuchte die Schränke nach etwas Essbarem. Er aß etwas von dem kalten Hackbraten, den seine Mutter ihm freitags eingepackt hatte. Hoffentlich hatte sie den Kamin angemacht und daran gedacht, die Türen geschlossen zu halten, damit es warm blieb. Wut regte sich in ihm, wie Wellen auf einem Teich. Unfassbar, diese Situation: Er steckte zu Hause fest, konnte seine Bar nicht öffnen, und seine Frau spielte am anderen Ende der Stadt Bäumchenwechsel-dich. Er schloss die Augen und beschwor die Vorstellung herauf, die ihn stets beruhigte: das Half Moon, brechend voll, mit einer Coverband, die die beliebtesten Songs spielte. Er dachte an seinen Freund Adrian, der einige Jahre im Half Moon gearbeitet hatte, dann aber in den Süden gezogen war, erst nach Nashville, später nach Miami. Adrian hatte ihn letztens zweimal angerufen und ihm Voicemails hinterlassen, er solle zurückrufen, allerdings ohne zu verraten, was er wollte. Malcolm war jedoch nicht dazu gekommen, aber ein oder zwei Tage vor dem Schneesturm schlug er die Zeitschrift *Neat* auf, und wessen Gesicht sah er dort? Das von Adrian, in seiner Bar »am Ende der Welt«. Genauer gesagt befand sie sich auf Saint John, eigentlich nicht mehr als eine Pergola über einer steinernen Terrasse, die schimmernde Karibik im Hintergrund. In dem Artikel ging es vor allem um die Wirbelstürme, die im Vorjahr gewütet hatten, und um den Wiederaufbau. Malcolm stellte sich vor, wie das wäre. Keine Heizungsrechnungen. Kein Kabel-TV. Keine Fenster, die eingeschlagen werden konnten. Nur Steeldrums und Sonnenuntergänge. Er fragte sich, wie Adrian den hinteren Barbereich und die Stielgläser schützte, wenn es regnete.

Vielleicht hatte Adrian ja Wind davon bekommen, dass das Half Moon in Schwierigkeiten steckte. Er war kein Angeber, der Grund seines Anrufs hatte garantiert nichts mit der Story in der *Neat* zu tun, doch Malcolm brachte es einfach nicht über sich, ihn zurückzurufen und sich anzuhören, wie super sein Laden lief. Aber ein Trip nach Saint John wäre vielleicht nicht schlecht; warum verschwand er nicht für ein paar Tage und holte sich Rat von einem Freund, der Gillam, Hugh und das Half Moon kannte und wusste, was es heißt, einen Laden zu führen.

Herrgott nochmal. Er musste sich irgendwie ablenken. Aber es gab nichts zu tun, außer auf dem Dachboden natürlich, aber da brachten ihn keine zehn Pferde mehr hoch. Er ballte die Faust und stellte sich vor, wie er sie Bratton ins Gesicht jagte. Und dann Patrick, dafür, dass er diesen Kerl eingeladen hatte. Bestimmt wussten alle Bescheid. Als hätte er nicht auch schon zig Gelegenheiten gehabt. Wenn er gewollt hätte, hätte er sich jedes Wochenende eine anlachen können!

Hoffentlich hatte seine Mutter jemanden, der ihr den Schnee von der Einfahrt räumte. Als es das letzte Mal geschneit hatte, hatte Mr. Sheridan ihr geholfen. Er besaß ein Quad mit Schneepflug und war damit um den ganzen Block gefahren, nur um ihre Einfahrt freizuräumen. Malcolm war bei ihr gewesen und wollte gerade die Schneeschaufel schwingen, als sie das Quad kommen hörten. Mr. Sheridan war über siebzig und bretterte auf zwei Rädern um die Kurve, dass der Pflug nur so über die Straße kratzte. Malcolms Mutter war es zwar etwas peinlich, dass er andere Nachbarn, die ebenfalls Hilfe hätten gebrauchen können, ausließ, aber Mr. Sheridan meinte, scheißegal, er sei ja nicht für das gesamte Viertel zuständig, und so wie Malcolms Mutter errötete, war sie hocherfreut darüber, dass Mr. Sheridan die protzige Rieseneinfahrt von Margie Strand links liegen ließ, um stattdessen bei ihr einzubiegen. Genug zu essen hatte sie wohl, aber vielleicht fürchtete sie sich, so ganz allein zu Hause. Seine Schwester hatte sich schon zweimal bei ihm gemeldet, weil sie mit ihm »über Mom« sprechen wollte, aber er war noch nicht dazu gekommen, sie zurückzurufen, und nun war sein Akku leer. Aber er konnte sich denken, worüber sie reden wollte. Ihm war auch schon aufgefallen, dass seine Mutter manchmal Namen und Orte verwechselte, aber er fand das gar nicht so dramatisch. Manchmal wirkte sie verwirrt, war nicht sicher, ob sie diesen Mittag oder schon vor einigen Tagen im Diner gewesen war, doch einen Moment später war sie wieder ganz klar im Kopf. Auch seine Schwiegermutter hatte sich gemeldet, das erste Mal, seit Jess abgehauen war, und ihm eine lange Nachricht über einen angeblichen Waschbären im Keller seiner Mutter hinterlassen, doch das mit dem Waschbär sei Quatsch, der Keller sei in Ordnung. Er hatte die Nachricht gelöscht und beschlossen, bei seinem nächsten Besuch selbst nachzusehen, aber dann war er jeden Abend in der Bar aufgehalten worden, und das letzte Mal hatte er seine Mutter Freitagnachmittag bei sich zu Hause gesehen, als sie ihm den Braten brachte. Sie leistete ihm beim Essen Gesellschaft und schien vollkommen in Ordnung, bis auf eine Kleinigkeit, eigentlich recht komisch. Als Malcolm sie aufzog, weil der Hackbraten so groß war, wie sollte er den nur schaffen, sagte sie, er würde schon nicht verkommen, er sei schließlich das Lieblingsgericht ihres Sohnes.

»Deines Sohnes?«, lachte Malcolm. »Hast du denn noch einen?«

Jess fand, er sei erst dann er selbst, wenn er Leute um sich habe, wenn er auf andere Stimmungen und Persönlichkeiten reagieren könne. Er hatte sich immer geärgert, wenn sie das sagte, als sei er unfähig, sich selbst zur reflektieren, aber nun dämmerte ihm, was sie damit meinte. Es war nicht so, dass ihm das Alleinsein nicht gefiel, eher so, dass er sich dann irgendwie gedämpft fühlte, nicht richtig wach. Er griff nach einer Packung Kaffee. Falls er Streichhölzer fand, konnte er die Espressokanne auf den Gasherd stellen. Als er vor sich hin grübelte, hörte er plötzlich das Geräusch von knirschendem Schnee unter Reifen. Träumte er bloß, oder passierte endlich etwas?

Ein Polizei-Jeep rollte langsam die Straße hinauf, er schwebte förmlich über dem hohen Schnee. In diesem Moment liefen sicher sämtliche Nachbarn ans Fenster und beteten, dass die Polizei mindestens zehn Minuten lang für Abwechslung sorgte. Der

Wagen kam näher, kroch an den anderen Häusern vorbei und hielt an Malcolms Einfahrt.

Malcolm versuchte zu erkennen, wer am Steuer saß, aber den jungen Officer, der schließlich ausstieg und durch den Schnee auf sein Haus zustapfte, hatte er noch nie gesehen.

»Malcolm Gephardt?«, fragte der Officer, als Malcolm die Tür öffnete.

»Ja?«, sagte Malcolm.

Jess war tot. Telefonieren war gerade nicht möglich. Seine Handynummer war nirgends verzeichnet. Sie hatten nicht gewusst, wie sie ihn sonst erreichen sollten.

»Gehört Ihnen das Half Moon auf der Seneca?«

»Ja«, sagte Malcolm.

»Waren Sie Freitagabend dort?«

»Ja. Was ist denn eigentlich los?« Es ging also gar nicht um Jess, sondern um die Bar. Die Bar stand unter Wasser. Oder Gas war ausgetreten, und die Bar war explodiert und hatte die halbe Stadt zerstört.

Er winkte den Officer herein. »Ganz schön kalt draußen, was?«

Der Officer trat mehrmals hintereinander die Stiefel auf der Matte ab.

Malcolm führte ihn durch den Flur in die Küche. Er blieb auf der einen Seite der Insel, der Polizist auf der anderen. Malcolm wischte über den Tresen, als wäre er in der Bar und wollte Drinks servieren.

»Also. Was gibt's?«

»Kennen Sie einen Charles Waggoner? Er soll Freitagabend in Ihrer Bar gewesen sein.«

Charles Waggoner. Malcolm entspannte sich. Mit Jess war alles in Ordnung. Mit der Bar auch. Es ging bloß um einen Kerl namens Charles Waggoner, der irgendein Problem hatte.

»Ich kenne einen Tripp Waggoner. Ist er vielleicht mit dem Mann, den Sie meinen, verwandt? Freitagabend war ziemlich viel los bei uns. Warum fragen Sie? Was ist passiert?«

»Tripp ist sein Spitzname. Er war seit Freitag nicht mehr zu Hause. Seine Frau hat das letzte Mal gegen achtzehn Uhr mit ihm gesprochen, er wollte zum Half Moon. Er hat ihr gesagt, ein Freund wollte ihn dort absetzen.«

»Entschuldigung, heute ist doch Sonntag, oder?«

»Sonntag, richtig«, sagte der Officer und zog sein Handy aus der Tasche. »Durch den Stromausfall kommt einem das Zeitgefühl abhanden. Hier, das ist er. Ein Foto vom letzten Sommer.«

Malcolm nickte. »Er wäre fast in eine Schlägerei verwickelt worden. Und er ist nicht mehr heimgekommen?«

»Nein.«

»Tut mir leid, das zu hören.« Jetzt musste er sich in Acht nehmen. Ein paar Jahre zuvor waren zwei Polizisten in die Bar gekommen, um Fragen über einen Mann zu stellen, der mit seinem Auto in ein Haus gefahren war. Er hatte ein Stoppschild missachtet und war direkt in das Heim einer fünfköpfigen Familie gerast. Die Familie schlief schon, darunter ein elfjähriger Junge; der Wagen kam nur wenige Zentimeter vorm Kopfende seines Bettes zum Stehen. Der Mann hatte sich davor stundenlang im Half Moon die Kante gegeben.

Geriet Hugh damals in Panik? Nein. Er fragte die Polizisten, wie es ihren Familien ging. Er lenkte ständig vom Thema ab, sagte André, er solle zwei Steaks auf den Grill werfen. Als die Polizisten wieder weg waren, zuckte Hugh mit den Schultern und sagte: »Es ist ja niemand gestorben, und für die Reparatur des Hauses kommt die Versicherung auf.«

»Können Sie uns weiterhelfen?«, fragte der Officer, der nun in Malcolms Küche stand. »Wissen Sie, um wie viel Uhr er wegging? Hat er gesagt, wo er hinwollte?«

Tripp war vor dem Half Moon abgesetzt worden. Malcolm brauchte also nicht zu befürchten, dass Tripp mit seinem Auto jemanden überfahren hatte. Aber vor kurzem erst war eine Bar in der Bronx in die Schlagzeilen geraten, weil ein Gast sich zu

Fuß – *zu Fuß!* – auf den Weg gemacht hatte und dann eine Schlägerei anfing. Erst eine Stunde später, aber die Bar war trotzdem verklagt worden. Vielleicht hatten die jungen Kerle, mit denen Tripp im Half Moon aneinandergeraten war, ihn ja verfolgt, als er ging. Vielleicht hatten sie ihn eingeholt und wollten den Streit fortsetzen. Malcolm dachte an den Kerl, der Tripp attackiert hatte. Tripp hatte reagiert, als hätte er den Schlag kaum gespürt; er war zu betrunken gewesen. Aber am nächsten Morgen hatte er sicher Schmerzen gehabt.

»Tut mir leid, das weiß ich nicht. Er hat nie Ärger gemacht, aber Freitag ist er mit einem jungen Kerl aneinandergeraten und da haben wir ihn eine Weile ruhiggestellt. Das war gegen halb zehn. Als wir ihm später ein Taxi rufen wollten, war er verschwunden.«

»Was meinen Sie mit ruhiggestellt?«

»Wir haben ihn beiseitegenommen und in die Küche gesetzt. Um ihn ein wenig auszunüchtern. Er war allein da. Wenn jemand bei ihm gewesen wäre, hätte ich seinen Begleiter gebeten, ihn wegzubringen. Tripp ist Stammgast. Wie auch immer, er war dann plötzlich weg.«

Manchmal, wenn sie jemanden beiseitenahmen, schien derjenige nach einer Stunde Ausnüchtern noch betrunkener als vorher zu sein. Als hätte der letzte Schluck Alkohol genau eine Stunde gebraucht, um in die Blutbahn zu gelangen und das Hirn zu erreichen. Vielleicht war es Tripp ja ebenso ergangen.

»Was meinen Sie damit, dass er mit Leuten aneinandergeraten ist?«

»Ach, Sie wissen schon. Er hat sie mit irgendwelchem Blödsinn aufgestachelt. Irgendwann hatten sie genug davon.«

»Hat er irgendwelche Pläne erwähnt?«

»Ich glaube, alle haben damit gerechnet, eingeschneit zu werden«, sagte Malcolm. »Es war ein merkwürdiger Abend.«

»Ich meinte Pläne im allgemeinen Sinne. In Bezug auf sein Leben. Hat er erwähnt, dass er in Schwierigkeiten steckt?«

»Nein. Nicht, dass ich wüsste.«
»Aha«, sagte der Officer.
»Das war's?«
»Das war's.«

Malcolm hatte einen langen, ziellosen Tag vor sich. Seit Freitagabend hatte er mit niemanden mehr geredet. Er wollte den Officer noch nicht gehen lassen.

»Wenn ich so darüber nachdenke ... er redet oft darüber, dass er weg will, weit weg. Aussteigen. Dass ihm unser Lebensstil auf die Nerven geht, diese ganze Hektik. Und dass es Orte gibt, an denen das ganze Jahr über Frühling ist.«

»Wirklich?« Der Officer war ganz Ohr. »Und wo würde er gern hin?«

»Er scheint Südamerika zu mögen.«

»Peru? Hat er Peru erwähnt?«

»Ja, Peru. Sie wissen davon?«

»Was hat er noch gesagt?«

»Nur, wie schön es dort ist. Und dass er sich erkundigt hätte, wie teuer ein Hektar Land ist, und wie er dort Geld verdienen könnte. Sowas halt. Er scheint seine Arbeit wirklich zu hassen.«

Der Officer wartete, als hoffte er auf mehr.

»Ich lasse die Leute einfach reden, wissen Sie«, fügte Malcolm hinzu. »Er macht irgendwas mit Finanzen, Genaueres weiß ich nicht.«

Er dachte an den Tag, als Jess ihn fragte, ob er glücklich sei, und wie er darauf reagiert hatte, als wüsste er nicht, wovon sie redete, als hätte er sich diese Frage noch nie gestellt; an ihre verschlossene Miene, als sie glaubte, die Einzige zu sein. Später kam er sich deswegen gemein vor, bestimmt hatte sie sich dadurch noch einsamer gefühlt. Aber er hatte gedacht, wenn er sich weiter so verhielt, als gäbe es keine Alternativen, täte sie das Gleiche. Wie es aussah, hatte er sich geirrt. Und dann waren letzte Woche auch noch mehrere Rechnungen auf einmal hereingeflattert, von der Berufsunfähigkeitsversicherung, der Berufsgenossenschaft, vom Gesundheitsamt, von der Firma, die seine Feuerlöscher und seine Lüftungsanlage wartete. Die Umsatzsteuer fürs erste Quartal war auch bald fällig.

»Ist er jemals konkreter geworden? Hat er gesagt, wie er sein Vorhaben in die Tat umsetzen wollte?«

»Daran kann ich mich nicht erinnern. Ehrlich gesagt, habe ich das alles nicht so ernst genommen. Wenn Sie wüssten, was die Leute einem alles erzählen, wenn sie betrunken sind. Sie glauben, dass sie ihre Probleme mit einem Umzug, einer neuen Beziehung oder einer neuen Arbeit lösen können, und erkennen gar nicht, dass sie sie bloß verschieben.«

»Tripp ist eigentlich ein netter Kerl«, fügte er hinzu, »aber nach ein paar Drinks wird er zum Experten, der alles besser weiß. Kennen Sie solche Typen? Erzählen einem, wie man seinen Job machen soll, egal ob man eine Bar führt oder Polizist ist. Wissen alles besser, obwohl sie keine Ahnung haben.« Malcolm zuckte mit den Schultern. »Er war unglücklich. Frustriert. Ich hoffe, ihm ist nichts passiert.«

»Möchten Sie einen Kaffee?«, fragte er, doch dann fiel ihm der Stromausfall wieder ein. »Ach, die Maschine geht ja nicht. Tut mir leid.«

Der Officer klappte seinen Notizblock zu und steckte ihn in die Tasche. Malcolm brachte ihn zur Haustür. Am Ende seiner Einfahrt erblickte er einen neuen Schneehügel, rund anderthalb Meter hoch. Der Pflug hatte ihn vermutlich dorthin geschoben, während sie in der Küche waren, und nun verwandelte er sich in einen Eisblock.

»Ist eigentlich in der ganzen Stadt der Strom ausgefallen?«

»Im gesamten Bezirk.«

»Sind die Straßen denn halbwegs in Ordnung?«

»Nein, die Straßen versinken im Chaos. Eine Warnung ging raus, dass die Leute daheimbleiben sollen. Wir haben rund um die Uhr Rettungseinsätze.«

»Laut Wetterbericht soll der Frost tagelang anhalten.«

»Die Leute stecken buchstäblich fest. Bleiben Sie am besten drinnen. Danke, dass Sie sich die Zeit genommen haben.«

Der Officer begann, den Weg hinunter zu stapfen.

»Warten Sie«, sagte Malcolm. »Könnten Sie mich vielleicht mitnehmen und an meiner Bar absetzen? Sie fahren doch sicher in diese Richtung, oder? Ich komme mit meinem Wagen nicht hier weg.« Er deutete auf den Schneeberg an seiner Einfahrt. »Das Half Moon ist in einem alten Gebäude. Ich habe dort zwar einen Generator, aber ich muss ihn erst in Gang setzen. Der Absperrhahn an der Hauptwasserleitung ist kaputt, und ich bin noch nicht dazu gekommen, ihn reparieren zu lassen. Ich muss verhindern, dass das Rohr platzt.«

Der Officer zögerte.

»Ich wäre Ihnen wirklich sehr dankbar.«

»In Ordnung,« sagte der Officer.

»Ich bin sofort wieder da«, sagte Malcolm. Er hastete ins Schlafzimmer, zog sich mehrere Schichten frische Kleidung an, schnappte sich Brieftasche, Schlüssel, Handy. Dann schlüpfte er in seine Stiefel, stakste durch die Hintertür zum Schuppen, nahm den Benzinkanister und überlegte, was er sonst noch brauchen konnte. Als er zur Einfahrt stapfte, war er fast sicher, dass der Polizist schon weg war, doch sein Wagen stand noch dort. Der Officer war gerade dabei, über den Schneeberg zu klettern. Als er es geschafft hatte, stellte Malcolm den Benzinkanister auf den Berg und kletterte dem Officer auf allen vieren hinterher.

Im Polizeiwagen war es warm. Die verbliebene dünne Schneeschicht auf der frisch gepflügten Straße war vereist und glitzerte in der Sonne.

»Ihre Vorgesetzten scheinen sich ja große Sorgen wegen Tripp zu machen, wenn sie Sie bei diesem Wetter hierherschicken«, sagte Malcolm.

Der junge Officer ließ den Wagen schweigend am Stoppschild vorbeirollen und bog ab, ohne auf die Bremse zu treten.

»Sie nennen ihn Tripp«, erwiderte er schließlich. »Hat er Ihnen gesagt, dass Sie ihn so nennen sollen?«

»Ich glaube schon. Es war jedenfalls nicht meine Idee.«

»Den Spitznamen hatte er schon als Kind. Nicht viele Leute dürfen ihn so nennen. Er scheint Sie zu mögen.«

»Glauben Sie?«, sagte Malcolm.

Der Wagen rollte über die rote Ampel auf der Raritan.

»Er ist mein Vater.«

»Ah.« Malcolm versuchte sich zu erinnern, was er zuvor über Tripp gesagt hatte. Hoffentlich nur Nettes.

»Eigentlich soll ich die Anhöhe am Overlook Drive sperren. Ich bin Rob Waggoner.«

Malcolm war verblüfft. Tripp hatte einen Sohn.

»Er redet schon seit Jahren davon, dass er weggehen will, er ist geradezu davon besessen. Vor etwa sechs Monaten wollte er unter vier Augen mit mir darüber reden, aber da er schon so oft damit anfing, habe ich ihm nicht richtig zugehört. Und jetzt ist er weg. Genau wie er gesagt hat. Angesichts des Sturms am Freitag kann ich mir zwar nicht vorstellen, dass er weit gekommen ist, aber er scheint das Ganze von langer Hand geplant zu haben. Womöglich hat er sich Papiere besorgt. Gefälschte Papiere.«

»Gefälschte Papiere? Ist das Ihr Ernst?«

»Ich weiß, es klingt verrückt. Meine Mutter dachte, er hätte eine Affäre. Er schien etwas vor ihr zu verbergen, hat jedes Mal seinen Laptop zugeklappt, wenn sie ins Zimmer kam. Manchmal hat sie gesehen, dass er in einem Aktenordner blätterte, aber wenn er auf der Arbeit war und sie nach dem Ordner suchte, konnte sie ihn nie finden. Die paar Sachen, die sie herausbekam, hatten nichts mit Frauen zu tun.«

»Und was waren das für Sachen?«

»Länder, wo er hinwollte. Er wollte wissen, wie das Leben dort war. Patagonien. Die Mongolei. Nordkanada. Wirklich raue Gegenden. Aber sein Favorit war Peru.«

»Wenn Sie sich Sorgen machen, können Sie keine Suchmeldung rausgeben?«

»Wie im Film, meinen Sie?« Rob schaute ihn an. »Eine Fahndung? Von unserem Captain kam nur die Ansage, nach ihm Ausschau zu halten. Und andere Polizeidienststellen zu informieren. Das war's. Es herrscht gerade Chaos. Die Leute stecken in der Kälte fest und haben keinen Strom.«

»Hören Sie«, sagte Malcolm, während sie die Seneca hinunterglitten, die Fassaden so friedlich, die Fensterbänke voller Schnee. »Die Leute erzählen einem oft Unsinn, den sie gar nicht ernst meinen. Ich höre so etwas ständig. Ich verlasse meine Frau, ich kündige meinen Job, ich schreibe meine Memoiren und verkaufe sie nach Hollywood. Aber nur die wenigsten setzen diese Pläne dann in die Tat um. Für Tripp klingt das eine Spur zu dramatisch. Und dazu dann noch der Schneesturm. Er hat sich bestimmt nur irgendwo verkrochen und taucht bald wieder auf. Wahrscheinlich ist sein Handy-Akku leer.«

Sie hielten vor dem Half Moon.

»Ich schau mich mal um, wenn es Ihnen recht ist«, sagte Rob. »Ich würde mir gern ein Bild davon machen, wie er den Abend verbracht hat.«

Da keine anderen Autos unterwegs waren, ließ Rob den Polizeiwagen mit laufendem Motor mitten auf der Straße stehen.

»Ja, natürlich«, sagte Malcolm. Er wusste nicht mehr genau, in welchem Zustand er die Bar hinterlassen hatte, nur, dass die Böden noch nicht gewischt waren; schmutzige Gläser standen auch noch herum.

»Drinnen sieht es vermutlich etwas chaotisch aus«, sagte Malcolm, als er die Eingangstür aufstieß. Sofort fiel ihm eine saucenverschmierte Serviette ins Auge, die auf dem Boden lag. Im Tageslicht, das durch den reflektierenden Schnee heller als sonst wirkte, konnte er sehen, dass Tresen und Stehtische mit Glasabdrücken übersät waren. Er stellte seine Sachen ab und horchte nach Wassergeräuschen. Dann ging er in die Küche, nahm einen Mopp, kniete sich hin und griff nach dem alten Wasserrohr. Kalt, aber intakt. Er ging zum Waschbecken und drehte den Hahn auf, um die Leitung aufzutauen, falls sie bereits eingefroren war und zu bersten drohte. Das Gebäude war in Ordnung. Hässlich, aber stabil. Gute Substanz. Was das anging, hatte Hugh nicht unrecht. Aber drinnen war es noch kälter als bei Malcolm zu Hause.

»Also«, sagte Malcolm zu dem Officer, als er in den Schankraum zurückging. »Tripp, oder Charles, oder wie auch immer wir Ihren Vater nennen sollen, saß dort drüben.« Er zeigte auf die Stelle.

»Und dann haben wir ihn wie schon erwähnt in die Küche gebracht, um Abstand zu den jungen Kerlen zu bekommen, mit denen er sich angelegt hat.« Er führte Rob in die Küche und zeigte ihm den Stuhl, auf dem Tripp gesessen hatte. »Die Kerle sind dann weitergezogen. Wohin, weiß ich nicht.«

»Verstehe.« Rob schaute sich um. »Und dann?«

»Und dann war er plötzlich weg. Ich bin ständig hin- und hergelaufen, meine Mitarbeiter hatten auch viel zu tun. Er muss diese Tür hier benutzt haben, weil er nicht mehr zurück in den Schankraum gekommen ist. Das wäre mir aufgefallen.«

Rob stieß die Tür auf, die von der Küche zur Seitengasse führte. Malcolm fiel sofort seine Schneeschaufel ins Auge; sie lehnte am Müllcontainer, genau wie er vermutet hatte. Die beiden Männer lehnten sich aus der Tür und schauten nach links und rechts. Wären sie in einem Film gewesen, hätten sie Tripp in diesem Moment erfroren am Müllcontainer entdeckt, Eiszapfen an der Nase.

»Der Pendlerparkplatz ist da drüben«, sagte Malcolm und zeigte zu dem verwitterten Maschendrahtzaun, der die Rückseite des Half Moon vom Bahngelände der Metro North trennte. Er hielt dort abermals nach einer Leiche Ausschau, Rob tat es ihm mit ernster Miene gleich. Wegen der Bäume war die Schneedecke in diesem Bereich jedoch dünner, und Malcolm sah nur den üblichen Müll herumliegen. Rob wusste natürlich, wo sich der Pendlerparkplatz befand. Die Frage war, in welche Richtung Tripp von der Seitentür aus gegangen war. Entweder nach links, zur Vorderseite des Gebäudes, oder nach rechts, über den Parkplatz, von der Stadt weg.

Rob schaute zu der sensorgesteuerten Leuchte hoch, die die Gasse erhellte. Darunter hing eine Kameraattrappe. Malcolm erklärte Rob, dass es nur am Haupteingang eine echte Kamera gab. Echte Kameras an beiden Türen hätten das Doppelte gekostet, und er sei der Ansicht gewesen, dass eine Attrappe an der Seitentür ausreiche. Es täte ihm leid, eine richtige Sicherheitskamera wäre natürlich hilfreich gewesen. Sie traten vorsichtig nach draußen und testeten, ob die gefrorene Schneedecke nachgab. Malcolm brach zuerst ein, dann Rob. Langsam stapften sie durch die Gasse zur Vorderseite des Half Moon. Nichts. Sie folgten ihren Fußspuren zurück und stapften zur Rückseite des Gebäudes. Malcolm hatte seine Handschuhe auf dem Tresen vergessen, und seine Finger waren inzwischen so eisig, dass die Kälte wie Nadeln stach.

»Vielleicht sollten Sie seinen Heimweg überprüfen. Nur für alle Fälle.«

»Das habe ich schon gemacht.« Rob blinzelte zu den Bäumen hoch, ein Geflecht aus gefrorenen Ästen. Dann sagte er, er müsse nun weiter, käme jedoch später noch einmal vorbei, falls Malcolm eine Mitfahrgelegenheit nach Hause brauche.

»Nein, machen Sie sich wegen mir keine Gedanken. Ich übernachte hier.«

»Wirklich? Wie Sie meinen.«

»Sie müssen ja noch die Anhöhe an der Overlook sperren.«

»Richtig.«

Als Rob Waggoner weg war, setzte Malcolm sich an den Tresen und aß eine ganze Tüte Partymix, er schüttete sich den Inhalt direkt in den Mund. Er fand zwei Orangen, schälte sie und aß sie ebenfalls. Er schaute auf sein Handy, doch er bekam nur alberne Memes von Leuten, die auf dem Eis ausrutschten und zwei Nachrichten von Toby, der jammerte, weil er schon seit drei Stunden mit seiner Familie Monopoly spielen musste. Keine Nachricht von Jess.

Er griff nach dem Festnetztelefon, um seine Mutter anzurufen – so ein Glück, dass er das alte Ding mit der Schnur behalten hatte – aber seine Mutter ging nicht ran. Er beschloss, die Stühle auf die Tische zu stellen und den Boden zu fegen. Der Stromausfall dauerte nun schon fast achtundvierzig Stunden, aber es kam noch immer warmes Wasser aus dem Hahn. Er füllte einen Eimer damit, dann wischte er gründlich den Boden. Es tat gut, sich zu bewegen, etwas Produktives zu tun. Er schrubbte den Tresen, die Barschränke dahinter, wischte die Flaschen ab. Er legte sich auf die Ringgummimatte und putzte unter dem Regal. Bei der Arbeit wurde ihm so warm, dass er sich die Jacke auszog. Er stellte sich vor, Emma käme herein und wäre ganz verblüfft darüber, dass er da war. Er stellte sich vor, wie sie miteinander redeten und was sich daraus vielleicht entwickelte. Er stellte sich vor, Jess käme herein. Sofort verspannten sich seine Muskeln. Er würde es ihr schwer machen, sie einfach nur anstarren, bis sie das Wort ergriff, und ihr dann sagen, dass es ihm vollkommen schnuppe war, was sie trieb. Er putzte das Bad, leerte alle Mülleimer, brachte die Tüten nach draußen, und bei der Gelegenheit löste er auch gleich seine Schneeschaufel von der Stelle, an der sie festgefroren war, und stapfte zum Haupteingang, um den Bürgersteig freizuräumen. Sein Telefon ließ er absichtlich drinnen, aber nach einer Weile schaute er doch nach. Nichts.

Das Wasser im Tank würde natürlich nicht ewig warm bleiben, also ging er ans Waschbecken der Herrentoilette und spritzte sich das Gesicht nass, die immer größer werdende Pfütze auf dem Boden kümmerte ihn nicht. Dann holte er den Schlüssel aus dem Versteck, öffnete den Vorratsschrank und fand darin drei frische weiße Unterhemden, noch mit Pappeinlagen. Langsam faltete er das oberste Hemd auseinander und hielt es sich an. »Was soll's«, sagte er, zog das T-Shirt aus und streifte sich das frische Unterhemd über. Das schmutzige T-Shirt benutzte er, um die Waschbecken zu säubern und die Pfütze auf dem Boden aufzuwischen. Und die Urinale zu wischen. Dann warf er sein altes T-Shirt in den Mülleimer und wusch sich die Hände.

Als er sich wieder vollständig angezogen hatte, ging er hinunter in den Lagerraum, um den mobilen Generator zu holen, den er nach einem schlimmen Wirbelsturm aus Panik gekauft hatte; die Bar gehörte ihm damals noch nicht lange. Der Generator war billig und nicht für den Dauereinsatz geeignet. Jess hielt dagegen, es sei sinnvoller, mehr Geld in ein gutes Gerät zu investieren, statt eins zu nehmen, das sich im Krisenfall als nutzlos erwies. Der Verkäufer stimmte Jess zu; das Gerät, das Malcolm ausgesucht habe, sei kaum besser als ein Camping-Stromerzeuger. Malcolm hätte den Kerl am liebsten gefragt, was ihn das überhaupt anging. Doch statt sich an der Diskussion zu beteiligen, hievte er das Ding ohne Sackkarre zur Kasse und klatschte seine und Jess' gemeinsame Kreditkarte hin. Jess verfiel daraufhin in Schweigen und starrte während der gesamten Heimfahrt mit ausdrucksloser Miene aus dem Fenster. Als er das Ding nun zwei Jahre später erneut betrachtete, wurde ihm klar, dass Jess Recht gehabt hatte: Der alte Heizlüfter aus den Achtzigerjahren, den er von Hugh geerbt hatte, würde den gesamten Strom fressen. Er schüttelte den Benzinkanister, den er aus seinem Schuppen mitgenommen hatte. Schwer zu sagen, wie lange das Benzin reichen würde.

Er fand eine noch ungeöffnete Flasche Motoröl, brachte sie mit dem Generator nach draußen und kniete sich in den Schnee. Die Luft war fahl und klirrend kalt. »Komm schon«, sagte er, während er mehrmals hintereinander am Seilzugstarter zog, und dann sprang der Motor endlich an, so laut wie ein Kleinflugzeug.

Er ging wieder nach drinnen, knipste den Heizlüfter an und suchte nach Streichhölzern, um den Gasherd anzuzünden. Dann schaltete er zwei Kochfelder ein und hielt eine Weile die Hände darüber, bevor er einen Topf Wasser und eine Pfanne aufsetzte. Er öffnete den Vorratsschrank, schaute sich nach etwas um, das einfach zuzubereiten war, und griff nach einer Packung Burger. Er nahm sich zwei und legte sie in die Pfanne. Die ebenfalls tiefgefrorenen Brötchen legte er daneben. Auf einem Regal entdeckte er ein Dutzend Votivkerzen, die er auf den Tresen stellte, um sie bei Einbruch der Dunkelheit parat zu haben.

Fast siebzehn Uhr. Sein Handy-Akku war schon wieder fast leer. Er checkte die Wettervorhersage, dann schaute er beim Energieversorger nach einer Einschätzung, wie lange der Stromausfall noch dauern würde. Warum hatte er den Hebel an der Wasserleitung eigentlich nicht längst reparieren lassen? Weil er sich zu sehr geschämt hatte, den Klempner zu fragen, ob er auch auf Kredit arbeiten würde. Das ganze System war so alt, dass man den Keller aufgraben und die komplette Leitung austauschen musste. Die Versicherung wollte das nicht übernehmen.

Konnte er ihr verzeihen? Die Frage tauchte aus dem Nichts auf, wie ein Flüstern in der Stille. Nein, dachte er sofort; die Antwort war offensichtlich, sie hatte Patrick und Siobhán im Gesicht gestanden, als sie es ihm Freitagabend erzählten. Natürlich nicht. Sie hatte ihn schließlich komplett zum Narren gehalten. Und doch vernahm er zwischen den Gedanken, die als ganze Sätze in seinem Kopf hallten, und den darunter brodelnden Gefühlen, die er noch nicht einmal ansatzweise benennen konnte, ein leises Zwitschern.

Es hatte da jenen Abend gegeben, vor vielen Jahren.

Jess war in die freie Wirtschaft gewechselt; im Gegensatz zu ihren Kommilitoninnen hatte sie lange gezögert, Partnerin einer Kanzlei werden zu wollen. Ihr gefiel die Arbeit bei der Gewerkschaft, sie kannte diese Männerwelt in- und auswendig, wusste genau, welchen Schutz die Arbeiter brauchten – und die wenigen Frauen, die es nach langem Hin und Her geschafft hatten, Gewerkschaftsmitglieder zu werden, brauchten sie erst recht. Aber das Gehalt, das sie dort bekam, reichte kaum aus, um ihre Studienkredite zu tilgen. Ihre Entscheidung, einen neuen Weg einzuschlagen, kam damals ganz plötzlich und führte dazu, dass sie noch mehr als vorher arbeitete, die Zeit schien einfach nie zu reichen. Sie reiste viel, ging mit Kollegen in San Diego oder Seattle essen. Jedes Mal, wenn Malcolm sie anrief, hörte er Stimmen im Hintergrund, konnte sie aber keinen Gesichtern zuordnen. Zu Hause war sie ständig von Dokumenten und Aktenordnern umgeben. Sie wollten sich ein Haus kaufen, aber es schien noch immer nicht machbar. Sie arbeiteten beide sehr viel.

Während Jess bei Bloom auf eine Karriere als Partnerin hinarbeitete, tat Malcolm das, was er schon immer getan hatte: Er sorgte im Half Moon dafür, dass sich alle wohlfühlten. Doch zum ersten Mal hatte er den Eindruck, ein wenig festgefahren zu sein, als hätte er irgendwann Alternativen ausgeschlossen, ohne sich dessen bewusst zu sein. John war noch da, doch die anderen Barkeeper hatten das Half Moon verlassen, um wieder die Schulbank zu drücken und Elektriker, Börsenmakler oder Pharmareferenten zu werden. Waren die anderen Berufe besser? Nein, aber sie boten etwas, das Malcolm früher nie interessierte, da er es stinklangweilig fand, darüber zu reden: Krankenversicherung und Altersvorsorge.

»Wenn wir ein Baby bekommen«, sagte Jess, als sie sich die Versicherungsoptionen anschaute, die die Personalabteilung von Bloom ihr geschickt hatte, »wollen wir dafür doch den kompletten Versicherungsschutz. Ohne Selbstbeteiligung. Oder? Dann muss zwar jeder von uns etwas mehr von seinem Gehalt abgeben, aber das ist es doch wert. Stimmt's?«

»Stimmt«, sagte Malcolm, ohne wirklich nachzudenken.

Jener Abend. Genaugenommen nur eine knappe Stunde. Jess war damals kurz davor, einen Fall abzuschließen, an dem sie lange gearbeitet hatte. Sie war bei einem Arzt gewesen, hatte einige Untersuchungen machen lassen. Sie hatten noch keine Ahnung, was ihnen bevorstand, aber er spürte bereits die Last, die auf sie zukam. Ihr Alltag bestand nur aus Arbeit, Arbeit, Arbeit. Oft redeten sie tagelang nicht miteinander, weil immer einer von ihnen schlief, und an jenem Vormittag fiel ihm auf, dass sie zwei Tage in der kommenden Woche auf dem Schreibtischkalender eingekreist hatte, als wäre er ein Deckhengst, der an diesen beiden Tagen performen sollte. Als er das sah, musste er lachen. Wo war die Spontaneität geblieben? Als er im Half Moon ankam, winkte Erica Delfino ihm zu; sie war schon seit fünfzehn Jahren hinter ihm her, was sie ihm auch deutlich zeigte. Er ließ sich von John dazu überreden, sich hinterm Tresen ein paar Drinks zu genehmigen; das tat er normalerweise nie. Hugh war schon dagewesen, sie konnten also sicher sein, dass er nicht mehr auftauchte, und es war schon lange her, dass Malcolm sich so richtig die Kante gegeben hatte. Als er schließlich hinter dem Tresen hervorkam, um die Tische abzuräumen, und Erica sich an ihn lehnte, legte er ihr die Hand um die Hüfte, als wäre es die natürlichste Sache der Welt.

»Küche«, sagte er, das Wort kam wie von selbst aus seinem Mund. Sie ging zuerst hinein, er folgte ihr kurz danach. Es war schon spät, die Bar war voll, die Küche aber schon zu, das Essen gut verpackt im Kühlschrank. Die Kollegen waren bereits weg, bis auf John und den Türsteher, der noch draußen am Eingang stand. Erica setzte sich auf den Tresen, und er fuhr ihr durchs Haar; es fühlte sich ganz anders an als das von Jess. Ihr Gesicht war ein perfektes Herz. Sie war nicht mit Jess befreundet. Er hatte die beiden noch nie miteinander reden sehen. Er umfasste Ericas Hals, spürte ihren flatternden Puls unter seinem Daumen. Gerade als er sich einredete, dass es keine große Sache war, dass es nichts mit Jess oder mit dem Leben zu tun hatte, das sie sich zusammen aufbauten, und dass er doch wirklich anständiger war als die meisten anderen Typen, John zum Beispiel, kam Jess herein.

Erica verschwand sofort.

»Was ist hier los, Mal?«, fragte Jess kühl und ließ den Blick langsam durch den Raum schweifen. Er kannte diesen Gesichtsausdruck bei ihr. So wie sie seinen kannte. Er hatte gedacht, dass sie um diese Zeit schon zu Hause war, aber wie sich herausstellte, war sie mit ein paar Freundinnen irgendwo in New Jersey tanzen gewesen. Als sie sich Taxis riefen, um heimzufahren, sagte Jess ihrem Fahrer stattdessen, sie zum Half Moon zu bringen, weil sie Malcolm überraschen wollte. Sie musste dort gestanden und es ihm gesagt haben, denn am nächsten Morgen wusste er es noch, und jedes Mal, wenn die Erinnerung ungewollt wiederauftauchte, zog es ihm den Boden unter den Füßen weg. Doch in jenem Moment war nichts in seinem Kopf, nur ein weißes Rauschen. Sie musterte ihn mit einer solchen Ruhe, dass ihm klar wurde, dass sie die Antwort längst kannte.

Er hatte vergessen, ob er ihr damals antwortete. Er wusste nur noch, dass er durch die Schwingtür zurück in die Bar ging und sich in den Lärm, die Hitze, die Wünsche der Gäste stürzte.

Wie viele Jahre war das jetzt her?

Damals hatte er sich wochenlang dafür gehasst. Die Erinnerung an jenen Abend überkam ihn in den unpassendsten Momenten, und jedes Mal erschien ihm Ericas Gesicht ordinärer und ihre Willigkeit abstoßender. Er konnte kaum fassen, wie dumm er gewesen war, wie viel er riskiert hatte. Und wofür? Um für ein Stündchen aus seinem Leben auszusteigen? Um sich Bestätigung bei einer Person zu suchen, die ihm nicht das Geringste bedeutete? Wie hatte er sich nur darauf einlassen können?

»Was sollte das gestern Abend eigentlich?«, fragte Jess am nächsten Tag, als sie eine Apfelscheibe mit Erdnussbutter bestrich und er zwei Schmerztabletten einwarf. Nachdem sie ihn in der Küche des Half Moon entdeckt hatte, war sie noch eine Stunde geblieben. Sie hatte mit den Gästen geplaudert, sogar gelacht, während er hinterm Tresen einen auf geschäftig machte, als hätte er keine Zeit zum Reden. Doch während sie mit den Anderen Smalltalk hielt, zermarterte sie sich den Kopf, das sah er ihr an.

»Wovon redest du?«, entgegnete er. Der Kaffee lief durch die Maschine, die Post lag ungeöffnet auf dem Tisch.

»Du weißt genau, was ich meine«, sagte sie und sah ihn unverwandt an. »Sag's mir einfach. Es ist in Ordnung, wenn du's mir einfach sagst.«

»Ich habe keine Ahnung, was du meinst.«

Warum hatte er nicht einfach gesagt, dass es ihm leidtat? Dass er nicht ganz bei Sinnen gewesen war und dass es nie wieder vorkommen würde? Warum konnte er nicht sagen, dass er sie vermisste und dass ihn das Gefühl einer drohenden Veränderung beunruhigte?

Er schaute nach, um welche Uhrzeit die Sonne untergehen sollte. Es würde sicher eine Weile dauern, bis es vollkommen dunkel war. Der Heizlüfter funktionierte, aber seine Hände waren noch immer eiskalt. Als es so dunkel war, dass er die Kreditkartenbelege nicht mehr lesen konnte, suchte er sich eine Taschenlampe. Auf dem Boden konnte er unmöglich schlafen, nicht mit all den Mausefallen, die er unter der Spüle und hinter dem Müll hervorgeholt hatte, vom Gequieke der noch lebenden Tiere bekam er eine Gänsehaut. Er schob drei Stühle zusammen, damit er beim Sitzen wenigstens die Beine ausstrecken konnte.

Bis zu dem Moment, als Patrick und Siobhán ins Half Moon kamen und ihm erzählten, was sie wussten, hatte er das Gefühl gehabt, solange niemand aussprach, was passierte, hätte es ewig so weitergehen können; als wären sie in einer Art Zwischenraum steckengeblieben. Waren sie jetzt getrennt? Das Wort war schwerwiegend, zog rechtliche Folgen nach sich, deshalb hatte er es nie benutzt. Andere Leute schon. »Ihr seid schon seit Monaten getrennt«, hatte seine Mutter erst kürzlich gesagt, was ihn zur Weißglut trieb, als wollte sie das, was zwischen ihm und Jess passierte, in eine Schublade zwängen, in die es nicht passte.

Er griff nach seinem Handy, suchte nach dem Namen Neil Bratton und bekam siebentausend Ergebnisse. Das Ergebnis, das für ihn relevant war, stand ganz unten auf der ersten Seite. Nur wenige Informationen. Zwei professionelle Fotos. Senior Partner. Der Schwerpunkt seiner Kanzlei lag auf zivilrechtlichen Verfahren, behördlichen Untersuchungen, Arbeitgeberhaftung und Wirtschaftsstrafsachen. Donnerwetter, dachte Malcolm. Dieser Neil musste ja wahnsinnig clever sein. Wahrscheinlich sprach Jess mit ihm über Dinge, über die sie mit Malcolm nicht reden konnte, weil er nicht einmal ahnte, dass sie überhaupt existierten. Die Erkenntnis hinterließ bei ihm ein unbehagliches Gefühl der Leere. Er schloss die Augen und stellte sich eine Dachterrasse voller Gäste vor, eine dreiköpfige Band, einen Sternenhimmel, lachende Menschen, eng zusammen – und er selbst stand mittendrin und blickte auf sein kleines Königreich. Wäre es nicht herrlich, wenn es ihm irgendwie gelänge, diese Vorstellung wahr werden zu lassen?

Er rechnete das Ganze schnell durch, doch das Resultat deprimierte ihn. Er suchte nach Peru. Höchsttemperaturen. Tiefsttemperaturen. Regierungsform. Immobilienpreise. Sein Handy-Akku stand auf fünf Prozent. Vier Prozent. Er suchte nach einem Ort wie dem, von dem Tripp gesprochen hatte. Er suchte nach Orten, wo das von den Anden hinabströmende Wasser so kalt war, dass einem die Hand taub wurde, wenn man sie hineinhielt, um es fließen zu spüren.

7

AZALEA ESTATES, wo Neil wohnte, galt als der vornehme Teil von Gillam, aber für Jess besaß er keine Persönlichkeit. Die Häuser der Siedlung wirkten seltsam gleichförmig, als hätten die Architekten drei Modelle zur Auswahl gegeben, die dann stets in der gleichen Reihenfolge erbaut worden waren. Stein, Ziegel, Schindel, und wieder von vorn. Hellbraun, grau, blau, und wieder von vorn. In dem Viertel, wo sie aufgewachsen war und wo sie und Malcolm ein Haus gekauft hatten mit dem Ziel, eine Familie zu gründen, war jedes Haus anders, weil es von der Generation, die gerade darin wohnte, verändert wurde; die erste errichtete einen Anbau, die nächste fügte eine Veranda hinzu oder funktionierte die Garage zu einem Zimmer um. Die Dunleavys hatten ihr Haus vor einiger Zeit in einem kühnen Fliederton gestrichen, die Fensterläden in Aubergine, die Haustür und den Briefkasten blassrosa. Die Leute waren wochenlang im Schritttempo daran vorbeigefahren. Die Nachbarn diskutierten beim Gassigehen darüber, ob ein lilafarbenes Haus aufheiternd oder grotesk aussah. Unten an der Küste passte so etwas vielleicht ins Bild, aber hier in Gillam? In der Einfahrt der Dunleavys stand ein kaputtes Wohnmobil und auf dem Rasen rosteten schon so lange zwei Quads vor sich hin, dass sie den meisten Nachbarn erst wieder auffielen, als die Kulisse sich geändert hatte. »Der totale Alptraum«, lautete Malcolms Fazit, als das Haus fertig gestrichen war. Aber Jess fand, das ganze Szenario hätte immerhin eine persönliche Note.

In Neils Nachbarschaft gab es kein Einkaufszentrum; keine Pizzeria oder Eisdiele, wo die Kinder hinlaufen konnten, außer sie überquerten die vierspurige Schnellstraße, die früher die Grenze von Gillam markierte, und marschierten dann knapp zwei Kilometer, bis sie das eigentliche Gillam erreichten. Die Stadtgrenze war während Jess' Jurastudium verschoben worden, im Zusammenhang mit der örtlichen Stromversorgung, und so kam es, dass ein kleiner Teil von Riverside quasi über Nacht zu Gillam wurde. »Gillam, aber nur dem Namen nach«, sagten die Leute. Wenn im März der Rest der Stadt mit Salz und Streugut übersät war, verbreiteten die Fichten und Buchsbäume in Azalea Estates immer noch einladendes Weihnachtsflair.

An dem Tag, als sie Cobies Wohnung verließ, um zum ersten Mal bei Neil zu übernachten, war sie seit über vier Monaten nicht mehr in Gillam gewesen. Er fuhr morgens extra mit dem Auto statt mit dem Zug nach Manhattan, um sie von der Arbeit abzuholen. Sie nahm ihre Reisetasche mit ins Büro, nur um dann den ganzen Tag zu überlegen, ob sie ihm nicht besser absagte. Ihr ging das alles zu schnell, sie war noch nicht bereit. Sie hatte die Kontrolle über die Situation verloren und musste sie zurückgewinnen. Sie überlegte, ihm zu sagen, ihr sei etwas dazwischengekommen. Dass sie für Cobie und Astrid kurzfristig babysitten müsse. Zwischen den beiden gab es schon seit einiger Zeit Spannungen – sie stritten sich über alles Mögliche, angefangen damit, wie man einen Karton für die Altpapiersammlung zerreißen musste, bis hin zu der Frage, wo sie den nächsten Urlaub verbringen sollten –, und Jess vermutete, dass sie der Grund für diese Spannungen war, obwohl Cobie ihr laufend versicherte, dass das nicht stimmte, im Gegenteil; dank ihrer Anwesenheit seien Cobie und Astrid nicht mehr nur auf die Kinder und sich selbst fixiert, und das sei gut. Jess hatte angeboten, auf die Jungs aufzupassen, falls sie ein paar Tage für sich brauchten. »Ihr könntet doch für eine Woche wegfahren«, sagte sie. »Ihr könnt es doch ruhig ausnutzen, dass ich hier bin.« Astrid sah Cobie flehend an, Jess brach es fast das Herz.

»Das geht gerade nicht wegen der Arbeit«, sagte Cobie, und sofort wich alle Hoffnung aus Astrids Gesicht. Sie packte schweigend Lunchpakete in die Rucksäcke, dann sagte sie, sie gehe mit dem Hund spazieren.

»Manchmal könntest du ein bisschen netter zu ihr sein«, sagte Jess eines Abends, als sie und Cobie allein waren und Wein auf der Terrasse tranken. Die Jungs waren drinnen und spielten *Minecraft*.

»Oh!« Cobie lachte. »Du gibst Beziehungsratschläge?«

»Ich meine ja nur«, sagte Jess. »Sie gehört zu den Guten. Vergiss das nicht.«

»Deiner gehört auch zu den Guten«, sagte Cobie. »Malcolm, meine ich«, fügte sie mit drolliger Miene hinzu.

»Das hast du ja noch nie gesagt. Kein einziges Mal in all den Jahren.«

»Dann sag ich's eben jetzt.« Cobie zuckte mit den Schultern. »Der neue Kerl gefällt mir nicht.«

»Du hast Neil doch noch gar nicht kennengelernt.«

»Das ist gar nicht nötig, ich weiß es auch so. Und noch etwas …«

»Oh Gott, was kommt jetzt?«

»Du glaubst, du musst dich für einen von beiden entscheiden, aber es gibt noch eine dritte Möglichkeit. Du könntest einfach eine Weile allein sein.«

Sie überlegte, Neil zu sagen, dass sie es nicht über sich brächte, nach Gillam zu fahren. Dass die Situation sich für sie anders anfühlte, seit er Patrick von ihnen erzählt hatte. Aber dann kam er zehn Minuten früher als geplant und sagte ihr, sie solle sich beeilen, weil er auf der Busspur stände. Ehe sie sichs versah, saß sie auch schon in seinem Wagen und raste mit ihm den West Side Highway entlang. Sie dachte an die Chrysanthemen, die sie im Oktober gepflanzt hatte. Ob Malcolm sie weggeworfen hatte, als sie verwelkten? Oder standen sie noch immer auf der Vordertreppe, die Töpfe voller feuchter Blätter?

Als sie Gillam erreichten, erhellten die Scheinwerfer eines abbiegenden Wagens den Innenraum, und sie zog den Kopf ein; hoffentlich hatte niemand sie erkannt. Auf der Dearborn warteten sie eine gefühlte Ewigkeit an der Ampel, während auf der gegenüberliegenden Seite ein Wagen stand, der genau so aussah wie der von ihrer Mutter. Sie strich sich die Haare vors Gesicht und bat Neil, ihr zu sagen, ob das Kennzeichen des roten Camry mit HGX begann. Was nicht der Fall war.

»Jess«, sagte Neil.

»Ich weiß«, sagte sie.

»Was soll ich tun? Du hast seit Manhattan kaum ein Wort gesagt.«

»Ehrlich gesagt, wäre es vielleicht am besten, wenn du mich am Bahnhof absetzt.«

Die Ampel wurde grün, und er fuhr ein Stück, hielt dann auf dem Seitenstreifen und sah sie an. Es wurde schon dunkel, die Straßenlaternen leuchteten grell. Sie hätte genauso gut im Scheinwerferlicht einer Bühne stehen können. Sie ließ sich auf ihrem Sitz nach unten gleiten.

»Das ist doch idiotisch.«

»Ich weiß.«

»Ich habe mit den Kindern geredet. Auch mit Ethan.« Ethan war erst zwei. Auf ihn freute Jess sich besonders. Neil hatte erzählt, abends vermisse Ethan seine Mutter am meisten, was ihn wundere, da sie sich getrennt hätten, als Ethan noch ein Baby war, und die Kinder seien nur zwei Wochenenden im Monat bei ihr.

»Es tut mir leid.«

»Haben wir nicht darüber gesprochen, dass wir Nägel mit Köpfen machen wollen?«

Jess schwieg. Er hatte vorgeschlagen, dass sie zu ihm zog, sich jedoch gleichzeitig erkundigt, ob sie schon einen Scheidungsanwalt hätte und wenn nicht, könne er ihr mehrere empfehlen. Sie standen im Foyer eines überfüllten Restaurants, als er zum ersten Mal das Wort »Scheidung« aussprach. Sie wandte sich ab, tat so, als läse sie die Speisekarte und fragte die Kellnerin, wie lange es noch dauere, bis ihr Tisch frei werde. Nach dem Essen griff er das Thema wieder auf, sagte, sie weiche der Sache aus. Aber es war ihre Sache, nicht seine.

»Ich habe gesagt, ich bleibe übers Wochenende. Ich habe nie gesagt, ich bleibe länger. Ich muss zu meiner Mutter und alles von dort aus klären. Ich muss mit Malcolm reden und für mein Verhalten geradestehen. Du verstehst das nicht. Ich muss das Richtige tun.«

»Und das fällt dir ausgerechnet jetzt ein?«, fragte er.

In diesem Moment wäre sie fast ausgestiegen.

»Bitte entschuldige«, sagte er und griff nach ihr. »Es tut mir leid. Ich bin nur müde. Und wohl auch ungeduldig. Denn sobald du dich für diesen Schritt entscheidest, wird unser Leben besser. Dann brauchen wir uns nicht mehr zu verstecken. Meine Töchter haben Fragen. Und ich würde dich wirklich gern meinen Eltern vorstellen. Aber das geht erst, wenn du geschieden bist. Nur dann können wir Nägel mit Köpfen machen. Und eine Familie sein.«

Eine quirlige Patchworkfamilie, nicht genau das, was sie immer haben wollte, aber ziemlich nah dran. Sie dachte an Malcolm, der sonntags am liebsten seine Ruhe hatte, manchmal waren sie mit ihren Rucksäcken ein paar Stunden durch die Natur gewandert, bevor er sich auf den Weg in die Bar machte.

Nicht zum ersten Mal stellte Jess sich die Frage nach dem wirklichen Grund für die Trennung von Neil und seiner Frau. Bestimmt war es so gewesen, wie er erzählt hatte, aber seine Perspektive war letztendlich nur Teil einer vielschichtigen Story. Manchmal, wenn sie zusammen mit Cobies Jungs auf dem Riesen-Beanbag lag und sich deren Lieblingssendungen ansah, vergaß sie ihren Vorsatz, nur noch von einem Tag auf den anderen zu leben, und stellte sich vor, wie sie mitten in der Nacht neben Neil aufwachte, dachte an seine Wasserflasche am Bett, seine Kontaktlinsenlösung über dem Waschbecken, seine Lesebrille auf dem Tisch, wenn sie morgens nach unten ging. Wie lange würde es dauern, bis all die kleinen Dinge, die sein Leben ausmachten, ihr vertraut erschienen und Teil ihrer eigenen Alltagskulisse wurden? Wenn sie bei ihm einzog, würde sie ihn fragen, wie er seinen Müll trennte, und wenn er es ihr erklärt hatte, würde sie ihren Müll genau so trennen, bis an ihr Lebensende.

»Es liegt daran, dass wir hier sind«, sagte sie. »Das weißt du doch. Wenn du woanders wohnen würdest, wäre es leichter für mich. Du musst meine Situation verstehen. Ich bin in Gillam aufgewachsen, jeder kennt mich! Wir können hier nicht einfach zusammen essen gehen. Oder in den Supermarkt. Ich will nicht, dass die Leute über uns reden.«

»Tja«, sagte er, und sie schwor sich: Wenn er mir jetzt vorhält, dass ich nicht früher daran gedacht habe, steige ich sofort aus, und er sieht mich nie wieder.

Doch er sagte: »Wenn ich woanders wohnen würde, wären wir uns nie begegnet.«

Er sah sie an, und was auch immer sie als Nächstes sagen wollte, erübrigte sich. Die Straße vor ihnen machte eine sanfte Kurve nach links. Kurz danach würde das Stoppschild erscheinen. Nach dem Stoppschild würde eine Bodenwelle kommen; ihr Magen machte jedes Mal einen Satz, wenn sie darüberfuhr. Sie kannte diese Stadt in- und auswendig. Zum hundertsten Mal fragte sie sich: Was mache ich hier?

Ihre Mutter hatte ihr neulich erzählt, Gail Gephardt wirke verwirrt. Gail habe ausgerechnet sie, Maureen Ryan, angerufen, da sie sonst niemanden habe erreichen können. Sie habe in ihrem Keller Geräusche gehört und dort einen Waschbären vermutet. »Was für ein Theater«, sagte Jess' Mutter. »Warum hat sie nicht ihren Freund Artie Sheridan angerufen? Oder, falls sie Malcolm nicht erwischen konnte, einen seiner Freunde? Oder die zuständige Behörde? Aber nein, stattdessen hat sie mich angerufen und erwartet, dass ich sofort Gewehr bei Fuß stehe. Was soll ich denn bitte machen, wenn ein Waschbär vor mir auftaucht? Also wirklich. Jedenfalls bin ich dann da runter, konnte aber nichts entdecken.«

»Weiß Malcolm davon?«, fragte Jess.

»Und sie ist oben auf der Treppe stehen geblieben und hat erwartet, dass ich ihr Bericht erstatte!«

»Mom.«

»Ich wette, sie war noch gar nicht da unten. Wozu auch, wenn sie mich runterschicken kann. Als hätte ich keine eigenen Probleme!«

»Mom, ich rede mit dir.«

»Weiß Malcolm davon?«, echote ihre Mutter. »Bin ich etwa Malcolms Frau? Du musst ihn anrufen und ihm sagen, dass seine Mutter ihn braucht.«

Kurz bevor Jess fortging, war Gail Gephardt auf dem Weg zu ihrer Friseurin gewesen, der sie schon seit zwanzig Jahren die Treue hielt, als sie sich wegen einer Umleitung verfuhr und Malcolm ganz aufgelöst vom Straßenrand aus anrief. Sie sagte, die Gegend sei ihr völlig fremd. Sie sei die ganze Zeit den Schildern gefolgt, aber plötzlich seien da keine Schilder mehr gewesen, und sie habe keine Ahnung, wo sie gerade sei. Malcolm versuchte, ihr zu erklären, wie sie auf der Landkarte ihres Handys Orte markieren konnte, aber sie rief nur: »Malcolm!« Also sagte er ihr, sie solle weiterfahren, bis sie an einen Laden käme, wo sie sich einen Kaffee kaufen könne, und dort solle sie nach der genauen Adresse fragen und ihn zurückrufen. Danach solle sie in ihrem Wagen warten und in Ruhe ihren Kaffee trinken, er sei sofort bei ihr. Wie sich herausstellte, war sie nur knapp anderthalb Kilometer von ihrer Friseurin entfernt. Er fuhr dann langsam vor ihr her und lotste sie dorthin. Als sie aus dem Auto stieg, war ihre Panik verflogen. Sie sagte, sie wisse jetzt, wo sie sei, doch ihm war klar, dass sie auf dem Heimweg erneut auf die Umleitung stoßen würde, also kaufte er sich eine Zeitung und wartete draußen auf sie.

»Na, so eine Überraschung!«, rief die Friseurin, als er schließlich hineinging, um zu fragen, wann sie fertig sei. »Das letzte Mal, als ich dich gesehen habe, warst du noch auf dem College!«

»Hat ja nicht lange gedauert«, bemerkte Gail unter ihrer Folienkrone.

»Tut mir leid«, sagte Jess zu Neil, als die Erinnerung sich verflüchtigt hatte. »Ich bin einfach nur nervös.«

»Das legt sich bestimmt bald.«

Das bezweifle ich, wollte sie erwidern, doch stattdessen sagte sie: »Ich hoffe es.«

Sie wohnte noch mit Malcolm zusammen, als sie zum ersten Mal Neils Haus betrat. Seine Kinder übernachteten bei den Großeltern, und Jess fühlte sich wieder wie eine pubertierende Schülerin, die heimlich etwas Verbotenes tat. Sie konnte auf keinen Fall bleiben. Was, wenn die Leute durchs Fenster schauten? Was, wenn jemand, den er über seine Kinder kannte, spontan etwas vorbeibringen wollte und sie entdeckte? Es war Wahnsinn, dass sie es überhaupt unentdeckt bis zu seiner Einfahrt geschafft hatte. Sie duckte sich auf dem Beifahrersitz wie eine Kriminelle. Eigentlich hatte sie Malcolm sagen wollen, dass sie sich mit einer College-Freundin in White Plains zum Abendessen traf und anschließend bei ihr übernachtete, weil sie so spät nicht mehr heimfahren wollte, aber es hatte ihn gar nicht interessiert. Er hatte für das ganze Wochenende Live-Musik in der Bar organisiert und hoffte auf viele Gäste. Sie und Neil wollten eine Autostunde weiter nördlich zu Abend essen, in der Nähe von Cold Spring. Sie hatte nur zugestimmt, mit in sein Haus zu kommen, weil es draußen schon dunkel war und es weniger riskant schien, mit ihm hineinzugehen, als in seinem Auto auf ihn zu warten. Er hatte irgendetwas vergessen, vielleicht seine Brieftasche oder sein Handy, und während sie darauf wartete, dass er es holte, ließ sie den Blick über die hohen Decken und die großen, vorhanglosen Fenster schweifen. Sie hatte sich ein maskulines Interieur vorgestellt, etwas Modernes, Elegantes, das seinen Kleidungsstil reflektierte, doch das Haus wirkte wie der Warteraum einer Zahnarztpraxis.

An den Wohnzimmerwänden standen zwei hässliche Polstersofas mit sich beißenden Blumenmustern, hier und da ein paar dunkle Holztische.

»Ist das deine Vorstellung von schöner wohnen?«

»Die sind von meiner Mutter«, sagte Neil. »Jetzt guck nicht so. Ich wollte mich mit Christine nicht auch noch über die Möbel streiten.«

»Ich guck doch gar nicht.«

»Lustigerweise wurde mir erst klar, wie scheußlich sie sind, als ich mir vorgestellt hab, wie du das Gesicht verziehst.«

»Tu ich doch gar nicht«, sagte sie.

»Tust du doch.«

Jetzt, wo sie zum zweiten Mal bei ihm zu Hause war und seine Kinder im Nebenzimmer plappern hörte, spürte sie Beklommenheit in sich aufsteigen. Sie stand direkt neben ihm in der Diele und wusste genau, dass er keinen Schritt weitergehen würde, egal unter welchen Umständen, ohne sich vorher die Schuhe auszuziehen. Es hätte ihn sicher schockiert, das Haus zu sehen, wo sie aufgewachsen war, die Stollenschuhe ihres Bruders, die überall im Haus Grasbrocken und Dreck hinterließen, die Küchenspüle stets voller Essensreste, die ihre Mutter mit den Fingern herauspulte.

Bei ihren bisherigen Treffen, hier und da ein paar heimliche Stunden, waren sie einander stets gerüstet begegnet. Neil glattrasiert im makellosen weißen Hemd, seine Uhr unter der Manschette hervorlugend, wann immer er nach etwas griff. Jess im Bleistiftrock, mit Mascara, einem Hauch Lipgloss und drei Klecksen Concealer unter jedem Auge, um auch die kleinste Unebenheit zu kaschieren. Aber als sie ihn nun bei sich zu Hause sah, die edlen Herrensocken auf den Keramikfliesen, die verletzlich wirkende Schlaffheit seiner Halspartie, die ihr zuvor nie aufgefallen war, kamen ihr Zweifel, ob sie diese Intimität wirklich wollte. Als sie ihn näher kennenlernte, fielen ihr gewisse Angewohnheiten auf. »Seine Art«, wie ihre Mutter es genannt hätte. Neils Art war, die Tür hinter sich zuzudrücken, bis sie klickte, und dann abermals, nur um sicherzugehen; sich als Erstes umzuschauen, um festzustellen, wo aufgeräumt werden musste; mit angelecktem Daumen einen Fleck auf der Wandvertäfelung abzureiben, den nur er sehen konnte; seine Aktentasche sorgsam auf den Rand der Sitzbank zu legen und dann zu beobachten, wo Jess ihre hinstellte.

Diese kleinen Dinge waren Verästelungen einer Ader, die sich tief durchs Gestein seiner Persönlichkeit zog. Einmal, als er ein paar Minuten zu früh kam, um sie abzuholen, nahm sie sich einen Becher Kaffee mit ins Auto. Er musterte ihn kurz, dann sagte er: »Ja, ist gut«, als hätte sie ihn um Erlaubnis gefragt. Ich kenne ihn gar nicht richtig, dachte sie manchmal.

Seit sie Neils Haus betreten hatte, dachte sie nur noch an Malcolm. Wusste er schon Bescheid? Oder bestand die Chance, dass er immer noch ahnungslos war? Falls ja, wie sollte sie es ihm beibringen? Nun war sie wieder in Gillam, in Malcolms Nähe, und die Schuldgefühle, die sie bisher unterdrückt hatte, überwältigten sie. Dass es mit der Bar Probleme gab, dass er sie in etwas hineingezogen hatte, ohne ihre Zustimmung – all das war Schnee von gestern. Es gab keinen Grund, sich weiter darüber aufzuregen. Sie stellte sich vor, wie er die Arme verschränkte und demonstrativ an ihr vorbeischaute, wenn sie ihm von sich und Neil erzählte. Jeder andere Mann auf der Welt hätte es geahnt, aber Malcolm? Der Gedanke war ihm vermutlich nie gekommen.

»Nicht dein Ernst, oder?«, entgegnete Neil, als sie ihm das sagte. Doch es stimmte. Malcolm war vollkommen arglos, er konnte sich einfach nicht vorstellen, dass ihm jemand übel mitspielen wollte. Hugh zum Beispiel.

»Aber eigentlich kein Wunder, wenn er so von sich eingenommen ist, wie du gesagt hast«, schob Neil nach. Doch immer, wenn Neil ihr in Bezug auf Malcolm Recht gab, wollte sie es seltsamerweise so hinstellen, dass er falsch lag. Malcolm hatte schließlich allen Grund, von sich eingenommen zu sein. Er sah gut aus, war charmant, und wenn er jemanden liebte, tat er es von ganzem Herzen. Er zeigte seine Gefühle zwar nicht, jammerte aber nie herum und war sofort da, wenn man ihn brauchte. Deshalb war er auch so beliebt bei seinen Freunden, die ihm schon Jahrzehnte die Treue hielten. Neil sagte ja immer, seine Ex sei an dem Scheidungsdrama schuld, aber auf wessen Seite stand ihr gemeinsamer Freundeskreis? Erst vor kurzem war Jess diese Kleinigkeit aufgefallen.

Seltsam, die Vorstellung, dass Malcolms Leben sich in den vergangenen vier Monaten nicht geändert hatte. Dass ihre gemeinsamen Freunde und Nachbarn ihn weiterhin regelmäßig sahen. Dass er den Briefkasten leerte, den Wagen tankte und jede Woche Rubbellose kaufte. Die Weihnachtsbeleuchtung hatte er offenbar auch wie gewohnt aufgehängt. Sie hatte sie zwar nicht gesehen, andere Leute aber schon. Wenn sie darüber nachdachte, bekam sie das Gefühl, ins Leere zu fallen, so wie nachts, wenn sie aus dem Schlaf schreckte.

Sie folgte Neil durch den Flur in die Küche, wo die Babysitterin gerade schmutziges Geschirr in die Spülmaschine räumte. Als Neil von einer Babysitterin sprach, hatte Jess sich eine Schülerin vorgestellt. Aber eine Schülerin konnte natürlich unmöglich den ganzen Tag auf die Kinder aufpassen. Insofern war es wohl nicht verwunderlich, dass es sich um eine erwachsene Frau handelte. Sie kam Jess irgendwie bekannt vor, entweder aus der Highschool oder aus dem Half Moon. Jess hielt sich im Hintergrund und inspizierte die Deckenleuchte, als wäre sie Anstreicherin und nur rasch gekommen, um die Küche auszumessen und wieder zu gehen. Neil sagte der Sitterin, sie brauche sich nicht um das Geschirr zu kümmern und könne gehen, und während sie noch dort stand, nahm er die Teller, die sie eingeräumt hatte, schnell heraus und stellte sie anders herum wieder hinein.

Vielleicht war er ja übertrieben pingelig und würde mit ihr genau so umgehen; mit ihrem Körper und ihren Gewohnheiten.

Als sie Neils Haus betrat, hatte sie schon oft Sex mit ihm gehabt: in Hotelzimmern, nach Feierabend in seinem Büro, im leeren Strandhaus seines Freundes. Einmal fast in einem Leih-Jeep, als sein Wagen wegen neuer Bremsen in der Werkstatt war und sie einen Ausflug machten. Zweimal bei Cobie, als Jess die Wohnung übers Wochenende für sich hatte, weil Cobie mit ihrer Familie auf einer Hochzeit in Texas war. Er hatte gesagt, er fühle sich unwohl in der Wohnung anderer Leute, es mache ihn nervös. Und nun war sie bei ihm zu Hause, an dem Ort, wo er sich die Fingernägel knipste und beim Fernsehen einnickte, und schon nach fünf Minuten fühlte sich das für sie wesentlich intimer an als alle vorangegangenen Treffen. Sie wandte den Blick von seinen Küchenregalen mit den glutenfreien Mehlen und Vitaminen ab. Sie wandte den Blick von den Büchern ab, die sich auf dem Kaminsims stapelten; bestimmt war etwas von diesem Wirtschaftsguru Milton Friedman dabei.

»Ich habe mich übrigens sterilisieren lassen«, sagte er irgendwann, ziemlich am Anfang. »Du hast zwar nicht gefragt, aber ich finde, du solltest es wissen. Falls du dir Sorgen machst. Oder darauf hoffst, dass …«

Zu der Zeit redeten sie bereits darüber, dass das mit ihnen keine flüchtige Affäre, sondern etwas Ernsteres war, das einen Versuch lohnte. »Du solltest wissen, dass ich dazu nicht bereit bin.«

»Das verstehe ich natürlich«, sagte sie, doch kaum kamen die Worte über ihre Lippen, streifte sie wieder der kalte Lufthauch der Trauer, die sie längst überwunden glaubte.

»Es lag übrigens an mir. Nicht an …«

Aber sie wollte Malcolms Namen nicht aussprechen. Wollte ihn nicht zum Thema machen, nicht in diesem Zusammenhang, nicht in Anwesenheit dieses Menschen, der sich die Freiheit genommen hatte, darüber zu spekulieren, was zwischen ihr und Malcolm vorgefallen und schiefgelaufen war.

»Ich hoffe nicht darauf, schwanger zu werden. Keine Sorge.«

Doch die Hoffnung war noch immer da. Vage und unvernünftig, nicht mehr konkret und allgegenwärtig, eher wie ein flüchtiger Gedanke: Vielleicht klappt es ja doch, mit einem anderen Mann, einer neuen Kombination. In den Facebook-Diskussionsgruppen waren sie sich zumindest in einer Sache einig: Nichts ist so unberechenbar wie eine Empfängnis. Es wurde ihr erst bewusst, als er ihr von seiner Vasektomie erzählte und sie über ihre Enttäuschung nachdachte. Aber es gab ja noch die Kinder, die bereits geboren waren. Die Kinder, die nicht nur an zwei Wochenenden im Monat eine Mutter brauchten.

Als sie das Wohnzimmer betraten, rührten die Kinder sich nicht. Sie schauten einer Frau im Fernsehen zu, die wie ein Kind angezogen war und tanzte.

»Kinder«, sagte Neil. »Das ist Jess.«

»Wir haben Jess schon kennengelernt«, sagte die Ältere.

»Bei Cara, stimmt's?«, sagte Jess. Cara war die Jüngste von Patrick und Siobhán, sie hatte sich mit Neils Töchtern angefreundet. In dem Moment ging Jess auf, dass es noch einen ganz anderen Weg gab, wie die gesamte Stadt davon erfahren würde. Wenn das Mädchen es in der Schule herumerzählte, würden die Lehrerinnen natürlich Wind davon bekommen, und die meisten von ihnen stammten aus Gillam, wie Jess.

»Ja«, sagte das Mädchen. »Ich kenne dich von dort.«

»Aber richtig kennengelernt habt ihr euch noch nicht«, sagte Neil.

»Doch, haben wir«, sagte das Mädchen.

Sieh einer an, dachte Jess.

»Hallo«, sagte die jüngere Tochter. Ethan streckte die Arme nach seinem Vater aus.

Als die Babysitterin sich auf den Weg machte und an ihr vorbeikam, schaute sie Jess nicht an. Jess konnte sich lebhaft vorstellen, was sich als Nächstes abspielte. Spätestens wenn die Babysitterin an der roten Ampel auf der Hauptstraße halten musste, schickte sie ihren acht besten Freundinnen die Nachricht, dass Malcolm Gephardts Frau soeben das Haus von Neil Bratton betreten hatte, offenbar in der Absicht, zu bleiben. Fünf antworteten ihr, dass sie schon etwas in dieser Richtung hätten läuten hören, weil Malcolm und seine Frau sich doch im Herbst getrennt hätten, oder? Eine fragte, ob Malcolm der heiße Barkeeper vom Half Moon sei, oder ob sie ihn verwechsele. Doch, genau der, antworteten sechs von den acht, inklusive Flammen-Emoji. Eine schrieb, er und seine Frau hätten eh nicht zusammengepasst, er sei viel zu scharf für sie. Eine bat die Babysitterin, ein gutes Foto von Neil zu machen, wenn sie das nächste Mal dort sei. In den sozialen Medien sei nichts über ihn zu finden, aber sie wollten unbedingt wissen, ob er so scharf sei wie Malcolm.

»Jetzt weiß es bald die ganze Stadt«, sagte Jess, als die Babysitterin weg war.

»Na und?«, sagte Neil. »Das interessiert doch keinen.«

Jess probierte, wie er zu denken. Das interessierte doch keinen, oder?

Doch. Sie schon.

Vier Monate lang hatte sie versucht, sich in Cobies Gästezimmer rar zu machen, hatte wie ein Satellit am Rande der endlosen Familiendiskussionen geschwebt, wenn es wieder einmal darum ging, wer wen zum Fußball oder zum Chor bringen sollte; sie dachte, wenn es so weit war, würde sie schon wissen, wie sie sich zu entscheiden hatte. Aber dann hatte Neil Patrick alles erzählt. Einfach so. Er war mit Patrick nach Warwick zum Räumungsverkauf eines Skigeschäfts gefahren; Patrick hatte davon gehört und Neil überredet, mitzukommen. Dort kauften sie sich neue Skier, Stiefel und Taschen zu Schnäppchenpreisen, und anschließend versackten sie in einer Kneipe. Nach seinem Geständnis bekam Neil ein schlechtes Gewissen und wankte nach draußen, um Jess anzurufen. Aus irgendeinem Grund sah sie ihn in Skistiefeln vor sich. »Nach drei Manhattans platzte es einfach raus«, lautete seine Erklärung. Besonders reumütig klang das nicht.

Malcolm konnte selbst nach zwanzig Manhattans noch schweigen wie ein Grab. Deshalb vertrauten die Leute sich ihm an.

»Wie bitte?«, hatte Jess gerufen und das Handy ans Ohr gepresst. Neil hatte irgendwo im Wind gestanden und dagegen anschreien müssen.

»Patrick war ziemlich geschockt!«, brüllte er.

»Was hat er denn gesagt?«

»Er sagte, ihr hättet eine sehr schwere Zeit hinter euch. Und dass er es eigentlich hätte kommen sehen müssen.«

»Ach ja?«, hatte Jess gesagt. Sie fühlte sich in die Defensive gedrängt, fragte sich, was Patrick aufgefallen wäre, wenn er hingeschaut hätte.

»Wo ist Patrick denn gerade? Kann er dich hören?«

»Nein, er ist drinnen. Er wollte kurz aufs Klo und dann die nächste Runde ausgeben.«

»Noch eine Runde? Ist er denn gar nicht wütend auf dich?«

»Wütend? Auf mich?«

»Ja, auf dich.«

»Er ist überrascht. Und natürlich nicht gerade begeistert. Aber er hat mich nicht angeschrien oder so.«

Jess hatte einen dumpfen Schmerz in ihrer Brust verspürt, gefolgt von Übelkeit.

»Ich hab ihm gesagt, mir wäre bewusst, dass er ein guter Freund von Malcolm ist. Und dass ihn das in eine heikle Lage bringt.«

Gute Freunde? Sie waren beste Freunde, kannten sich schon als Sechsjährige. Wenn sie über den Schulparkplatz zum Bus laufen mussten und Patrick sich vor dem Wind fürchtete, nahm Malcolm ihn an der Hand. Als Malcolms Vater unerwartet starb, übernachtete Patrick eine Woche lang bei Malcolm auf dem Boden. Aber davon wusste Neil natürlich nichts. Während ihres Telefongesprächs mit Neil begann ihr Handy zu vibrieren. Eine Nachricht von Patrick mit der Bitte, ihn anzurufen, gefolgt von einem Anruf, den sie ablehnte. Dann ein Anruf von Siobhán. Dann zwanzig Nachrichten, direkt hintereinander, alle von Siobhán.

Heilige Scheiße
Jess was ist los
Ruf mich an
Oder ruf P an
Geht es dir gut?
Was ist los mit dir, Jessie?
Du hast gesagt, du brauchst Abstand
Ich dachte kein Wunder nach allem was du durchgemacht hast
P und mir tut das alles so leid!
Und vielleicht ist M auch mit daran schuld
An allem
Er ist eben M und redet nicht viel usw.
Neil hat es P erzählt
Was um alles in der Welt?
Und das läuft schon seit Monaten? Das gibts doch nicht Jess!
Ich will nicht urteilen, nur reden
Ist ja vielleicht nur eine kleine Affäre die aus dem Ruder gelaufen ist, oder?
Wenn man alles bedenkt
Ruf mich bitte so schnell wie möglich an

Neil meldete sich später noch einmal aus dem Taxi, das er und Patrick sich geteilt hatten, um zurück nach Gillam zu kommen, aber erst, nachdem der Fahrer Patrick abgesetzt hatte. Patrick hatte seinen Wagen mit sämtlichen Ski-Sachen stehenlassen und wollte ihn am nächsten Tag abholen.

»Ich glaube, es wird uns beiden besser gehen, wenn es alle wissen, meinst du nicht?«

»Nein«, sagte Jess. »Das sehe ich völlig anders.«

»Jess«, sagte er. »Du wolltest es Malcolm doch längst sagen, oder? Du hast damit lange genug gewartet.«

Am folgenden Tag überraschte er sie in ihrem Büro, um sie zum Mittagessen einzuladen. Er entschuldigte sich und sagte, er hätte den schlimmsten Kater seines Lebens. Er schien weniger beherrscht als sonst, und auf der Neunundfünfzigsten blieb er plötzlich stehen und sagte, dass es ihm eigentlich nicht leidtäte. Dass sie es aus verständlichen Gründen hinauszögere, sei ihnen beiden ja klar, aber es sei nun an der Zeit, dazu zu stehen, es könne nicht ewig so weitergehen. Wollte sie es versuchen oder nicht? Denn er wollte es. Er wollte eine Familie. Eine komplette Familie. Was er seit der Scheidung hätte, sei nichts Halbes und nichts Ganzes. Vor allem aber wollte er sie. Wie viele Leute hatte er damals bei Patricks Barbecue am Memorial Day kennengelernt? Wie viele Frauen liefen ihm tagtäglich über den Weg? Jess war diejenige, an die er ständig denken musste. Jess war diejenige, die ihm seit damals nicht mehr aus dem Kopf ging.

»Du hast die Sache also selbst in die Hand genommen«, sagte Jess.

»Ja«, sagte Neil und zuckte mit den Schultern. »Es betrifft schließlich auch mein Leben.«

Dass Patrick anscheinend nicht wütend auf Neil war, hielt Jess die ganze Nacht wach. Nicht, dass sie sich wütende Reaktionen gewünscht hätte. Sie wünschte sich, dass alle versuchten, es zu verstehen. Doch am folgenden Morgen hatte sie schon vor acht Uhr zwei verpasste Anrufe von Patrick. Und Toby, der sonst nie Nachrichten verschickte, hatte ihr geschrieben, dass er sie widerlich fände und dass sie sich nie wieder bei ihm blicken lassen solle. Wer hatte es ihm wohl erzählt, Patrick oder Siobhán? Hatten sie ihn schon am Abend davor angerufen, oder erst an diesem Morgen? Und warum überhaupt? Hatten sie Malcolm auch angerufen? Das Ganze ging Toby nichts an. *Widerlich.* Sie hatte Toby noch nie leiden können und es war ihr ein Rätsel, warum Malcolm und Patrick sich überhaupt mit ihm abgaben. Soweit sie es mitbekam, klaute er nur ihre Witze und gab mit seiner Arbeit an. Sie hatte zuerst gar nicht glauben wollen, dass die Nachricht von ihm war. Sie hatte gerade einen Konferenzraum betreten, als sie sie bekam. Sie versuchte, sich nichts anmerken zu lassen, ließ ihre Akten auf dem Konferenztisch liegen, klappte ihren Laptop zu und schaltete ihr Handy auf stumm. Dann ging sie in die Damentoilette, schloss sich in einer Kabine ein und drückte zwei Minuten lang die Stirn gegen die Wand.

»Ich weiß nicht, was ich mache«, sagte sie an dem Tag, als sie ihre Sachen packte, um zu gehen. Sie hatte Nackenschmerzen und Migräne.

»Du verlässt mich«, sagte Malcolm. Er stand bloß da und schaute mit hochgezogenen Schultern zu, und für den Bruchteil einer Sekunde dachte sie, gleich schlägt er gegen die Wand oder etwas anderes. Diese Möglichkeit war da irgendwo, aber er unterdrückte alle starken Gefühle und hätte eher behauptet, dass ihm etwas egal war, als eine Szene zu machen, selbst wenn es außer ihr niemand mitbekam. Beinahe hätte sie gesagt, es sei ja schön, dass er zur Abwechslung einmal mitbekäme, was sie mache, aber sie wollte nicht wie ein bockiges, aufmerksamkeitsheischendes Kind klingen und schluckte die Bemerkung herunter. Sie wollte nicht streiten.

»Ich verlasse dich doch gar nicht«, sagte sie und hielt inne, schaute ihn jedoch nicht an. »Wir brauchen bloß eine Pause.«

Warum hatte sie das gesagt? Sie wusste es nicht. Sie wusste gar nichts.

Sie dachte immer wieder an den Tag, als sie und Malcolm das Haus kauften, wie sie sich abmühen mussten, um das Geld für die Anzahlung zusammenzubekommen. Und dann hatten sie es geschafft und fühlten sich unbesiegbar, und mit achtundzwanzig und zweiunddreißig schrieben sie einen Scheck in einer Höhe aus, die sie nie für möglich gehalten hätten. Kaum hatten sie den Vertrag unterzeichnet, fuhren sie mit der Kaufurkunde und den Schlüsseln in der Hand zu dem Haus, öffneten die Tür und gingen ins Wohnzimmer. Dort fiel Malcolm ein, dass er etwas vergessen hatte, und er führte Jess wieder hinaus, denn er wollte sie über die Schwelle tragen. Sie wandte lachend ein, das täte man eigentlich vor der Hochzeitsnacht, und sie seien bereits seit drei Jahren verheiratet, aber da hatte er sie schon hochgehoben und bugsierte sie durch die Tür, sorgsam darauf bedacht, dass sie nicht mit dem Kopf anstieß.

Als sie wieder drinnen waren, spähten sie in die vorhandenen Schränke und drehten die Wasserhähne auf und zu. Sie gingen nach unten in den Keller und inspizierten den Heizkessel. Sie gingen die Treppe hinauf ins Obergeschoss, lauschten dem Knarren der Dielen. Sie stiegen auf den Dachboden, wo Malcolm die Isolierung prüfte. Der Gutachter hatte gesagt, dass das Dach in absehbarer Zeit erneuert werden musste, wenn auch nicht sofort.

»Und jetzt?«, fragte Malcolm, als sie mit der Besichtigung fertig waren. Sie standen im kahlen Flur des Obergeschosses und lächelten sich an.

»Wir müssen noch so viel erledigen«, sagte sie, aber nur halbherzig.

Er duftete nach Rasierschaum. Alles an ihm war vollkommen männlich; Stirn, Hände, selbst der Sitz seiner Hose.

»Hier?«, fragte sie, als er sie an der Hüfte nahm. »Der Boden ist zu hart.«

»Du kannst ja oben sein.«

»Und meine Knie?«

»Das geht ja auch im Stehen«, sagte er.

»Ich brauche aber noch etwas anderes außer dir, um mich festzuhalten«, protestierte sie lachend, sie hatte schon nachgegeben.

»Meine Güte«, sagte er und zog sie ins Bad, wo es einen langen Waschtisch gab, an dem sie sich falls nötig festkrallen konnte, und überall Spiegel.

Wenn sie an ihr Kind dachte, das Kind, das mit Sicherheit geboren worden wäre, wenn sie ihr Leben anders gelebt hätte, stellte sie sich dieses Kind in jedem möglichen Alter vor. Als vierjährigen Jungen, der an Halloween mit den anderen Kindern um die Wette rannte; als zehn Monate altes Mädchen, das sie auf dem Arm hielt; als pubertierenden Teenager, den sie täglich ermahnen musste, Herrgott nochmal sein Zimmer zu lüften.

Ihr graute davor, ihrer Mutter zu sagen, dass sie Gillam verließ, ihr graute vor den Fragen, die sie stellen würde, weil es so schwer war, es zu erklären. Sie lud ihr Gepäck ins Auto und fuhr weg, ohne sich noch einmal nach Malcolm umzudrehen, der ihr verwirrt hinterher sah. Sie fuhr direkt zu ihrer Mutter, sagte, sie könne nicht bleiben, sagte, sie müsse ihr etwas erzählen und wolle nicht, dass sie es von Bekannten oder von Malcolm erfuhr, falls sie zufällig vorbeikäme. Doch ihre Mutter schlug sich die Hand vor den Mund; sie glaubte offenbar, Jess' Neuigkeiten hätten mit einem Baby zu tun. Und so blieb Jess nichts anderes übrig, als auf einen Tee mit Keksen zu bleiben.

Sie hörte sich abermals sagen, dass sie Malcolm nicht verlasse und dass sie beide nur etwas Abstand voneinander bräuchten. Ihre Mutter erwiderte, sie habe ja gewusst, dass Jess stets gehofft habe, Malcolm gäbe seinen Barkeeper-Job irgendwann auf, auch wenn sie es nicht zugeben wolle. So wie Maureen dasaß und die Brauen hochzog, brannte sie schon lange darauf, ihr das zu sagen. Sie habe das alles schon in dem Moment kommen sehen, als Malcolm zum ersten Mal morgens um halb neun in ihre Küche spazierte, ohne sich im Geringsten zu schämen. »Kam herein, als sei er der Größte«, sagte sie. »Ich habe ja versucht, dich zu warnen.«

All diese klugen jungen Männer von überallher, mit denen Jess zusammen studiert hatte! Ein Studiendarlehen machte doch nur Sinn, wenn sie den Rest ihres Lebens mit einem dieser brillanten Köpfe verbringen wollte. Umso besser, dass sie nicht aus New Jersey kamen! Der Rotschopf – wie hieß er doch gleich? – war jedenfalls nicht auf den Kopf gefallen, und hatte seine Familie mütterlicherseits nicht sogar ein Weingut in Oregon? Oder Washington?

»Er hat dich angehimmelt!«, sagte ihre Mutter. »Ich habe doch gesehen, wie er dich angeschaut hat.« Und was tat Jess? Sie gab ihm den Laufpass, nur um sich einem Barkeeper aus Gillam an den Hals zu werfen.

Als sie ihrer Mutter erzählte, bei wem sie sich einquartierte, um über alles nachzudenken, sagte ihre Mutter: »Cobie? Ist sie noch immer mit dieser Frau zusammen? Ist sie noch immer …?«

»Mit dieser Frau? Sie ist mit ihr verheiratet. Fragst du ernsthaft, ob sie noch immer lesbisch ist?«

»Sei mir nicht böse, aber vielleicht hättest du dich eher an Mädels halten sollen, die so sind wie du. Vielleicht war das dein Fehler. Du hättest eine Freundin gebraucht, die mit dir zusammen auf Männersuche geht!«

»Erspar mir das«, sagte Jess. Sie schaute aus dem Küchenfenster. Das Sonnenlicht brachte die Schlieren auf dem Glas zutage. Sie hatte keine Kraft mehr zu streiten.

»Wie auch immer«, sagte ihre Mutter. Aber was sei dagegen einzuwenden, wenn Frauen weniger arbeiteten als Männer? Natürlich sei es schön, sein eigenes Geld zu verdienen, sie habe schließlich selbst ihr Leben lang gearbeitet, aber war es auch richtig? War es nicht sogar so, dass es Frauen gesundheitlich schaden konnte? Die vielen Überstunden, der ganze Stress? Die Hektik, um den Zug noch zu erwischen? Machten Frauen sich damit nicht etwas kaputt?

Jess ging zu dem Schrank, in dem ihre Mutter ihre Vitamine und Rezepte aufbewahrte. Sie griff an diversen Packungen mit

Super-Omega-3-Kapseln, Lebertran, Frauenvitaminkomplex und Antibiotika vorbei, die Maureen nie bis zu Ende genommen hatte – wozu auch auf die Ärzte hören –, holte eine Dose Ibuprofen hervor, fischte zwei Tabletten heraus und schluckte sie ohne Wasser. Sie schaute auf das Verfallsdatum – vor vier Jahren abgelaufen – und nahm noch eine.

»Du weißt also mehr als ein ganzes Heer von Ärzten.«

»Man braucht kein Arzt zu sein, um zu erkennen, wo das Problem liegt«, sagte Maureen. »Zwei junge, gesunde Menschen.«

Jess seufzte. »Es geht aber nicht nur darum. Jedenfalls jetzt nicht mehr.«

»Oh«, sagte Maureen, und verstummte zum ersten Mal, seit Jess hereingekommen war. Jess lauschte dem Ticken der alten Uhr. »Ich weiß auch nicht, Jessie. Aber sieh es mal so. Wenigstens habt ihr keine Kinder.«

Jess schäumte vor Wut, als sie aus Gillam wegfuhr; sie hätte die ganze Stadt in die Luft jagen können, ohne mit der Wimper zu zucken. Doch als sie auf die Palisades bog, die Tankstelle kurz vor der Brücke passierte und schließlich die Mautstelle erreichte, regte sich etwas anderes in ihr, als müsste sie hilflos zuschauen, wie sich ein Unwetter zusammenbraute und vorüberzog. An jenem Abend fand Malcolms Halloween-Party im Half Moon statt. Er war so in Sorge gewesen, damit einen Flop zu landen. Er hatte Geld für die Dekoration ausgegeben und Preise für den Kostümwettbewerb besorgt. Ab neun Uhr hatte er eine Coverband engagiert. Er hatte Roddy gebeten, das Event auf Facebook zu veröffentlichen und ihn dann gebeten, es wieder zu löschen, weil alle sagten, Facebook sei out. Und dann sollte Roddy es doch wieder veröffentlichen, weil irgendjemand meinte, Facebook sei noch immer gut genug für lokale Veranstaltungshinweise. Roddy hatte vorgeschlagen, einen eigenen Account für die Bar anzulegen, aber besser nicht auf Facebook, das sei nur für alte Leute, und Malcolm hatte erwidert, er habe gar nicht gewusst, dass auch Geschäfte ein Facebook-Konto haben konnten, er habe gedacht, das sei auf Personen beschränkt, und Roddy sagte: »Oh nein, man kann für alles ein Konto einrichten, Marken, Orte, Haustiere, was man will.« Roddy kannte sich gut mit dem Internet aus und war ein Meister darin, sich Informationen zu besorgen. Malcolm hoffte, dass der Junge sich irgendwann dazu durchringen würde, zurück aufs College zu gehen.

Malcolm ließ Roddy in den sozialen Medien posten, druckte aber trotzdem hundert Flyer im Copyshop, als wäre er noch in den Neunzigern. Er teilte sie unter allen Mitarbeitern auf, sie sollten sie in Bagel-Shops, Waschsalons, bei Dunkin' Donuts und an Bushaltestellen aufhängen. Roddy sagte, es kämen bestimmt viele Leute; er könne es an den Kennzahlen sehen. Und wie sich herausstellte, hatte er Recht.

Malcolm wusste nie, was er mit sich anfangen sollte, wenn er allein zu Hause war. Jess hatte den letzten Rest Milch aufgebraucht, bevor sie ging. Er würde es wahrscheinlich erst merken, wenn er das nächste Mal Kaffee kochte. Und dann?

Kurz hinter der Mautstelle fuhr Jess auf den Seitenstreifen und ließ alle Fenster herunter. Vor ihr lag der Zubringer, der sie zur Brücke und dann nach Manhattan bringen würde, und schließlich die West Side hinunter zu Cobie. Malcolm wäre wegen der Halloween-Party bestimmt entspannter, wenn sie käme. Erst recht, wenn sie in ihrem alten Mia-Wallace-Kostüm mitfeierte, ihr Pony hatte gerade genau die richtige Länge, vielleicht brauchte sie die Perücke gar nicht. Sie konnte ihn ja einen Tag später noch einmal verlassen.

Ein Streifenwagen mit blitzendem Blaulicht hielt direkt hinter ihr und ließ die Sirene aufheulen.

»Schon gut, schon gut«, sagte Jess zu ihrem leeren Wagen und fuhr weiter.

Sie verbrachte siebzehn Wochen in Cobies Gästezimmer, und sie stellte sich diese Wochen als Zeit außerhalb der Zeit vor, wie die Maserknolle eines Baumes, die zwar zum Stamm gehörte, doch zugleich eine eigene und komplexe Identität besaß, entstanden in Reaktion auf eine Verletzung oder Krankheit; der Baum heilte sich auf diese Weise selbst. Sie nahm keine Anrufe entgegen, außer von Neil, und manchmal noch nicht einmal seine. Sie antwortete fast nie auf Nachrichten. Nach der Arbeit machte sie lange Spaziergänge, damit Cobie ungestört Zeit mit ihrer Familie verbringen konnte. Manchmal ging sie mit den Zwillingen ins Kino und spendierte ihnen Milchshakes, schaute zu, wenn sie auf ihren Skateboards herumflitzten, lauschte, wenn sie mit ihren Instrumenten übten. Wenn Cobie und Astrid sich stritten, taten sie das meist per Chat, oft hielten sie sich dabei im gleichen Zimmer auf. Cobie sagte, sie täten es, damit die Kinder es nicht mitbekämen, doch einmal, als Cobie und Astrid beide mit düsteren Mienen auf ihren Handys herumtippten, schauten die Jungs zu Jess herüber und verdrehten die Augen. Fast genau so oft passierte es jedoch, dass Astrid und Cobie von ihren Handys aufschauten und sich anlächelten.

Und dann hatte Neil sich mit Patrick die Kante gegeben und ihm alles verraten. Er hatte die Maserknolle abgesägt, und alles, was übrig blieb, war der kaputte Stamm.

Als sie das erste Mal bei Neil übernachtete, am Donnerstag vor dem Sturm, blieb sie unten, während er mit den Kindern hochging und sich um Baden, Zähneputzen, Pyjamas und Vorlesen kümmerte. Die Kinder hatten am nächsten Tag wegen einer Lehrerkonferenz schulfrei, und Neil und Jess hatten sich extra dafür Urlaub genommen. Der Plan war, tagsüber mit den Kindern zu spielen, zu backen und Filme anzuschauen, damit sie Jess besser kennenlernen konnten. Der Schneesturm war erst für abends angesagt. Den aktuellsten Prognosen zufolge sollte der Sturm stärker werden als zunächst angenommen, aber es war noch Zeit, die Vorhersagen änderten sich ständig, und es wäre nicht der erste

Sturm gewesen, um den die Wetterfrösche ein großes Drama machten, das dann doch nicht eintrat.

Als Jess der Gute-Nacht-Routine lauschte, kam ihr der gleiche Gedanke wie an ihrem ersten Abend bei Cobie: Ein Haus, in dem Kinder wohnten, fühlte sich lebendig an, selbst dann, wenn die Kinder und ihre Spielsachen außer Sichtweite waren. Ständig ertönten leise Schritte, quietschende Bettfedern, knarrende Türen, rauschende Wasserleitungen. Wenn die Kinder älter und schlaksiger wurden und mehr Freiheiten bekamen, fielen sie mit ihren Schulfreunden zu Hause ein, ließen die Fahrräder auf dem Rasen liegen, durchsuchten die Schränke nach Snacks, lungerten herum und benahmen sich so unausstehlich, wie Teenager es schon immer taten. Später stellten sie dann ihre Autos in der Einfahrt ab, bevor sie ins Haus stürmten und verkündeten, wo sie gerade gewesen waren oder wo sie noch hin wollten. Welches Glück für die Lauschenden, diese Energie zu spüren. Wie herrlich, in der Diele auf ein Chaos aus abgewetzten Taschen und ausgelatschten Turnschuhen zu stoßen. »Räumt gefälligst euren Mist auf!«, schrie Siobhán ihren Kindern hinterher, doch selbst dieser zur Schau getragenen Empörung wohnte Freude inne, mochte sie auch von Erschöpfung und Genervtheit begleitet sein.

»Mama, du hast Mist gesagt«, krähte eines der Kinder dann, und Siobhán, die um die Taille allmählich dicker wurde, zog es zu sich heran und umarmte es. Später würden die Kinder ihre College-Freunde mit nach Hause bringen. Irgendwann ihre Ehepartner. Und ihre eigenen Kinder. Neil, Siobhán und Cobie würden bis ans Ende ihrer Tage volle Thanksgiving-Tafeln haben. Jess konnte all das sehen und sich selbst auch, in einer Art Split Screen, wo sie ein ruhiges, geordnetes Leben führte und stets das Radio laufen ließ, um Gesellschaft zu haben.

Ich sollte nicht hier sein, dachte sie. Diese Menschen waren für sie wie Vorlagen in einem Malbuch. Sie bewegten sich in einem anderen Rhythmus, waren aus anderem Holz geschnitzt. Und genau das machte sie so anziehend. Aber nun, da es an der Zeit war, diese Menschen und sich selbst neben ihnen auszumalen, fragte sie sich, ob dieses Bild eigentlich jemals stimmig sein konnte. Es war ihre letzte Chance. Der Gedanke war aufgetaucht, als sie noch bei Cobie war, und sie hatte ihn sofort verscheucht. Warum sollte sie sich über so etwas Gedanken machen, wenn die Sache zwischen ihr und Neil ernst war? Die meisten Leute bekamen nur eine einzige Chance im Leben, und sie hatte sich eben eine zweite geschnappt. Aber warum landete sie dabei ausgerechnet in einem Haus, das nur knapp fünf Kilometer von ihrem Ursprungspunkt entfernt war? Warum hatte sie nicht größer gedacht, warum war sie nicht weiter gekommen? Die Ausrede, dass sie noch jung war, hatte sie nicht mehr.

Weil ich ihm begegnet bin, rief sie sich ins Gedächtnis. Weil er mir sympathisch war. Sie erinnerte sich an das sonderbare Gefühl, als ihre Blicke sich aus der Entfernung trafen – als sie ihn erkannte und sich von ihm ebenfalls erkannt fühlte, lange bevor irgendetwas geschah. Ein Zug an einem Faden. Ein Ruck. Ein ganzes Leben, in das sie eintreten konnte, wenn sie wollte.

Sie konnte Neils Stimme oben hören, jedoch nicht verstehen, was er sagte. Sie konnte jetzt hinausschleichen, nach Hause zurückgehen und Malcolm um Verzeihung bitten. Aber ob das Mut oder Feigheit darstellte, hing davon ab, was eigentlich das Richtige war, und sie sah sich nicht imstande, das zu entscheiden. Sie konnte die Taschenlampe nehmen, die sie in Neils Diele gesehen hatte, und sich auf den Rückweg machen, den Spurrillen und Steigungen der Straßen folgen, die sie so gut kannte, bis sie an ihrer eigenen Haustür ankam und sich dafür entschuldigte, etwas Neues ausprobiert zu haben. Eine neue Kulisse, neue Räume, die sie durchschritt. Eine neue Art, berührt und angeschaut zu werden; auch das gehörte dazu.

Während sie hörte, wie er eines der Kinder beruhigte, stellte sie sich den langen Heimweg vor und wie sie ihre Entschuldigung probte. Doch mitten in ihrer Vorstellung blieb sie plötzlich stehen, das Licht der Taschenlampe hörte auf zu ruckeln. Sie befand sich genau an der Stelle der Straße, wo die Kids früher durch ein Loch im Maschendrahtzaun krochen, um an einem Geheimplatz Bier zu trinken und auf dem weichen Moos zwischen den Bäumen herumzuknutschen. Es tat ihr nicht leid, dass sie es ausprobiert hatte; dass sie etwas empfand und etwas dagegen unternahm. Sie hatte ein Problem, und sie versuchte, es zu lösen.

Und abgesehen davon konnte sie nicht gehen. Neil hatte ihre Reisetasche bereits nach oben gebracht, sie hatte ihre Haarbürste schon herausgenommen und ihren Kulturbeutel auf dem Waschbecken abgestellt. Sie hatte bereits das Kleingeld aus ihren Taschen geholt und es in die Spardose der Kinder gesteckt. Und da kam Neil auch schon wieder nach unten und kramte in einer Schublade nach Lieferservice-Speisekarten. Plötzlich erschien er ihr wie ein Fremder, als hätte sie ihn eben erst kennengelernt. »Lass uns Essen bestellen«, sagte er. »Dein erster Abend. Lass uns eine Flasche Wein öffnen.« Er ging zu ihr herüber. »Ich freue mich wirklich, dass du hier bist.«

Aber sie konnte kaum klar denken.

»Hey«, sagte er, damit sie ihn ansah. »Alles wird gut.«

»Wer einmal fremdgeht, geht immer fremd«, sagte sie. »Kennst du den Spruch?«

»Zählt das hier für dich unter Fremdgehen?«, fragte er. »Jess, wir tun nichts Unrechtes, und ich lasse mir auch nicht das Gegenteil einreden.«

Sie schätzte ihn am meisten, wenn er sich auf diese Weise äußerte, wenn er fest von etwas überzeugt war und sich nicht beirren ließ.

Als die Kinder am nächsten Morgen in die Küche kamen, grüßten sie, schauten jedoch verwirrt, als fiele es ihnen wieder ein: Das ist die fremde Frau von gestern, sie ist immer noch hier und schüttet sich unsere Milch in den Kaffee.

8

ER HATTE SCHON sein ganzes Leben lang Glück. Oder etwa nicht?

»Du bist wirklich ein Glückspilz!«, sagte seine Mutter im August 1987 zu ihm und schüttelte ihn vor Freude, weil er schon zum zweiten Mal in jenem Monat einen Zwanzig-Dollar-Schein gefunden hatte. Der Moment war ihm noch in Erinnerung, weil es sich so wahr angefühlt hatte. Er war der Auserwählte. Vom Schicksal erkoren. Zwei Zwanziger, im Abstand von nur drei Wochen. Wie groß war die Wahrscheinlichkeit, dass so etwas passierte? Es gab Dutzende von Jungs in seinem Alter, die mit dem Fahrrad durch die Stadt düsten, doch er war der Einzige gewesen, der den gefalteten Geldschein auf dem Rasen neben dem Konzertpavillon entdeckt hatte, und dann, abermals an einem Freitag, einen weiteren, fast identisch gefalteten, auf dem Gehweg vor dem Schuhladen. Sein Vater fragte ihn, ob er zwei verschiedene Deppen beklaut hätte oder zwei Mal denselben.

Seine Mutter sagte ihm, er solle das Geld als Notgroschen in seine Sockenschublade stecken, doch wenn er es behalten hätte, hätte sie irgendwann bestimmt von ihm verlangt, es für etwas Praktisches auszugeben, zum Beispiel für Schulhefte und Stifte. Das wollte er aber nicht, und deshalb lud er all seine Spielgefährten aus der Nachbarschaft in die Eisdiele ein und spendierte eine Runde. Er hatte allerdings nicht damit gerechnet, dass deren Geschwister auch noch mitkamen. Da er niemanden ausschließen wollte, radelte er mit Vollgas zurück nach Hause, um seine Mutter um einen Dollar und fünfundsiebzig Cent zu bitten. Zuerst wollte sie ihm nicht aus der Patsche helfen, sagte, es solle ihm eine Lehre sein, ob er denn verrückt sei, die ganze Nachbarschaft einzuladen, während sein Vater sich den Buckel krumm machte und sie Nachschub für den Propantank brauchten. Aber die Kinder hätten schon angefangen, ihr Eis zu schlecken! Er könne es nicht mehr zurückgeben! »Das darf ja wohl nicht wahr sein«, sagte seine Mutter wütend und gab ihm zwei Dollar aus der blauen Keksdose über dem Kühlschrank.

»Du hast dir auch eins geholt?«, fragte sie ihn fassungslos, als er eine Viertelstunde später auf seinem BMX zurückgeradelt kam, ein klebriges Hörnchen in der Hand.

»Klar«, sagte er. »War ja schließlich mein Geld.«

»Und dazu auch noch Streusel?«, fragte sie und musterte sein T-Shirt.

Er zuckte mit den Schultern.

Ein anderes Mal, da war er noch etwas jünger gewesen, fuhren die Gephardts an die Jersey-Küste. Für gewöhnlich mieteten sie jeden Sommer ein Haus in den Catskill Mountains und trafen sich dort mit einer befreundeten Familie aus der Bronx; Malcolm und Mary spielten mit den anderen Kindern, während die Erwachsenen beim Kartendreschen miteinander anstießen und lautstark Geschichten zum Besten gaben, bis die Gläser auf den Boden krachten. Sein Vater hatte sich jedoch mit einem Mann angefreundet, dem ein Motel an der Küste gehörte, in Margate, und Malcolm bekam mit, wie er zu seiner Mutter sagte, zum Glück liege es in der Nähe von Atlantic City, falls ihm am Strand langweilig werde. An ihrem dritten Tag dort wurde Malcolm schon sehr früh wach, weil er es nicht gewohnt war, mit seiner ganzen Familie im selben Zimmer zu schlafen, und er beschloss, schwimmen zu gehen, trotz des Warnhinweises an der Rezeption und der Ermahnung seiner Mutter, das Meer sei kein Freibad. Die Schwimmplattform des Motels lag nicht allzu weit draußen, und tags zuvor hatte er Leute hin- und herschwimmen sehen. Wenn die Wellen zu hoch waren, konnte er ja wieder umkehren. Er hatte keine Angst gehabt, doch seit jenem Tag wurde er manchmal urplötzlich von dem Gefühl überwältigt, nach Luft schnappen zu müssen und von einer geheimnisvollen Kraft gezogen zu werden, während er zwischen der Stelle, von der er gekommen war, und der Stelle, zu der er wollte, hin und her blickte, unfähig, sich zu entscheiden, ob er weiterschwimmen oder umkehren sollte, wohl wissend, dass er mit jeder Sekunde, die er länger überlegte, kostbare Energie vergeudete.

Das Klingeln des Festnetztelefons in der Bar zerriss die Stille und holte Malcolm so unsanft in die Gegenwart zurück, dass er vor Schreck fast einen Herzinfarkt bekam.

»Und wofür hast du dich entschieden?«, fragte Jess, als er ihr die Geschichte vom Meer zum ersten Mal erzählte. Dieser Urlaub war der einzige, in dem er seinen Vater je in Badehose gesehen hatte. Seine Schwester fand es peinlich, weil die Badehose hautfarben war und sein Vater von Weitem nackt aussah. Jess lachte und erwiderte, ihr Vater müsse die gleiche gehabt haben, sie sei fast im Boden versunken, als er einmal damit im Freibad auftauchte. Sie lagen im Bett, einander noch neu, die Fenster weit geöffnet, ein schwüler Sommernachmittag. Sie lagen schon seit Stunden da, erzählten sich Kindheitsgeschichten. Jess' Familie besaß weniger als die Gephardts. Man erkannte es an Kleinigkeiten. Daran, welchen Sport ein Kind trieb. Ob Geburtstagspartys bei McDonald's stattfanden, oder ob die Fotos das Geburtstagskind mit seinen Geschwistern am Küchentisch vor einer aufgetauten Tiefkühltorte zeigten. Ihre Familie sei nicht arm gewesen, beeilte Jess sich oft zu sagen. Es habe viele Kinder gegeben, die weniger hatten.

Ein Gewitter lag in der Luft, und das erinnerte ihn an sein Erlebnis im Meer, als er zehn oder elf gewesen war.

»Was passierte damals? Hast du es zu der Plattform geschafft oder bist du zurückgeschwommen?«

»Weder noch«, sagte Malcolm. Ein alter Mann sauste mit einem Motorboot zu ihm, streckte ihm die Hand hin und hievte ihn an

Bord. Er schimpfte mit ihm über den Lärm des Motors hinweg, bis sie das Ufer erreichten.

Zurück am Strand kaufte der Mann ihm eine Limonade und sagte, er solle keine Dummheiten mehr machen.

»Ich kam davon und kriegte sogar eine Limonade«, sagte er grinsend zu Jess.

»Und die Entscheidung wurde dir abgenommen«, sagte Jess mit gerunzelter Stirn.

Er hatte nie verstanden, warum sie das Ganze nicht lustig fand. Er war gerettet worden, weil es seine Bestimmung gewesen war, lautete seine Meinung, und dieser Logik zufolge hatte er nie ernsthaft in Gefahr geschwebt. Sie schien sich die Rettung jedoch anders zu erklären, und erst jetzt, in der Stille der Bar, in der das Klingeln des Telefons die Stille noch betonte, ahnte er, was sie gemeint hatte. Es verblüffte ihn, wie tief er geschlafen hatte. Es verblüffte ihn, dass er überhaupt geschlafen hatte.

Das Motorboot hatte einen ähnlichen Krach gemacht wie der Generator, der die ganze Nacht draußen neben der Bar gelaufen war, und in diesem Moment ging Malcolm ein Licht auf, ein hauchdünner Draht in seinem Gehirn glühte kurz auf, und bevor er verschmorte, bescherte er ihm die Erkenntnis, dass irgendwann im Morgengrauen das Benzin zur Neige gegangen war. Der Heizlüfter war eiskalt.

Als das Telefon zum dritten Mal klingelte, hatte Malcolm sämtliche düsteren Gedanken verscheucht und sich in den Arbeitsmodus versetzt, war wieder ganz der Barkeeper. Er schlüpfte rasch durch die Schwingtür, damit die warme Luft in der Küche blieb. Im Schankraum war es so kalt, dass es sich anfühlte, als ginge er nach draußen. Seine Stiefel hatte er zum Schlafen ausgezogen, und die Ringgummimatte, die er nun unter den Socken spürte, war wie eine Massage. Wer konnte die Person sein, die ihn auf der Festnetznummer anrief? Jess. Patrick. Oder seine Mutter. Er hätte Samstag nach seiner Mutter schauen sollen. Nun war Montag. Hoffentlich hatte sie auf ihrer Veranda genug Brennholz. Hoffentlich musste sie nicht durch den Schnee zu dem Holzstapel hinten im Garten stapfen. Was, wenn sie ausrutschte und hinfiel? Er musste so schnell wie möglich zu ihr.

»Half Moon«, meldete er sich so geschäftsmäßig wie immer, als hätte er Gott weiß wie viel zu tun.

»Malcolm Gephardt?«, fragte eine Frauenstimme am anderen Ende der Leitung.

»Ja?«

Die Stimme gehörte einer Polizeibeamtin, ihren Namen verstand er nicht. Sie und ihr Partner seien bereits bei ihm zu Hause gewesen, hätten ihn dort jedoch nicht angetroffen. Sie wollten vorbeikommen, um ihm ein paar Fragen zu einem seiner Stammgäste zu stellen. Ob er in zehn Minuten noch da sei?

Als der Polizeiwagen vor der Bar hielt, rechnete Malcolm damit, Rob Waggoner zu sehen, doch stattdessen stieg ein ihm unbekannter Officer in Begleitung von Jackie Becker aus. Jackie war die jüngste Schwester eines seiner Highschool-Freunde; wenn er und die Jungs Baseball spielten, schaute sie immer zu und rannte den Foulbällen hinterher. Wenn er sie damals ansprach, wurde sie jedes Mal knallrot. Er hatte sie schon seit Jahren nicht gesehen. Sie und ihr Partner waren beide uniformiert und sahen erschöpft aus.

»Hallo Jackie«, sagte Malcolm. »Warst du das eben am Telefon? Ich hatte deinen Namen nicht verstanden.«

»Hallo Malcolm«, lächelte sie. »Ich war mir nicht sicher, ob du dich an mich erinnerst.«

»Ich dachte, du arbeitest in Manhattan. Wie geht es Tom? Immer noch unten in DC?«

»Ich habe mich letztes Jahr hierher versetzen lassen. Ja, Tom geht's gut. Er hat inzwischen drei Kinder. Ich sag' ihm, dass du nach ihm gefragt hast.«

Malcolm gab ihrem Kollegen die Hand, der sich als Officer Navarro vorstellte.

»Also«, sagte Jackie, während sie das Hennessy-Schild an der Tür zurechtrückte. »Was kannst du uns über Charles Waggoner sagen? Rob hat dich ja schon darüber informiert, dass wir ihn suchen.«

»Ist er immer noch nicht aufgetaucht?«, fragte Malcolm erstaunt. Er hatte angenommen, Tripp sei entweder längst zu Hause oder aber irgendwo gefunden worden. Wenn er Freitagabend versucht hatte, zu Fuß nach Hause zu gehen, hatte er unterwegs vielleicht angehalten und war eingeschlafen, das passierte Betrunkenen ja häufig, dazu der Schnee und die extreme Kälte. Aber eigentlich war das nicht die schlechteste Art des Dahinscheidens. An der Jefferson gab es einen Bach, unter dessen Eisdecke das Wasser in hohem Tempo vorbeirauschte. Als Malcolm in der neunten Klasse war, fand man in dem Bach eine Leiche; alle, die aus Gillam stammten und in seinem Alter waren, konnten noch immer ganz genau sagen, wo sie waren, als sie von der Nachricht erfuhren. Sie hatten den ganzen Sommer über in diesem Bach gespielt.

»Nein, und wir müssen ihn unbedingt finden, bevor der nächste Schneesturm kommt«, sagte Jackie.

»Nur noch ein großer, dann ist Frühling«, sagte Officer Navarro. »Und die Tulpen sprießen.«

»Du meinst, dann merkt man endlich, dass März ist«, sagte Jackie.

»Es soll noch ein Sturm kommen?«, sagte Malcolm. »Davon weiß ich ja gar nichts. Aber mein Handy-Akku ist leer.«

»Morgen angeblich«, sagte Jackie. »Aber vielleicht irren sich die Wetterexperten ja. Jedenfalls riecht es nicht danach. Man kann es ja riechen, wenn ein Schneesturm kommt, wusstest du das?«

Lieber ein Dienstagssturm als ein weiterer Freitagssturm. Denn spätestens Donnerstag musste Malcolm die Bar wieder öffnen. Er hatte eine Reservierung für eine Geburtstagsparty. Und bald fanden in Hoboken, Jersey City und Woodlawn die Paraden zum

St. Patrick's Day statt; anschließend würden die Leute nach Gillam zurückkehren, um dort noch etwas zu trinken. Sie würden in grölenden Gruppen hereinkommen und stundenlang bleiben. Für Samstagabend hatte er eine Band engagiert. Sie war vermutlich grottenschlecht, hatte sich jedoch bereit erklärt, für ein paar Drinks und Trinkgeld zu spielen. Der März war normalerweise Malcolms bester Monat.

Malcolm erzählte Jackie und ihrem Kollegen mehr oder weniger das Gleiche wie Rob: Tripp hatte sich betrunken, sie hatten ihn zum Ausnüchtern in die Küche gebracht, und dann war er plötzlich verschwunden. Die beiden Officer notierten sich die Namen von Emma und Roddy. Malcolm ging in die Küche, um sein Handy zu holen und ihnen die Nummern zu geben, aber dann fiel ihm wieder ein, dass sein Akku leer war. Jackie wollte wissen, ob er die Namen der Leute kannte, mit denen Tripp sich gestritten hatte, aber er konnte nur den Kopf schütteln.

»Was ist denn im Obergeschoss?«, fragte Jackie und schaute zur Decke hoch.

»Kommst du eigentlich manchmal hierher, Jackie?«, fragte er. »Ich habe dich jedenfalls noch nie gesehen.«

»Ich war schon seit Jahren nicht mehr hier. Ich fahre lieber nach Riverside oder Manhattan. Der Laden auf der Oak ist nett. Warst du schon mal dort?«

»Nein«, sagte Malcolm und zog an seiner verspannten Schulter. »Da oben ist nichts. Nur Krimskrams. Ich hatte überlegt, mir dort ein Büro einzurichten, aber eigentlich brauche ich keins. Von der Straße aus gibt es einen Eingang, der nach oben führt. Oder man geht hier unten an der Herrentoilette vorbei und nimmt die Treppe.« Malcolm zeigte nach hinten.

»Hast du das Obergeschoss denn nie vermietet?«

»Nein. Dafür müsste ich es zuerst renovieren, das Bad vergrößern und eine Küchenzeile einbauen.« Und wer in aller Welt wollte schon über einer Bar wohnen? Dann hätte man auch noch für Mindestschallschutz sorgen müssen, damit es dem Wohnstandard entsprach. »Ich überlege gerade, eine Wand einzureißen, um eine Dachterrasse zu schaffen. Von dort oben hat man einen Blick auf den See.«

Er wartete auf ihre Reaktion.

Jackie drehte sich Richtung Norden und legte den Kopf schief. »Auf den Pendlerparkplatz aber auch, oder?«

»Das könnte man durch eine gute Dekoration lösen.«

Aber sie hatte bereits das Interesse verloren. »Können wir uns oben mal umschauen?«

»Klar«, sagte Malcolm und entschuldigte sich dafür, die Polizisten von der Straße aus nach oben führen zu müssen; die Innentür war schon seit Hughs Zeiten von der anderen Seite verriegelt, damit sich von den Gästen niemand unbemerkt hochschleichen konnte.

Das Obergeschoss wirkte heller. Die Wände waren abgewetzt, der Boden auch, er musste geebnet werden. Aber die Atmosphäre hatte etwas Heiteres, Hoffnungsvolles.

»Was ist das alles hier?«, fragte Officer Navarro, während Malcolm auf der gegenüberliegenden Seite des Raumes stand und sich vorstellte, die Wand wäre weg und ein Holzgitter würde den Leuten den Blick nach links versperren. »Wohnt hier jemand?«

Malcolm drehte sich irritiert um. Wovon sprach Navarro überhaupt? Da sah er in der Ecke nahe der Tür einen Seesack, daneben einen kleinen Stapel ordentlich gefalteter Kleidung. Ein Handy-Ladegerät. Zwei zerfledderte Taschenbücher. Eine Klemmlampe zum Lesen. Eine zusammengerollte Isomatte. Und einen Schlafsack. Zusammen näherten sie sich dem winzigen Badezimmer und warfen einen Blick hinein. Auf der Fensterbank standen ein Becher mit einer Zahnbürste, eine Zahnpastatube in Reisegröße und ein Deo. Am Türknauf hing ein gestreiftes Handtuch.

»Wem gehören die Sachen?«, fragte Navarro und schaute Malcolm aufmerksam an.

Malcolm zuckte verblüfft mit den Schultern. Aus irgendeinem Grund dachte er zuerst an Jess. Aber wären es ihre Sachen gewesen, hätten dort ihr Gesichtswasser und ihre geblümte Kosmetiktasche gestanden. Kein Männer-Deo mit der Duftnote Mountain Fresh.

»Hier hat sich jemand einquartiert«, sagte Jackie und sah Malcolm an. »Du wusstest nichts davon?«

»Ich hatte keine Ahnung«, sagte Malcolm, erleichtert darüber, nicht lügen zu müssen, doch auch beklommen, denn das roch gewaltig nach Ärger. Sie beugten sich über den Seesack. Zwei Schachteln mit Erdnussbutter-Proteinriegeln lagen obenauf. Jackie deutete auf die beiden Taschenbücher. Das eine war ein Spionage-Thriller, das andere ein Ratgeber mit dem Titel *Der ultimative Survival Guide für Aussteiger*.

Navarro griff nach dem Ratgeber, schlug ihn auf und las vor: »Grabe den Brunnen, bevor du Durst hast.«

»Brauchen Sie eigentlich keinen Durchsuchungsbefehl?«, fragte Malcolm und hätte sich am liebsten sofort auf die Zunge gebissen, weil es so klang, als fühlte er sich in die Defensive gedrängt. Dabei wollte er nur sichergehen, dass die Polizei keinen Fehler machte und er deswegen Probleme bekam.

Die Officer blickten auf.

»Nein«, sagte Navarro. »Wenn Charles Waggoner zum Südpol oder sonst wohin jetten will, ist das seine Sache. Wir wollen nur herausfinden, wo er steckt.«

»Seiner Frau zuliebe«, fügte Jackie hinzu. »Die Familie macht sich natürlich Sorgen.«

»Hausfriedensbruch ist doch eine Straftat, oder?«, fragte Malcolm.

»Das kommt auf die Umstände an«, sagte Jackie.

»Sind Sie sicher, dass er Freitagabend allein hier war?«, fragte Navarro.

Malcolm zuckte mit den Schultern. Er war sich wegen gar nichts mehr sicher.

»Wer könnte sich denn sonst noch hier aufhalten?«, fragte Jackie. »Jemand von deinen Mitarbeitern vielleicht?«

Malcolm ging seine Mitarbeiter im Geiste durch. Roddy vielleicht? Er war ständig durch den Wind und chronisch pleite. Nein, das konnte nicht sein.

»Ich verstehe das alles nicht«, sagte er. »Warum würde Tripp hier absteigen wollen? Er hat doch ein Haus.«

Jackie warf Navarro einen Blick zu. Er zuckte mit den Achseln, als wollte er sagen: Nur zu.

»Rob hat in den E-Mails seines Vaters einen Reiseplan nach Toronto gefunden, Abflug Samstagfrüh. Oder besser gesagt, Robs Mutter hat ihn gefunden und ihn Rob gezeigt. Der uns dann Bescheid gegeben hat.«

»Samstagfrüh? Vor zwei Tagen? Ich dachte, sämtliche Flüge wären gestrichen worden. Und wie soll er es überhaupt bis zum Flughafen geschafft haben?«

»Sie würden sich wundern, wie viele Flugzeuge trotz Schneesturm abheben«, sagte Navarro. »Zum Flughafen zu kommen dürfte schwierig, doch nicht unmöglich gewesen sein. Wir haben die Bestätigung, dass der Abflug Samstagfrüh um sieben Uhr fünfunddreißig in Newark stattfand und dass Waggoner sich vor einigen Wochen ein Ticket besorgte. Wir haben auch die Bestätigung, dass er eingecheckt hat, aber das geht ja auch online, sagt also nicht viel aus. Vielleicht ist er Freitagabend von hier aus direkt zum Flughafen und hat dort übernachtet. Wir warten noch auf die Passagierliste. Die wird uns Aufschluss darüber geben, ob er tatsächlich an Bord war. Außerdem fanden sich in seinem Browserverlauf zahlreiche Suchanfragen zu einem Ort in Peru.« Er sprach den Namen des Ortes langsam aus, Silbe für Silbe. »Ollantaytambo. Rob hat gesagt, Tripp und seine Mutter seien vor Jahren einmal dort gewesen. Seitdem sei sein Vater davon besessen.«

»Er hat mir von diesem Ort erzählt«, sagte Malcolm.

»Rob glaubt, dass Kanada nur ein Zwischenstopp gewesen sein könnte«, sagte Jackie.

»Vorausgesetzt, er hat es überhaupt bis zur nächsten Ampel geschafft«, sagte Malcolm. »Habt ihr die Schneewehen zwischen hier und seinem Haus überprüft?«

»Wir gehen sämtlichen Möglichkeiten nach«, sagte Navarro.

»Und es gibt noch eine weitere interessante Entwicklung«, sagte Jackie. »Vor etwa anderthalb Jahren hat er den Begünstigten seiner Lebensversicherung geändert. Der neue Begünstigte heißt Mark Duro. Haben Sie diesen Namen schon einmal gehört? Vielleicht war derjenige ja hier in der Bar. Wir dachten, wenn jemand den Namen zuordnen kann, dann Sie.«

Der Name sagte Malcolm nicht das Geringste.

»Könnte ein Fake-Name sein.«

»Möglich.«

»Ich verstehe immer noch nicht, warum er seine Sachen hier oben hat.« Er stellte sich vor, wie Tripp sich die Zähne putzte, bevor er in seinen Schlafsack kroch.

»Das verstehen wir auch nicht«, sagte Navarro. »Warum hat er sich hier einquartiert? Er wohnt auf der Acorn. Großes Haus. Gar nicht so weit von hier.« Er ging zum Fenster und schaute auf die Straße hinunter. »Normalerweise fährt er jeden Tag mit dem Zug zur Arbeit. Seine Frau hat gesagt, er käme immer nach Hause, nur dann nicht, wenn er geschäftlich verreisen müsste. Er hatte wohl Probleme auf der Arbeit, das muss ihm sehr zugesetzt haben. Sie hat sich aber zuerst nichts weiter dabei gedacht. Bis er dann Freitagabend nicht nach Hause kam.«

Malcolm erinnerte sich an einen Stammgast aus Hughs Zeiten, einen Rentner, den alle Mr. Met nannten und der morgens immer im Feinkostladen, mittags in der Bücherei, nachmittags beim Buchmacher und abends im Half Moon war, damit seine Frau ihn nicht beim Müßiggang erwischte und für irgendetwas einspannte.

»Vielleicht war er tagsüber hier, statt im Büro. Sind Sie sicher, dass er in letzter Zeit auf der Arbeit war?«

Navarro und Jackie sahen sich an.

»Ich kläre das«, sagte Navarro.

Wenn in der Bar Musik lief, war es dort so laut, dass Geräusche von anderswo übertönt wurden, selbst wenn es leer war. Wenn sich im Obergeschoss jemand aufhielt, konnte er sich also frei bewegen, ohne befürchten zu müssen, gehört zu werden. Nur wenn Malcolm vormittags in die Bar kam und sich in der Stille darauf vorbereitete, sie wieder zu öffnen, musste dieser Jemand vorsichtig sein, denn Malcolm wäre jedes ungewöhnliche Dielenknarren sofort aufgefallen. Hatte Tripp gelauscht, als Malcolm letzte Woche mit seinen Lieferanten verhandelte? Hatte er gelauscht, als Malcolm zum dritten Mal wegen seiner Kreditlinie bei der Bank anrief? Hatte er Malcolms Schweigen mitbekommen, als der Kreditsachbearbeiter ihm die Darlehensbedingungen erklärte, als spräche er mit einem kleinen Kind?

»Bist du später noch hier, oder morgen?«, fragte Jackie. »Wir müssen nochmal wiederkommen.«

»Das hängt vom nächsten Sturm ab. Ich muss dringend ein paar Besorgungen machen und nach meiner Mutter schauen.« Er ging zu der Treppe, die zur Bar führte, und lief hinunter, um die Tür aufzuschließen, nur um verblüfft festzustellen, dass sie gar nicht abgeschlossen war.

»Das gibt's ja nicht«, sagte Malcolm. Er öffnete die Tür und trat hindurch. »Diese Tür ist seit Jahren verriegelt.«

Er drehte sich zu den Beamten, die oben auf der Treppe standen.

»Vielleicht hat er immer die Innentür benutzt, wenn die Bar voll war«, sagte Navarro.

Aber die Bar war fast nie voll, schon gar nicht tagsüber. Es wäre doch sicher aufgefallen, wenn jemand den Flur hinunter zur Herrentoilette gegangen und nicht mehr zurückgekommen wäre. Malcolm dachte an das Geld, das vormittags manchmal herumlag, wenn er die Abrechnungen durchging. Er dachte an all die Flaschen, die bei der Anlieferung herumstanden. Um Weihnachten herum hatte ihm eine Flasche Jameson gefehlt; er nahm an, der Lieferfahrer hätte sie mitgehen lassen. Er hatte sämtliche Flaschen auf dem Tresen aufgereiht, weil er dachte, sich vertan zu haben, und seine Bestellung mit dem Lieferschein verglichen, aber dann hatte er das Ganze einfach auf sich beruhen lassen, weil er dachte, dass es dem Fahrer vielleicht genauso schlecht ginge wie ihm, und es war ja schließlich Weihnachten.

Dann fiel ihm der Stapel sauberer Unterhemden ein, den er am Abend zuvor im Vorratsschrank gefunden hatte, ohne sich etwas dabei zu denken. Die Herrentoilette in der Bar war viel größer als das winzige Bad im Obergeschoss, und ein Mann von Tripps Größe brauchte ausreichend Platz, um sich zu waschen.

»Nehmen Sie ruhig die Treppe!«, rief Malcolm den Beamten zu, doch Navarro lehnte ab, es bringe Unglück, einen Ort durch eine andere Tür zu verlassen als die, durch die man gekommen sei. Also ging Malcolm wieder nach oben, ohne die Tür zu verriegeln, und begleitete die Polizisten von dort aus nach draußen.

»Falls ich nicht da bin, können Sie einfach reingehen«, sagte er, als er mit ihnen auf dem Bürgersteig stand, bemüht, kooperativ zu klingen. »Diese Tür hier scheint verschlossen, aber sie klemmt bloß. Sie müssen nur kräftig dagegenstoßen, dann geht sie auf.« Als er es vormachte, kam ihm der Gedanke, dass Tripp es vermutlich von selbst herausgefunden hatte.

»Es wäre aber besser, wenn du hier wärst«, sagte Jackie.

»Klar, kein Problem«, erwiderte Malcolm. »Könntet ihr mich vielleicht bei mir zu Hause absetzen?«

Malcolm schnappte sich den leeren Benzinkanister, sein Handy und die Geldtasche und nahm auf dem Rücksitz Platz. Als er in dem warmen Auto saß, merkte er, wie kalt ihm war, er hatte stechende Schmerzen in den Fingern und Zehen. Hoffentlich hatte seine Mutter den Kamin angemacht. Hoffentlich dachte sie daran, die Wohnzimmertür zu schließen, damit die Wärme im Raum blieb, und schlief auf dem Sofa. Er musste sein Auto zum Laufen bringen, egal wie. Er musste noch so vieles erledigen. Vor allem musste er sein Handy aufladen, den Generator nachfüllen und den Heizlüfter wieder zum Laufen bringen.

Die Straßen waren in einem besseren Zustand als am Tag davor, das Leben kehrte allmählich zurück, hier und da sah er ein vorbeifahrendes Auto und spielende Kinder, die der bitteren Kälte trotzten. Und sogar Lichter. »Gibt es wieder Strom?«, fragte er.

»In einigen Gegenden schon. Aber sobald es schneit, fällt der Strom wahrscheinlich wieder aus. Laut Vorhersage soll es mindestens dreißig Zentimeter Neuschnee geben.«

»Ist es nicht zu kalt zum Schneien?«

Die Officer sahen sich an. »Wir haben vorhin noch darüber geredet. Ist das nicht bloß ein Gerücht?«

Sie zuckten alle drei mit den Schultern.

Zu Hause ging er direkt nach oben, zog sich aus, tauchte einen Waschlappen in das kalte Wasser, das er in der Wanne gesammelt hatte, rieb sich grob das Gesicht ab, putzte sich die Zähne. Wahrscheinlich hockte Tripp gerade in Peru an einem Lagerfeuer und genoss das Aussteigerleben. Oder er lag irgendwo im Schnee, steif wie ein Brett, seit Freitagabend tot. Tja. Jedenfalls brauchte er sich keine Sorgen über undichte Dächer und platzende Rohrleitungen zu machen. Auch nicht darüber, wie er die Hypothek, die vierteljährlichen Steuerbeträge, den Selbstbehalt der Krankenversicherung für sich und seine Frau oder den TÜV zahlen sollte, ganz zu schweigen davon, wie er den verdammten Rasen so mähen sollte, dass die Kanten perfekt aussahen. Oder wie er seine Schulden bei Hugh Lydon Monat für Monat abstottern sollte.

Als er sich frische Kleidung übergezogen hatte, ging Malcolm zum Fenster, schaute zum Himmel und dachte: Können die schlummernden Teile der menschlichen DNA unter den richtigen Umständen eigentlich wieder erwachen? Die Uhr des Lebens tickte unablässig, und allmählich begriff er, dass seine Zukunft mit jeder Minute schrumpfte. Sein Großvater in Galway war in der Lage gewesen, den herannahenden Regen bereits am Tag davor zu riechen und am Leuchten der Sonne zu erkennen, welches Wetter über den Wiesen und Feldern aufzog, aber Malcolm hatte all das verloren, ihm war nie beigebracht worden, auf diese Dinge zu achten, er kannte nur das Leben, in das er hineingeboren wurde. War Tripp am Freitag wirklich betrunken gewesen? Malcolm hätte es schwören können, aber vielleicht war der Kerl auch ein verdammt guter Schauspieler. Er musste nüchtern gewesen sein, um so geschickt zu verschwinden; so etwas konnte man nur mit klarem Kopf durchziehen. Eigentlich brillant, dachte Malcolm. Niemand hätte Tripp diesen Plan zugetraut. Vermutlich hatte er den Streit, in den er verwickelt wurde, absichtlich angezettelt, damit alle, die es mitbekamen, sich erinnerten, dass er dabei war, wenn später die Polizei auftauchte und Fragen stellte.

Ich muss unbedingt das Auto aus dem Schnee bekommen, dachte Malcolm. Er mummelte sich wieder ein, stapfte zur Garage der Colemans hinüber und holte die Schaufel, die er sich Samstag schon geborgt hatte. Die Kälte fühlte sich nicht mehr ganz so eisig an, oder er hatte sich inzwischen daran gewöhnt. Er startete den Motor, damit er warmlief, und steckte sein Handy in das Ladegerät. Dann schippte und schippte er, brach Eisplatten los und warf sie Stück für Stück auf die Straße.

Als er endlich genug Schnee weggeschaufelt hatte, um von seiner Einfahrt fahren zu können, setzte er sich ins Auto und checkte sein Handy, das nun wieder Saft hatte. Jess' Name erschien viermal hintereinander auf dem Display. Außerdem hatte er Nachrichten von seiner Mutter, Emma, Patrick, André und einer unbekannten Nummer bekommen. Er las alle durch, bis auf die von Jess, die er sich für den Schluss aufheben wollte. Emma und André wollten wissen, ob in Gillam der Strom wieder ging und wann sie wieder zur Arbeit kommen sollten. Seine Mutter ließ ihn wissen, dass sie reichlich Essen im Kühlschrank hätte, falls er etwas davon haben wollte, und dass Mr. Sheridan ihre Einfahrt freigeräumt hätte. Patrick wollte, dass er zum Abendessen herüberkam, er hätte eine Flasche Scotch, die sie öffnen könnten. Die unbekannte Nummer gehörte Rob Waggoner, der ihm mitteilte, dass zwei Officer bei ihm vorbeikommen wollten. Danach las er die Nachricht von Jess.

Bist du zu Hause?
Ich komme gleich vorbei
Bist du drinnen? Dein Auto steht vorm Haus
Okay ich geh jetzt wieder

Er blickte auf. Sie war da gewesen, während er weg war. Er stieg wieder aus, stand da und stellte sich vor, wie sie auf das Haus zuging, die Tür öffnete, hineinging. Sie war drinnen gewesen, und er hatte es nicht einmal bemerkt.

»Jess«, sagte er laut.

»Malcolm«, erwiderte eine Stimme. Malcolm fuhr herum und erblickte Hughs Handlanger Billy, der in einer für das Wetter viel zu dünnen Jacke hinter ihm stand, die Schlägermütze ins hagere Gesicht gezogen.

»Gütiger Himmel«, sagte Malcolm. Er konnte es sich gerade noch verkneifen, ihm aus Gewohnheit die Hand zu schütteln.

»Wie geht's, wie steht's?«, fragte Billy, als wäre er nur gekommen, um ein wenig zu plaudern.

Malcolm wappnete sich. Diese Witzfigur. Wie aus einem schlechten Film.

»Was willst du, Billy?«

Billy lachte. »Was glaubst du wohl?«

»Sag Hugh, er bekommt sein Geld in ein paar Wochen.«

»Dieses Wochenende.«

»Dieses Wochenende? Soll das ein Scherz sein? Schau dich um. Alles versinkt im Schneechaos. Und der nächste Sturm ist schon im Anmarsch.«

Billy griff in seine Tasche. Malcolm zuckte innerlich zusammen. Doch Billy holte nur eine Schachtel Zigaretten heraus und kramte nach seinem Feuerzeug.

»Wo steckt Hugh überhaupt? Ich habe mehrmals versucht, ihn anzurufen, weil ich mit ihm reden will.«

»Hast du ihm Nachrichten hinterlassen?«

»Klar. Aber du kannst es ihm gern noch einmal ausrichten; ich hätte bestimmt nichts dagegen.«

Billy grinste. »Natürlich.«

»Mich würde nämlich interessieren, warum er eigentlich so scharf darauf war, dass ich das Half Moon übernehme, obwohl er genau wusste, wie es laufen würde. Er wusste, dass der Laden auf der Oak aufmacht. Er wusste, dass die Lieferanten die alten Verträge mit mir nicht weiterführen wollten. Er sagte, wir würden das schon hinkriegen, ich bräuchte mir keine Sorgen zu machen – und dann kommt er mit einem Zinssatz, den ich unmöglich bedienen kann. Was soll das Ganze?«

Billy zuckte mit den Schultern. »Der einzige Grund, warum er bisher so geduldig war, ist der, dass ihr euch schon so lange kennt. Aber seine Geduld ist bald am Ende.«

»Fakt ist, wir haben nichts unterschrieben«, sagte Malcolm. »Ich habe ein Dokument, in dem ganz klar steht, dass das Geld eine Schenkung war. Wenn ich aufhören würde, ihm was zu zahlen, könnte er gar nichts machen.«

Billys Blick wanderte zu dem Haus. Er musterte es von oben bis unten. Im Schnee sah es richtig idyllisch aus. Natürlich konnte Hugh etwas machen.

»Du hast ungefähr zur gleichen Zeit angefangen wie ich«, sagte Billy.

»Angefangen? Womit?«

»Für Hugh zu arbeiten. Ich hab ein paar Wochen vor dir angefangen.«

Malcolm war überrascht. Billy sah aus, als wäre er schon alt und abgehalftert zur Welt gekommen. Als Malcolm im Half Moon anfing, hatte er angenommen, dass Billy und die anderen Handlanger schon seit einer Ewigkeit für Hugh arbeiteten.

»Dich hat er in der Bar eingesetzt. Und mich für seinen anderen Kram.«

Malcolm runzelte die Stirn. Worauf wollte der Kerl hinaus?

»Hast du gehört, was mit Pete Spear passiert ist?«, fragte Billy.

Pete Spear, der Leiter der Stadtverwaltung, war innerhalb kürzester Zeit rund vier Mal im Half Moon aufgetaucht, auf der Suche nach Hugh. Er wolle nur kurz mit ihm reden, hatte er zu Malcolm gesagt, als er das letzte Mal da war. Er kam immer wieder, obwohl Malcolm ihm mehrfach erklärte, dass Hugh die Bar nicht mehr gehörte.

»Der Ärmste wurde überfallen«, sagte Billy. »In Manhattan. Und ziemlich übel zusammengeschlagen. Ist jetzt auf einem Auge blind.«

Sie blinzelten beide in den strahlend weißen Schnee.

Als Billy wieder weggefahren war, setzte Malcolm sich zurück in sein Auto und atmete tief durch. Er legte die Hände auf die Gebläseschlitze der Heizung und versuchte, bis hundert zu zählen, doch er schaffte es nicht. Er hatte schon so oft überlegt, was er tun sollte, aber die Frage war zu groß, es gab keine Antwort, und irgendwann beschloss er, nur noch einen Tag nach dem anderen durchzustehen. Aus Tagen würden Wochen werden, aus Wochen Monaten, und vielleicht würde alles gut. Aber dieser Plan funktionierte anscheinend nicht. Er scrollte durch seine Kontakte und versuchte ein weiteres Mal, Hugh anzurufen. Keine Antwort.

Die Hauptstraße war mit Sand und Salz bestreut, aber auf den Nebenstraßen herrschte weiterhin Glätte; er musste aufpassen, dass er nicht ins Rutschen geriet. Zuerst fuhr er zu seiner Mutter und stellte den Wagen in ihrer Einfahrt ab, erleichtert, dass Mr. Sheridan sie freigepflügt hatte. Seine Mutter versuchte, ihn zum Bleiben zu überreden, doch als sie sah, dass er nicht wollte, schlug sie vor, ihn in die Bar zu begleiten, damit er Gesellschaft hatte.

»Nein, Ma«, sagte Malcolm. »Bleib einfach hier und halte das Haus warm.«

»Dann übernachte doch wenigstens und profitiere von meinem Kamin.«

»Ich kann nicht. Aber ich schaue wieder nach dir.«

»Ist alles in Ordnung? Abgesehen vom Wetter, meine ich. Und von Jess.«

»Ja, alles okay«, sagte er. Jess tauchte garantiert wieder bei ihm auf. Vier Nachrichten auf einmal hatten etwas zu bedeuten. Vier Nachrichten auf einmal, so viele hatte sie seit Monaten nicht geschickt. Sie wusste, dass sie ihm eine Erklärung schuldete. Wenn sie wieder vorbeikam, wollte er da sein.

»Na gut«, sagte sie. »Dann geh. Darren wird …« Sie hörte so abrupt auf zu sprechen, dass er aufblickte.

»Was wolltest du gerade sagen?«, fragte Malcolm. Einen Moment lang vergaß er Billy, Hugh, das Half Moon, Tripp Waggoner und sogar Jess. »Etwas über Dad?«

Sie sah ihn an, als sei er derjenige, der etwas durcheinanderbrachte. »Ich rufe jetzt Mary an. In Boston gab es keine einzige Schneeflocke. Unglaublich, oder?«

Malcolm wartete, bis die Stimme seiner Schwester aus dem Lautsprecher ertönte, um sie aus dem Hintergrund zu grüßen. Dann sagte er zu seiner Mutter, er würde den leeren Benzinkanister aus ihrer Garage mitnehmen, weil er noch einen bräuchte. Er fuhr vorsichtig zur Tankstelle, füllte die beiden Kanister mit Benzin, dann rollte er die Seneca entlang zum Half Moon. Die Fassade sah feucht und trostlos aus, sie brauchte dringend neue Schindeln. Dicke Eiszapfen hingen vom Dach herab. Hoffentlich brachen sie nicht ab und spießten Fußgänger auf. Das ganze Gebäude war renovierungsbedürftig – neue Regenrinnen, ein komplettes neues Dach, die Liste war endlos. Er blickte hoch zu den Fenstern im Obergeschoss und stellte sich vor, dort schaute jemand zu ihm hinunter.

Von den anderen Läden hatte sich keiner die Mühe gemacht, den Bürgersteig freizuräumen. Wozu auch? Es gab noch immer keinen Strom, und der nächste Sturm war schon unterwegs. Nur die Bank hatte Strom. Er bat die Bankangestellte, ihm seine Einzahlung zu quittieren und seinen Kontostand darauf zu schreiben. Draußen schaute er auf die Quittung und zerriss sie dann in tausend Stücke. Er würde seine Mutter um ein Darlehen bitten müssen. Ihm blieb gar nichts anders übrig. Er würde ihr das Geld dann in Raten zurückzahlen. Niemand durfte davon erfahren, weder Mary noch seine Freunde und schon gar nicht Jess. Seine Mutter hatte doch sicher mehr als ihre Sozialhilfe und das kleine Gehalt vom Schulbezirk. Und ganz unabhängig davon sollte sie sich untersuchen lassen, von einem Spezialisten. Er hatte ihren Hausarzt angerufen und um Rat gefragt, doch der Hausarzt wiegelte nur ab. Sicher, sie war manchmal vergesslich, aber sie war zweiundsiebzig. Malcolm hatte dann im Internet recherchiert, nur um sich schließlich zu fragen, was ein Arzt überhaupt für sie tun konnte. Es gab keine Medikamente, die langfristig halfen. Das einzige Mittel, das er gegen Gedächtnisverlust oder besser gesagt gegen Verwirrung finden konnte, war Prävention. Ein straffes Ernährungs- und Sportprogramm, mit dem sie schon als Dreißigjährige hätte anfangen sollen.

Außer der Bank hatte nur Food King geöffnet, ein paar Autos standen auf dem Parkplatz. Beiläufig, ohne sich dessen bewusst zu sein, hielt Malcolm nach aus dem Schnee ragenden Schuhen Ausschau, nach weißen Brocken in Menschengestalt. Als er am Häuschen der Bushaltestelle vorbeikam, drosselte er das Tempo;

falls jemand nachts zu Fuß durch den Sturm gestapft war, hatte er dort vielleicht Schutz gesucht. Aufmerksam ließ er den Blick über die Müll- und Altkleidercontainer hinter der Autowerkstatt schweifen. Die Klappe des Heilsarmee-Containers stand offen. War jemand dort hineingeklettert? Er ließ den Wagen mit laufendem Motor auf der Straße stehen, ging hinüber und spähte hinein. Vielleicht lag Tripp ja dort und schlief friedlich, zugedeckt mit alten Wintermänteln und Pullovern. Aber der Container war leer. Alle Ampeln waren auf gelbes Blinklicht umgestellt. Der Zugverkehr lag wegen des Signalausfalls lahm.

Er fuhr langsam an der Bücherei vorbei, und als er ein halb unter dem Schnee begrabenes Immobilienmaklerschild sah, das ein Haus zum Kauf anbot, kam ihm eine Erinnerung, die zwei, drei Jahre zurücklag. Er fuhr weiter Richtung Stadtrand, wo die Häuser weiter auseinander standen, und bog dann auf die Schnellstraße ab, die einen Teil von Gillam vom Stadtzentrum trennte. Zuerst war die Erinnerung nur verschwommen, dann wurde sie allmählich deutlicher. Patrick wollte damals ein Haus im Neubaugebiet besichtigen und überredete Malcolm, mitzukommen. »Das dauert höchstens eine Viertelstunde«, sagte Patrick. »Nur ein kleiner Umweg.« Sie waren unterwegs zu einem Golfplatz in Westchester, um den vierzigsten Geburtstag eines gemeinsamen Kumpels zu feiern, aber zuerst wollte Patrick sich rasch das Haus anschauen, für einen College-Freund, um herauszufinden, ob es sich für den Freund lohnte, extra aus Manhattan herzukommen, um es zu besichtigen.

»Hässliche Scheidung«, sagte Patrick damals. Er sagte Malcolm, er könne im Auto warten, wenn er nicht mitkommen wolle, doch Malcolm begleitete ihn und stand geduldig daneben, während Patrick den Makler mit Fragen löcherte. Er folgte Patrick die Treppe hoch und den Flur entlang, während Patrick sich die Zimmer anschaute und Schranktüren öffnete.

»Hat dein Freund denn das Geld dafür?« fragte Malcolm, als sie zu Patricks Auto zurückgingen. Das Haus war riesig und teuer, und die Gegend, in der es lag, war viel schöner als die anderen Stadtteile. Scheidungen waren auch teuer, aber Patricks College-Freund schien sich beides leisten zu können.

»Ja«, sagte Patrick. »Aber er ist ein netter Kerl. Ich habe ihm schon so oft von Gillam vorgeschwärmt, da wurde er neugierig. Er muss sich relativ schnell entscheiden, wegen der Schule und allem. Momentan wohnen sie noch in Manhattan. Die Kinder gehen dort auf eine Privatschule. Das wird also eine große Umstellung.«

Die Angewohnheit, die erste Satzhälfte mit der zweiten zu relativieren, hatten sie von ihren Eltern. Er war reich, *aber trotzdem* ein netter Kerl. Sie waren dazu erzogen worden, Reichtum zu bewundern und ihn anzustreben, sich aber auch vor ihm in Acht zu nehmen und jeden, der reich war, als Angehörigen einer anderen Spezies zu betrachten. Auch sie konnten es schaffen, Milliarden zu verdienen, aber sie würden trotzdem nie vergessen, was es bedeutete, Geldsorgen zu haben. Es war Teil von ihnen, egal wo sie landeten, so wie ihre Augenfarbe oder Körpergröße; die Patina einer Kindheit aus aufgetragenen Turnschuhen und elterlichen Diskussionen über Streiks und Entlassungen; einer Kindheit, in der die Mütter das Fleisch erst bei Erreichen des Verbrauchsdatums kauften und versicherten, es sei in Ordnung, solange es gut durchgebraten sei. Wenn Leute ohne solche Sorgen aufgewachsen waren, konnte man es spüren; an der Art, wie sie sprachen und sich bewegten. Das wurde einem mitgegeben.

»Warum will er denn aus Manhattan weg?«, hatte Malcolm damals gefragt. »Und dann auch noch frisch geschieden?«

»Wegen der Kinder«, sagte Patrick.

»Ach so«, sagte Malcolm. Jess hätte ihm wegen seiner altmodischen Vorstellung, dass die Kinder bei einer Scheidung stets bei der Mutter blieben, sofort einen Rüffel gegeben.

»Aber warum ausgerechnet Gillam? Wenn ich so reich wäre, würde ich mir einen von diesen Protzpalästen in Mamaroneck kaufen, die direkt am Wasser liegen.«

Als sie wieder im Wagen saßen, fuhr Patrick im Schritttempo an den Häusern und Gärten von Azalea Estates vorbei. Nirgendwo Unkraut, kein einziger Buchsbaumzweig, der sich über die anderen erhob. »Du? Nein, das würdest du nicht. Du würdest hier in Gillam bleiben. Und wie meinst du das überhaupt? Gillam ist doch eine tolle Stadt. Oder gefällt es dir hier nicht?«

»Ich weiß gar nicht, ob es mir hier gefällt oder nicht. Es ist halt mein Zuhause.«

»Wenn du Kinder hättest, würdest du das verstehen«, sagte Patrick. Manchmal begriff Malcolm, was Jess damit meinte, dass Leute überheblich wurden, sobald es um ihre Familien ging.

Er zuckte mit den Schultern. »Ich verstehe es durchaus. Auch ohne Kinder.«

»Ich weiß.« Patrick bog ab und warf ihm einen Blick zu. »Entschuldige. Keine Ahnung, warum ich das gesagt habe. Was ist denn mit … du weißt schon, du und Jess und die Ärzte …«

»Die Sache ist durch.«

»Ja?« Patrick nickte. »Und ist das okay für dich?«

»Ja, schon.« Malcolm rutschte auf seinem Sitz herum. »Ich meine, das letzte Mal …«

»Ich weiß. Das war echt hart. Ihr hattet euch so gefreut. Und alle hatten sich mitgefreut.«

»Ja. Jess kommt damit nicht klar.«

Patrick hielt den Blick auf die Straße gerichtet. »Siobhán hat etwas von Adoption erwähnt. Denkt ihr darüber nach?«

»Jess hat das Thema mehrmals angesprochen, es aber schnell wieder fallen lassen. Es scheint ihr also nicht wirklich ernst damit zu sein. Außerdem würde das Jahre dauern, und wir haben ja schon Jahre investiert. Früher hätte ich das vielleicht sogar in Betracht gezogen, aber jetzt? Ich bin einfach nur müde. Ich brauche eine Pause. Wir müssen das hinter uns lassen.«

»Das verstehe ich. Du gehst eben anders damit um. Als Siobhán mit Jack schwanger war, hat sie ihn schon ab dem Moment geliebt, als sie davon erfahren hat, und sie war irgendwie sauer auf mich, weil es bei mir anders war. Ich hab zwar gesagt, dass ich ihn auch liebe, aber sie hat mich natürlich durchschaut. Wenn ich ganz ehrlich bin, ist bei mir der Funke erst in dem Moment übergesprungen, wo ich unsere Kinder zum ersten Mal gesehen hab, manchmal hat es auch etwas länger gedauert. Vielleicht geht es Jess ja so ähnlich wie Siobhán. Ich will damit sagen, dass sie den Verlust dieses Babys wahrscheinlich ein wenig anders erlebt als du.«

Sie bogen auf die Hauptstraße.

»Aber was weiß ich schon?«, sagte Patrick nach einem guten Kilometer. »Ich war nie in deiner Lage. Ich kann mir nicht vorstellen, was ihr durchmachen musstet.«

Malcolm nickte. Er hatte es auch durchgemacht, nicht nur Jess. Er spürte, dass sich eine Schwere auf ihn und seinen Freund legte, aber er wollte nicht, dass sie ihnen die Freude auf den bevorstehenden Tag verdarb.

»Wenn ich eins bekäme, wäre es wahrscheinlich eh komisch«, sagte er, um die Stimmung etwas aufzulockern.

Patrick lächelte. »Du bekämst eins, das ständig mit dem Finger in der Nase bohrt. Oder eins, das in der Schule ständig an sich rumfummelt.«

»Erinnerst du dich noch an David Hoyle?«, fragte Malcolm, und sie brachen beide in Gelächter aus. David Hoyle war bis zur vierten Klasse ihr Mitschüler gewesen und hatte damals mitten im Schuljahr unter mysteriösen Umständen die Schule gewechselt. Wenn Miss McConaughey den Gang hinunterging, hatte er sich jedes Mal mit den Händen auf den Schritt gedrückt. Die Erwachsenen hatten sich nie dazu äußern wollen, warum er so plötzlich verschwand.

»Jack meinte heute Morgen zu mir, er könnte beim Essen nicht neben mir sitzen, weil ich so ekelhaft schmatze«, sagte Patrick. »Er hat gesagt, das klingt, als hättest du einen Sumpf im Mund.

Stell dir mal vor, wir hätten es gewagt, unseren Vätern sowas zu sagen. Wir hätten uns sofort eine eingefangen. Aber so ist das heute.«

»Und deine sind noch gut geraten! Oder jedenfalls normal. Mehr oder weniger.«

»Kommt auf die Uhrzeit an.«

»Der Sohn von Toby ist schon komisch, oder? Der mittlere?« Malcolm äffte das Gesicht nach, das Tobys Zweitgeborener immer machte, wenn er die Erwachsenen unterbrach.

»O Gott!« Patrick schielte zu ihm herüber, während er auf den Highway fuhr. »Wieso ist mir das bisher nie aufgefallen? Weißt du was? Der Junge ist elf und hat in meinem Haus noch nie die Klospülung benutzt. Unfassbar, oder?«

Malcolm zog wieder die Grimasse, und Patrick lachte so heftig, dass der Wagen einen Schlenker machte.

»Einmal hat er auf unser Trampolin gekackt, da war er etwa sieben. Hab ich dir je davon erzählt? Wahrscheinlich nicht. Siobhán hat's mir verboten. Warum höre ich bloß auf sie? Sie hat mich damals gezwungen, es sauber zu machen und so zu tun, als wär's der Hund gewesen. Ich musste schweigen wie ein Grab.«

Malcolm schüttelte sich vor Lachen. Es war ein herrlicher Frühlingstag, perfekt zum Golfen, perfekt für ein Bier im Freien; was machte es schon, dass sie kaum wussten, wie man den Schläger richtig hielt, es war ohnehin nur ein Vorwand, um zusammen zu sein. Jess war todtraurig, sie war völlig fertig, und es tat ihm unendlich leid für sie, aber er war nicht so traurig wie sie. Er war es einfach nicht, und er konnte nicht so tun, als ob. Er sah keinen Sinn darin. Er war froh, dass sie endlich nach vorn schauten. Sie waren noch jung. Sie konnten auch zu zweit noch ein gutes Leben führen. Gelegenheiten, glücklich zu sein, gab es überall, man musste sie nur erkennen und beim Schopfe packen. Zum Beispiel der Tag, der nun vor ihm lag. Man konnte sich jederzeit selbst dazu bringen, ein wenig glücklich zu sein.

»Was soll's«, sagte Patrick. »Das Half Moon ist dein Baby.«
»Sag das bloß nicht, wenn Jess dabei ist.«
»Um Gottes willen. Auf gar keinen Fall.«

Malcolm war nicht sicher, ob er das Haus wiederfinden würde. Im Winter sah die Gegend anders aus, Schnee bedeckte die samtig grünen Rasenflächen. Die Grundstücke waren exakt aufgeteilt und viel größer als in seinem Stadtteil. Er folgte einfach seinem Bauchgefühl, und im nächsten Moment entdeckte er auch schon Brattons Auto.

Er fuhr die Einfahrt hoch. Sie war perfekt geräumt, auf dem exakten Asphaltrechteck war nicht die geringste Schneespur zu sehen. Ein Vorhang bewegte sich an einem der Fenster im Obergeschoss. Komm schon raus, dachte Malcolm. Komm verdammt noch mal raus, wenn du dich traust. Doch kurz darauf kam Jess durch die Tür, in Schneestiefeln, die er noch nie gesehen hatte. Das Haar hochgesteckt, ungeschminkt, sie sah aus wie fünfundzwanzig. Er starrte geradeaus, weigerte sich, sie anzusehen und das Fenster herunterzulassen. Da kam sie zu ihm herüber und öffnete die Beifahrertür.

»Hallo«, sagte sie und setzte sich. Aus irgendeinem Grund legte sie den Sicherheitsgurt an. »Ich bin dagewesen. Hast du meine Nachrichten bekommen?«

Er antwortete nicht. Er wollte es ihr schwer machen. Etwas stieg in ihm auf, ein abgeschnürtes Gefühl, als klemmte alles, was er am liebsten gesagt hätte, in seiner Brust fest. Er lehnte sich zurück und holte tief Luft. Warf ihr einen kurzen Blick zu. Sie war blass, abgemagert, hatte dunkle Ringe unter den Augen. Aber er sah vermutlich auch nicht besser aus nach dem Wochenende, das hinter ihm lag.

»Wie geht es dir?«
»Fick dich, Jess.«
Sie zuckte zusammen, schaute auf ihren Schoß.

Sie saßen schweigend nebeneinander, der Motor brummte vor sich hin. Soll sie doch zuerst reden, dachte er. Soll sie sich doch was einfallen lassen.

Aber dann konnte er nicht an sich halten. »Weiß er, dass du hier draußen bei mir bist?«

»Ja.«

»Und er ist damit einverstanden?«

»Keine Ahnung. Ich habe ihn nicht gefragt.«

»Nein, natürlich nicht. Du hast einfach gemacht, was du wolltest.«

»Malcolm«, sagte sie nur.

Er stellte sich vor, wie er hineinstürmte, Bratton am Kragen packte und ihn durch sein gigantisches Panoramafenster warf. Sollten seine Kinder doch zuschauen, es war ihm scheißegal. Er hatte zwanzig Leute, die bestätigen würden, dass er den ganzen Tag mit ihren Familien auf dem Sofa gesessen und Mau-Mau gespielt hatte. Und Jess. Diese Lügnerin. Diese ... Doch die üblichen Worte fühlten sich auf einmal nicht richtig an. Die ganze Situation fühlte sich mies an, selbst in seiner Fantasie. Als Jess aus Brattons Haus kam, war seine Wut augenblicklich verraucht, und stattdessen fühlte er sich leer, erschöpft, verloren. Da war sie. Seine Jess. Sie stand nur vor einem anderen Haus.

»Wo ist dein Wagen?«

»In Manhattan.«

»Und? Du schläfst also mit ihm. Liebst du ihn?«

»Malcolm«, sagte sie flehend, wandte den Blick ab. »Ich weiß es nicht.« Ihre Antwort fühlte sich wie ein Schlag an.

Sie griff nach seiner Hand und drückte sie, doch er zog sie weg.

»Was machen wir jetzt?«, fragte er.

»Ich weiß es nicht«, sagte sie wieder.

Auf der Straße hinter ihnen gingen zwei Senioren mit ihren Hunden Gassi, bewegten sich mit bedächtigen Schritten übers Eis. Malcolm beobachtete sie im Rückspiegel. Aus den Lüftungsschlitzen des Armaturenbetts strömte heiße Luft, doch seine Hände wollten einfach nicht warm werden.

»Du hättest die Bar sehen sollen«, sagte er. »Du hättest sie sehen sollen, als ich Freitagabend dort ankam. Ich hab's sofort gespürt. Wenn ich bloß wüsste, wie ich es schaffen könnte, dass jeder Abend so wird. Oder wenigstens vier in der Woche. Eigentlich war es nur ein halber Abend. Wir hatten ja schon vor Mitternacht zu.«

»Wirklich?«, sagte sie. Vielleicht machte sie sich über ihn lustig, aber das war ihm egal. Zu Hughs Zeiten hatte sie immer dann am meisten Spaß gehabt, wenn abends die Tische und Stühle spontan zur Seite geschoben wurden, um mehr Platz zum Tanzen zu schaffen. Sie zog sich jedes Mal die Schuhe aus und tanzte barfuß, und wenn sie später heimkamen, schrubbte sie sich ihre schwarzen Sohlen erst gründlich mit Seife ab, bevor sie sich von ihm aufs Bett ziehen ließ. »Zieh dir doch einfach Socken an!«, flehte er jedes Mal. Diese Erinnerung ging ihm durch den Kopf, als er den Freitagabend für sie Revue passieren ließ, und ihr Blick verriet ihm, dass sie es vor sich sehen konnte, dass er es richtig gemacht hatte, dass sie ihm alles glaubte.

»Du siehst gut aus, Mal«, sagte sie.

»Du siehst schrecklich aus«, sagte er. »Tut mir leid.«

Der Himmel veränderte sich. Noch war er größtenteils strahlend blau, doch von Norden näherte sich eine graue Wolkenfront. Die Luft, die den ganzen Tag über so sauber und trocken nach Kiefern und kahlen Ästen geduftet hatte, verströmte nun einen schwachen erdigen Geruch, Feuchtigkeit breitete sich aus. Sie fröstelten beide gleichzeitig.

»Ich kann nicht fassen, was du getan hast.« Er wollte angewidert klingen, aber er bekam nur ein Flüstern heraus.

»Ich weiß.«

»Wie konntest du nur? Und kein einziges verdammtes Wort. Ich warte hier wie ein Idiot darauf, dass du heimkommst. Vier

Monate lang. Nur, um dann von anderen zu erfahren, was los ist. Weißt du eigentlich, wie dumm ich mir vorkomme? Nach all den Jahren. Und dann auch noch mit Patricks College-Freund. Nicht nur, dass ich dich verliere. Was glaubst du, was das mit Patrick und mir macht? Wolltest du alles andere gleich mitzerstören?«

»Nein, natürlich nicht. An Patrick habe ich dabei nicht gedacht.«

»Nein. Warum solltest du auch.«

»Es tut mir wirklich leid.« Sie war den Tränen nah. Er war in vielem so umgänglich und unkompliziert, doch was er nicht verzeihen konnte war, zum Narren gehalten zu werden.

»Und weißt du ...« Er konnte kaum weiterreden, weil der Kloß in seinem Hals immer dicker wurde. Sie schaute weg, damit er sich wieder fassen konnte. Er schlug gegen das Lenkrad. »Als ich dir von meiner Sorge erzählt hab, dass unsere Anstrengungen, ein Kind zu bekommen, unserer Beziehung schaden könnten, an der mir wirklich sehr viel lag, weil sie toll war, hast *du* gesagt, wir wären schon eine Familie. Das waren *deine* Worte, erinnerst du dich?«

»Ich weiß.«

»Aber wenn du wirklich überzeugt davon gewesen wärst, dass wir beide schon eine Familie sind, dann hättest du das nicht getan. Das bedeutet, tief in deinem Innern hast du geglaubt, dass wir nur dann eine Familie sind, wenn wir ein Kind haben. Dass erst ein Kind uns zu einer Familie machen würde. Und dass wir ohne Kind keine sind. Sehe ich das richtig?«

»Nein.«

»Dann erklär es mir. Für mich sieht das so aus, als wärst du losgezogen, um dir eine Familie zu suchen. Wo bleibe ich dabei?« Doch er gab ihr gar nicht die Gelegenheit, zu Wort zu kommen. »Weißt du eigentlich, mit wie vielen Frauen ich hätte fremdgehen können? Ich kann es dir gar nicht genau sagen, weil es so viele sind! Erinnerst du dich an Meg? Sie war umwerfend, aber ich hab's gelassen.«

Aus den Augenwinkeln nahm er wahr, dass sie ihn musterte. Eigentlich hatte er etwas anderes sagen wollen. Er hatte sich falsch ausgedrückt. Aber er konnte ja wohl erwarten, dass sie trotzdem verstand, was er meinte.

»Schön für dich, Mal«, sagte sie schließlich. »Was bist du doch für ein toller Kerl.«

»Tut mir leid. Es war dumm von mir, das zu sagen.«

»Ist es nicht so, dass ich dich vor ein paar Jahren in flagranti erwischt habe? Erinnerst du dich an Erica Delfino? Ich habe sie nämlich noch glasklar vor Augen. Aber wir haben nie darüber gesprochen, richtig? Und Emma? Du kannst mir doch kaum in die Augen schauen, sobald ihr Name fällt.«

Malcolm schluckte. »Mit Emma ist nie etwas passiert. Sie ist hübsch und meine beste Mitarbeiterin. Mehr nicht.«

»Willst du mir ernsthaft weismachen, dass du eine Gelegenheit, die sich bietet, nicht beim Schopfe packen würdest?« Jess schnaubte. Dann seufzte sie. »Entschuldige. Antworte nicht darauf. Meine Güte. Wo sind wir nur gelandet.«

»Warte. Lass mich dazu etwas sagen. Das mit Erica tut mir leid. Wirklich. Ich weiß nicht, was ich mir dabei gedacht habe. Aber zwischen uns beiden gab es nur noch ein einziges Thema. Mit Erica ist nichts passiert, aber es hätte etwas passieren können. Dafür gibt es keine Entschuldigung. Es tut mir schon seit damals leid, mir wird schlecht, wenn ich nur daran denke. Es hatte nichts zu bedeuten.«

»Das weiß ich. Ich kenne dich, Mal. Aber wehgetan hat es trotzdem.«

Er öffnete das Fenster einen Spalt. Kalte Luft drang herein, und er nahm ein paar tiefe Atemzüge.

»Wie sind wir hier gelandet, Jess?«

Über genau diese Frage hatte sie siebzehn Wochen lang nachgedacht. Sie massierte sich die Schläfen. Sie war viel zu müde, um zu weinen. Neils Kinder freundeten sich langsam mit ihr an. Sie hatte vorgehabt, nur zwei Nächte zu bleiben und dann zu ihrer Mutter zu fahren, aber dann kam das Schneechaos – und die Vorstellung, bei ihrer Mutter festzustecken und ihren Kommentaren ausgeliefert zu sein, ohne kurz wegfahren oder einen Spaziergang machen zu können, war unerträglich. Bei Neil zu sein war, als wäre die Zeit stehengeblieben. Sie brauchte nichts zu entscheiden, weil das reale Leben Pause machte und erst weitergehen würde, wenn der Schneesturm vorbei war und der Strom wieder funktionierte. Die Bahnsignale waren noch immer gestört, und Bloom ließ verlauten, dass sämtliche Mitarbeiter des New Yorker Büros bis auf Weiteres im Home Office arbeiten konnten. Neils Kanzlei gab die gleiche Regelung bekannt. Die Kinder beobachteten sie aufmerksam, beäugten ihr Gesicht, ihr Haar, ihre Kleidung. Erst an diesem Morgen waren die Mädchen mit rougeverschmierten Wangen die Treppe hinuntergekommen, Lidschatten bis zu den Brauen. Sie hatten sich offenbar über Jess' Schminkkoffer hergemacht.

»Ihr seht heute irgendwie anders aus als sonst«, sagte Jess, als könne sie nicht genau sagen, was sich verändert hatte. Die Mädchen erstarrten und warteten gespannt, was Jess als nächstes tun würde. »Darf ich mal kurz ...«, sagte Jess, nahm ein Taschentuch und wischte ihnen behutsam den überschüssigen Lippenstift von den Mündern. Die Schwestern schauten sich erleichtert an. Die Ältere war noch immer etwas reserviert, doch die Jüngere und der kleine Bruder kletterten auf ihren Schoß, auch wenn auf dem Sofa noch mehr als genug Platz war. Neil entschuldigte sich dann und forderte die Kinder auf, sie nicht so zu belagern. Aber sie genoss es unendlich, dass diese kleinen Personen ihr so viel Liebe und Vertrauen schenkten. Sie hielten nicht das Geringste zurück, um sich zu schützen.

Eigentlich hätten die Kinder am Sonntag nach dem Sturm bei ihrer Mutter übernachten sollen. Jess und Neil wollten den Abend zu zweit verbringen. Neil hatte gesagt, Christine hielte sich den Samstag gern frei und hole die Kinder lieber erst sonntags zu sich, auch wenn sie dann montags weit fahren müsse, um sie zur Schule zu bringen. Das Streusalz in der Gegend war zwar inzwischen knapp, aber Azalea Estates lag nur einen Kilometer von der Autobahn entfernt, wo etwas bessere Schneeverhältnisse als auf den übrigen Straßen herrschten. Neil packte die Sachen der Kleinen zusammen und fuhr sie im Kriechtempo zu ihrer Mutter, nur um festzustellen, dass Christine nicht zu Hause war. Er fand dann heraus, dass sie unmittelbar vor dem Sturm nach Nashville geflogen war und vergessen hatte, es ihm zu sagen. Als er sie wütend anrief, behauptete sie, sich vertan zu haben, was zunächst plausibel klang, doch dann sagte sie, das Flugticket sei einfach unwiderstehlich günstig gewesen, was nicht so ganz zu ihrer vorherigen Aussage passte. Und die drei Kleinen saßen da, Stofftiere an die Brust gedrückt, und fragten sich, was los war. Als Neil Jess davon erzählte, eine Stunde, nachdem er seine Kinder in den Wagen gesetzt und zwei Minuten, nachdem er sie wieder zurückgebracht hatte, fürchtete er, sie sei verärgert. Sie hatten den Abend ja zu zweit verbringen wollen. Aber Jess dachte sofort an die Kleinen, die so taten, als schauten sie fern, während sie in Wahrheit gespannt darauf warteten, wie sie reagieren würde.

»Was soll man in so einer Situation sagen?«, fragte sie Siobhán später, als sie endlich den Mut aufbrachte, ihre Freundin zurückzurufen und mit ihr zu reden. Sie hatte sich in Neils Schlafzimmer zurückgezogen und die Tür zugemacht. Sie hatte Neil zuvor gesagt, wen sie anrufen wollte. In Ordnung, sagte er, viel Glück. Doch dann fügte er hinzu, wenn Siobhán damit nicht klarkäme, solle sie sie vergessen. Sie habe ja noch ihre Studien- und Highschool-Freundinnen, die ihr doch ohnehin näherständen als Malcolms Freundeskreis. Und sie habe ja jetzt ihn. Sie brauche Siobhán nicht.

»Nein«, sagte Jess, verwirrt über das unbehagliche Gefühl, das sich in ihr breit machte. »Ich werde Siobhán ganz sicher nicht vergessen, wie du es ausdrückst.«

»Du weißt, was ich meine.«

»Nein, weiß ich nicht«, erwiderte sie. Ein kalter Schauer lief ihr über den Rücken. Siobhán hatte Neil mit offenen Armen empfangen, hatte ihm sogar einen neuen Freundeskreis besorgt. Plötzlich fragte sie sich, wen er eigentlich liebte; ob er diese Menschen überhaupt nennen konnte, und wie viele es gab. Und ob er sagen konnte, warum er sie liebte. Und einmal mehr fragte sie sich, wie die Trennung eigentlich aus der Perspektive seiner Ex-Frau gelaufen war, welches Bild sie wohl malen würde.

Siobhán gab sich wirklich große Mühe, Jess aufmerksam zuzuhören, ohne sie zu unterbrechen. Jess spürte, dass ihre Freundin versuchte, sie zu verstehen und dass es ihr zugleich schwerfiel, da sie schon so lange mit Malcolm befreundet war. Einmal, mit neunzehn, war sie mit ihm und drei anderen Jungs aus ihrer damaligen Clique in seinem Auto unterwegs gewesen, lange bevor Jess dazukam. Als sie die Küste entlangfuhren, merkte sie auf einmal, dass sie ganz unerwartet ihre Tage bekam. Malcolm, der das irgendwie spitzkriegte – er hatte ja eine Schwester –, setzte die anderen daraufhin an dem Ferienhaus ab, das sie zusammen gemietet hatten, und erfand eine Ausrede, warum Siobhán noch im Auto sitzen bleiben musste. Er sagte, sie wollten noch schnell Bier holen. Dann fuhr er sie zu einer Tankstelle, und während sie dort auf der Toilette ihre Shorts auswusch und eine frische Hose aus dem Seesack holte, kaufte er einen großen Kanister Wasser und schrubbte den Polstersitz, auf dem sie gesessen hatte. Er verlor nie ein Wort darüber, bis Siobhán mehr als zwanzig Jahre später Jess davon erzählte und er dabeisaß und zuhörte.

Als Siobhán klar wurde, dass Jess die Geschichte noch gar nicht kannte, versetzte sie Malcolm einen Stoß und rief: »Du hast ihr nie davon erzählt?«

»Du hast mir damals gesagt, ich soll es für mich behalten«, erwiderte er achselzuckend.

Siobhán sagte Jess, dass sie doch schon viel früher mit ihr hätte reden können. Und Jess wusste, dass sie recht hatte. Ihr war klar, dass ihre Freundin nicht jedem auf die Nase binden würde, was in ihr vorging. Siobhán hatte Malcolm gern, sie aber auch. Und sie hätte ihr vielleicht helfen können, gar nicht erst in den Schlamassel zu geraten, in dem sie nun steckte. Und sie hörte ihr wirklich aufmerksam und verständnisvoll zu, auch wenn sie zehn Minuten am Stück redete. »Was soll man sagen, wenn er mit den Kindern zurückkommt und man genau weiß, dass sie lauschen?«, fragte sie Siobhán. »Wenn man genau weiß, was sie durchmachen, und dass ihre Mutter offenbar lieber sonst wohin fliegt, als Zeit mit ihnen zu verbringen? Wenn man genau weiß, dass es nicht die Schuld der Kinder ist? Natürlich hab ich zu ihm gesagt, es sei schön, dass sie hier sind. Dass ich mich freue, dass wir den Abend jetzt alle zusammen verbringen können. Und ich konnte ihre Erleichterung förmlich spüren.« Von morgens bis abends war das Haus von ihren Stimmen erfüllt.

Siobhán schwieg lange. Dann sagte sie: »Ach, meine Liebe. Was für ein Durcheinander.«

»Ich kann es noch immer nicht glauben«, sagte Jess zu Malcolm, in der Stille seines Wagens. »Ich konnte ein Baby in meinen Armen spüren. Dir mag es übertrieben erscheinen, aber so war es wirklich. Die ganze Zeit war ich sicher, eine Zukunft zu sehen. Was habe ich nur gesehen? Es fühlte sich so real an. Ich wäre eine gute Mutter gewesen. Ich wäre wirklich toll gewesen.«

Malcolm hätte seine Gedanken gern besser in Worte gefasst, doch sie kamen in Gestalt außersprachlicher Gefühle zu ihm, wie elektrische Schläge, die ihm durch die Arme fuhren und ihm die Brust zuschnürten. Jess hatte sich dazu zwingen müssen, das Thema zu wechseln, so wie er auch. Sie hatte das Dunkel irgendwie mit Licht füllen müssen, versuchte es vielleicht immer noch, mit Neil Bratton und seinen Kindern. Rückblickend war es wirklich kaum zu glauben. Schon als sie sich zum ersten Mal ihre Liebe gestanden hatten, doch auch später, als sie heirateten, das Haus kauften und es mit Möbeln, Geschirr und Lampen einrichteten, zielten all ihre Bemühungen auf eine Zukunft ab, für die es keine Garantie gab. Seit Jess fort war, ging ihm allmählich auf, dass jeder Tag und jede Stunde Neuland für ihn waren und dass er seinen eigenen Weg finden musste. Die Erkenntnis lag auf der Hand, und das erschütterte ihn umso mehr.

»Was machen wir jetzt«, fragte sie nach einer Weile.

»Das fragst du mich?«

»Ja, sicher. Wir haben ein ernstes Problem.«

»Nicht nur eins«, sagte er.

»Nicht nur eins«, stimmte sie zu. »Wo wir gerade beim Thema sind …« Sie griff nach seinem Handy und tippte sein Passwort ein, als wären sie nie getrennt gewesen.

»Morgen Mittag soll es wieder anfangen zu schneien.«

»Ich weiß.«

»Ist auf der Seneca immer noch Stromausfall? Im gesamten Stadtteil?«

»Ja«, erwiderte er. Plötzlich fiel ihm auf, dass in Brattons Haus die Lampen leuchteten. Er schaute den Block hinunter. In allen Häusern brannte Licht.

»Gestern hatte ich eine Idee. Deshalb bin ich auch vorbeigekommen.«

»Was für eine Idee?«

»Zuerst möchte ich, dass du mir zuhörst.« Sie deutete auf Neil Brattons Haus. »Wir können über all das reden, und das müssen wir auch. Aber wir haben ein noch dringenderes Problem.«

Er sah sie an. »Dringender als das hier?«

»Dieser Widerling war hier. Wie heißt er noch gleich?«

Malcolm starrte sie verwirrt an.

»Meinst du Hughs Handlanger? Billy?«

»Genau. Er wollte mir offenbar Angst einjagen. Ich glaube, er war bei unserem Haus, als ich vorbeikam, und ist mir hierher gefolgt. Dann hat er angehalten und mich beobachtet. Und zwar so, dass ich es mitbekomme. Reg dich nicht auf, hör mir einfach nur zu.«

»Okay.«

»Und dann ist mir eine Idee gekommen.«

»Du hast es bereits erwähnt.«

»Sie ist so naheliegend, dass ich eigentlich schon viel früher drauf hätte kommen müssen.«

»Aha«, sagte Malcolm.

»Aber bevor ich sie dir erzähle, möchte ich, dass du nach Hause fährst und über die Bar nachdenkst. Und über dich selbst, über Hugh, Gillam und die ganze Situation.«

»Was? Du willst mich nach Hause schicken, damit ich nachdenke? Warum?«

»Ich möchte nicht nur, dass du über die Bar nachdenkst«, fuhr Jess fort, »sondern auch über uns beide, und über alles, was passiert ist. Weißt du, was ich neulich auf einer der Kinderwunschseiten gelesen habe? Da schrieb eine Frau, dass Leute, die ein gesundes Kind bekommen, die glücklichsten Menschen der Welt seien. Zig andere Leute stimmten ihr natürlich zu. Aber ganz weit unten fand ich den Kommentar einer Frau, die meinte, das größte Glück sei doch eigentlich, selbst geboren zu werden, und dass wir uns das klar machen sollten. Denn wie hoch war die Wahrscheinlichkeit, dass das passieren würde? Das geht mir seitdem nicht mehr aus dem Kopf. Ich trauere um die Babys, die ich verloren habe, aber dass es *dich* und *mich* gibt, dass unsere Mütter ausgerechnet uns empfangen haben und keine andere von Milliarden Kombinationen, die hätten entstehen können – das bedeutet doch etwas. Und dass wir behütet geboren wurden und auch behütet aufgewachsen sind. Ob wir zusammenbleiben oder nicht, es bedeutet etwas. Ich versuche nur, herauszufinden, was. Wir vergeigen es. Wir vergeuden Zeit. Wir haben nur ein Leben, und das Leben ist ein Wunder! Ich will aufhören, es zu vergeigen.«

»Aber wie? Wir können ja wohl schlecht noch einmal vorne anfangen.«

»Schau, Malcolm.« Sie drehte sich zu ihm und sah ihm direkt in die Augen. Am liebsten hätte sie sein schönes Gesicht umfasst und sich auf seinen Schoß gesetzt. Und er schien ihre Gedanken zu lesen, denn er griff nach ihrer Hand und hielt sie sich an die Wange.

»Genau das frage ich mich auch«, sagte sie. »Genau darauf will ich hinaus. Bist du dir da sicher?«

9

WAR ER SICH SICHER? Er dachte darüber nach, als er abermals am Half Moon vorbeifuhr. Er verzichtete darauf, an der Bar anzuhalten. Er hatte mit Jess vereinbart, sie am kommenden Morgen dort zu treffen, vor dem nächsten Schnee, damit sie ihm ihre Idee erklärte. Er war im Auto sitzengeblieben und hatte zugeschaut, wie sie ihren dunkelblauen Mantel um sich zog und wieder zurück ins Haus ging. Als sie die Tür hinter sich geschlossen hatte, nahm er seinen Kaffee aus dem Halter – er war längst kalt geworden –, ließ sein Fenster hinunter und schleuderte ihn mit voller Wucht gegen Brattons Auto. Er klatschte gegen die Heckscheibe, der Becher flog in die eine Richtung, der Deckel in die andere. Er wartete ein paar Sekunden ab, ob Bratton aus dem Haus gestürzt kam, doch die Welt war so still wie zuvor. Als er wegfuhr, bat der Sprecher des Lokalradios die Zuhörer, einander zu helfen, besonders den Älteren. Es würden überall im Bezirk Wärmestationen eingerichtet, viele Menschen hätten jedoch Probleme, dorthin zu kommen. Der Sprecher appellierte an diejenigen, die über Kamine und Generatoren verfügten, Nachbarn bei sich aufzunehmen. Man solle zwar nicht mit seinem Auto fahren, aber man könne sich hineinsetzen, den Motor laufen lassen und die Heizung anstellen. Man solle jedoch sicherstellen, dass Fahrzeuge mit laufendem Motor nur an gut belüfteten Stellen ständen und dass die Auspuffrohre nicht zugefroren seien.

Malcolm fuhr noch einmal bei seiner Mutter vorbei, weil er vergessen hatte, nachzusehen, wie viel Holz sie auf der Veranda gestapelt hatte, doch sie öffnete nicht. Also stapfte er ums Haus herum zur Schiebetür, die stets unverschlossen blieb.

»Ma?«, rief er. Der Kaminofen fühlte sich warm an, und es stank nach Rauch. Er lief rasch durchs Haus, ohne sich um die Schneespuren zu kümmern, die er hinterließ. Was, wenn sie hingefallen war? Sollte er sie selbst ins Krankenhaus fahren oder besser den Notarzt rufen? Doch er konnte sie nirgends finden, obwohl ihr Auto in der Einfahrt stand.

Er fuhr zu Mr. Sheridan hinüber und klopfte an die Haustür.

»Ach, hallo, Malcolm«, sagte Mr. Sheridan, als er öffnete. »Deine Mutter ist hier. Hast du dir Sorgen gemacht? Das tut mir leid. Sie war nur ...« Er trat hinaus und zog die Tür hinter sich zu. »Sie schien ein wenig durcheinander«, flüsterte er. »Da dachte ich mir, ich hole sie besser hierher. Wenn sie bei mir ist, brauche ich mir keine Sorgen um sie machen.«

»Oh«, sagte Malcolm. Mr. Sheridan machte sich Sorgen um sie? »Das ist sehr nett von Ihnen«, fügte er hinzu. Mr. Sheridan machte die Tür weit auf und rief mit lauter Stimme: »Gail, Malcolm ist hier! Er hat dich doch noch gefunden!«

»Bist du das, Malcolm?«, rief seine Mutter.

»Hallo Mom«, rief er und folgte Mr. Sheridan ins Wohnzimmer. Mr. Sheridans Frau war schon lange tot; Malcolm wusste jedoch nicht mehr, ob sie vor oder nach seinem Vater gestorben war. Er fühlte sich ein wenig verwirrt, als stünde er auf der langen Leitung, aber das konnte nicht sein; sie waren doch nur befreundet, schon seit vielen Jahren. Seine Mutter war zweiundsiebzig, Mr. Sheridan vermutlich noch älter. Am liebsten hätte er sofort Jess angerufen und gesagt, vergiss unsere Probleme mal für einen Moment und sag mir, was du davon hältst. Seine Mutter saß auf dem Sofa, die Beine wie ein Kind auf ein Kissen gestemmt, die Hände um eine Tasse Tee gelegt, Mr. Sheridans Schäferhund zu ihren Füßen, prasselndes Kaminfeuer.

»Ich habe eben bei dir vorbeigeschaut.«

»Ist er nicht ein Prachtkerl?«, sagte seine Mutter, ihr Gesicht leuchtete vor Stolz.

»Geht es dir gut, Mom? Ist alles okay hier?« Er schaute kurz zu Mr. Sheridan, damit sie verstand, worauf er hinauswollte.

»Der ganze Rauch kam auf einmal rein. Er ist einfach hereingeströmt! Ich musste die Drosselklappe öffnen.«

»Das hätte aber nicht passieren dürfen«, sagte Malcolm. »Vielleicht hat das Eis …«

Hinter ihrem Rücken schüttelte Mr. Sheridan fast unmerklich den Kopf. Er schaute Malcolm fragend an, ob er das wirklich glaubte, und Malcolms Erklärungsversuch wurde schlagartig sinnlos.

»Ich kümmere mich darum, sobald ich dazu komme, Gail«, sagte Mr. Sheridan.

»Oder ich kümmere mich darum«, sagte Malcolm.

»Jetzt stinkt alles nach Rauch«, sagte sie.

»Der Gestank wird sich verziehen, Mom. Gut, dass du hier bist.«

»Hast du gehört, dass schon der nächste Sturm im Anmarsch ist?«, fragte Mr. Sheridan ihn. Für sein Alter war er gut in Schuss, mit seinem dichten Haarschopf sah er geradezu jungenhaft aus. Was hatte er bloß mit seiner Mutter zu schaffen?

»Ja. Ich mache mir Sorgen wegen der Bar. Ich lasse einen Generator laufen, aber …« Er zuckte mit den Schultern. »Weiß man schon, wann der Strom wieder geht?«

»Ich rufe ständig dort an. Laut Ansage in acht bis zehn Stunden, aber das sagen sie schon seit drei Tagen.«

»Na toll.«

»Lass dich nicht aufhalten«, sagte Mr. Sheridan zu Malcolm. »Es wird schon dunkel. Wir sind jetzt wie die Pioniere, müssen alles erledigen, bevor es Nacht wird. Es geht ihr hier gut. Wirklich. Oder, Gail?«

»Bist du sicher?«, fragte er seine Mutter in der Hoffnung, dass sie ihn anschaute, damit er sehen konnte, ob sie es wirklich so meinte. Wo würde sie überhaupt schlafen? Wäre Jess dabei gewesen, hätte sie es sofort irgendwie herausgefunden.

»Mir geht's gut«, sagte seine Mutter. »Schau!« Sie zeigte ihm das Papierschild ihres Teebeutels, das über den Rand ihrer Tasse hing. »Er hat Lady Grey.«

Am nächsten Morgen wachte Malcolm früh auf und fuhr direkt zum Half Moon. Als er dort anhielt, stand Rob Waggoner vor der Bar, eine Papiertüte in der Hand. Der schon wieder, dachte Malcolm.

»Ich dachte, Sie hätten hier übernachtet«, sagte Rob. »Ich habe Ihnen ein Eiersandwich besorgt. Ich wollte gerade wieder los.«

»Nein, mein Bett ist bequemer«, sagte Malcolm und nahm die Tüte entgegen. »Danke. Das ist nett. Aber Sie sind doch bestimmt nicht nur deswegen hier, oder?«

»Ich habe gehört, Sie hatten einen Gast, von dem Sie nichts wussten. Ich möchte nur kurz hoch und ein paar Fotos machen. Becker und Navarro sind auch gleich da.«

»Klar, kein Problem. Gibt es Neuigkeiten?« Malcolm rammte die Eingangstür mit der Schulter auf, wie er es Robs Kollegen am Tag zuvor demonstriert hatte.

Rob nahm die Strickmütze ab und fuhr sich durchs Haar. Diesmal trug er Zivilkleidung und wirkte viel jünger als bei ihrer ersten Begegnung. Malcolm hatte keine Ahnung, ob er Kinder hatte oder ob er seinen Vater hasste. »Ja, die gibt es.«

»Tatsächlich?« Malcolm führte Rob die Treppe hoch. »Dürfen Sie denn darüber reden?« Falls nicht, würde er es bestimmt aus Jackie herausbekommen.

»Von meinen Kollegen wissen Sie ja schon, dass mein Vater einen Flug nach Toronto gebucht hat. Anscheinend hat er auch einen Anschlussflug von Toronto nach Panama City gebucht.«

»Das verstehe ich nicht«, sagte Malcolm.

»Er wollte uns glauben machen, dass er in Kanada ist, aber in Wahrheit wollte er die ganze Zeit nach Panama City.«

»Und war er bei beiden Flügen an Bord?«

»Wir haben die Bestätigung, dass er auf dem ersten Flug war, warten aber noch auf die Passagierliste für Panama City. Wir sind schon mit der Polizei von Toronto in Verbindung.«

»Nichts für ungut, aber sollten da nicht vielleicht richtige Detectives ermitteln? Das FBI?«

Ein weiterer Polizeiwagen hielt vor der Bar.

»Oh, die sind definitiv an den Ermittlungen beteiligt. Es sieht aus, als steckte er in ziemlich großen Schwierigkeiten. Die Börsenaufsicht hat seine Firma durchsucht und letzte Woche die Ergebnisse präsentiert. Sein Partner soll heute verhaftet werden, und gegen meinen Vater wird sicher auch Haftbefehl erlassen.«

»Ach du lieber Himmel«, sagte Malcolm. »Das hätte ich nie von Tripp gedacht.«

»Aber bis es einen Haftbefehl gibt, gilt er lediglich als vermisst, und deshalb ist nach wie vor unsere örtliche Dienststelle zuständig. Momentan ist er nur jemand, der während eines Sturms nach Kanada geflogen ist, ohne seiner Frau Bescheid zu sagen. Es ist ja nicht verboten, den Begünstigten seiner Lebensversicherung zu ändern. Oder Flüge zu buchen.«

Malcolm hatte immer gedacht, die Leute vertrauten sich ihm deshalb an, weil er hinter einem Tresen stand und sie die Beziehung zu einem Barkeeper als etwas Heiliges, Geschütztes betrachteten, das keine Verbindung zu ihrem Alltag hatte. Und weil sie tranken. Aber vielleicht hatte er auch einfach nur etwas an sich, das die Leute zum Reden brachte.

Jackie und Officer Navarro joggten die Treppe hoch, um sich ihnen anzuschließen.

»Hallo nochmal«, sagte Jackie.

Oben blieb Malcolm vor der Tür und ließ Rob den Vortritt, damit er sich den Stapel mit den Sachen seines Vaters ansehen konnte. Aber Rob runzelte nur verständnislos die Stirn. Malcolm schaute um die Ecke. Die Sachen waren weg.

Er schaute im Bad nach. Keine Zahnbürste, kein Deo. Er suchte den ganzen Raum ab, als könnte der Seesack irgendwo versteckt sein.

»Wo sind die Sachen hin?«, fragte Navarro.

»Ich weiß es nicht.« Malcolm fühlte sich beschuldigt. »Ich habe sie nicht angerührt.«

Er ging zu der anderen Treppe, lief nach unten, öffnete erst die Tür zum Flur, dann die zur Herrentoilette. Er holte den Schlüssel aus dem Versteck und schaute in den Vorratsschrank. Auch die Unterhemden waren verschwunden.

»Das gibt's doch nicht«, sagte Malcolm und lief wieder nach oben. In diesem Moment klingelte Navarros Handy. Der Officer drehte sich weg, um den Anruf entgegenzunehmen.

»Sie hatten Recht«, sagte Navarro zu Malcolm, als er auflegte. »Er war seit Dezember nicht mehr in seinem Büro.«

Die Beamten ließen ihre Blicke umherschweifen.

»Wer könnte die Sachen weggeschafft haben?«, fragte Jackie.

»Mark Duro?«, erwiderte Navarro. Die Beamten sahen Malcolm eindringlich an. Die Atmosphäre im Raum veränderte sich fast unmerklich, aber Malcolm nahm den Unterschied deutlich wahr.

»Wer weiß noch von diesem Raum hier oben?«, fragte Navarro.

»Hm«, sagte Malcolm. »Der frühere Besitzer, alle, die für ihn arbeiteten, alle, die für mich arbeiten, plus jeder, der hier vorbeikommt und sieht, dass das Gebäude ein Obergeschoss hat.«

Navarro nickte. Rob schaute zwischen ihnen hin und her.

»Wie läuft es denn mit der Bar?«, fragte Navarro. »Angeblich ja nicht so gut.« Er fischte einen Notizblock aus seiner Jackentasche und kritzelte etwas hinein.

»Blödsinn«, sagte Malcolm. »Wo haben Sie das denn gehört?« Lächerlich. »Glauben Sie etwa, ich hätte diesem Kerl geholfen? Als hätte ich keine anderen Probleme?« Das Half Moon erweckte zwar nicht gerade den Eindruck, als hätte er viel investiert, aber zu Hughs Zeiten hatte der Laden fast genau so ausgesehen, und niemand hätte Hugh damals unterstellt, knapp bei Kasse zu sein. Navarro konnte Malcolms Finanzen natürlich nur mit einem Durchsuchungsbefehl überprüfen. Aber warum sollte er? Es sei denn, sie hatten sich bei der Aufsichtsbehörde über ihn erkundigt.

»Das glaube ich nicht«, sagte Jackie langsam und sah Malcolm aufmerksam an, richtete die Bemerkung jedoch an Navarro. »Wirklich nicht.«

»Ich auch nicht«, sagte Rob.

»Hören Sie«, sagte Malcolm. »Ich weiß nicht, ob Ihnen das klar ist, aber Tripp war Freitagabend sturzbetrunken. Was auch immer er getan haben soll, er kann es unmöglich durchgezogen haben.«

»Und wenn er nur so getan hat?«

»Das kann ich mir beim besten Willen nicht vorstellen.«

»Wie hat er es dann ins Flugzeug geschafft?«

»Ich weiß nicht, was ich sagen soll«, erwiderte Malcolm, der sich plötzlich ärgerte, überhaupt in dieses Gespräch verwickelt zu werden. Tripp war für ihn im Grunde ein Fremder, und er hatte weiß Gott genug eigene Sorgen. Er musste die Geburtstagsparty vorbereiten, die Donnerstagabend stattfinden sollte. Vorausgesetzt, der Strom ging bis dahin wieder. Und wenn nicht, was dann? Was, wenn Hugh sein Geld wirklich bis zum Wochenende haben wollte? Ausgeschlossen.

»Rufen Sie uns an, falls Ihnen noch irgendetwas einfällt.«

»Mach ich«, sagte Malcolm. Als sie wieder draußen standen, hielt der Wagen von Jess' Mutter auf der anderen Straßenseite. Jess musste ihn sich ausgeliehen haben, aber wie war sie überhaupt zu ihrer Mutter gekommen? Natürlich. Sie hatte sich bestimmt von Bratton dorthin chauffieren lassen und ihn Maureen Ryan vorgestellt, die sich extra dafür die Haare toupiert hatte. Bratton war genau der Typ Mann, den sie sich für ihre Tochter gewünscht hatte.

»Was wollten die denn hier?«, fragte Jess, als die Beamten in ihre Autos gestiegen waren. Es gefiel Malcolm ganz und gar nicht, dass sie sofort ihre Handys zückten.

»Nichts«, sagte Malcolm.

»Nichts?«

»Lass gut sein, Jess. Das ist eine lange Geschichte.«

»Okay.«

»Wolltest du mir nicht von deiner Idee erzählen?«

Sie warf einen Blick auf die Polizeiwagen, die noch immer mit laufenden Motoren dort standen. »Lass uns besser warten, bis die weg sind.«

Als sie die Bar betraten, schaute sie sich um, als wäre sie noch nie zuvor dort gewesen. Sie ging durch die Küche, schaute in den Putzschrank. Dann ging sie die Treppe hinunter in den Keller, und er folgte ihr.

Sie kniete sich auf den Boden, um den alten Heizkessel zu inspizieren. Sodann kroch sie auf allen Vieren zu dem Regal hinüber, auf dem er den Renovierungskram aufbewahrte: halb leere Farbeimer zum Ausbessern der Wände, Verdünner, Parkett-Siegellack, diverse Bretter. Alte Lappen. Glühbirnen. Eine Bohrmaschine. Seinen Werkzeugkasten. Weiter oben standen Kisten mit Alkohol, hauptsächlich Wodka mit Fruchtgeschmack, von dem er letzten Sommer zu viel bestellt hatte und der nun dort lagern musste, bis es wieder warm wurde. Er hatte ihn zwar auch während des Winters angeboten, um weniger klassischen Wodka nachordern zu müssen, aber die Leute waren nicht interessiert gewesen. Jess fing an, leere Kisten zu stapeln, bis der Stapel gegen die hölzernen Querbalken über ihren Köpfen stieß. Dann begann sie einen zweiten Stapel, den sie vor einem der Stützbalken auftürmte.

»Was machst du da?«

Statt zu antworten, stellte sie einen alten Barhocker unters Kellerfenster, kletterte hinauf und spähte hinaus.

»Wir haben doch ein Verlängerungskabel, oder?«

»Ja, oben.«

»Wie lang ist das?«

»Warum?«

»Warum hast du den Heizlüfter nicht hier unten an der Hauptwasserleitung aufgestellt? Dort, wo er jetzt steht, kann die Wärme nur oben verhindern, dass die Rohre zufrieren, aber nicht im Keller.«

»Hier unten ist es zu gefährlich mit all dem Kram. Außerdem frieren Gebäude von oben nach unten ein. Hier im Keller gibt es kein Problem, weil er unter der Erde liegt.«

»Hm«, sagte sie nachdenklich. »Ist das Allgemeinwissen? Und warum hast du den Absperrhahn an der Hauptwasserleitung nicht reparieren lassen? Wie lange ist der schon kaputt? Seit zwei Jahren? Wie viel würde das kosten? Ein paar Hundert Dollar?«

Er verschränkte die Arme. »Der war schon kaputt, als der Laden noch Hugh gehörte.«

»Aber warum hast du ihn nicht reparieren lassen? Ich meine, wenn dich jemand fragt. Was würdest du sagen?«

»Warum sollte mich jemand fragen?«

»Tu mir den Gefallen.«

»Ich würde die Wahrheit sagen. Dass ich abwarte, bis mehr Geld dafür im Budget ist. Du weißt doch, dass eins zum anderen führt. Irgendwann hab ich mal einen Klempner kommen lassen, aber der wollte gleich den ganzen Boden aufreißen. Ich arbeite jetzt schon so viele Jahre hier, und die Rohre sind nie eingefroren, kein einziges Mal. Also bin ich davon ausgegangen, dass es noch eine Weile gut geht.«

»Aber wir hatten noch nie so lange Stromausfall. Und bald kommt der nächste Sturm.«

»Und? Was willst du damit sagen?«

»Du hast gesagt, es wäre zu gefährlich, den Heizlüfter hier unten aufzustellen«, sagte Jess. »Aber wäre es nicht sinnvoll? Um das gesamte System zu schützen?«

»Nein, ich glaube nicht, dass es sinnvoll wäre.«

»Mir geht es darum, wie man jemandem diesen Gedankengang so erklären kann, dass er plausibel klingt.«

Er wartete.

»Das ist ein Teil meiner Idee.«

Sie ging zu dem metallenen Aktenschrank hinüber und zog die untere Schublade auf. In diesem Schrank bewahrten sie alle Dokumente auf: die Kaufurkunde, Quittungen von Lieferanten, Verträge, Genehmigungen, Konzessionen, Lohnabrechnungen, Versicherungspolicen. Sie ging die Registerkarten durch, nahm eine Akte heraus, schlug sie auf, las sie einen Moment lang schweigend und nickte dann, als wollte sie sich selbst etwas bestätigen. Dann reichte sie Malcolm die Akte. Er nahm sie, ohne sie zu lesen.

»Worauf willst du eigentlich hinaus?« Und dann begriff er. »Nein«, sagte er und gab ihr die Akte zurück. »Nein, Jess. Kommt gar nicht in Frage.«

»Hör zu.«

»Du bist ja verrückt.«

»Bin ich nicht.«

»Du hast sie nicht mehr alle! Meine Güte.«

»Statistisch gesehen, wäre jetzt der Zeitpunkt, wo es passiert. Ich habe seit gestern recherchiert. Große Brände entstehen sehr oft in Kellern wie diesem hier. Weil es so viele Möglichkeiten gibt, wie es zu einer Selbstentzündung kommen kann. Ein solches Feuer würde nach oben steigen und das gesamte Gebäude zerstören. Alle wissen, wie sehr dir diese Bar am Herzen liegt, dass du dir Sorgen um sie machst und die Leitungen schützen willst. Und es wäre doch möglich, dass du deine Schutzmaßnahmen nicht richtig durchdacht hast.«

»Aber ich habe sie durchdacht. Deshalb habe ich den Heizlüfter auch oben aufgestellt.«

»Aber was, wenn du in Panik geraten wärst und eine falsche Entscheidung getroffen hättest?« Sie sah ihn an. »Das wäre doch glaubhaft, oder? Dass du ihn hier unten aufgestellt hättest?«

»Glaubhaft? Dass ich, Malcolm Gephardt, so etwas täte? Oder dass überhaupt jemand so etwas täte?«

»Egal wer. Denk doch mal nach. Ein Stromausfall. Ein dreißig Jahre alter Heizlüfter. Wie hoch waren damals die Sicherheitsstandards für diese Dinger? Weißt du, wie viele Brände die jedes Jahr verursachen? Ich habe die Statistik nachgeschlagen. Wer sagt denn, dass man Benzin für den Generator nicht auch hier unten lagern kann? Angenommen, du stellst den Generator draußen vor dieses Fenster, schiebst das Stromkabel durch und stellst den Heizlüfter an die Hauptwasserleitung in der Hoffnung, auf diese Weise das ganze System warmzuhalten. Und angenommen, du stellst ihn ein bisschen zu nah an die Kistenstapel und Chemikalien. Und aus dem Heizlüfter fliegt ein Funke hoch.«

Er starrte sie an. Dann schauten sie gemeinsam nach oben, zu der niedrigen Decke mit den Querbalken über ihren Köpfen, und dachten an das darüberliegende Stockwerk.

»Mehrere Leute könnten bezeugen, dass der Absperrhahn schon seit Jahren defekt war und nie repariert wurde.«

»Bitte hör auf.«

»Ein Unfall, verursacht durch deine Bemühungen, das Gebäude in bester Absicht zu schützen.«

Als er nichts sagte, zeigte sie auf die Akte, die er nicht hatte lesen wollen.

»Lies das. Schau dir die Zahlen an. Wir sind besser gegen Brand versichert als gegen Überschwemmungen. Entgangener Gewinn ist auch abgedeckt. Rechne es durch. Wir könnten unsere Schulden bei Hugh und der Bank begleichen. Und das soll verrückt sein?«

Damit brach sie ihm vermutlich zum zweiten Mal das Herz.

»Willst du ins Gefängnis, Jess? Ich ganz bestimmt nicht! Hör auf. Ich will nicht mehr darüber reden.«

»Man würde es als Unfall deklarieren. Ich bin mir ganz sicher. Wir hätten nichts zu befürchten.«

Sie strahlte diese übernatürliche Ruhe aus, die ihr immer zu eigen war, wenn sie Recht hatte.

»Und wir wären frei. Du könntest tun, was auch immer du willst. Alles mitnehmen, was du hier gelernt hast und von vorn anfangen. Ich auch. Wir könnten unser Haus verkaufen.«

»Unser Haus verkaufen?« Er sah sie fassungslos an. »Und wohin gehen wir? Willst du bei Neil bleiben? In seinem Haus?«

»Nein.« Sie wandte den Blick ab. »Ich glaube nicht.« So deutlich hatte sie es noch nicht einmal sich selbst gegenüber ausgedrückt, aber fast schon in dem Moment, als sie Neils Haus betreten hatte, war ihr klar geworden, dass es kein Anfang von etwas, sondern das Ende war.

»Du glaubst nicht?« Er schämte sich darüber, wie sehr er sich an diesen Funken Hoffnung klammerte.

»Hör zu, Mal. Die Zeit drängt. In ein paar Stunden fängt der nächste Schneesturm an. Die Stadtwerke arbeiten rund um die Uhr, aber selbst dort können sie nichts mehr tun, sobald der Sturm losbricht. Das Ganze macht nur so lange Sinn, wie der Strom noch ausfällt. Die Wetterbedingungen würden es der Feuerwehr unmöglich machen, sofort herzukommen. Und überall ist geschlossen. Niemand würde mitbekommen, dass hier ein Feuer ausgebrochen ist, erst wenn es lichterloh brennt. Überall im Bezirk ist das Streusalz ausgegangen. Auch der herbeigeschaffte Sand ist fast aufgebraucht. Es ist unmöglich, schnell irgendwohin zu gelangen.«

»Erst wenn es lichterloh brennt«, murmelte Malcolm. »Und das hast du alles recherchiert.«

Sie ging zu ihm hinüber. Sie blieb so nah vor ihm stehen, dass sie sich fast berührten.

»Und noch etwas«, sagte sie. »Ist es dir schon aufgefallen? Wo sind die Hydranten?«

Er stellte sich die Straße draußen vor. »Sie sind alle unter Schnee begraben.«

Sie sagte ihm, er solle einfach die Akte lesen. Ein Problem nach dem anderen, und dieses Problem habe gerade Priorität. Als er sie nach draußen brachte, drehte sie sich noch einmal zu ihm um. Ihre Miene war geschäftsmäßig; wie immer, wenn sie sie sich wegen etwas sorgte.

»Wenn du im Internet recherchierst, dann nur im privaten Surfmodus, aber lass es besser, denn ich weiß nicht, ob der Suchverlauf dann wirklich gelöscht wird.«

»Meine Güte«, sagte er.

Sie schaute die Seneca hoch. Nichts regte sich. »Den Feuerwehrleuten wird klar sein, dass niemand drinnen ist. Die begeben sich nur dann in Gefahr, wenn es wirklich sein muss.« Sie schaute auf ihr Handy. »Ich hole dich um drei an unserem Haus ab. Es ist besser, wenn wir nur ein Auto nehmen und deins in der Einfahrt bleibt. Bis dahin schneit es sicher schon heftig, und alle Leute haben sich in ihre Häuser verkrochen.«

»Und was dann?«

»Dann warten wir.«

Es war Vormittag, kurz nach elf. Vereinzelte Flocken schwebten vom Himmel, Vorboten dessen, was kommen würde.

»Was ist, wenn du dich irrst und jemand ums Leben kommt? Das ist eine freiwillige Feuerwehr. Die ist wahrscheinlich nicht so gut ausgebildet wie die Berufsfeuerwehr. Und die meisten sind noch ganz jung, frisch von der Highschool.«

Was er nicht sagte, war: Oben hat sich jemand eingenistet, ohne dass ich davon wusste. Wo auch immer Tripp gerade steckt, er hat das Half Moon für seinen Plan benutzt. Der Gedanke, dass sie später vorbeikommen wollte, lenkte ihn ab. Um drei würde sie durch ihr gemeinsames Haus laufen, in ihrer gemeinsamen Küche stehen.

»Wenn es so läuft wie sonst auch, werden sie es einfach brennen lassen und die anderen Gebäude schützen. Niemand wird zu Schaden kommen.«

Das Half Moon stand frei. Es grenzte nicht direkt an andere Gebäude, es gab keine gemeinsamen Wände. Die Seitengassen waren mindestens drei Meter breit. Rechts von der Bar befand sich der kleine Feinkostladen mit dem Büro im Obergeschoss. Links von der Bar war das Primavera. Beide waren seit Freitag geschlossen.

»Ich weiß nicht, was ich noch sagen soll. Das ist unsere einzige Möglichkeit.«

»Das kann ich nicht akzeptieren«, sagte er. Er hatte schon überlegt, Hughs Adresse in South Carolina über John herauszubekommen. Er hatte John zwar seit dem Tag, an dem er ihn wegen Diebstahls gefeuert hatte, nicht mehr gesehen, aber John hatte garantiert noch Kontakt zu Hugh, arbeitete vielleicht sogar wieder für ihn. Wenn er nur ein paar Minuten mit Hugh persönlich sprechen könnte, würde sich bestimmt eine Lösung finden.

»Wie auch immer«. Sie schaute auf ihr Handy. »Du hast ein paar Stunden Zeit, dich zu entscheiden.«

Nachdem sie gegangen war, stand er noch eine Weile da und sah zu, wie die Ampel erst gelb, dann rot, dann grün und dann wieder gelb wurde. Er fragte sich, was sie in der Zwischenzeit machte. Sie hatte gesagt, dass sie ihre Mutter besuchen wollte, aber stimmte das wirklich? Sie hatte ihm auch erzählt, dass sie sich mit Siobhán treffen wollte, doch Siobhán habe gemeint, bei ihr zu Hause könnten sie wegen Patrick nicht ungestört reden, woanders könnten sie sich jedoch auch nicht treffen, weil wegen der Sturmwarnung ja alles zu sei; sie müssten ihr Treffen also verschieben. Als Malcolm das hörte, verspürte er einen Anflug von Genugtuung, was Jess nicht entging. Doch sie zuckte nur mit den Schultern, als wollte sie sagen, es sei sein gutes Recht, er habe es sich verdient, er könne sogar darin baden, wenn er wollte. Patrick sei ja auf seiner Seite. Und Toby sowieso. (»Toby steht dir doch immer bei«, hatte sie schon oft gesagt.) Vermutlich war jeder in Gillam auf seiner Seite, außer Neil.

Aber sie war die Stimme in seinem Kopf, auch wenn sie nicht direkt vor ihm stand. Die Männer sind auf deiner Seite, würde sie vielleicht sagen. Aber die Frauen? Sie würde ihm diesen warnenden Blick zuwerfen, sich nicht so sicher zu sein. Jess' Freundinnen, ihre Mutter, jede Frau, die sich Jess' Geschichte aufmerksam bis zum Schluss anhörte, würde sie wahrscheinlich verstehen. Ihren

Angetrauten gegenüber würden sie es natürlich nicht zugeben – um Gottes willen, wie kann man so etwas nur tun, wie kann man nur seine Familie und sein ganzes wohlgeordnetes Leben riskieren, was hat sie sich nur dabei gedacht! – aber im Gespräch mit Freundinnen? Oder im Zwiegespräch mit sich selbst? Es gab durchaus welche, die Verständnis dafür hatten, einer Versuchung nachzugeben. Es gab durchaus welche, die Bewunderung für eine Frau hegten, die ein Problem hatte und versuchte, es zu lösen.

Als Malcolm wieder hineinging, nahm er sich die Akte, die sie aufgeschlagen im Keller hatte liegen lassen. Er schaute sich die Zahlen etwas genauer an. Dann schloss er die Akte und legte sie zurück in den Schrank. Die Versicherungspolicen waren allein ihr Verdienst. Kaum hatte sie von seinem Nebengeschäft mit Hugh erfahren, hatte sie dafür gesorgt, dass sie gegen sämtliche Eventualitäten abgesichert waren.

Ein Schauer durchlief ihn, obwohl ihm eigentlich nicht kalt war. Er spürte sie in dem Lichtschein, in dem sie kurz zuvor noch gestanden hatte, ihr rötlich schimmerndes dunkles Haar. Für ihn stand außer Zweifel, dass das Ganze völlig verrückt war. Dennoch konnte er der Versuchung nicht widerstehen, die Augen zu schließen und sich das gesamte Gebäude in Flammen vorzustellen. Er rechnete damit, von Erinnerungen überwältigt zu werden, doch stattdessen überkam ihn eine friedliche Ruhe. Ein neues Kapitel. Eine Chance, neu anzufangen. Morgens ohne das Gefühl aufzuwachen, schon einen Stein den Berg hinaufzurollen, bevor er überhaupt die Augen geöffnet hatte. Durch den Tag zu gehen, ohne dass einem eine ständige Last auf der Brust lag. Er dachte wieder an Tripp. An den Coup, den er gelandet hatte, falls er nicht doch irgendwo tot im Schnee lag. Statt die nächsten zwanzig Jahre seinem Barkeeper etwas vorzujammern, wie die meisten Leute, hatte er sein Leben in die Hand genommen. Anstatt darauf zu warten, vom FBI verhaftet zu werden, hatte er die Flucht ergriffen. Und wo war er jetzt? An einem Ort fernab jeder Stadt, wo er endlich die Sterne sehen konnte. Malcolm versuchte, sich diesen stillen, von der Sonne durchfluteten Ort vorzustellen – und daneben das laute, hektische Gillam, das unablässige Gestöhne über Staus und Steuern.

Wenn die Leute fragten, was mit dem Half Moon passiert sei, bräuchte er nicht zu sagen, die Bar sei pleite gegangen. Nein, sie lief gut – bis zu dem Moment, als das Schicksal zuschlug.

Zu Hause versuchte er, alle möglichen Gründe aufzulisten, warum die Idee schlecht war. Er zog die Jalousien zu und streckte sich auf dem Boden aus. Er starrte an die Decke. Er war hungrig, aber zu müde, um aufzustehen und sich etwas zu essen zu suchen.

Um drei klopfte Jess zweimal an die Seitentür und ließ sich dann selbst herein. Inzwischen schneite es heftig. Sie ließ den Blick über den Küchentresen schweifen; die Drahtobstschale stand jetzt am anderen Ende. Dann schaute sie aus dem Fenster über der Spüle. »Die abgebrochenen Äste liegen aber ganz schön nah am Haus.«

»Ich weiß«, sagte er, ohne sich zu rühren.

»Bist du bereit?«, fragte sie.

Er erhob sich langsam. »Wie kannst du nur so stoisch sein?«

»Wir haben keine andere Wahl.«

»Wir könnten Insolvenz beantragen.«

»Daran habe ich auch schon gedacht. Damit könnten wir die Schulden bei der Bank aus der Welt schaffen. Vielleicht sogar unsere Schulden bei der Klinik. Unsere Kreditwürdigkeit wäre ruiniert, aber schlimmer kann es nicht werden. Das Problem ist nur, dass Hugh das Insolvenzverfahren nicht jucken wird.«

»Mir ist eingefallen, dass meine Mutter bestimmt irgendwo Geld gebunkert hat.«

»Hör auf«, sagte sie und sah ihn endlich wieder so an wie früher. »Das ist nicht dein Ernst, oder?«

Er zuckte mit den Schultern.

»Deine Mutter wird jeden Cent brauchen, den sie hat. Sie ist zweiundsiebzig und geht noch arbeiten, Malcolm. Wir bitten unsere Mütter auf keinen Fall um Hilfe. Wir haben uns das selbst eingebrockt und holen uns da auch selbst wieder raus.«

Er seufzte. Sie hatte Recht.

»Hör zu«, sagte sie. »Wir müssen doch nicht mit einer Feuerwalze im Nacken die Treppe hochsprinten. Wir stellen einfach nur ein paar Sachen nebeneinander auf. Sieh es mal so. Wenn ein Brandsachverständiger Spuren von Chemikalien oder Benzin fände, wäre das plausibel, denn diese Sachen wurden ja dort unten aufbewahrt. Wir versuchen nicht, das zu verbergen. Jeder deiner Mitarbeiter weiß, was da unten lagert. Die Sachen stehen schon so lange dort herum, dass sie uns gar nicht mehr auffallen. Du hast dir solche Sorgen gemacht, dass die Rohre platzen, dass du den alten Heizlüfter dort aufgestellt hast, wo es dir am sinnvollsten erschien.«

»Aber ...«

Er versuchte, seine Skepsis in Worte zu fassen. Mit so etwas kam man nicht durch, sonst täten es doch alle. Dann würden überall in der Stadt Gebäude in Flammen stehen, die Zeiten waren schließlich hart. Aber so war es nicht. Oder doch? Er dachte an das Café auf der Vanderbilt. Ein Elektrobrand um drei Uhr morgens. Die Besitzer mussten den Laden für mehrere Monate schließen, doch bei der Wiedereröffnung hatten sie plötzlich eine nagelneue Hightech-Küche und maßgefertigte Regale hinter der Theke.

Er stellte sich vor, verhört zu werden. Seine Antworten lägen schon bereit und kämen der Wahrheit nah. Ein paar schwierige Tage, an denen andere Regeln gegolten hatten, bis der Strom wieder ging.

Sie nahmen Maureen Ryans Wagen. Jess fuhr mit verkniffenem Mund geradeaus. Als sie die Straße entlangglitten, begriff er, was sie damit gemeint hatte, dass sich alle Leute in ihren Häusern verkrochen, nur mit sich selbst und den anderen beschäftigt, mit denen sie dort festsaßen. Es ging nur noch darum, genug Streusalz für die eigene Einfahrt zu haben und den Kindern irgendwie eine warme Mahlzeit zu beschaffen. Nur vereinzelt drang Rauch aus den Schornsteinen. Überall dröhnten Generatoren. Als sie am Half Moon vorbeikamen, schaute Jess ungerührt auf die Straße und parkte einen Block weiter. Sie betraten die Bar durch den Seiteneingang, wo es im Gegensatz zum Haupteingang keine Kamera gab. Er war erleichtert, dass sie nicht direkt zur Treppe ging.

»Willst du was trinken?«, fragte sie.

»Jetzt?«, fragte er.

»Klar. Eine Viertelstunde mehr macht jetzt auch keinen Unterschied.«

»Okay«, sagte er. Ein Drink, und dann würden sie den Plan in die Tat umsetzen. Ein Drink, und dann würde es für ihn nur noch aufwärts gehen, komme, was da wolle. Aber noch stand die Bar, er hatte nichts falsch gemacht, er war nur mit Jess dort, die ihm während eines Sturms Gesellschaft leistete. Ihre schlanken Hände bewegten sich geschmeidig, als sie zwei Manhattans mixte. Sie legte zuerst eine Serviette vor ihm hin und stellte dann sein Glas darauf. Sie hätte sich als Barkeeperin wirklich gut gemacht.

Er trank langsam, kleine Schlucke, lange Pausen, aber irgendwann war das Glas leer. Er sagte, er wolle den Generator umstellen und bat sie, derweil den Heizlüfter nach unten zu bringen, aber sie solle sich ruhig Zeit lassen und erst einmal austrinken. Auf dem Weg nach draußen machte er einen Umweg, joggte die Hintertreppe hoch, um sich zu vergewissern, dass wer auch immer sich im Obergeschoss einquartiert hatte, nicht zurückgekehrt war. Aber dort war niemand. Er blieb noch einen Moment am Fenster stehen und beobachtete das Schneetreiben auf der Straße. Dann ging er nach unten, trug den Generator nach hinten zum Kellerfenster und klopfte von außen an die Scheibe. Sie musste mit dem Griff eines Schraubenziehers gegen das Fenster schlagen, um es aufzubekommen. Einen Moment lang dachte er, es sei vorbei, der Plan hätte sich erledigt, weil sie das Fenster nicht aufbekamen, und er war nicht sicher, ob er enttäuscht oder erleichtert sein sollte. Aber dann gelang es ihr doch, es einen Spalt zu öffnen, gerade weit genug, um das Kabel durchzuschieben.

»Was wirst du machen, wenn wir hier fertig sind?«, fragte er sie, als er in den Keller kam. Er wusste nicht, wie er die Frage sonst formulieren sollte.

»Ich werde wohl zu meiner Mutter fahren.«

»Nein, ich meine: Wie geht es weiter mit dir, Jess? Und mit mir?«

Draußen wurde es dunkler, der Schnee fiel immer stärker.

»Ich weiß es nicht.«

Sie gingen zum Fenster, stellten sich auf die Zehenspitzen und schauten hinaus. Der zweite Benzinkanister stand neben Malcolm auf dem Boden.

»Willst du das übernehmen?«, fragte sie und hielt ihm ein Streichholzheftchen hin.

»Auf keinen Fall«, sagte er. »Das war deine Idee.«

Sie schien damit gerechnet zu haben. Er schaute zu, wie sie ein Streichholz anzündete, sich bückte und es an eine Ecke des untersten Kartons hielt. Das Herz schlug ihm bis zum Hals. Er wollte jemanden warnen, dass das passierte, jemanden, der einschreiten würde, damit niemand gefährdet wurde, aber ohne sie zu verraten. Doch wen?

Die Flamme flackerte hell auf, doch dann erlosch sie und hinterließ nur eine schwache Rauchfahne. Jess stapelte die Kartons um und griff nach einem zweiten Streichholz. Doch sie zögerte einen Augenblick, und etwas in seiner Brust zog sich zusammen. Er dachte an Emmas Strickjacke, die auf einem Bügel im Besenschrank hing. Er dachte an das Foto von Scottys Kindern, das auf der Mikrowelle klebte. Er dachte an das gerahmte Foto vom Gephardt's, das er über den Tresen hängte, als er das Half Moon übernahm. An seinen Vater, der 1982 mit einer Zigarette im Mundwinkel unter dem Schild stand, an das verschwommene gelbe Taxi, das aus dem Bild preschte.

»Warte«, sagte er und hielt ihre Hand fest. »Nur einen Moment.«

Er kniete sich neben sie auf den schmutzigen Boden. »Wir müssen kurz nachdenken.«

Sie ließ das Streichholzheftchen in ihre Tasche fallen und atmete tief aus.

War sie erleichtert? Er wusste es nicht. Es war schwerer geworden, ihre Blicke zu deuten. Sie war schon immer eine Macherin gewesen, nicht zuletzt dafür liebte er sie. Sie kümmerte sich, löste Probleme. Wenn jemandem der Laufpass gegeben wurde, betätigte sie sich als Kupplerin. Wenn jemand eine Arbeit suchte, fragte sie herum, bis die betreffende Person eine neue Stelle hatte. Sie schaute genau zu, wie etwas gemacht wurde, damit sie es selbst erledigen konnte. Als sie nach der Anzahlung für ihr Haus kein Geld mehr übrighatten, belegte sie kostenlose Kurse im Baumarkt, um zu lernen, wie man Fliesen legte und verfugte. Als bei Siobháns Babyparty das Essen knapp wurde, war Jess diejenige, die alles in die Küche brachte, um das Übriggebliebene zu halbieren und auf mehreren Platten anzurichten, damit es nach mehr aussah. »Es war wie das Gleichnis von der wunderbaren Brotvermehrung«, sagte Siobhán, als sie Malcolm später davon erzählte. »Alle sind satt geworden!« Als Jess sich in ihrem Job festgefahren fühlte, kehrte sie ihm den Rücken. In ihrer Ehe fühlte sie sich anscheinend auch festgefahren, also kehrte sie ihr ebenfalls den Rücken.

Sie hockten eine Weile schweigend da.

»Mir fällt keine andere Lösung ein«, sagte sie schließlich.

»Ich weiß«, sagte er. »Aber wenn ich mit Hugh rede, werden wir bestimmt eine finden. Ich muss ihn nur dazu bringen, mit mir zu reden. Ich habe schon mehrmals versucht, ihn zu erreichen, aber ...« Er zuckte mit den Schultern. »Hör zu. Lass uns einfach gehen, ja? Es schneit schon heftig.«

»Das ist unsere einzige Chance. Eine zweite bekommen wir nicht. Du musst dir sicher sein.«

»Das bin ich.« Malcolm zog den Stecker aus der Steckdose und schob ihn durchs Fenster zurück. Er sagte ihr, er wolle den Generator wieder an seinen ursprünglichen Platz stellen und bat sie, den Heizlüfter wieder nach oben zu bringen.

»Ich komme nicht von der Stelle«, sagte sie. »Was stimmt mit mir nicht? Ich komme nicht von der Stelle. Als würde ich feststecken.« Sie hockte dort im Dunkeln, umschlang ihre Knie. Also brachte er den Heizlüfter selbst zurück nach oben, stellte alles so auf, wie es gewesen war. Dann füllte er den Generator mit Benzin und brachte ihn zum Laufen.

»Jess«, sagte er, als er in den Keller zurückkehrte. »Zeit zu gehen. Komm mit.« Sie streckte ihre Hand aus, und er nahm sie und zog sie sanft vorwärts.

Draußen stürmte der Schnee. Malcolm wischte die Autoscheiben mit dem Ärmel frei.

Jess stand nur da, ohne zu helfen. Sie rieb sich immer wieder übers Gesicht, die Hand vor Kälte schon ganz rot. »Jess?« Er griff in ihre Manteltasche, um den Autoschlüssel ihrer Mutter herauszufischen. Er öffnete die Beifahrertür und half ihr beim Einsteigen. Dann setzte er sich ans Steuer und ließ den Motor an.

»Es geht dir gut«, sagte er und schaute zu ihr. »Es ist nichts passiert. Es geht uns gut.«

»Es geht uns gut«, wiederholte sie, die Stirn gegen die kalte Scheibe gepresst. Die Hinterräder schlingerten kurz, dann griffen sie.

»Malcolm«, sagte sie. »Hast du jemals darüber nachgedacht, was passiert wäre, wenn ich nicht schwanger geworden wäre?«

Irgendwie war ihm klar, dass sie das erste Mal meinte. Als sie fünfundzwanzig war. Was passiert wäre, wenn sie die Heirat nicht überstürzt hätten. Wenn sie nicht vor lauter Euphorie an einem ungewöhnlich heißen Maitag klammheimlich die Eheschließung beim Standesamt beantragt hätten, nachdem Malcolm von Gillam kommend im Stau gestanden hatte, und Jess schweißgebadet aus der U-Bahn kam. Als er sie damals die Straße überqueren sah, hatte er sich gefragt, ob man ihr die Schwangerschaft schon ansah. Auf dem Antrag war ein leeres Feld, in das sie ihren neuen Namen schreiben sollte, falls sie ihn ändern wollte.

»Oh«, sagte sie. »Muss ich das jetzt schon entscheiden?«

»Sie können ihn später immer noch ändern«, sagte die Frau hinterm Schalter.

»Darüber habe ich noch gar nicht nachgedacht«, sagte sie, den Stift immer noch über das leere Feld gezückt.

»Ich mag deinen Namen«, sagte Malcolm. Das war seine Art, ihr zu sagen, dass es ihm gleich war.

»Ich mag deinen auch«, erwiderte sie. »Und wir heiraten.« Dann schrieb sie rasch Jessica Lee Gephardt in das leere Feld.

»Heilige Scheiße«, murmelte sie, als die Frau das Formular entgegengenommen und ihnen erklärt hatte, wo sie warten sollten. Dann juchzte sie und schlang die Arme um ihn.

Danach fuhren sie zusammen nach Gillam, von Glückseligkeit berauscht.

Als sie es endlich zum Haus zurückgeschafft hatten, die Scheibenwischer kamen kaum noch dem Schnee hinterher, sagte Jess: »Ich komme mit rein.«

Es fühlte sich so richtig und natürlich an wie alles, was in den letzten vier Monaten passiert war.

»Okay«, sagte er. »Hör zu. Wir werden das alles hinkriegen.«

Sie sah ihn an. »Und wie?«

»Ich weiß es nicht, aber wir schaffen das.«

Als sie drinnen waren, sagte er ihr, dass sie oben noch genug Kleidung hatte, falls sie sich umziehen wollte.

Sie ging hoch, und er genoss es, sie oben herumlaufen zu hören. Schließlich kam sie in ihren alten Leggings und einem Wollpulli herunter, unter dem ein langes Flanellhemd hervorlugte, das sie schon ewig nicht mehr getragen hatte. Sie zog sich ihren Mantel wieder über.

Drinnen saßen sie eng nebeneinander auf dem Sofa, damit sie es wärmer hatten. Er legte die schwere Daunendecke, die er einige Tage zuvor mit nach unten genommen hatte, über ihren und seinen Schoß.

»Wollten wir uns nicht einen Kamin anschaffen?«, fragte sie.

»Ja, aber …«, sagte er nur. Er brauchte nicht weiterzureden. Sie hatten sich so vieles vorgenommen und bis zum Sankt-Nimmerleinstag vor sich hergeschoben.

Die Schneeflocken schwirrten gegen die Fenster.

»Malcolm?«, sagte sie. Ihr Kopf war etwas unterhalb von seinem. Als er sie einatmete, kam ihm der Gedanke, dass er wahrscheinlich nicht allzu gut roch. Er wollte in diesem Moment nicht über große Entscheidungen sprechen. Ihm war kalt, er war müde und hungrig, er wollte einfach nur eine Weile ausruhen und ihren Körper neben sich spüren, der sich trotz all der dicken Schichten perfekt an seinen schmiegte. Was auch immer geschehen mochte, er wollte einfach nur ein paar Stunden lang zusammen mit ihr still sein.

»Ja?«

»Ich weiß, dass ich alles verbockt habe.«

Als er nichts sagte, fuhr sie fort. »Ich weiß, dass das, was ich getan habe, nicht das gleiche ist wie dein Nebengeschäft mit Hugh.«

Er dachte an all die Dinge, die er in der Bar gesehen und ausgeblendet hatte. Daran, wie oft er genickt und geschwiegen hatte, weil es zu seinem Job gehörte, loyal und unparteiisch zu sein. Keine Meinung zu haben. Hätte er ihr von seinem Nebengeschäft mit Hugh erzählt, wenn sie es nicht so schnell herausgefunden hätte? Wahrscheinlich nicht.

»Ich hab's auch verbockt«, sagte er schließlich.

Sie schwieg, aber er spürte, wie sie sich bewegte, sich an seiner Seite entspannte.

»Ganz schön kalt hier«, sagte sie.

10

IN MALCOLMS TRÄUMEN hörten sie Sirenen. Sie rannten zum Fenster, um zu lauschen, und versuchten dann, sich an ihre Gebete zu erinnern, als ob Gott einem Paar wie ihnen helfen würde, zwei Sündern, die seit ihrer Kindheit keinen Fuß mehr in eine Kirche gesetzt hatten, außer bei den Hochzeiten ihrer Freunde. Mr. Sheridan kam auch in seinen Träumen vor, er schob mit gigantischen Muskelarmen eine Schneefräse, es sah grotesk aus. Dr. Hanley erschien mit seinem Notizbuch. Hugh tauchte auf, hinter das Lenkrad seines Cadillacs gequetscht. Emma war da und zupfte an ihrem Pferdeschwanz. Aber in Wirklichkeit hörte er die vielen Male, die er in der Nacht aufwachte, nur den Wind draußen und das Ächzen der schwankenden Bäume. Es fühlte sich richtig an, Seite an Seite auf dem Sofa zu schlafen, statt oben. Sie hatten sich nicht unbedingt auf einen Waffenstillstand geeinigt, eher auf eine Pause, ein Luftholen.

Während sie schlief und er an die leere Decke starrte, versuchte er wieder und wieder, den Moment zu bestimmen, in dem die Linie, die jahrelang kontinuierlich gestiegen war, ihren Gipfel erreichte und zu fallen begann. So viele Versprechungen. Sie hatten sich verzettelt und es nicht einmal bemerkt, bis es zu spät war.

Bis es *fast* zu spät war, hätte Jess gesagt. »Fast zu spät« war eigentlich dasselbe wie »gerade noch rechtzeitig«.

Als Malcolm erneut die Augen öffnete, war die Welt draußen heller, und Jess schlief immer noch, an seine Schulter gelehnt.

»Hi«, sagte sie heiser, als er sich in die Kälte erhob. Es war noch sehr früh, das spürte er. Sie schauten beide auf ihre Handys.

»Meins ist aus«, sagte Malcolm.

»Meins auch.«

Er ging zur Haustür und schaute hinaus, aber da war nur blendendes Weiß. Es hatte aufgehört zu schneien. Ihm war eiskalt unter seiner Kleidung. Er fragte sich, wie es seiner Mutter bei Mr. Sheridan ergangen war.

»Ist mit deiner Mutter alles in Ordnung?«, fragte Jess, als könnte sie seine Gedanken lesen.

»Sie ist bei einem Freund.«

»Das ist gut.«

Was Jess für sich behielt: Sie hatte ihre eigene Mutter eingeladen, bei Neil zu übernachten, weil die Heizung dort funktionierte und es Strom gab, doch ihre Mutter hatte das Angebot aus Loyalität zu Malcolm abgelehnt. Malcolm wäre darüber sicher überrascht, wenn nicht gar gerührt gewesen, aber sie wollte es ihm nicht erzählen, denn dann hätte sie Neils Namen erwähnen müssen.

»Der Stromausfall dauert schon zu lange«, sagte er. »Manche werden es nicht schaffen.«

»Es ist verrückt. So etwas hat es nicht gegeben, seit ich denken kann.«

»Ich bin am Verhungern.«

»Ich auch. Hast du etwas zu essen?«

»Alten Hackbraten, den ich eigentlich wegwerfen wollte«, sagte er. »Wenn ich Streichhölzer fände, könnte ich den Gasherd anzünden.« Tags zuvor hatten ihn bereits starke Kopfschmerzen geplagt, nun war ihm auch noch schwindlig. Neil Bratton hatte bestimmt ein halbes Dutzend Reise-Akkus am Start. Und einen zehntausend Dollar teuren Generator.

Abgesehen von dem Hackbraten waren nur noch ein Glas Gurken und ein Stück Butter im Kühlschrank. Malcolm hätte an dieser Stelle aufgehört zu suchen, aber Jess ging zur Speisekammer und kam mit einer Dose schwarzer Bohnen und einer großen Dose gewürfelter Tomaten heraus. Dann ging sie zur Krimskrams-Schublade, um dort nach Streichhölzern zu suchen.

»Moment mal.« Sie hielt inne, griff in ihre Manteltasche und fischte das Streichholzheftchen vom Vortag heraus.

Sie ging zum Gewürzregal, nahm sich dies und das, gab etwas Reis in einen kleinen Topf und Wasser dazu. Malcolm hätte sich niemals vorstellen können, aus diesem zufälligen Mischmasch eine Mahlzeit zuzubereiten.

»Ist genug da«, sagte sie. Malcolm zündete den Gasherd an, und zwanzig Minuten später hatten sie etwas Warmes zu essen. Wie bei der Babyparty hatte sie es geschafft, aus dem Nichts etwas herzuzaubern. Sie aßen schweigend, und als ihre Schalen leer waren, füllten sie sich noch etwas nach. Es war so elementar. Kochen. Essen. Anschließend Spülen mit dem Wasser, das Malcolm in weiser Voraussicht in Eimern gesammelt hatte. Zwei weiße Schalen, zum Trocknen auf ein verschlissenes Geschirrtuch gestellt. Der kobaltblaue Himmel hinter der Fensterscheibe. Es war Luxus, nur im Jetzt zu sein. Jess war da, direkt neben ihm. Ihm wurde warm, seine Kopfschmerzen legten sich.

»Wir stecken in Schwierigkeiten«, sagte Jess. »Was sollen wir tun?«

»Lass uns nicht jetzt darüber reden, sondern später. Einverstanden? Lass uns heute Morgen so tun, als wäre alles in Ordnung. Vielleicht fällt uns dann ja etwas ein. Ich weiß, das klingt verrückt, aber ...«

Jess schluckte ihren Protest herunter. »Einverstanden«, sagte sie. Was konnte es schon schaden? Er war anders als vor ihrem Weggang. Zum ersten Mal fiel es ihr auf, als sie mit ihm im Keller des Half Moon war. Etwas an der Art, wie er Abstand zu ihr hielt. Etwas an der Art, wie er ihr zuhörte. Und jetzt wieder. Wo war der Kerl, der allen Leuten zur Begrüßung auf den Rücken klopfte? Der Glückspilz, dem alles zuflog? Der Junge, der allen Nachbarskindern Eis spendierte, ohne vorher zu überlegen, wie viel ihn das kosten würde? Er schien verschwunden. Gedemütigt. Am Boden zerstört. Durch sie und ihr Verhalten, ja. Das musste sie wohl akzeptieren. Aber auch durch das zeitlupenartige Scheitern seines Traums. Sie hatte es kommen sehen, im Gegensatz zu ihm. Er hatte nicht einfach die Augen davor verschlossen, sondern es wirklich nicht kommen sehen. Und plötzlich wurde ihr klar, dass es für ihn in Bezug auf ihren eigenen Traum genau so gewesen sein musste. Er hatte schon lange vor ihr begriffen, dass sie nie ein Kind gebären würde. Doch er hatte sich zurückgehalten in der Hoffnung, sie würde es von selbst erkennen.

Draußen arbeiteten sie synchron. Jess steckte zuerst Malcolms Handy in das Ladegerät seines Autos und sagte, sie wolle ohnehin von niemandem etwas hören. Nicht einmal von Neil, dachte Malcolm bei sich. Er schaufelte, während Jess die Fensterscheiben mit einem Besen vom Schnee befreite. Was sollen wir tun? Die Frage ging ihm unablässig durch den Kopf. Was sollen wir tun was sollen wir tun was sollen wir tun? Er wusste, dass sie sich das Gleiche fragte. Sie sprachen über das Gewicht und die Beschaffenheit des Neuschnees, darüber, wie anders er sich anfühlte als der schwere, klebrige Schnee, der Freitag gefallen war. Als wären sie in einem Theaterstück und spielten normale Leute, die nach außen hin ruhig wirkten. Jess fragte Malcolm, ob er wisse, dass die Inuit fünfzig Wörter für Schnee hätten, und Malcolm erinnerte sie daran, dass sie sich die Dokumentation zusammen angeschaut hatten.

»Ach, stimmt ja«, sagte sie. Als die Autos frei waren, wandte sie sich den Stufen und Fensterbänken zu. Anschließend richtete sie den Besen in die Höhe, um Eiszapfen abzuschlagen, die andere Hand schützend über den Kopf gehalten.

»Kannst du mal kurz mein Handy checken?«, rief er ihr zu, als ein Eiszapfen sie fast ins Auge traf und er innerlich zusammenzuckte. Wenn er sie einfach nur gebeten hätte aufzuhören, hätte sie weitergemacht. Wo wird Neil sie wohl vermuten?, dachte er.

»Und?«, fragte er, als sie sich in sein Auto gesetzt hatte, um nachzusehen.

»Emma«, erwiderte sie. »Sie hat geschrieben: Alles klar bei dir?« Jess blinzelte zu ihm hinüber. »Soll ich ihr antworten?«

»Nein«, sagte Malcolm. »Sonst noch was?«

»Roddy. Er will wissen, ob er seine Kopfhörer auf dem Tresen vergessen hat. Sie müssten neben der Kasse liegen.«

»Typisch Roddy. Was noch?«

»Mary. Sie will wissen, wo eure Mutter ist. Sie geht nicht ans Telefon.«

»Kannst du ihr antworten? Schreib ihr, dass es ihr gut geht und dass sie bei einem Nachbarn ist. Frag sie, ob sie sich noch an Artie Sheridan erinnert. Und ob sie noch weiß, wann seine Frau gestorben ist.«

»Gail ist bei Artie Sheridan?«, fragte Jess. »Das ist ja interessant.«

»Findest du?«

»Findest du nicht? Da fällt mir ein: Als ich einmal bei ihr vorbeikam, stand er in der Küche und wärmte Suppe auf. Deine Mutter war oben, und er rief: Du hast Besuch von Jess, und die Suppe ist fertig!« Jess schaute in den Himmel. »Ich habe mir damals gar nichts dabei gedacht.«

»Wann war das?«

»Vor zwei oder drei Jahren vielleicht.«

»Sie sind befreundet. Schon lange.«

»Für einen Mann seines Alters ist er ziemlich attraktiv.«

»Sind sie für so etwas nicht schon zu alt?«

»Gail trägt bestimmt noch diese alten BHs, die spitz zulaufen. Und Riesenschlüpfer.«

»Bitte verschone mich.«

»Ich kann mir das gut vorstellen. Im Ernst! Das freut mich für sie.«

»Aber sie wird immer vergesslicher. Ist dir das aufgefallen? Neulich hat sie etwas über meinen Vater gesagt, als käme er bald nach Hause.«

»Ja, ab und zu ist es mir auch schon aufgefallen. Aber ich weiß nicht. Letzte Woche habe ich fünf Minuten lang nach meinem Handy gesucht, dabei hielt ich es die ganze Zeit in der Hand.«

»Ich glaube, bei meiner Mutter ist es etwas anderes, und Artie Sheridan wird sich wohl kaum darauf einlassen wollen«, sagte Malcolm. »Warum sollte er auch?«

»Vielleicht, weil er sie liebt? Womöglich schon seit langem, nur wussten wir nichts davon.«

Konnte das sein? Malcolm überlegte. Er dachte daran, wie Artie seine Mutter ansah, mit ihrem widerspenstigen Haar, das sie noch nie hatte bändigen können, und ihren Herrenhemden, die sie immer bei Costco kaufte. Und daran, wie er den Kopf geschüttelt hatte, um Malcolm zu signalisieren, dass ihr Schornstein nicht defekt war, aber dass es keinen Grund zur Sorge gab, weil er ja da war, um sich zu kümmern.

Nach etwa einer Stunde war die Einfahrt weitgehend frei. In der Ferne ertönte ein gleichmäßiges Piepen, das näherkam und immer lauter wurde.

»Das ist nur der Pflug«, sagte Malcolm, als er die Straße hinunterschaute.

Doch hinter dem großen Schneepflug der Stadtwerke mit seinen blinkenden orangenen Lichtern folgte ein Polizeiwagen. Und hinter dem Polizeiwagen ein ziviler SUV.

»Oh«, sagte Jess, plötzlich ganz blass. Hatten sie etwa aus Versehen einen Brand ausgelöst? War das Half Moon etwa trotz ihres Sinneswandels in Flammen aufgegangen? Welch Ironie des Schicksals. Ein Blick auf ihre Finanzen genügte, und jeder, der auch nur einen Funken Verstand besaß, würde sie auf Anhieb verdächtigen. Malcolm war sofort klar, dass ein Feuer ihn schuldig aussehen ließ, erst recht seitdem feststand, dass Tripp sich eine Weile im Obergeschoss einquartiert hatte.

Die Autos hielten am Ende der Einfahrt. Auch der Schneepflug hielt an, und der schiere Krach dieses Ungetüms, kombiniert mit dem Dröhnen des Generators der Colemans, bewirkte, dass Jess sich beruhigte. Der Lärm fühlte sich wie eine physische Barriere an, als müssten die Leute, die aus den Fahrzeugen stiegen, sich die Ohren zuhalten, um sie und Malcolm überhaupt deutlich sehen zu können.

»Wie geht's?«, rief Malcolm herüber, als klar war, dass sie das Haus ansteuerten.

Die Beamtin kam Jess bekannt vor. Zwei Kollegen folgten ihr; der eine schien kaum aus dem Collegealter heraus. Malcolm rief dem Fahrer des Schneepflugs etwas zu, und im nächsten Moment hörte das Piepen auf. Jess fühlte sich sofort schutzlos. Als die Männer aus dem SUV sich näherten, hörte sie die Beamtin zu Malcolm sagen, dass es sich um FBI-Agenten handelte.

»Das ist meine Frau«, sagte Malcolm zu der Gruppe, als Jess sich zu ihm stellte. Er warf ihr einen kurzen Blick zu, als wollte er sich entschuldigen, dass ihm keine andere Bezeichnung einfiel.

Als Jess hörte, dass die Polizei Fragen zu einem gewissen Charles Waggoner hatte, der noch immer nicht aufgetaucht war, fiel ihr ein Stein vom Herzen. »Wer ist das?«, fragte sie, aber Malcolm sagte, er würde es ihr später erklären.

»Haben Sie inzwischen die Bestätigung, dass er auf dem zweiten Flug war?«, fragte Malcolm. »Nach Panama?« Die FBI-Agenten gingen jedoch nicht auf seine Frage ein, und die örtlichen Beamten wirkten peinlich berührt, als hätten sie Malcolm möglicherweise zu viel erzählt. Die beiden FBI-Agenten fragten, wie oft Tripp in die Bar gekommen sei, mit wem er sich unterhalten habe, wie seine Trinkgewohnheiten gewesen seien, über welche Themen er gesprochen und ob er sich dort mit Freunden getroffen habe, ob er jemals über seine Arbeit oder über finanzielle Probleme geredet habe, oder ob er erwähnt habe, dass er aus einem bestimmten Grund oder wegen einer Entscheidung, die er zu fällen hatte, unter Druck stand.

»Nein, tut mir leid«, sagte Malcolm und deutete mit dem Kopf auf die drei Beamten aus Gillam. »Ich habe den anderen bereits gesagt, dass er davon gesprochen hat, wie sehr ihm sein Alltagstrott auf die Nerven ging, Arbeit, Essen, Schlafen, Sie wissen schon, aber wem geht es nicht so? Und dass er davon träumte, in Peru zu leben. Aber von seiner Arbeit hat er nie erzählt.«

Sie sahen ihn an, als rechneten sie damit, dass er noch mehr zu sagen hatte. Schließlich gab der Kleinere der beiden ein Detail preis. »Sein Partner wurde heute Morgen verhaftet.«

»Aha.«

»Wenn Sie mit Charles in Kontakt stehen …«

»Ich stehe nicht mit Charles in Kontakt. Er kommt manchmal in meine Bar und trinkt was. Freitag war er auch da. Das war's.«

»Aber er hatte sich doch in Ihrer Bar einquartiert, im Obergeschoss.«

»Wir haben dort ein paar Sachen gefunden.« Malcolm sah Jackie hilfesuchend an, doch ihr Blick signalisierte ihm, dass ihr die Hände gebunden waren. »Ich weiß aber nicht, ob es seine sind. Ich halte mich nie dort oben auf, und anscheinend hat das jemand gewusst und ausgenutzt. Und es tut mir leid, aber ehrlich gesagt kann ich mir nicht vorstellen, dass er wirklich verschwunden ist. Ich hatte nämlich immer den Eindruck, dass er beruflich recht erfolgreich ist, auch wenn das in Ihren Ohren vielleicht verrückt klingt, da Sie ihn ja offenbar verhaften wollen. Er ist den Leuten manchmal mit seiner Besserwisserei auf die Nerven gegangen, das ja. Aber dass er online eincheckt, um erst nach Norden und dann nach Süden zu fliegen, das glaube ich einfach nicht. Einmal hat er sich darüber beschwert, dass sein Handy-Akku immer so schnell leer ist, und da meinte ich zu ihm: Schließ doch mal alle Tabs und Apps. Da hat er mich gefragt, ob ich ihm zeigen könnte, wie das geht. In seinem Handy waren buchstäblich Hunderte Tabs offen. Er meinte, er hätte keine Ahnung, wie man die schließt.«

Malcolm hielt inne. »Die meisten Typen würden so etwas nie zugeben, weil sie sich nicht zum Narren machen wollen. Schon gar nicht Typen wie er, die ein Unternehmen leiten. Die würden sagen: Ich lasse die Tabs absichtlich offen, das ist doch extrem wichtig, Hunderte von offenen Tabs auf dem Handy zu haben.«

Jackie lachte.

»Aber Tripp meinte nur, Technik sei nicht sein Ding, und dann hat er sich bei mir bedankt. Und ich bin nun wirklich kein Experte, was Handys angeht.«

»Er hatte jemandem, der ihm geholfen hat«, sagte der Agent. »Definitiv. Deshalb sind wir hier.«

Der Agent ging zu dem SUV zurück, um etwas zu holen. »Tripp wollte eine Wohnung in Panama City mieten«, flüsterte Jackie Malcolm zu. »Eine Firma hat seine Kreditwürdigkeit überprüft. Er wollte dort auch ein Bankkonto eröffnen.«

Als der Agent zurückkam, reichte er Malcolm einen Führerschein. »Kennen Sie diesen Mann? Wir glauben, dass er und Charles sich aus der Bar kennen.«

Malcolm nahm den Führerschein und schaute ihn sich an. Instinktiv setzte er seine ausdruckslose Miene auf, sein Pokerface, das Jess verrückt machte.

»Das Foto ist sehr klein.« Er spürte Jess neben sich, die sich das Bild ebenfalls ansah. Der Name auf dem Führerschein lautete Mark Duro. Der Begünstigte von Tripps Versicherung. Die Adresse war Upstate, rund eine Stunde von Gillam entfernt.

»Duro hat mehrere Social-Media-Konten. Gibt man seinen Namen bei der Suche ein, findet man Infos zu früheren Arbeitsstellen und zu einem Spendenlauf, den er organisiert hat. Aber keine Fotos. Als Profilbild benutzt er meistens das Foto eines berühmten japanischen Tempels. Interessant ist, dass er auf seinem Facebook-Konto vor einigen Monaten einen Beitrag über das Half Moon gelikt hat. Dabei ging es um eine Halloween-Party.«

»Wirklich?«, sagte Malcolm. Er hielt sich den Führerschein noch näher vor die Nase. Das Gesicht auf dem Foto gehörte Roddy. Das Haar zurückgekämmt. Mit Hemd und Brille. Aber unverkennbar Roddy. Malcolm klopfte das Herz bis zum Hals. Jess lehnte sich an ihn. Er reichte ihr den Führerschein.

»Wenn das eine Fälschung ist, dann eine sehr gute«, sagte der andere Agent. »Der Führerschein lag in einem Postfach, das Charles bei UPS gemietet hat.«

»Kennst du den Mann auf dem Foto?« fragte Jackie und sah Malcolm aufmerksam an. »Erinnerst du dich daran, ihn an Halloween gesehen zu haben?«

»Ich glaube nicht«, sagte Malcolm. Er dachte rasch nach. Wenn sie herausfanden, dass es Roddy war und dass Roddy im Half Moon arbeitete, würde er einfach sagen, er hätte das Gesicht nicht erkannt, weil er zu viel um die Ohren hatte, und weil der Roddy, den er kannte, zudem auch ganz anders aussah als der Typ auf dem Foto. Er würde einfach sagen, er hätte sich geirrt.

»Bist du sicher?«

Malcolm zuckte mit den Schultern. »Tut mir leid.«

Jackie wandte sich Jess zu. »Und Sie?«

Jess schüttelte den Kopf. »Nein, ich erkenne den Mann auch nicht. Aber ich bin auch nur selten in der Bar.«

Malcolm wagte es nicht, sie anzuschauen.

Er dachte an Roddy, der die Halloween-Party mit seinem Handy innerhalb von nur zehn Sekunden auf fünf verschiedenen Social-Media-Plattformen gepostet hatte. Er war pausenlos mit seinem Handy zugange, bestellte dies und das, dachte sich neue Apps aus. Der Junge sei nicht dumm, hatte sein Onkel gesagt. Er wisse nur nicht, was er mit sich anfangen solle. Malcolm erinnerte sich an Freitagabend, als Roddy in seinen zerfledderten Sneakern durch den Schneesturm gelaufen war und sein Mitfahrangebot ausgeschlagen hatte, weil er lieber zu Fuß gehen wollte.

Mrs. Tyrell, die ein paar Häuser weiter wohnte, kam in Bademantel und Schneestiefeln nach draußen, um den Fahrer des Schneepfluges anzukeifen. Ob er eigentlich wisse, dass er bei seiner letzten Runde ihren Briefkasten umgenietet habe, und ob sie von der Stadt eigentlich eine Entschädigung dafür bekämen, so ein Ärger, ihr Mann habe den Pfosten einbetoniert, jetzt sei er völlig hinüber, und ihr Mann müsse das ganze Ding ausgraben.

Sie konnten die Antwort des Fahrers nicht hören, aber er ließ den Arm lässig aus der Kabine hängen und was auch immer er sagte, machte Mrs. Tyrell noch wütender.

»Rufen Sie uns unbedingt an, falls Ihnen noch etwas einfällt«, sagte der größere der beiden Agenten und reichte Malcolm seine Karte. Als die Gruppe sich auflöste, beschlossen die Officer aus Gillam, essen zu gehen, und nannten zwei Lokale, die seit diesem Morgen wieder geöffnet hatten. Malcolm merkte sich, in welches sie gehen wollten. Rob Waggoner sagte, er käme nicht mit, er müsse seine Mutter und seine Schwestern auf den neuesten Stand bringen.

Als sie zu ihren Autos zurückstapften, rief Mrs. Tyrell zu Malcolm und Jess hinüber: »Habe ich nicht recht? Das ist doch wirklich kriminell, wie diese Schneepflüge gefahren werden. Bei euch haben sie doch bestimmt auch irgendwas kaputtgemacht, oder?« Als ihre Söhne noch zu Hause wohnten, konnte die ganze Nachbarschaft hören, wie sie sie ankeifte.

Dann schirmte Mrs. Tyrell sich mit der Hand die Augen ab. »Bist du das, Jess?« Und schon stapfte sie in ihre Richtung.

»O Gott«, murmelten Jess und Malcolm gleichzeitig.

»Wie geht es dir, meine Liebe? Dich habe ich ja schon ewig nicht mehr gesehen!« Ihr langes weinrotes Haar sah aus, als wäre es seit dem ersten Schneesturm nicht mehr gebürstet worden. »Willst du nicht mit rüberkommen und dich an unsere Heizung setzen? Jimmy hat die Küche richtig gemütlich gemacht. Ich kann dir gern einen Kaffee kochen. Ist zwar nur Pulverkaffee, aber schön heiß ist er trotzdem.«

Malcolm rechnete damit, dass Jess die Einladung ausschlug. Sie sah erschöpft aus, abgekämpft, bleich. Er dachte daran, wie sie damals im Krankenhaus gewesen war, die schlimmste Zeit, die Beine auf dem Untersuchungsstuhl gespreizt, das Grün des

Einwegkittels ließ sie noch blasser aussehen. Sie sah damals unendlich traurig aus, als hätte sie kein Leben mehr in sich, keinen Kampfgeist. Sie sagte keinen Ton, vergoss keine Träne. Sie blickte kurz zu dem Instrumentenwagen, den die Krankenschwester hineinrollte, dann nochmals, als der Arzt kurz darauf hineinkam.

Doch statt Mrs. Tyrells Einladung auszuschlagen, sagte Jess: »Das ist sehr nett. Ich komme gleich rüber.«

»Im Ernst?«, fragte Malcolm, als Mrs. Tyrell außer Hörweite war.

Jess zuckte mit den Schultern. »Klar. Warum nicht?«

»Ich werde mal nach Roddy sehen«, sagte Malcolm. Er überlegte, wie er die Frage, die er ihr stellen wollte, am besten in Worte fasste. »Bist du noch hier, wenn ich zurückkomme?«

»Hältst du das für eine gute Idee, direkt zu Roddy zu fahren? Was hat das alles zu bedeuten? Kannst du mir das bitte erklären? Und sag jetzt nicht, es spiele keine Rolle.«

»Das werde ich. Versprochen. Aber nicht jetzt.«

Als er aus der Einfahrt bog, fiel ihm auf, dass sie seine Frage gar nicht beantwortet hatte.

Er versuchte sich zu erinnern, wo genau Roddy wohnte. Er wusste, es war in der Siedlung, dort wo die Eisenbahnbrücke über den kleinen Fluss führte, aber in welchem Gebäude? Schön war es dort nicht. Müll stapelte sich auf den Balkonen, und die Naturschindeln, die vor dreißig Jahren noch ansehnlich gewesen sein mochten, waren von der Witterung längst schwarz geworden. Erst vor kurzem war dort ein großer Oxycodon-Dealer verhaftet worden, nachdem der Fahndungsaufruf in den lokalen Medien kam.

Malcolm hielt auf dem Parkplatz und schickte Roddy eine Nachricht, wenn er zu Hause sei, solle er bitte rauskommen. Drei Punkte erschienen auf dem Display, als würde Roddy ihm gerade antworten. Als Malcolm aufsah, bemerkte er, dass jemand an eines der Fenster im zweiten Stock trat.

Bist du da?, tippte er, und die Person verschwand wieder. **Ich komme hoch**, schrieb er.

Im Hausflur des zweiten Stocks roch es nach Katzen und Schimmel. Er klopfte an die Tür, die er für die richtige hielt, hörte stattdessen jedoch Geräusche in der Wohnung nebenan. Er ging eine Tür weiter, klopfte erneut und lauschte. Auf der anderen Seite hörte er jemanden atmen.

»Jetzt mach schon auf«, sagte er.

Ein Riegel wurde zurückgeschoben, eine Kette zur Seite gezogen, und die Tür ging auf.

»Ach, hallo Malcolm«, sagte Roddy, das Haar wie immer wild zerzaust. Er trug einen langen Wollmantel, darüber eine Decke, die er sich wie einen Schal umgelegt hatte. »Das wäre aber nicht nötig gewesen.«

»Was wäre nicht nötig gewesen?«

»Dass du mir meine Kopfhörer vorbeibringst.«

»Deswegen bin ich nicht hier.«

Roddy starrte ihn an.

»Hast du schon was gegessen?« fragte Malcolm und warf einen Blick auf das Chaos in Roddys Wohnung. »Das Slice of Life hat seit heute wieder auf. Vielleicht ist ja noch ein Tisch frei.«

Falls Roddy mit dem Gedanken spielte, abzulehnen, weil er keine Lust hatte, sich von Malcolm bevormunden zu lassen, ließ er es sich nicht anmerken. Er folgte Malcolm zum Auto. Sie fuhren schweigend zum Diner. Malcom parkte zwischen zwei Einsatzfahrzeugen der Stadtwerke. Draußen gab es eine Kaffeestation, an der die Monteure sich Nachschub für ihre Thermoskannen holen konnten; die Warteschlange reichte bis an den Rand des Parkplatzes. Drinnen war es warm. Malcolm begrüßte Sebastian, den Besitzer, plauderte kurz mit ihm und fragte dann, ob noch ein Tisch frei sei. Als sie Platz genommen hatten, winkte Sebastian eine Kellnerin herbei, die mit einer Kaffeekanne an ihren Tisch kam. Sie bestellten sofort, damit sie nicht zweimal kommen musste. Malcolm wartete, bis sie weg war, bevor er das Wort ergriff.

»Roddy«, sagte er und beugte sich vor. »Erinnerst du dich an den Kerl, der uns Freitagabend Ärger gemacht hat?«

»Ja«, sagte Roddy. Seine Miene veränderte sich, er wurde vorsichtig.

Wie ein Tier, das spürte, dass es von einem anderen umkreist wurde. »Tripp.«

»Es klingt total verrückt, aber seither hat ihn niemand mehr gesehen. In den letzten fünf Tagen hatte ich viermal Besuch von der Polizei. Ist das zu fassen? Anscheinend hat er mächtigen Ärger mit der Finanzaufsicht und steht kurz vor einer Verhaftung. Kannst du dir denken, warum ich dir das alles erzähle?«

Roddy legte den Löffel sorgfältig neben die Tasse und schob den Kaffee weg.

»Die Cops wissen, dass ihm jemand geholfen hat. Sie haben einen Führerschein mit einem Foto seines Helfers gefunden«, fuhr Malcolm fort.

»Tatsächlich?«

»Tatsächlich. Sie haben es mir vorhin gezeigt, vor einer knappen Stunde erst.«

»Ich hätte wissen müssen, dass du nicht den ganzen Weg nur wegen meiner Kopfhörer kommst.«

»Wo steckt er? In Panama oder was? Und keine Ahnung, was genau los ist, aber hat das Half Moon irgendetwas damit zu tun? Bekomme ich Probleme? Ich bin nämlich ein wenig besorgt deswegen.«

Roddy sah überrascht aus. »Die glauben, er wäre in Panama?«

»Ja. Anscheinend wollte er dort eine Wohnung mieten. Er hat auch versucht, dort ein Konto zu eröffnen, und seinen Pass als Identitätsnachweis benutzt. Für einen, der untertauchen will, stellt er sich ziemlich dämlich an. Er hat sogar seinen richtigen Namen benutzt.«

»Wow«, sagte Roddy. »Die wissen schon von dem Bankkonto? Das ist wirklich gut.«

Malcolm hatte die Cops bereits einmal angelogen. Das würde er noch irgendwie hinbiegen können, aber mit einer weiteren Lüge riskierte er, dass man ihm eine Straftat zur Last legte. Doch was sollte er machen; Roddy saß ihm gegenüber, so hilflos, so naiv. Als Malcolm den Jungen damals einstellte, hatte er Roddys Onkel versprochen, auf ihn aufzupassen, aber hatte er dieses Versprechen gehalten? Nein. Und jetzt steckte der Junge in diesem Schlamassel. Wahrscheinlich hatte er noch nicht einmal gemerkt, dass Tripp ihn in etwas hineinzog.

»Was soll daran denn bitte gut sein?«

Roddy zögerte. »Sag mir zuerst, wie sie den Führerschein gefunden haben. Tripp sollte ihn an unserem Versteck hinterlegen.«

»An eurem Versteck? Was soll das heißen?«

Roddy rieb sich das Kinn.

Die Kellnerin schenkte ihnen Kaffee nach und sagte, ihr Essen sei bald fertig. Als sie wieder wegging, sagte Roddy: »Da du den Führerschein gesehen hast, kann ich es dir wohl verraten.«

»Ja, das wäre in der Tat eine gute Idee.«

»Bitte reg dich nicht auf. Unser Versteck ist im Half Moon. Oder besser gesagt, es war dort. Im Obergeschoss. Da ist jetzt aber nichts mehr, keine Sorge. Da geht nie jemand rauf. Tripp konnte den Führerschein nicht bei sich zu Hause lassen, seine Frau hätte ihn dort finden können.«

»Wo im Obergeschoss?«

»Im Lüftungsschacht vom Badezimmer. Der Deckel lässt sich ganz leicht abnehmen.«

»Du machst Witze.«

Roddy zuckte mit den Schultern. »Tut mir leid.«

»Die Cops haben Tripps Sachen gesehen.«

»Wann? Haben sie Papiere gefunden? Oder einen Laptop?«

»Nein, nur einen Seesack mit Klamotten. Ein paar Bücher.«
Malcolm hatte so viele Fragen, dass er kaum wusste, mit welcher er anfangen sollte. »Den Führerschein haben sie in einem Postfach gefunden, das er bei UPS gemietet hat.«

»Ah«, sagte Roddy.

»Was hattet ihr vor? Dachtet ihr wirklich, ihr könntet das mit einem gefälschten Führerschein durchziehen?«

Roddy starrte ihn kurz an. Die Kellnerin brachte das Essen, Eier und Speck für Malcolm, Pfannkuchen mit Schokostreuseln für Roddy. Als sie wieder weg war, sagte Roddy: »Du hältst mich für dumm, stimmt's?«

»Was? Nein. Wie kommst du darauf?«

Roddy zuckte mit den Schultern. »Hast du es ihnen gesagt?«

»Was gesagt?«

»Dass ich das bin. Auf dem Führerschein.«

Was hatte dieser Junge bloß an sich, dass er Malcolm so auf die Palme brachte. Ja, ich halte dich wirklich für dumm, dachte er, doch dann erinnerte er sich wieder an das Gefühl, das ihn überkam, als die dünne Rauchfahne zur Kellerdecke emporstieg und Jess nach dem nächsten Streichholz griff.

»Nein.«

»Hast du vor, es ihnen zu sagen?«

Malcolm zögerte. »Nein.«

»Warum nicht?«

»Ich habe keine Ahnung.«

Roddy stieß einen Seufzer der Erleichterung aus. »Danke«, sagte er.

»Jetzt sag mir endlich, was los ist.«

Roddys Miene leuchtete auf, plötzlich strahlte er eine Selbstsicherheit aus, die Malcolm noch nie an ihm gesehen hatte. »Mark Duro hat Gehaltsabrechnungen, Steuererklärungen, die zehn Jahre zurückreichen, einen Mietvertrag, eine eigene Firma, ein Rentenkonto, eine Sozialversicherungsnummer, einen Reisepass.

Das hat ewig gedauert. Tripp hat den Führerschein letzte Woche bei meinem Verbindungsmann abgeholt. Vermutlich hat er ihn zur Sicherheit in seinem UPS-Postfach aufbewahrt.«

Malcolm traute seinen Ohren nicht. »Hör zu, Roddy. Tripps Partner ist bereits verhaftet worden. Du musst dir jetzt überlegen, wie du heil aus der Sache rauskommst. Wie hat das Ganze überhaupt angefangen?«

»Tripp hat mich angesprochen, kurz nachdem ich im Half Moon angefangen hab, vor anderthalb Jahren etwa. Ich hatte damals einen richtig schlimmen Abend. Kennst du den Stammgast, den Emma Limp Bizkit nennt? Als ich ihn gebeten habe, zu zahlen, hat er mich eine Schwuchtel genannt! Und dann hat er mir einen Fünfziger an den Kopf geworfen.«

»Das wusste ich nicht«, sagte Malcolm. »Ich hätte ihm Hausverbot erteilt.«

»Du hättest ihm Hausverbot erteilt?« Roddy grinste schief. »Das glaube ich nicht. Du hättest mir gesagt, ich soll es wie ein Mann nehmen.« Malcolm musste sich eingestehen, dass Roddy Recht hatte. Er dachte an Bridget, die neue Kellnerin, die regelmäßig in den Keller ging, um dort zu heulen. Er ließ sie jedes Mal gewähren, machte ihr nie Vorwürfe. Warum behandelte er Roddy anders?

»Er hat mir das Geld an den Kopf geworfen, aber der Schein ist auf den Boden geflattert, und ich musste um den Tresen herumgehen, um ihn aufzuheben. Das war sowas von peinlich.«

Malcolm bekam ein schlechtes Gewissen. Er wusste nicht, was er sagen sollte.

»Tripp und ich haben uns dann unterhalten. Er schien enttäuscht, dass sein Sohn hier Polizist geworden ist. Aus irgendeinem Grund war es ihm total wichtig, mir zu erzählen, dass er bei null angefangen hatte, aber inzwischen einen Haufen Geld verdiente. Ich hab ihm einfach zugehört, es hat mir nichts ausgemacht. Er hat mich gefragt, was ich mit meinem Leben anfangen will, ob ich in Gillam bleiben will. Er hat mich davor gewarnt, mich an jemanden zu binden und wegen einer einzigen kleinen Entscheidung mein ganzes Leben lang in der Falle zu sitzen. Ich hab ihm erzählt, dass ich eine Idee für eine App habe, sie aber nicht umsetzen kann. Ich kann ja nicht einfach bei Apple anrufen. Ich muss sie erst entwickeln, aber meine Mutter will mich seit dem Schlamassel mit dem College nicht mehr unterstützen. Und mein Onkel hat mir schon mehr als genug geholfen.«

Es war warm im Diner; die anderen Gäste zogen zum ersten Mal seit Tagen ihre Jacken und Mäntel aus, und der muffige Geruch verriet, dass sie dringend eine Dusche brauchten.

»Jedenfalls bin ich gut im Recherchieren. Tripp wollte wegen irgendetwas verschwinden, das mit seiner Arbeit zu tun hatte. Außerdem hat er gesagt, dass er seine Frau nicht mehr lieben würde, und seine Kinder wären alle auf der Seite seiner Frau. Wenn man verschwinden will, braucht man jedoch einen Plan. Nicht nur das, man braucht ein ausgeklügeltes System. Und man braucht Geld, außer man ist bereit, den Gürtel eine Zeitlang enger zu schnallen. Tripp ist allerdings nicht der Typ, der als Tagelöhner schuften würde, um über die Runden zu kommen.«

Roddys Onkel hatte Recht gehabt. Der Junge war nicht auf den Kopf gefallen. »Ich hoffe, du hast dein Geld bar im Voraus von ihm bekommen, denn das FBI wird ihn schon bald verhaften.«

»Ich ziehe mir mein Honorar ab, bevor ich ihm sein Geld schicke. Er kann mich nicht über den Tisch ziehen, weil das Geld zuerst bei mir ankommt.«

Malcolm verspürte eine wachsende Beklommenheit. Die Dinge lagen offenbar etwas anders, als er vermutet hatte.

»Ist er in Toronto, Roddy?«

»Nein.«

Roddy schaute Malcolm an. Sein Blick war ernst und entschlossen. »Ich mag Tripp, aber ich traue ihm nicht. Schau dir an, was er seiner Familie antut. Ich habe seine Frau übrigens kennengelernt. Sie scheint wirklich nett zu sein. Sie hat die gemeinsamen Kinder großgezogen, ist die ganze Zeit für sie daheimgeblieben, aber er scheint nicht den geringsten Respekt davor zu haben, obwohl das auch eine Menge Arbeit war. Keine Ahnung, warum er so wütend auf alle ist. Anfangs wollte er mir nur einen kleinen Betrag zahlen, eine Hälfte im Voraus, die andere, wenn alles erledigt ist. Doch mir war klar, dass ich das Geld dann niemals sehen würde. Ich brauche das Geld aber, um davon zu leben, während ich meine App entwickle.«

Roddy schwenkte den letzten Rest Kaffee in seiner Tasse herum. Malcolm war über den Leichtsinn des Jungen schockiert, insgeheim aber auch beeindruckt. Es steckte weitaus mehr in Robby, als er gedacht hatte.

»Was ist das für eine App?«

»Willst du das wirklich wissen?«

»Ja.«

»Okay.« Roddy versuchte, es Malcolm zu erklären. »Die App erkennt deine Stimmungen und deine Verhaltensmuster, bevor dir deine Stimmungen und Verhaltensmuster überhaupt bewusst sind. Sie erfasst deine Suchanfragen, deine sozialen Medien, einfach alles: von der Zeit, die du scrollst, über die Seiten, bei denen du anhältst, bis hin zu deiner Klickgeschwindigkeit. Sie erfasst deine Chats und Nachrichten. Sie kann dir mitteilen, wie lange du an einem bestimmten Tag gesessen oder gestanden hast oder gelaufen bist. Auf der Basis all dieser Daten – und sie wird mit der Zeit immer intelligenter – fängt sie nach etwa einem Monat an, dir Nachrichten zu schicken. Sie sollen wie Ratschläge eines guten Freundes sein. Verzichte lieber auf den nächsten Drink. Lass den Spinning-Kurs ruhig ausfallen. Geh auf jeden Fall zum Lunch mit Becky, weil ein bisschen Gesellschaft dir gut tun wird. Die Leute werden begeistert sein von einer App, die sie so gut kennt, dass sie ihren Gedanken und Wünschen zuvorkommt.«

»Du bist in der Lage, so etwas zu entwickeln?«

»Ja klar. Das Problem ist nur, dass es inzwischen schon eine ähnliche App gibt. Sie ist nicht genau gleich, aber immerhin so ähnlich, dass es mir Sorgen macht. Und es werden bestimmt noch mehr Apps dieser Art entwickelt. Ich muss mich also damit beeilen. Wie schon gesagt, ich brauche Zeit und Geld dafür. Ich hab das jetzt schon seit über drei Jahren vor.«

»Und dann kam Tripp ins Spiel«, sagte Malcolm. »Er ist jetzt also in Panama?« Eigentlich wäre es für Malcolm besser gewesen, wenn er nicht gewusst hätte, inwieweit das Half Moon in die Sache verwickelt war, aber er war zu neugierig. Wenn er schon log, wollte er genau informiert sein.

Roddy zögerte. »Nein. Aber ...«

»Aber?«

»Wenn alles nach Plan läuft, wird es in etwa drei Tagen einen Autounfall in der Nähe von Cabo Verde geben. Es wird ein Feuer geben. Charles Waggoners Leiche wird so verbrannt sein, dass man ihn anhand der Papiere identifizieren muss, die er in seinem Hotelzimmer hinterlassen hat.«

Malcolm erinnerte sich an eine Doku, die er einmal spätabends gesehen hatte. Darin ging es um den Schwarzhandel mit Leichen; genauer gesagt darum, wie jemand, der spurlos verschwinden wollte, sich eine Leiche besorgen konnte, die nicht nur sein Geschlecht, sondern auch etwa seine Größe und sein Alter hatte, um dann mit dieser Leiche einen Unfall zu fingieren und an eine Sterbeurkunde zu gelangen, die den Hinterbliebenen und der Lebensversicherung präsentiert werden konnte.

»Wenn er nicht in Panama ist, wo steckt er dann?«

»Ich glaube, das sollte ich dir besser nicht sagen.«

»Du hast mir doch schon so viel erzählt. Komm schon.«

Als er sah, wie Roddy mit sich rang, begriff Malcolm, dass der Junge sich danach sehnte, es ihm zu sagen, und dass er wahrscheinlich schon sehr lange mit jemandem darüber reden wollte.

»Hast du Angst, ich könnte Ärger bekommen, wenn du es mir sagst?«, fragte Malcolm. »Mach dir wegen mir keine Sorgen.«

»Er ist in Peru.«

»Ich wusste es!«, sagte Malcolm. »Da gibt es einen Ort, wo er unbedingt hinwollte. Er hat ständig davon gesprochen.«

»Ach ja?« Roddy schien zum ersten Mal beunruhigt.

»Ja. Und das habe ich der Polizei auch erzählt. Wenn er einen im Tee hatte, hat er immer von diesem Ort gesprochen … wie hieß er noch gleich … Olla …«

»Ollantaytambo? Verdammt. Das wusste ich nicht.«

»Also ist er von Panama nach Peru?«

»Nein. Er war nie in Panama. In Toronto übrigens auch nicht. Er ist gestern Morgen direkt nach Lima geflogen, kurz nach dem zweiten Sturm. Mit seinem neuen Reisepass.« Bevor Malcolm die Frage stellen konnte, die ihm schon die ganze Zeit auf der Seele brannte, lieferte Roddy die Antwort von selbst. »Freitagabend hat er im Half Moon verbracht, im Obergeschoss. Deshalb hat ihn auch niemand gehen sehen. Er ist einfach durch die Tür hinter der Herrentoilette die Treppe hoch. Samstagnacht hab ich ihn dann zu einem Hotel in Secaucus gefahren. Dort war er bis zu seinem Abflug am Dienstag.«

»Und wer hat seine Sachen aus dem Half Moon weggeschafft?«

»Das war ich.«

»Aber er stand doch auf der Passagierliste von dem Flug nach Toronto.«

»Komm schon, Malcolm. Du weißt doch, dass man immer jemanden findet, der tut, was man will, solange man genug Geld hat, denjenigen zu bezahlen.«

Malcolm schaute auf seinen Teller; das Essen war längst kalt geworden. Er nahm seine Gabel und aß langsam alles auf, ohne ein Wort zu sagen. Dann gab er der Kellnerin ein Zeichen, ihm Kaffee nachzufüllen.

»Roddy. Du wirst das Geld aus der Lebensversicherung niemals beanspruchen können. Im Moment bist du nur Tripps Komplize in diesem ganzen Schlamassel, aber wenn du das Geld beanspruchst, bist du genauso schuldig wie er. Das begreifst du doch, oder? Geh für eine Weile nach Binghamton zu deiner Mutter. Besorg dir dort einen Job. Du warst nie Mark Duro. Wenn du als Barkeeper arbeiten willst, habe ich einen Kumpel in Ithaca, der braucht immer Unterstützung. Oder willst du lieber nach Miami? Ein anderer Kumpel von mir hat 'ne Bar in Coral Gables. Ich leg gern ein Wort für dich ein. Aber ganz ehrlich? Du bist kein Barkeeper. Such dir 'nen Job in 'nem coolen Laden oder so. Du bist gerade mal zweiundzwanzig.«

»Was meinst du denn mit 'nem coolen Laden?« Roddy sah ihn wieder so panisch an wie damals an dem Abend, als das Urinal aus der Wand gerissen wurde. Als müsste er gleich losheulen.

»Keine Ahnung. Aber du bist doch clever. Warum gehst du nicht zurück aufs College? Die App kannst du doch immer noch entwickeln.«

»Aber was bringt es denn, clever zu sein?«, fragte Roddy. »Das allein reicht bei weitem nicht aus. Mein Onkel hat damals die Gebühren für das erste Semester bezahlt, und danach sollte meine Mutter übernehmen, aber sie hat ständig versucht, mich dazu zu bringen, ihn erneut um Geld zu bitten, dabei hatte er doch schon so viel für mich getan. Der Typ, der die Studiengebühren einsammelt, hat mir täglich hinterher telefoniert. Als könnte ich einfach so siebzehntausend Dollar aus dem Hut zaubern! Ich hab mir dann Arbeit bei einem Privatdetektiv besorgt, um etwas Geld zu verdienen. Er war darauf spezialisiert, Personen zu suchen, die untergetaucht waren. Als ich gelernt hatte, wie das geht, hab ich selbst ein paar Aufträge von Klienten angenommen. Das hat mir gut gefallen. Ich konnte die Arbeit problemlos vom Studentenwohnheim aus machen. Einmal hab ich einen Typen gefunden, der mit dem Unterhalt für seine Kinder im Rückstand war, einfach nur dadurch, dass ich seine Kundenkarte in einem Angelshop aufgespürt hab. Seine Ex hatte mir gesagt, dass er gern angeln geht. Aber dann ...«

»Was?«

»Das ist die Kehrseite der Medaille. Es kamen halt auch Typen, die wollten, dass ich ihre Frauen oder Freundinnen suche. Ein Kinderspiel für mich. Ich hab natürlich gesehen, wie diese Frauen versuchten, ihre Spuren zu verwischen, aber ich hab sie trotzdem gefunden, es war ganz einfach. Das hat mir nicht gefallen. Einer dieser Kerle schien richtig böse zu sein. Ich wollte der Frau helfen, sie warnen, dass sie viel zu leicht zu finden war. Ich hab dem Kerl dann verschwiegen, dass ich sie gefunden habe.«

Sie schauten beide aus dem Fenster, auf die dunkle Stelle unter der Autobahnbrücke. In den Sommermonaten trafen sich die Kids dort zum Trinken; an einem der Pfeiler lag ein Haufen zerbrochener Flaschen und zerbeulter Dosen. Ein leuchtend roter Kardinal landete auf der Schaufel eines Schneepflugs, schaute sich kurz um, flog weiter.

»Alles okay bei dir?«, fragte Roddy.

Malcolm fühlte sich zutiefst erschöpft.

»Ehrlich gesagt, weiß ich es nicht. Und bei dir?«

Roddy zuckte mit den Schultern. »Ich weiß es auch nicht. Die Bar läuft nicht gut, oder?«

»Nein. Aber versprich mir, dass du die Sache fallen lässt. Okay? Das ist Wahnsinn.«

»Er hat wirklich von Ollantaytambo erzählt? Wie dumm. Mit mir hat er nie darüber geredet. Ich hab ihm gesagt, geh nach Kambodscha oder Vietnam, aber er wollte nichts davon hören. Er hat gesagt, sein Herz sei in Peru.«

»Ja. Es dauert vielleicht eine Weile, aber irgendwann finden sie es heraus.«

Als Malcolm heimkam, war niemand zu Hause. Jess hatte eine Nachricht hinterlassen, sie sei bei ihrer Mutter, er solle sie aber anrufen und berichten, was mit Roddy los sei. Die Einsatzfahrzeuge der Stadtwerke hatten es endlich in ihre Straße geschafft; die Elektriker waren bereits damit beschäftigt, die Leitungen zu reparieren. Malcolm wollte sie nicht mit der Frage belästigen, die ihnen vermutlich schon zigmal gestellt worden war, aber dann rief einer der Arbeiter seinen Namen und nahm seinen Schutzhelm ab. Malcolm erkannte ihn aus der Bar.

»In einer Stunde gibt es wieder Strom«, sagte der Arbeiter.

»Gott sei Dank«, sagte Malcolm. »Ihr seid bestimmt total erledigt.«

»Ich hab nichts gegen Überstunden«, sagte der Arbeiter. »Meine Frau plant schon eine Reise in die Karibik.«

»Klingt gut«, sagte Malcolm. »Du hast es dir verdient.«

»Ja«, sagte der Mann und schaute die Straße hoch. »Hör mal, vorhin stand hier ein Kerl auf deiner Einfahrt. Wollte wissen, ob ich dich gesehen hätte.«

»Aha.«

»Hat aber nicht gesagt, wer er war oder was er wollte.«

Billy, dachte Malcolm.

Als der Strom zurückkam, ertönte ein Klicken, gefolgt von einem lauten Surren, und alles erwachte gleichzeitig wieder zum Leben. Die Uhr der Mikrowelle begann zu blinken, der Backofen zeigte eine Fehlermeldung an, der Kühlschrank begann zu summen. Malcolm lauschte eine Minute lang in der Küche, dann ging er wieder zu seinem Auto.

»Hallo, Ma«, sagte er, als er vor Mr. Sheridans Tür stand.

Seine Mutter bat ihn herein, als ob es ihr Haus wäre.

»Ich kann nicht, der Motor läuft. Ich wollte nur kurz schauen, ob es dir gut geht.«

»Artie ist zum Haus rüber«, sagte sie. »Er wollte nach dem Schornstein sehen.«

»Das ist gut«, sagte Malcolm. Sie trug die gleichen Sachen wie am Tag davor, aber was hatte sie zum Schlafen angehabt? Ihr Haar war auf komplizierte Weise hochgesteckt, bis auf eine Strähne, die sich widerspenstig über der Stirn bauschte.

»Du siehst erschöpft aus, Malcolm.«

»Hör mal, Mom«, sagte er. »Mit der Bar läuft es nicht so gut. Ich wollte es dir eigentlich schon länger sagen, aber ich fühle mich wie ein Versager. Ich weiß nicht, was ich noch machen soll.«

»Was sagst du da? Kommst du bitte rein? Sowas darfst du nicht sagen! Komm bitte sofort rein.«

»Ich muss zu Jess. Tut mir leid. Lass uns später reden. Ich komme wieder. Versprochen.«

»Jess ist zurück? In Ordnung, Mal, aber du bist kein Versager, hörst du, Schatz? Vorhin habe ich noch zu Artie gesagt, irgendwas stimmt mit Malcolm nicht. Ich weiß ja von Jess und allem, aber ich habe zu Artie gesagt, da ist noch was anderes, er ist gar nicht er selbst.«

»Hallo Maureen«, sagte er, als er am Haus von Jess' Mutter ankam.

»Malcolm«, sagte Maureen und schaute ihn an, als wäre jemand gestorben. Sie gab ihm einen Kuss auf die Wange und dann umarmte sie ihn fest, das hatte sie noch nie getan. »Komm rein. Hast du Hunger? Hast du wieder Strom? Bei uns geht jetzt alles wieder.«

Als er in die Küche kam, saß Jess am Tisch und strich sich Marmelade auf eine Scheibe Toast. Ihr Haar war nass, und sie trug dieselbe Gillam-Highschool-Jogginghose wie an dem Morgen, als er zum ersten Mal bei ihr übernachtet hatte.

»Malcolm«, sagte sie überrascht, als wäre er nicht bloß einen, sondern tausend Kilometer weit gefahren. Sie sprang auf und räumte Zeitschriften von einem der Stühle weg, damit er sich setzen konnte, aber er blieb stehen.

»Bleibst du heute hier, Jess?«, fragte er. »Oder kommst du nach Hause? Ich dachte, ich erkundige mich mal, weil du ja kein Auto hast.« Seine Stimme klang schroff. Förmlich. Doch nun war es gesagt.

Jess schaute zu ihrer Mutter, aber Maureen Ryan ging langsam Richtung Treppe. Kurz darauf hörten sie, wie oben eine Tür zuging.

»Was möchtest du?«, fragte Jess.

»Was möchtest du denn?«

Hatte sie Neil angerufen? Hatte sie ihm Bescheid gesagt?

»Ich möchte nach Hause kommen.«

Er nickte. Gut. Das war gut. Er nahm schwerfällig Platz. Beugte sich vor. Spürte ihre Hand auf seinem Rücken.

»Malcolm«, flüsterte sie. »Es tut mir so leid.«

»Dann komm nach Hause«, sagte er.

11

DER STROM KAM gerade noch rechtzeitig ins Half Moon zurück, so dass Malcolm die für Donnerstag gebuchte Geburtstagsparty nicht abzusagen brauchte. Nur die von der Gruppe georderten Häppchen konnte André nicht zubereiten, weil der Lieferant wegen der beiden Stürme in Verzug war. »Ich kann zu Food King laufen«, bot er an. Alle Mitarbeiter schauten Malcolm erwartungsvoll an, und in diesem Moment begriff er, dass sie längst wussten, wie es um die Bar stand. Er war nicht als Einziger davon betroffen; auch sie hatten Familien und mussten irgendwie über die Runden kommen. »Gute Idee«, sagte er und zog zwei Zwanziger aus seiner Brieftasche. Was mochten ein paar Tiefkühlpackungen mit Würstchen im Schlafrock wohl kosten? Malcolm machte sich Sorgen, dass Billy womöglich auftauchte, aber er ließ sich nicht blicken, und der Abend verlief recht zufriedenstellend. Es wurde jedenfalls viel gelacht, und die Gruppe feierte bis in die Nacht hinein. Nur Roddy ließ sich nicht blicken.

»Habt ihr etwas von ihm gehört?« fragte Malcolm, doch niemand war seit dem Sturm am Freitag davor in Kontakt mit ihm gewesen. Malcolm konnte nur hoffen, dass Roddy seinen Rat beherzigt und sich aus dem Staub gemacht hatte.

Als sie zumachten, teilte Malcolm Emma mit, dass er für ein, zwei Tage verreise, und sie ihn so lange vertreten müsse. Es täte ihm leid, sie ausgerechnet an einem Wochenende hängen zu lassen. »Auch, wenn du dir vermutlich kein Bein ausreißen musst«, fügte er halb scherzhaft hinzu.

»Man kann nie wissen«, sagte sie aus Freundlichkeit.

Die Idee mit der Reise war ihm erst kurz davor beim Aufräumen gekommen, als er sich den Kopf darüber zerbrochen hatte, was er tun sollte. Er musste unbedingt vermeiden, dass Billy bei ihm zu Hause auftauchte, jetzt, wo Jess wieder zurück war und es langsam wieder bergauf ging. Er musste doch irgendeinen Trumpf in der Hand haben, den er ausspielen konnte. Und vor allem musste er endlich mit Hugh persönlich sprechen.

»Falls sich etwas anderes für dich ergibt«, schob er nach. »Oder für euch alle …«

»Vergiss es«, sagte Emma. »Ich bin hier, weil ich hier sein will, verstehst du? Und die anderen auch.«

Am folgenden Morgen – es war Freitag und der erste Sturm nun eine Woche her –, brachte Malcolm Jess nach Manhattan, weil sie ihr Auto und ihre übrigen Sachen bei Cobie abholen wollte. Als Malcolm in seinem Wagen wartete, klopfte Cobie an die Scheibe. Sie wolle nur kurz hallo sagen. Sie sei mit dem Hund unterwegs gewesen und habe ihn gesehen.

»Hallo«, sagte er leicht verlegen, als er sich an sein letztes Gespräch mit ihr erinnerte. »Bist du froh, dass euer Gästezimmer wieder frei wird?«

Sie lächelte. »Ich hatte ganz vergessen, wie viel Platz sie braucht. Haben eigentlich alle Heterofrauen so viel Kram?«

Malcolm entspannte sich. Alles war gut. Cobie hatte keine Vorbehalte gegen ihn. Sie käme gern mal zu Besuch, sagte sie. Das würde ihn und Jess sehr freuen, erwiderte er, er wisse ja, wie sehr Jess an Cobies Jungs hinge, und Astrid habe er auch schon ewig nicht mehr gesehen.

»Wird wohl eine Weile brauchen«, sagte Cobie. »Ein Schritt nach dem anderen, stimmt's?«

»Stimmt«, sagte Malcolm. Er hatte das auch schon bemerkt. Er war wirklich glücklich und erleichtert, sie wieder daheim zu haben, doch zugleich hatte er das verwirrende Gefühl, sich ständig auf die Zunge beißen zu müssen. Sie hatten so viel durchgemacht, es war die schlimmste Zeit seines Lebens gewesen, doch kaum hatten sie wieder zusammengefunden, kamen die alten Muster wieder zum Vorschein. Malcolm stellte leere Müslipackungen zurück in den Schrank, statt sie im Müll zu entsorgen;

Jess ließ ihre Sneaker auf der Treppe liegen, bis einer von ihnen darüber stolpern und sich das Genick brechen würde. Sie schluckten diesen kleinkarierten familiären Groll zwar noch hinunter, aber irgendwann würde er wieder hochkommen, das war ihnen klar. Und was dann? Hatte all das Leid sie nicht wenigstens etwas weiser gemacht? Sie wollte ihn fragen, ob er ihr verzieh; das spürte er. Aber diese Frage konnte er nicht beantworten; es würde sicher noch sehr lange dauern, bis er so weit war. Und sie? Hatte sie ihm verziehen?

Patrick war über Jess' Rückkehr fast genauso schockiert wie über ihren Weggang. »Sie ist wieder zu Hause?«, fragte er ungläubig. »Ihr seid wieder zusammen?« Und bevor Malcolm antworten konnte, schob er nach: »*Warum?*«

Es täte ihm leid, sagte er, aber es ergebe einfach keinen Sinn. Sie hätten doch keine Kinder. Es gebe keinen Grund, zusammen zu bleiben. Es täte ihm leid, wiederholte er.

Warum?, dachte Malcolm. Eine gute Frage. Noch eine, die er nicht beantworten konnte.

»Übrigens rede ich nicht mehr mit Neil«, fügte Patrick hinzu. »Siobhán und die anderen auch nicht. Ich hatte keine Ahnung ...«

»Ich weiß«, sagte Malcolm. Ein Schritt nach dem anderen, wie Cobie gesagt hatte. Irgendwann würde die Last, die sie trugen, leichter werden.

»Ich habe auch Fehler gemacht«, sagte Malcolm. »Ich habe Jess auch verletzt.«

»Ja, aber nicht so«, sagte Patrick. »So hättest du dich niemals verhalten.«

Nachdem sie ihr Auto vom Schnee befreit hatten, fuhr Jess zu Neil. Als sie Malcolm sagte, sie würde ihn später zu Hause sehen, verkniff er sich den Vorschlag, sie zu begleiten. Sie drückte kurz seinen Arm, um ihm zu signalisieren, dass er sich nicht zu sorgen brauchte.

Neil öffnete ihr mit kalter Miene die Tür; einen Moment lang dachte sie, er wollte sie nicht hereinlassen. Als sie ihre Sachen einsammelte, lief er ihr die ganze Zeit hinterher und sagte ihr, es sei dumm, zu Malcolm zurückzukehren, sie habe den schweren Teil doch schon hinter sich gebracht, indem sie ihn verlassen habe; es ergebe doch keinen Sinn; ob es sein könne, dass sie gar nicht glücklich sein wolle; ob sie darüber schon einmal nachgedacht habe; sie mache einen großen Fehler. Er sagte ihr, er habe sich anscheinend in ihr getäuscht. Er habe sie für eine kluge, besonnene Frau gehalten, die einen Mann unter ihrem Niveau geheiratet habe und aus Loyalität und Güte viel zu lange bei ihm geblieben sei, doch in Wahrheit sei sie nur eine Dramaqueen, genau wie seine Ex und offenbar alle Frauen, und es sei ihr egal, wen sie bei ihrer Gier nach Aufmerksamkeit verletze. Sie habe Panik vor den Wechseljahren und sich noch ein letztes Hoch verschaffen wollen, und das auf seine Kosten. Und auf Kosten seiner Kinder, die sie gerade erst ins Herz geschlossen hätten.

Danach sagte er, er habe es nicht so gemeint; es falle ihm nur schwer, es zu verstehen. Aber sie verstand es eigentlich auch nicht. Sie wusste nur, dass es eben so war. Es sei Zeit für sie, wieder nach Hause zu gehen, sagte sie. Es täte ihr aufrichtig und zutiefst leid.

Er sagte ihr, dass niemand sie je so lieben werde wie er. Am liebsten hätte sie erwidert, dass sie ihm zustimme, dass es aber keine Rolle spiele. Weil es ein Ding der Unmöglichkeit war, von zwei verschiedenen Menschen auf genau dieselbe Weise geliebt zu werden. Die Kinder würde sie am meisten vermissen, doch auch das sagte sie nicht, weil es ihn grundlos verletzt hätte. Und eigentlich vermisste sie auch nicht die Kinder, sondern die Vorstellung, die sie mit ihnen verband. Wenn sie blieb, würde sie ein fester Bestandteil ihres Lebens werden.

Er sagte ihr, sie solle gehen, es sei ihm egal, sie solle verschwinden. Und dann versuchte er, sie durch körperlichen Kontakt zum Bleiben zu bewegen. Aber das zog bei ihr nicht mehr, und die Erkenntnis, wie einsam sie sich noch vor wenigen Wochen gefühlt haben musste, trieb ihr fast die Tränen in die Augen. Alles, was ihn von Malcolm unterschied, stieß sie mit einem Mal ab; sein Körperbau, seine Haut, sein Geruch. Es war nicht seine Schuld, doch ihre Schuld war es auch nicht. Sie vermisste Malcolm, so sehr, dass sie sich mit jeder Faser ihres Körpers nach ihm sehnte.

»Und wie stehe ich dann vor Patrick da?«, sagte Neil.

»Das fragst du dich *jetzt*?« Sie musste unwillkürlich lachen. Sie überlegte, ob sie den Mädchen, die nach der sturmbedingten Pause zurück in der Schule waren, etwas dalassen sollte; einen Lippenstift oder eine Halskette. Aber es erschien ihr besser, spurlos aus ihrem Leben zu verschwinden.

Während Jess bei Neil war, fuhr Malcolm zu Hughs Haus, aber niemand war dort. Er begegnete einem Nachbarn und fragte ihn, ob er Hugh in letzter Zeit gesehen habe und seine Adresse in South Carolina kenne, doch der Mann erwiderte, die einzigen Leute, die er bei den Lydons noch sehe, seien die Gärtner, und die seien im November das letzte Mal da gewesen. Als Nächstes stattete Malcolm der Protzvilla von Hugh Junior einen Besuch ab, aber auch dort traf er niemanden an. Er fuhr nach Hause und telefonierte mit einigen Stammgästen, die er schon seit seiner Anfangszeit im Half Moon kannte, aber keiner von ihnen kannte Hughs neue Adresse; sie dachten alle, wenn einer sie hätte, dann er. Malcolm ging auf, dass er eigentlich fast gar nichts über Hugh und dessen Familie wusste. Mrs. Lydon war er zwar ein paar Mal begegnet, aber immer nur dann, wenn sie in die Bar kam, um Weihnachtsschmuck aufzuhängen. Er war nie bei den Lydons zu Hause gewesen, und sie nie bei ihm. Er starrte gedankenverloren auf den Küchentresen, als er draußen jemanden hörte. Seine Mutter. Sie wollte ihm eine Schachtel Donuts vor die Tür stellen.

»Ach, hallo Schätzchen«, sagte sie, als er ihr öffnete. »Ich wollte euch nicht stören.«

»Alles gut. Jess ist nicht da.«

Seine Mutter überreichte ihm die Schachtel, und er fragte sie, ob sie zufällig jemanden kannte, der mit den Lydons befreundet war. Jemanden, der nach ihrem Umzug vielleicht noch Kontakt zu ihnen hielt. Die Lydons waren etwa so alt wie seine Mutter. Sie mussten doch irgendwelche Bekannte haben, die nicht in Hughs Geschäfte involviert waren.

»Eine Frau aus meinem Gartenclub ist gut mit Josephine befreundet«, sagte sie.

»Tatsächlich? Könntest du mir die neue Adresse der Lydons in South Carolina besorgen?«

»Ich kann es versuchen«, sagte sie. »Ist alles in Ordnung?«

»Ja, alles gut. Es ist nur wegen der Bar.«

»Ist wirklich alles in Ordnung? Neulich hast du doch gesagt, es gebe Probleme mit der Bar. Du wolltest wieder vorbeikommen und mit mir darüber reden. Aber das hast du nicht getan.«

»Ich weiß. Es tut mir leid. Im Moment ist einfach so viel los und …«

»Ich möchte dich etwas fragen, und ich möchte, dass du mir die Wahrheit sagst. Ich bin deine Mutter, Malcolm, und ich merke es sofort, wenn du mich anlügst.«

»In Ordnung.«

»Hat Hugh Lydon dir ein Darlehen für das Half Moon gegeben?«

Malcolm schwieg.

»Warum hast du mir das nie gesagt?«

»Ich weiß es nicht.«

»Malcolm, es gibt da eine alte Geschichte zwischen deinem Vater und Hugh. Hat Hugh dir je davon erzählt? Ich kenne nicht alle Einzelheiten, aber das war eine ziemlich große Sache. Du und Hugh Junior wart damals noch klein. Ich dachte immer, Hugh hätte dich deswegen nach dem Tod deines Vaters unter seine Fittiche genommen, um etwas wiedergutzumachen, aber jetzt …«

Sie zuckte mit den Schultern.

»Worum ging es denn damals? Willst du nicht reinkommen?«

»Ich kann nicht. Ich bin mit Artie bei Pappy's verabredet. Wenn wir vor fünf Uhr dort sind, bekommen wir ein kostenloses Glas Wein zu unserer Pasta.«

Sie stand auf seiner Treppe, die Strickmütze bis zu den Augenbrauen heruntergezogen, der weiße Schnee brachte ihre blauen Augen zum Strahlen. Ihre Hände waren rot vor Kälte.

»Du brauchst Handschuhe, Mom.«

»Nein, schon gut«, sagte sie und schob ihre Hände tief in die Manteltaschen. »Wie gesagt, ich kenne nicht alle Einzelheiten; du weißt ja, wie dein Vater war, und es ist ja auch schon sehr lange her. Ich habe dir nie davon erzählt, weil es Schnee von gestern war, und weil du im Half Moon gut zurechtgekommen bist und dein eigenes Geld verdient hast. Und als du die Bar dann gekauft hast, hab ich angenommen, die Sache mit Hugh sei erledigt. Was die Geschichte mit deinem Vater angeht: Soweit ich weiß, hat Hugh damals eine Wette bei ihm abgeschlossen, die er haushoch verloren hat. Alle wussten davon. Manchmal kam Hugh ins Gephardt's, um sich zu betrinken, wer weiß wieso, er hatte kleine Kinder zu Hause, vielleicht gingen sie ihm auf die Nerven. Das Half Moon hatte er damals schon, aber du weißt ja, man soll sich niemals hinter dem eigenen Tresen betrinken. Wie auch immer, Hugh hat die Wette verloren, aber sie haben die Sache irgendwie geregelt. Jedenfalls hat dein Vater das immer gesagt. ‚Wir haben das geregelt.'«

»Hat Dad ihm etwa seine Wettschulden erlassen?«

»Was? Nein. Er war doch Buchmacher! Das ging auf keinen Fall. Hätte er Hugh seine Wettschulden erlassen, hätten alle anderen, die ihm was schuldeten, natürlich versucht, sich ebenfalls aus der Affäre zu ziehen. Ich weiß nicht, worauf sie sich damals geeinigt haben. Ich weiß nur, dass dein Vater anschließend zu Hugh gesagt hat, er solle sich nie wieder im Gephardt's blicken lassen. Und soweit ich weiß, ist Hugh auch nie wieder dort aufgetaucht.«

Malcolm versuchte, den jungen einfältigen Hugh von damals mit dem Hugh, den er kannte, in Einklang zu bringen.

»Die Lydons wohnten damals ein paar Blocks von uns entfernt. Sie hatten ein wirklich schönes Haus, Josephine war sehr stolz darauf. Als sie ihre Küche tapeziert hatten, lud sie ein paar Frauen zu einem kleinen Imbiss ein. Dein Vater vermischte Berufliches und Privates nicht gern. Es war ihm ein Dorn im Auge, dass Hugh sich manchmal im Gephardt's betrank, und er mochte es auch nicht, dass ich mich mit Josephine angefreundet hatte. Gewisse Aspekte seines Geschäfts hielt er von mir fern, und wenn ich ehrlich bin, wollte ich auch gar nichts davon wissen. Aber er wäre niemals so weit gegangen, einen Nachbarn zu ruinieren, dessen Kinder auf dieselbe Schule gingen. Unsere Ehe war anders als eure. So ahnungslos wie Josephine war ich zwar nicht, aber Darren und ich haben so gut wie nie über seine Arbeit geredet.«

»Und worauf haben sie sich damals geeinigt?«

»Ich weiß es nicht. Wirklich. Wenn ich es wüsste, würde ich es dir sagen.«

Zwei Stunden später, die Schachtel mit den Donuts lag noch ungeöffnet in der Küche, rief seine Mutter ihn an. »Ich habe die Adresse. Hast du einen Stift?«

Malcolm schrieb sie auf.

»Und kannst du Jess bitte sagen, dass sie mich anrufen soll, sobald sie nach Hause kommt? Ich möchte mit ihr über etwas reden.«

»Worüber denn?«

»Das geht dich nichts an. Du brauchst nur zu wissen, dass ich sie vermisst habe.«

Jess bestand darauf, ihn zu begleiten. Zuerst lehnte er ab, doch um zu vermeiden, dass Billy auftauchte, wenn sie allein zu Hause war, stimmte er schließlich zu. Da zwei Hin- und Rückflugtickets so kurzfristig ein Vermögen gekostet hätten, beschlossen sie, stattdessen das Auto zu nehmen und die Nacht durchzufahren. Sie nahmen nur das Nötigste mit. Im Auto sagte Jess, sie müsse noch etwas arbeiten. Nach einer kurzen Pause an einem Rastplatz, wo sie telefonierend vor den Kühlregalen des Tankstellenshops hin- und herlief, setzte sie sich nach hinten, und jedes Mal, wenn er in den Rückspiegel schaute, starrte sie auf ihren Laptop oder aus dem Fenster.

»Kann ich Musik anmachen?«, fragte Malcolm schließlich.

»Ja, natürlich, entschuldige«, sagte sie und kletterte nach vorn auf den Beifahrersitz. »Ich warte nur darauf, dass mich jemand zurückruft.«

»Um diese Zeit?«, fragte Malcolm.

»Eine Freundin aus dem Stadtarchiv. Ich habe sie um einen Gefallen gebeten.«

Malcolm wollte ihr noch mehr Fragen stellen, doch da klingelte ihr Telefon, und sie setzte die Kopfhörer auf, um den Anruf entgegenzunehmen. Sie sagte etwas von gemeinsamem Eigentum und Anwachsungsrecht des überlebenden Ehegatten. Hätte sie noch bei der Gewerkschaft gearbeitet, wäre klar gewesen, dass sie über einen Fall sprach, aber er konnte sich beim besten Willen nicht vorstellen, was das Ganze mit ihrer Arbeit bei Bloom zu tun haben sollte.

Der Ort, in dem die Lydons lebten, war eine knappe Stunde von Charleston entfernt, eine Stadt, die Malcolm schon seit der Schule faszinierte. Fort Sumter, die Villen aus der Zeit vor dem Bürgerkrieg, ein Gefühl von irgendwo ganz anders. Nach vierzehn Stunden im Auto hielten sie an einer Raststätte, machten sich so gut es ging frisch und zogen sich um.

»Was willst du ihm sagen?«, fragte Jess.

»Ich weiß es nicht«, sagte Malcolm.

Das Haus sah bescheidener aus, als sie erwartet hatten. Es war Samstagfrüh um neun, Hughs Cadillac stand in der Auffahrt, eine

Katze saß im Schatten der Stoßstange. Als Malcolm den Motor abstellte, erschien Hugh schon an der Tür. Aus zehn Metern Entfernung sah er wie ein übergewichtiger alter Mann aus. Warum hat Hugh es so weit kommen lassen?, dachte Malcolm wütend. Er hätte einfach ans Telefon gehen und ihn zurückrufen können. Sie hätten sich längst einigen können. Aber Hugh wollte, dass er bettelte. Dass er sich zum Deppen machte. Vielleicht war es Hugh die ganze Zeit nur darum gegangen. Vielleicht hatte er Malcolm deshalb so lange zappeln lassen, bevor er ihm anbot, die Bar zu übernehmen. Wie viel Zeit war verstrichen zwischen dem Moment, als Hugh die Idee zum ersten Mal erwähnte, bis zu dem Augenblick, als er ihm das Half Moon endlich überließ? Zwölf Jahre, in denen Malcolm sich jeden Tag danach gesehnt hatte, dass es endlich passierte. Die Bar hatte ihm so viel bedeutet, dass er gar nicht gemerkt hatte, wie heruntergekommen sie war.

»Warte hier«, sagte Malcolm.

»Von wegen«, sagte Jess.

»Malcolm«, sagte Hugh und hielt ihnen die Tür auf. »Josephine, schau mal, wer uns besucht!«, rief er. Weder er noch seine Frau schienen im Geringsten überrascht.

»Ist dein Telefon kaputt, Hugh?«, sagte Malcolm. Jess legte ihm die Hand auf den Arm.

Josephine Lydon führte sie zu einer überdachten Veranda, auf der mehrere Aschenbecher voller Zigarettenkippen standen. Es war über zwanzig Grad und schwül. Hugh ließ sich auf einen Sessel fallen, und Josephine fragte, ob jemand Tee wolle. Hugh schien etwas zugelegt zu haben, seit er New York verlassen hatte. Farbe hatte er auch bekommen. Malcolm hatte ihn noch nie in Polohemd und Shorts gesehen, die massigen, rot behaarten Arme und Beine.

»So«, sagte Josephine, als sie die Muffins und Teetassen abgestellt hatte, und schaute Jess an. »Wollen wir die beiden dann mal allein lassen?«

»Danke, aber ich bleibe lieber hier«, sagte Jess.

»Oh«, sagte Josephine und sah Hugh an.

»Jess«, sagte Malcolm.

»Malcolm«, sagte Jess.

»Schon gut«, sagte Hugh, und Josephine verschwand irgendwo im Haus. »Ihr habt ziemlich schlechtes Wetter gerade, oder?«

»Die ganze Stadt hatte fast eine Woche lang Stromausfall, bei minus zwanzig Grad. Nichts ging mehr. Das Dach der High School ist eingestürzt.«

Jess schaute die Männer ungläubig an. Wollten die beiden jetzt ernsthaft über das Wetter reden?

»Aber das Half Moon läuft, oder? Hab ich dir nicht gesagt, dass der Laden eine gute Substanz hat?«

Malcolm nickte und holte tief Luft.

»Du bist vermutlich hergekommen, weil du unsere Abmachung nicht einhalten kannst«, schob Hugh hinterher, bevor Malcolm etwas sagen konnte. »Ich hab schon mit Billy gesprochen. Ich versteh das nicht. Als ich aufgehört hab, hat der Laden doch gebrummt.«

»Ich versuche nicht, mich vor irgendetwas zu drücken«, erwiderte Malcolm. »Du kennst mich. Das ist nicht mein Stil, und das weißt du auch. Aber da wir uns schon so lange kennen, dachte ich, wir einigen uns darauf, dass wir die monatlichen Raten und den Zinssatz senken. Du hast mir damals gesagt, dass die Lieferanten die Verträge zu den alten Konditionen weiterlaufen lassen würden, und ich habe dir geglaubt. Dabei wusstest du ganz genau, dass das nicht stimmte.«

»Informierst du dich denn nicht, bevor du eine so große Summe investierst?«, sagte Hugh. »Ist es etwa meine Schuld, dass du es versäumt hast, dich zu erkundigen? Und warum hast du den Billardtisch rausgeworfen? Die Leute haben das Ding geliebt.«

»Er war verdreckt«, sagte Malcolm. »Und er hat zu viel Platz weggenommen.«

Hugh wandte sich Jess zu, die er bis dahin geflissentlich ignoriert hatte. »Ich hab gar nicht mit dir gerechnet, Jess. Bist du nicht umgezogen, nach Azalea Estates?«

Jess starrte ihn verblüfft an und wurde knallrot. »Hör zu, Hugh«, sagte Malcolm rasch. »Mein Vorschlag wäre, dass wir den Prozentsatz vom monatlichen Umsatz abhängig machen. In schwachen Monaten würdest du dann zwar weniger bekommen, aber wenn es gut läuft, natürlich umso mehr. Du hättest weiterhin Einkünfte. Aber unsere aktuelle Regelung macht es mir unmöglich, die Schulden abzubezahlen. Ich brauche Zeit, mir eine Strategie zu überlegen, wie ich dauerhaft mehr Publikum anziehen kann. Die üblichen Methoden bringen nichts.«

»Zeit, in der ich leer ausgehen würde.«

»Ich versuche es doch, Hugh. Du wirst alles bekommen, was dir zusteht! Es wird nur länger dauern, als ich dachte.«

»Du könntest dein Haus verkaufen«, sagte Hugh. »Wie lange gehört es dir schon? Dreizehn Jahre? Inzwischen ist es sicher viel mehr wert. Du würdest bestimmt ein hübsches Sümmchen dafür kriegen. Dann wäre die Sache erledigt.«

»Mein Haus?«, fragte Malcolm. Sein Haus ging Hugh nicht das Geringste an. Sein Haus war die Welt von Jess, die Welt ihrer gemusterten Decken und Schalen, der Vasen und Kerzen, die sie überall verteilte, um es nett und gemütlich zu machen. Die Welt ihrer Bücherstapel und ihrer Jogginghosen auf dem Wäscheständer. Malcolm erhob sich, als ihm aufging, dass er machtlos war. Hugh ignorierte seine Vorschläge einfach. Er scherte sich nicht darum. Es war ihm völlig egal, dass sie sich schon so lange kannten und dass Malcolm so viele Jahre lang sein bester und treuester Mitarbeiter gewesen war.

»Du bist ein Arschloch, Hugh, weißt du das? Was sollte das Ganze überhaupt? Was hast du damit bezweckt?«

»Es tut mir leid, aber das Haus ist dein einziges Kapital. Ich hätte dir das Geld nie geliehen, wenn du es nicht hättest.«

»Hugh?« sagte Jess, aber die beiden Männer ignorierten sie.

»Und wer ist hier das Arschloch?«, fuhr Hugh fort. »Du denkst, du verdienst was Besseres als das, was du bekommen hast? Du bist genauso arrogant wie dein Vater! Wie alt bist du jetzt? Fünfundvierzig? Und gibst mir die Schuld, weil du dein Leben nicht im Griff hast? Hughie meint, du wärst immer anständig zu ihm gewesen, als ihr noch zusammen zur Schule gegangen seid, das halte ich dir zugute. Aber wenn einer von meinen Söhnen so kläglich scheitern würde wie du mit dem Half Moon, würde ich vor Scham im Boden versinken. Dein Vater wusste wenigstens, wie man einen Laden am Laufen hält!«

»Hugh«, sagte Jess, diesmal etwas lauter. Sie stand auf und stellte sich vor Malcolm. Hugh sah sie an, als wäre sie ein lästiges Kind, das die Erwachsenen beim Reden stört. »Bist du dir ganz sicher, dass du überhaupt dazu berechtigt warst, das Half Moon zu verkaufen?«

»Was?«, sagte Hugh.

Malcolms innerlicher Wutausbruch geriet ins Stocken. Ein Schauer lief ihm über den Rücken.

»Wenn ich den Grundbucheintrag jetzt vor mir hätte«, fuhr Jess fort, »bist du sicher, dass ich darauf nur deinen und Malcolms Namen finden würde?«

Einen Moment lang schien Hugh seinen massigen Körper aus dem Sessel wuchten zu wollen, doch er blieb sitzen und starrte Jess an. »Wovon redest du überhaupt?«

»Von dem Grundstück, auf dem das Gebäude steht.«

Das Grundstück, wiederholte Malcolm innerlich, damit die Worte greifbarer wurden.

»Was soll damit sein?«, fragte Hugh, aber Malcolm kannte dieses spöttische Grinsen. Jess hatte es tatsächlich geschafft, ihn aus der Fassung zu bringen.

»Du hast das Grundstück 1975 an Darren Gephardt überschrieben, um eine Schuld zu begleichen.«

»Was?«, fragte Hugh. *Was???*, dachte Malcolm.

Er wollte, dass Jess ihn anschaute, doch sie ließ den Blick auf Hugh geheftet.

»Ich habe keine Ahnung, wovon du redest«, sagte Hugh und schaute zur Fliegengittertür, um sich zu vergewissern, dass Josephine nicht zuhörte.

»Beim Verkauf kam das wahrscheinlich nicht zur Sprache, weil Malcolm keinen Anwalt dabeihatte. Da wird ja oft etwas übersehen, vor allem eine so seltene Eigentumskonstruktion. Erst gestern habe ich von einem Fall in Manhattan erfahren, wo genau das gleiche passiert ist. Der neue Eigentümer einer Bar namens Bluebird hatte den Laden nach dem Kauf renoviert, und alles lief wunderbar. Bis er eines Abends einen Kunden vor die Tür setzte, der sich danebenbenommen hatte. Dieser Kunde wurde richtig wütend, und dummerweise war er Anwalt für Immobilienrecht. Er beschloss, im Stadtarchiv herumzuwühlen in der Hoffnung, irgendetwas zu finden, womit er dem Eigentümer des Bluebird eins auswischen konnte. Und Bingo! Er fand heraus, dass dem Eigentümer zwar die Bar, nicht jedoch das Grundstück gehörte. Das Grundstück war schon in den Achtzigerjahren verkauft worden, es gab dafür eine separate Kaufurkunde. Der neue Eigentümer, der nichts davon gewusst hatte, geriet daraufhin in Panik und nahm sich einen Anwalt. Er war obendrein wütend, weil er das Gefühl hatte, beim Kauf hereingelegt worden zu sein, was ja auch irgendwie zutraf. Sein Anwalt versuchte also, den Eigentümer des Grundstücks ausfindig zu machen, um das Problem irgendwie zu lösen. Das Problem war nur, dass der Mann, von dem er das Bluebird gekauft hatte, inzwischen verstorben war, und der Eigentümer des Grundstücks ebenfalls.«

»Das Bluebird kenne ich doch«, sagte Malcolm. »Da war ich mal.«

»Willst du wissen, wem das Grundstück gehörte?«, fragte Jess. Hugh starrte sie an. »Darren Gephardt.«

»Moment mal«, sagte Malcolm. »Ich erinnere mich, dass ich mit ihm dort war.«

»Ja«, sagte Jess und wandte sich wieder Hugh zu. »Darren hatte mit dem Eigentümer des Bluebird die gleiche Vereinbarung getroffen wie damals in den Siebzigern mit dir. Er konnte dir deine Wettschulden nicht einfach erlassen, weil alle davon wussten. Also bot er dir eine Lösung an, die dich nicht in den Ruin trieb und dir zugleich erlaubte, das Gesicht zu wahren. Gail hat erst kürzlich von der Sache mit dem Bluebird erfahren, weil sie als Darrens Hinterbliebene vom Anwalt des neuen Eigentümers kontaktiert wurde. Sie ist dem neuen Eigentümer dann entgegengekommen, er tat ihr wohl leid. Schade, dass sie uns nicht schon früher davon erzählt hat, aber sie hat gesagt, bei gewissen Geschäften deines Vaters hätte sie sich lieber herausgehalten. Als sie gestern mit Malcolm gesprochen hat, wurde sie jedoch nachdenklich und hat mich gebeten, die Sache zu prüfen.«

Jess drehte sich zu Malcolm. »Sie wollte nicht, dass du dir zu viele Hoffnungen machst.«

Dann drehte sie sich wieder zu Hugh. »Fakt ist, dass du das Gebäude 1975 rechtlich vom Grundstück getrennt hast.«

»Na und?«, sagte Hugh. Er gab sich gewohnt herablassend, aber diesmal ging die Tour nicht auf.

»Wir machen jetzt Folgendes«, sagte Jess zu ihm und warf Malcolm einen Blick zu. »Malcolm wird dir das Grundstück überschreiben, und du nimmst alles zurück. Das Grundstück, das Gebäude und die Bar. Dann gehört alles wieder dir. Aber nur, wenn wir uns einig sind, dass das Grundstück mindestens so viel wert ist wie der Betrag, den Malcolm dir noch schuldet.«

»Warte mal, Jess«, sagte Malcolm. Er zog an seiner Schulter. Hieß das nicht, dass er das Half Moon irgendwie behalten konnte? Doch der Blick, den sie ihm zuwarf, sagte: Denk doch mal nach! Willst du wirklich weiter auf diese Bar setzen?

»Soll das ein Witz sein?«, sagte Hugh.

»Du bekommst das Half Moon ohne diesen kleinen Makel zurück, den du all die Jahre verschwiegen hast. Hättest du die Bar jemand anderem verkauft, wäre er vermutlich aufgeflogen. Das ist ein guter Deal für dich. Du kannst die Bar behalten oder weiterverkaufen, was auch immer du willst.«

Malcolm hatte das Gefühl, alles nur in Zeitlupe zu erfassen. Das Half Moon einfach aufgeben? Hugh schien jetzt ernsthaft über Jess' Vorschlag nachzudenken.

»Du willst also sagen, dass ich euch die Schulden erlassen und dafür das Grundstück zurücknehmen soll.«

»Richtig.«

»Mein Anwalt setzt alles auf.«

»Gut«, sagte Jess. Diesmal würde er niemanden über den Tisch ziehen, dafür würde sie sorgen. »Malcolm?«

Dann stehe ich ja mit leeren Händen da, dachte Malcolm. Das Half Moon wäre einfach weg. Ganz zu schweigen von all der Zeit und Energie, die er hineingesteckt hatte. Kurz vor dem ersten Sturm hatte er sich zu Hause einen Film angeschaut und dabei ein Foto vom Fernsehbildschirm gemacht. Der Film war ziemlich öde gewesen, aber in der Szene, die er fotografiert hatte, saßen die Hauptfiguren auf einer Dachterrasse, die genauso aussah, wie er sich es immer vorgestellt hatte. Er brauchte ein paar Tage Bedenkzeit. Er wollte erst von seiner Mutter hören, was sie tatsächlich über seinen Vater und seine damalige Vereinbarung mit Hugh wusste. Aber dann drehte Jess sich zu ihm um und sah ihn flehentlich an.

»Malcolm«, sagte sie, diesmal ohne Fragezeichen.

»Lass mich kurz nachdenken«, sagte er.

»Mal, bitte.«

»Na gut. Einverstanden.«

Hugh sagte, die Dokumente lägen für sie bereit, sobald sie wieder in New York wären. Mit den Steuern wäre es zwar etwas knifflig, aber das bekam Jess schon irgendwie hin. Als sie auf Charleston zufuhren, sagte Malcolm, es sei Samstag, und sie könnten ohnehin nicht in einem Rutsch nach Hause fahren, irgendwo müssten sie etwas Schlaf nachholen, was spräche dagegen, in Charleston zu übernachten? Er wollte wissen, wie in aller Welt sie all das herausgefunden hatte, doch sie sagte, es sei alles Gails Verdienst. Sie selbst habe nur recherchiert und ihre Kontakte genutzt, aber Gail sei diejenige gewesen, die den Verdacht hatte und der Sache nachgehen wollte.

Und das Verrückte daran sei gewesen, sagte Jess, dass sie sich nicht sicher gewesen sei. Ihre Freundin im Stadtarchiv hatte das Dokument, das sie brauchte, noch gar nicht gefunden, als sie bei Hugh vor der Tür standen. Die alten Akten aus den Siebzigern wurden in einem anderen Archiv aufbewahrt, da sie aus einer Zeit stammten, in der es noch keine elektronische Archivierung gab. Alles, was ihre Freundin sehen konnte, war ein Hinweis mit der Jahreszahl »1975« und ein Code, der angab, in welchem Karton die Akten zu finden waren.

»Du hast geblufft«, sagte er überrascht.

»Aber ich hatte Recht«, antwortete sie grinsend.

»Jessica Ryan!«, sagte er, nahm ihre Hand und küsste sie, während er weiterfuhr. Er hatte das Half Moon verloren, aber Jess hatte er zurückgewonnen, und all das innerhalb kürzester Zeit. Es war ihm fast schon zu viel, wie schnell sich die Dinge ändern konnten. Er sehnte sich danach, einen Tag lang Pause vom Leben zu machen, um all das zu verarbeiten; einen Tag lang durch eine Stadt zu spazieren, wo er nichts und niemanden kannte. Jess musste erst Montag wieder zur Arbeit, und er musste nun nirgendwo mehr hin. Er konnte es noch gar nicht begreifen. Während sie darauf warteten, dass ihr Zimmer frei wurde, gingen sie frühstücken; es war erst elf Uhr vormittags, doch sie konnten kaum noch die Augen offenhalten. Als sie endlich auf das Zimmer konnten, legten sie sich sofort hin und schliefen ein.

Jess wachte als Erste auf, zuerst verwundert darüber, wo sie war und dass draußen noch die Sonne schien. Als sie sich umdrehte, sah sie Malcolm auf der Seite schlafend, das Gesicht zu ihr gewandt, der Kiefer schlaff, die Hände unter die Wange geklemmt wie ein kleines Kind. Sie betrachtete das ergrauende Haar an seinen Schläfen, den breiten Brustkorb, der sich mit jedem Schnarchen ausdehnte und zusammenzog. Hatte sie eigentlich wirklich irgendwann aufgehört, ihn zu lieben, oder hatte sie sich das nur eingeredet? Sie hatte geglaubt, ihre Liebe sei versiegt, weil es sich so angefühlt hatte – als sei die Liebe über einen langen Zeitraum hinweg allmählich versickert, und die Freude, die sie früher immer empfunden hatte, langsam von einer tiefen Erschöpfung verdrängt worden, bis sie eines Tages feststellte, dass sie überhaupt nichts mehr empfand, wenn sie an ihn dachte, noch nicht einmal Wut. Wer war es doch gleich gewesen, der gemeint hatte, das Gegenteil von Liebe sei nicht Hass, sondern Gleichgültigkeit?

Und doch war sie hier, wieder an seiner Seite. Sie dachte an Cobies Worte, dass es eine dritte Möglichkeit gab, nämlich die, eine Weile allein zu bleiben. Dass es mehr Möglichkeiten gab als die, vor die sie sich selbst gestellt hatte. Vor nur einer Woche hatte sie nicht die geringste Vorstellung davon gehabt, wann sie ihn das nächste Mal sehen würde, und jetzt schaute sie ihm über tausend Kilometer von zu Hause entfernt in einem Hotelzimmer beim Schlafen zu.

Sie ging unter die Dusche, und als sie wieder herauskam, war Malcolm wach. »Hallo«, sagte er und zog am Saum ihres Handtuchs, bis sie es schließlich fallen ließ. Als sie sich umeinander bewegten, fragte sie sich, was anders war, ob er nun etwas vor ihr zurückhielt, doch da schien nichts zu sein, außer vielleicht eine neue Ernsthaftigkeit, ein Gefühl, dass sie ganz knapp davor gewesen waren, einander zu verlieren, und auch ein darunterliegendes Gefühl, dass dies noch immer geschehen konnte, es gab keine Garantie.

Nachdem sie sich angezogen hatten, spazierten sie durch die Stadt, bis sie ein Restaurant fanden, wo die Atmosphäre stimmte, und wie üblich plauderte Malcolm erst einmal mit dem Barkeeper. Kaum hatten sie Platz genommen, begann eine Band zu spielen, so dass sie nicht zu reden brauchten. Nach dem Essen gingen sie zurück ins Hotel, schauten sich einen Film an und schliefen. Am nächsten Tag versuchte sie ihn während der langen Heimfahrt davon zu überzeugen, dass es ein Gewinn war. Er hatte sechsundzwanzig Jahre lang einen Job gehabt, und nun gab er diesen Job eben auf. Viele Leute hörten nach sechsundzwanzig Jahren mit ihrer Arbeit auf, ohne auch nur im Geringsten von ihrer langjährigen Arbeitsstelle profitieren zu können, so wie er jetzt. Er würde schon etwas anderes finden. Und da nun nicht mehr dieser enorme finanzielle Druck auf ihnen lastete, konnten sie endlich ihre Schulden bei der Klinik, ihre Kreditkartenschulden und Jess' Studiendarlehen zurückzahlen.

»Wir könnten unser Haus verkaufen«, sagte Malcolm. »Wenn du wirklich über einen Neuanfang reden willst. Hugh hatte gar nicht mal so unrecht. Es ist einiges wert.«

Der gleiche Gedanke war Jess auch schon gekommen.

Die Dokumente lagen bei ihrer Rückkehr wie angekündigt für sie bereit. Als Malcolm seinem Team mitteilte, dass Hugh das Half Moon wieder übernehmen und den Laden wahrscheinlich für eine Weile schließen würde, dachte er, alle würden wütend auf ihn sein, doch stattdessen wollten sie ihn trösten. Sie sagten ihm, er solle ihnen Bescheid geben, falls er ein neues Lokal eröffnen wolle. Malcolm nahm ein paar gerahmte Fotos mit, die ihm wichtig waren. Seinen Leuten sagte er, sie sollten sich nehmen, was ihnen gefiel.

»Was hast du jetzt vor?«, fragte Emma.

»Ich weiß es nicht«, sagte Malcolm.

Der Schnee schmolz dahin, doch auf den Parkplätzen vor Food King und dem Einkaufszentrum hielten sich noch bis Ende April hartnäckige schmutzübersäte Hügel und blockierten viele der Flächen. Malcolms Mutter erzählte ihm noch ein wenig mehr, als er aus South Carolina zurückkam. »Du warst damals noch im Laufstall«, sagte sie. Er habe sein pausbäckiges Gesichtchen gegen die Bespannung gedrückt, als Darren ihr erzählte, was für ein dummes Großmaul Hugh sei und wie er sich überhaupt in diese Situation gebracht habe. Gail zufolge hatte Hugh Darren nie leiden können und sich aus irgendeinem Grund stets so verhalten, als müsse er etwas unter Beweis stellen, wenn er in Darrens Nähe war.

»Und konnte Dad Hugh leiden? Ich meine, vor dieser dummen Wette?«

»Ehrlich gesagt, glaube ich, er war ihm ziemlich egal.«

Malcolm vermied es, die Seneca hinunterzufahren, doch eines Morgens bog er aus Gewohnheit auf sie ab. Das Gebäude hatte sich bereits in eine Baustelle verwandelt, eine umfangreiche Renovierung, wie es aussah; ein Maschendrahtzaun war um das Grundstück gezogen worden. Er hatte damit gerechnet, dass sich die Überschreibung des Gebäudes wie eine Amputation anfühlen würde, doch nach fünf Minuten und ein paar Unterschriften war alles vorbei. Mit dem Grundstück war es etwas komplizierter. Darrens nächste Verwandte war Gail, daher musste sie es überschreiben. Als Malcolm sich bei ihr dafür entschuldigte und versprach, es wieder gutzumachen, schüttelte sie den Kopf und sagte, sie wünschte nur, er hätte ihr schon früher gesagt, dass er kaum noch über die Runden kam, dann wäre ihr das Ganze vielleicht schon viel eher eingefallen.

Nun war es schon einige Wochen her, seit er den Papierkram hinter sich gebracht hatte. Er hielt an, um sich das Gebäude genauer anzuschauen, und klammerte sich unwillkürlich am Lenkrad fest. Er war immer noch da, und er war immer noch Malcolm, egal, was aus dem Half Moon werden würde. Wie hatte Hugh überhaupt so schnell einen Renovierungsplan erstellen können? Malcolm musste an die Mausefallen im Keller denken, die nach verfaultem Fleisch zu stinken begannen, wenn er sie nicht rechtzeitig fand, und an die Mäuse, die stundenlang kreischten, bis sie endlich starben. Er konnte sich wirklich glücklich schätzen, damit jetzt nichts mehr zu tun zu haben.

Siobhán sagte ihnen zuerst einzeln, wie froh sie sei, dass sie es geschafft hätten. Eines Abends, als sie auf Jess' und Malcolms Veranda saßen, sagte sie es ihnen auch zusammen. Der Abend war Teil eines Testlaufs, wie Jess es nannte, um zu sehen, wie ihr gemeinsamer Freundeskreis sich verhielt. Sie war bereits ein paar anderen Freundinnen begegnet, und die meisten hatten verständnisvoll, aber zugleich angespannt reagiert. Eines Morgens beim Joggen hatte ein Paar, das sie kannte, sogar die Straßenseite gewechselt und so getan, als gäbe es etwas an einem Baum zu inspizieren, nur um nicht in ihre Richtung schauen zu müssen. Als Siobhán und Patrick abends zu Besuch kamen, hatten sie ihre Kinder daheim gelassen mit der Anweisung, rasch zu Malcolm und Jess herüberzulaufen, falls irgendetwas war. Siobhán witzelte, es sei bestimmt schon Blut an den Wänden. Jess bereitete gefüllte Jalapeños und mit Speck umwickelte Datteln zu und sprang immer wieder auf, um Getränke nachzufüllen. Sie redeten. Sie lachten. Aber Patrick vermied es, Jess direkt anzusprechen.

»Er weicht sogar meinem Blick aus«, sagte sie zu Malcolm, als sie zwischendurch kurz in der Küche waren.

»Na ja«, sagte Malcolm und hob die Schultern, als wolle er hinzufügen: Kannst du es ihm verübeln?

»Du hast gesagt, du würdest das lassen.«

»Tut mir leid. Ist nicht so einfach.«

Später spülten sie gemeinsam das Geschirr. Sie hatten einen wirklich netten, lustigen Abend mit ihren alten Freunden verbracht, und dennoch lag ein Gefühl von Trauer über ihrem Quartett. Malcolm war sicher, dass bald auch der größere Freundeskreis wieder bei ihnen vorbeischauen würde, doch Jess bezweifelte das. Von den übrigen Freundinnen hatten nur ganz wenige – zwei, um genau zu sein – ihr geschrieben, dass sie hofften, es ginge ihr gut, und ihr signalisiert, sie seien da, falls sie reden wolle. Eine der beiden war Jenny, die ihren Geburtstag an dem Abend gefeiert hatte, als Jess und Malcolm sich damals im Half Moon kennenlernten. Sie war inzwischen geschieden, lebte in Toms River und hatte Jess eine E-Mail geschickt. Sie schrieb, das Schwierigste sei, wenn Leute eine bestimmte Meinung über etwas hätten, obwohl sie gar nicht mit drinsteckten, und genau das solle Jess sich immer wieder ins Gedächtnis rufen: Diese Leute hätten keine Ahnung, und das Ganze ginge nur sie selbst etwas an.

»Jenny«, flüsterte Jess, als sie das las. Es verschlug ihr den Atem. Was hatte Jenny nur durchmachen müssen, um so weise zu werden? Und war Jess jemals für sie da gewesen? Nein. Jenny war noch ein Teenager, als sie schwanger wurde. Sie hatten sich auseinanderentwickelt.

Als sie das Geschirr abgetrocknet hatten, lehnte Malcolm sich an den Tresen und schaute Jess an. Sie schenkten sich neuerdings mehr Aufmerksamkeit, als wollten sie alles hinterfragen, was sie bis dahin voneinander gedacht hatten.

»Was hast du?«, fragte sie. Es war mittlerweile sechs Wochen her, dass sie wieder eingezogen war, sechs Wochen seit ihrem Trip nach South Carolina.

Malcolms Handy klingelte, und er warf einen kurzen Blick auf die Nummer, bevor er das Gespräch ablehnte.

»Wer ruft denn so spät noch an?«

»Erinnerst du dich an Adrian, er hat schon mehrmals versucht.«

»Was will er denn?«

»Bloß reden, nehme ich an. Er hat eine Bar auf Saint John. Läuft wohl ziemlich gut.«

Jess legte den Kopf schief, als dächte sie nach.

»Du solltest ihn zurückrufen«, sagte sie schließlich.

Malcolm suchte sich Arbeit als Tagelöhner im Tunnelbau. Er war zwar schon relativ alt dafür, aber kräftig genug, und er verdiente gutes Geld damit. Ihm gefiel die Kameradschaft unter den Jungs, aber die Arbeit war völlig anders als das, was er gewohnt war. Er brauchte keine Show mehr abzuliefern, war nicht mehr wie elektrisiert. Er brauchte nichts weiter zu tun als acht Stunden lang zu schuften und am nächsten Tag wiederzukommen. Er bekam zwar auch Angebote, Schichten als Barkeeper zu übernehmen, aber er war noch nicht dazu bereit, wieder hinter einem fremden Tresen zu stehen und Trinkgeld anzunehmen, als hätte er seinen Traum niemals wahrgemacht. An den Tagen, wo es keine Arbeit für ihn gab, ging er ins Fitnessstudio, holte sich eine Zeitung und einen Kaffee und fuhr dann zum Half Moon, um zu sehen, wie die Renovierung voranschritt. Emma arbeitete inzwischen in Upper Manhattan und war mit einem Sommelier zusammen; André hatte eine Stelle als Souschef in einer Bar, die viel schöner als das Half Moon war. Von Roddy hatte noch immer niemand gehört, was vermutlich ein gutes Zeichen war.

Manchmal musste Malcolm ganz unvermittelt an Patricks entgeisterte Reaktion denken, als er hörte, dass Jess und Malcolm wieder zusammenwaren. *Warum?*

Von Siobhán hörten sie, dass Neil dabei war, sein Haus zu verkaufen. Seine Kinder sollten das Schuljahr in Gillam noch beenden, doch danach wolle er mit ihnen nach Westchester ziehen, in die Nähe seiner Mutter, die auf sie aufpassen könne. Jess hatte es von Siobhán erfahren, die es von anderen Eltern gehört hatte. Sie grüße ihn nicht mehr, wenn sie ihm beim Abholen der Kinder vor der Schule begegne, hatte Siobhán hinzugefügt. Andere Eltern seien ihrem Beispiel schon gefolgt, vielleicht weil sie spürten, dass sie etwas gegen ihn habe.

»Hör auf, die Leute gegen ihn aufzubringen«, hatte Jess daraufhin gesagt, von einer Welle der Scham überflutet. Diese Wellen kamen häufig aus dem Nichts und ließen sie jedes Mal zur Salzsäule erstarren. Eines Morgens im Supermarkt, sie wollte gerade nach einer Packung Kaffee greifen, kam eine junge Frau mit einem Kinderwagen vorbei, in dem ein Junge in Ethans Alter saß. In diesem Moment wurde ihr wieder bewusst, was sie getan hatte, und ihre Hand schnellte vom Regal zurück, als hätte sie sich verbrannt. Es schien, als würde sie auf Schritt und Tritt von ihrer Entscheidung verfolgt.

»Gott sei Dank verschwindet er«, sagte Patrick zu Malcolm. »Dann brauchst du dich nicht mehr zu sorgen, dass er dir über den Weg läuft.«

»Er ist derjenige, der sich sorgen sollte«, sagte Malcolm, doch fast jedes Mal, wenn er zum Donut- oder Feinkostladen fuhr, suchte er den Parkplatz nach einem weißen SUV ab. Und wenn er einen entdeckte, fuhr er wieder weg.

Eines Morgens, Ende Mai, begegnete Malcolm Jackie Becker im Bagel-Shop. Sie trug Zivilkleidung, weil sie frei hatte; er erkannte sie erst, als er sich hinter ihr anstellte und sie sich umdrehte.

»Malcolm«, sagte sie. »Erst neulich habe ich an dich gedacht.«

»Wirklich? Wie geht es denn mit den Ermittlungen voran? Gibt es Neuigkeiten?«

»Hast du es noch nicht gehört? Charles Waggoner ist tot, er starb bei einem Unfall. In Panama City. Er war mit einem Taxi unterwegs.«

Malcolm traute seinen Ohren nicht. »Was sagst du da? Erst zieht er seinen Plan durch, und dann stirbt er bei einem Unfall?«

»Ganz genau. Das FBI bezweifelt den Unfall. Rob auch, aber die Angehörigen kämpfen jetzt um das Geld von der Versicherung, und dafür brauchen sie eine Sterbeurkunde.«

»Verstehe«, sagte Malcolm. »Das klingt plausibel. Aber das wird doch sicher nicht so schwer sein, wenn das Ganze auf Betrug hindeutet, oder?«

»Sollte man meinen«, erwiderte Jackie achselzuckend, während sie auf die Sandwichkarte schaute. »Die Sache liegt jetzt beim FBI, und ich kenne nicht alle Details, aber soweit ich gehört habe, wurde es in dem Moment kompliziert, als Mark Duro den Antrag auf Auszahlung gestellt hat. Hätte er damit noch ein paar Tage gewartet, wäre er damit wahrscheinlich nicht durchgekommen. Aber er hat den Antrag sehr schnell gestellt und hat eine Teilzahlung bekommen. Wenn eine Versicherungssumme einen bestimmten Betrag überschreitet, ist es anscheinend so, dass ein Teil davon sofort ausgezahlt wird und der Rest erst einen Monat später. Mark Duro hat also einen ordentlichen Batzen kassiert. Der Rest wurde zurückgehalten.«

»Entschuldige, ich kann gerade nicht folgen.«

»Inwiefern?«

»Was hat Mark Duro gemacht?«

»Er hat seinen Versicherungsanspruch geltend gemacht. Und eine Teilzahlung erhalten.«

»Ich verstehe das nicht.«

Jackie musterte ihn aufmerksam. »Er ist inzwischen sicher außer Landes.«

Sie trat an den Tresen und bestellte ihr Sandwich. Malcolm war fassungslos. Was hatte Roddy getan? Und wo steckte er jetzt? Wohl kaum bei seiner Mutter.

»Aber ich habe aus einem ganz anderen Grund an dich gedacht«, fuhr Jackie fort, während sie ihr Sandwich bezahlte. »Ich war letztens nämlich in einer Bar mit Dachterrasse. Dort stand eine Efeuwand, und als ich dahinter spähte, hab ich gesehen, dass sich dort ein potthässlicher Parkplatz verbarg. Da ist mir deine Idee mit der Dachterrasse wieder eingefallen. Ich habe gesehen, dass das Half Moon gerade renoviert wird. Setzt du deine Idee jetzt in die Tat um?«

»Oh«, sagte er. »Nein. Ich habe das Half Moon inzwischen verkauft.«

»Willst du einen neuen Laden eröffnen?«

»Ich weiß noch nicht, was ich machen will«, sagte Malcolm und trat vor, um seine Bestellung aufzugeben.

Jackie wandte sich zum Gehen, doch er hielt sie zurück. »Werden sie ihn schnappen?«

»Duro?«

»Ja.«

»Ehrlich gesagt, bezweifle ich es. Für Duro interessiert sich das FBI nur insofern, als er sie zu Waggoner führen könnte. Aber für die Versicherungsgesellschaft ist es letztendlich wohl günstiger, den Betrug einfach abzuhaken, als einem Phantom hinterherzujagen. Waggoners früherer Partner wurde inzwischen verhaftet. Er ist überzeugt, dass Waggoner noch lebt und sich in Peru aufhält. Das scheint das FBI weitaus mehr zu interessieren.«

Als Malcolm sich kurz darauf mit einem heißen Kaffee in sein Auto setzte, suchte er auf seinem Handy nach der Telefonnummer von Roddys Onkel.

»Roddy ist verreist«, sagte der Onkel. Er klang enttäuscht. »Er will mit dem Rucksack durch Asien. Ich bin mit meinem Latein am Ende, Mal. Was soll nur aus dem Jungen werden? Ich habe versucht, ihm zu helfen, aber er hört nicht auf mich. Er hat uns vorgewarnt, dass wir eine Weile nichts von ihm hören werden, aber wenn du eine Nachricht für ihn hast, kann ich sie ihm gerne ausrichten, wenn wir das nächste Mal Kontakt haben.«

»Nein«, sagte Malcolm. »Nicht nötig.«

Er bekam inzwischen Angebote als Barmanager, lehnte sie jedoch ab. Er ließ sich lediglich als Barkeeper für die Hochzeit des Freundes eines Freundes engagieren. Am Ende des Abends bekam er ein hübsches Sümmchen und sagte daraufhin für zwei weitere Hochzeiten zu. Er schaute sich eine Bar in Yonkers an, die zum Verkauf stand, und eine weitere in Riverside; beide die reinsten Bruchbuden. Er wusste nicht einmal, warum er sie überhaupt besichtigte. Sie waren weit davon entfernt, diesen Schritt noch einmal zu wagen. Auf dem Heimweg von der Bar in Riverside hielt er an, um sich ein Baseballspiel auf dem Platz anzuschauen, wo er als Kind selbst gespielt hatte. Die Jungs auf dem Feld waren vielleicht neun oder zehn. In einem anderen Leben wäre er unter den Vätern gewesen, hätte das Training an der First Base übernommen, vielleicht die Statistik geführt. In einem anderen Leben hätte er seinem Sohn auf der Home Plate zugeschaut und gehofft, er würde sich an seine väterlichen Worte erinnern, dass man Mut, Tapferkeit und mentale Stärke brauchte, um immer wieder sein Bestes zu geben. Er erinnerte sich daran, wie er einmal als Kind auf der Home Plate stand, nachdem er den Ball schon zwei Mal verfehlt hatte und sich fragte, was zum Teufel er da machte; es war ihm so peinlich gewesen, dort auf dem Präsentierteller zu stehen, vor zwanzig anderen Kindern, die nur darauf warteten, dass er ein drittes Mal patzte. Und dann, einen Moment später, gelang ihm endlich die Verbindung, er traf den Ball perfekt mit dem Schläger, es fühlte sich vollkommen richtig in seinen Händen an, als der Ball die Third-Base-Line hinunterflog.

»Bist du glücklich?«, fragte er Jess eines Abends, nachdem sie von der Arbeit gekommen und in Leggings und Hoodie geschlüpft war. Er hatte Salat und Brathähnchen zubereitet. Es war Memorial-Day-Wochenende, ein warmer Abend, und sie beschlossen, draußen auf der Veranda zu essen. Sie hatte ihm genau dieselbe Frage Jahre zuvor gestellt, und er hatte damals nicht verstanden, was sie meinte. An dem Tag, als sie zu ihm zurückgekehrt war, hatte er sich vorgenommen, sie zu fragen, falls ihm jemals Zweifel kamen.

»Ich glaube schon«, sagte sie. »Ich arbeite daran. Ich bereue es nicht, hier zu sein, falls du das meinst.«

Doch eigentlich meinte er etwas anderes.

»Denkst du manchmal an Tripp?«, fragte er.

Er las jeden Tag die Zeitung, um herauszufinden, ob Tripp verhaftet worden war. Er googlete mehrmals die Woche nach Charles Waggoner, Mark Duro und Roddy Horan, und auch nach Tripp Waggoner, Roderick Horan und Rodney, weil es ja sein konnte, dass Roddy eine Abkürzung war. Nach Tripps Firma googelte er ebenfalls. Er versuchte zu begreifen, warum Tripp kriminell geworden war.

Jess schaute ihn verblüfft an. »Nein. Du etwa?«

»Die ganze Zeit«, erwiderte er. »Was er getan hat, lässt mich einfach nicht los. Wo auch immer er gerade stecken mag, er hat jetzt ein völlig anderes Leben. Wenn er erwischt worden wäre, hätten wir es längst erfahren.« Malcolm rechnete zudem täglich damit, Roddy in den Nachrichten zu sehen. Roddy und seine dämlichen T-Shirts. Er stellte sich vor, wie enttäuscht sein Onkel wohl wäre, nach allem, was er für den Jungen getan hatte.

»Ist das dein Ernst?«

»Ja.«

»Da musst du aufpassen.«

»Ich weiß. Du hast Recht.«

Und dann, in der ersten Juniwoche, als er bei seiner Mutter war, um ein paar widerspenstige Kletterpflanzen von ihrer Hauswand zu entfernen, fiel ihm plötzlich Adrian Walsh ein. Er ging ins Haus, um sich ein Glas Wasser zu holen, und während er sich erfrischte, suchte er auf seinem Handy nach Adrians Nummer.

»Malcolm?«, sagte Adrian. »Na endlich. Ich habe schon mehrmals versucht, dich zu erreichen.«

Malcolm mochte Adrian. Es war ihm ein Rätsel, warum er so lange gebraucht hatte, ihn zurückzurufen. »Ich weiß. Es tut mir leid. Ich hatte einfach zu viel um die Ohren. Aber ich habe deine Bar in der *Neat* gesehen. Wie cool ist das denn? Gratuliere!«

»Deswegen wollte ich mit dir reden. Aber jetzt ist es vielleicht schon zu spät.«

»Zu spät wofür?«, fragte Malcolm. Durchs Fenster beobachtete er, wie seine Mutter mit der Handkelle ein kleines Loch in die Erde grub. Dann pflanzte sie eine Zinnie ein, die in einem perfekten

Ballen aus Wurzeln und Erde steckte, und klopfte die Erde darüber sorgfältig fest, als wollte sie die Zinnie zudecken. Mr. Sheridan hatte ihr die Pflanzen besorgt und sie auf der Veranda abgestellt.

»Wie ist er denn darauf gekommen?«, hatte Malcolm gefragt, als er die Blumen sah, neben Zinnien waren auch Fleißige Lieschen und Sumpfdotterblumen dabei. »Und woher wusste er, welche Farben du magst?«

»Er bringt mir jedes Jahr welche!«, hatte sie erwidert. »Er weiß es eben!«

»Ich hätte da vielleicht ein Angebot für dich«, sagte Adrian. »Ich weiß natürlich, dass du ans Half Moon gebunden bist, aber es wäre vielleicht trotzdem interessant für dich. Wenn du willst, können wir uns treffen, um darüber zu reden. Ich bin momentan in New York, zur Hochzeit meines Cousins.«

»Ich bin nicht mehr ans Half Moon gebunden. Ich habe es verkauft. Wusstest du das noch nicht?«

»Nein. Ich habe nur gehört, dass es ... na ja, dass es nicht so gut lief, um ehrlich zu sein. Deshalb wollte ich mit dir reden. Wenn du das Half Moon verkauft hast, umso besser. Hättest du denn heute ein, zwei Stunden Zeit? Bei mir geht es leider nur heute.«

»Klar«, sagte Malcolm. »Warum nicht.« Jess kam erst abends von der Arbeit.

»Super. Wo sollen wir uns treffen? In der Alibi Lounge?«

»Ich arbeite gerade im Garten. Bin also nicht fein genug angezogen. Was hältst du vom Stella's?« Malcolm mochte den gegrillten Käse mit Tomaten, den es dort gab.

Kaum sah er Adrian, fragte er sich wieder, warum er sich nicht früher bei ihm gemeldet hatte. Adrian war ein netter Kerl, kam mit allen gut aus. Er war clever, hatte an der Fordham studiert und nebenbei als Barkeeper gejobbt, um etwas dazuzuverdienen. Hugh warnte oft, dass Bargeld verführerisch sei, und Adrian erlag der Versuchung. Nach seinem Abschluss an der Fordham fand er eine Stelle in einer großen Werbeagentur. Doch als er merkte, dass ein Drittel seines Gehalts für Steuern draufging, beschloss er, lieber weiter als Barkeeper zu arbeiten. Warum Adrian ausgerechnet in Gillam gelandet war, wusste Malcolm nicht, aber er blieb ungefähr vier Jahre im Half Moon.

Adrian nahm sein Handy und zeigte Malcolm ein Foto von seiner kleinen Tochter.

»Sie ist wunderschön«, sagte Malcolm.

»Du und Jess, ihr habt keine Kinder, oder?«, fragte Adrian.

»Nein«, erwiderte Malcolm. »Aber Jess geht es gut. Alles in Ordnung.« Da Adrian wusste, dass das Half Moon nicht gut lief, hatte er wahrscheinlich auch von Jess gehört. Doch wie alle guten Barkeeper ließ er sich nichts anmerken.

»Das macht die Sache vielleicht einfacher«, sagte Adrian.

»Was meinst du damit?«

»Dazu komme ich gleich«, sagte Adrian. »Warst du schon einmal auf Saint John?«

Die Insel erholte sich noch immer von den Schäden, die die katastrophalen Hurrikane Irma und Maria im September 2017 kurz nacheinander angerichtet hatten. Adrian zeigte Malcolm Fotos der Zerstörungen und vom Zustand des Grundstücks, als er dort mit der Arbeit begann. Das Endergebnis hatte Malcolm bereits in der *Neat* gesehen.

»Die Bar läuft wirklich gut«, sagte Malcolm später zu Jess. Jess warf ihm einen Blick zu, als käme ihr das nur allzu bekannt vor. Adrian gehöre die Bar jedoch nicht, fuhr Malcolm fort, er leite sie nur, und der Eigentümer wolle nun, dass er eine neue Bar auf Maui eröffne. Er besäße schon Bars auf Anguilla sowie Turk und Caicos und plane noch eine weitere auf den Malediven. Außerdem sei er auf der Suche nach einem Grundstück an einem bekannten See in Guatemala. Der Ökotourismus erlebe gerade einen Boom. Der Eigentümer sei CEO eines IT-Unternehmens im

Silicon Valley. Er wolle sich nicht in das Alltagsgeschäft seiner Bars einmischen, ihm gefiele vor allem die Vorstellung, sie zu haben, sie seien ein Kontrapunkt zu seinem sonstigen Leben. Er wisse, dass bei bargeldintensiven Betrieben die Abwesenheit des Eigentümers ein Risiko darstelle, weshalb er besonders vorsichtig sei. Er führe seine Bars so, wie er sein IT-Unternehmen führe, biete seinen Angestellten Arbeitsverträge und Sozialleistungen, sogar Übernahme der Umzugskosten. Er organisiere jährliche Treffen für die Manager aller Standorte, damit sie Ideen austauschten. Er arbeite nur mit Leuten, denen er vertraue.

»Das bedeutet, ich könnte Adrians Platz in Saint John übernehmen, in einer gut eingeführten Bar. Wir müssten dann natürlich unser ganzes Leben umkrempeln, wären aber durch einen Vertrag geschützt. Falls es schiefläuft und er mich nach sechs Monaten feuern will, bekäme ich auf jeden Fall ein Jahresgehalt. Und wir bekämen ein Jahr lang eine kostenfreie Unterkunft. Falls es gut läuft, würde man mich wahrscheinlich bitten, entweder zu bleiben oder die Eröffnung einer neuen Filiale im Ausland zu betreuen, so wie Adrian.«

»Oder«, fügte Malcolm hinzu, als Jess nichts sagte, »ich lasse den Vertrag nach einem Jahr auslaufen.«

»Und wenn du das Angebot annehmen würdest …«

»Dann würdest du mitkommen, hoffe ich. Eigentlich verabscheust du deinen Job doch, Jess. Oder?«

»Eigentlich verabscheue ich eher die Pendelei als den Job«, sagte Jess. »Aber davon mal abgesehen: Ich kann nicht einfach kündigen. Das können wir uns nicht leisten.«

»Du meinst damit, dass wir uns das hier nicht leisten können. Aber dort? Wir könnten unser Haus verkaufen. Und ein ganzes Jahr lang umsonst wohnen. Danach wird es vermutlich teuer, das stimmt, aber wir bräuchten ja nicht auf Saint John zu bleiben, wir könnten woanders hin. Und werden Anwälte nicht überall gebraucht?«

»Das ist doch verrückt.«

»Vielleicht. Aber wir hatten beide schon verrücktere Ideen, oder?«

Jess verzog den Mund und starrte an die Decke.

»Wie oft hören wir die anderen sagen, sie hätten das Gefühl, hier festzustecken. Aber wir? Wir stecken nicht so fest wie sie. Warum sind wir dann noch hier?«

Jess runzelte die Stirn. »Was ist mit deiner Mom?«

»Darüber mache ich mir natürlich auch Gedanken. Ich will damit nur sagen, dass ich nicht die nächsten vierzig Jahre im gleichen Trott verharren will, falls wir überhaupt so lange leben. Und ich weiß, dass du das auch nicht willst.«

»Du liebst deinen Trott. Du bist der einzige Mensch, den ich kenne, der sonntagsnachmittags gern zu Food King geht.«

Malcolm stand auf und begann auf und ab zu gehen. »Ja, das stimmt. Aber ich kann mir trotzdem gut vorstellen, eine Pause einzulegen. Kann man denn nicht zwei Dinge gleichzeitig wollen? Ich sehne mich danach, mal etwas anderes zu sehen. Irgendwohin zu gehen, wo uns niemand kennt. Nach allem, was passiert ist, habe ich wirklich das Gefühl, dass ich hier weg muss. Ich brauche einen Tapetenwechsel. Einen Neuanfang.«

»Das verstehe ich«, sagte Jess und lehnte sich zurück, um nachzudenken. Sie sah ihn an; er wähnte sich schon in Flip-Flops am Strand. Wenn sie New York für ein Jahr verließen, konnte sie ihre Stelle bei Bloom vergessen. Aber sie malte sich bereits aus, wie sie auf Saint John eine sonnige Straße entlangspazierte; beim Zwischenstopp einer dreitägigen Junggesellinnenabschieds-Kreuzfahrt hatte sie die Insel schon einmal kurz besichtigt. Ein Ort, wo niemand sie kannte.

»Und wie soll das laufen? Du brauchst nur Ja zu sagen, und schon hast du diesen tollen neuen Job?«

»Nein, zuerst muss ich mich mit dem Eigentümer treffen. Zum Vorstellungsgespräch. Aber ich kriege den Job garantiert.«

Jess starrte ihn einen Moment lang an, dann lachte sie. »Du bist wirklich unglaublich von dir eingenommen, weißt du das?«

Als Malcolm alle Informationen bekommen hatte, suchte Jess im Internet nach dem Eigentümer. »Der Typ ist der totale Nerd«, sagte sie. »Mal sehen, was da noch steht. Oh! Er kommt aus der Bronx. Sein Dad war Busfahrer. Seine Mutter starb, als er noch ein Kind war.«

»Dann ist er also wie wir«, sagte Malcolm.

»Und wie ungefähr hundert Millionen andere«, sagte sie, aber sie wusste natürlich, was er meinte.

Der Eigentümer hieß Noah Grayson. Er und sein Assistent hatten insgesamt vier Kandidaten interviewt und jeden für einen Tag nach Key West eingeflogen. Malcolm war der fünfte. Hinterher hatte er das Gefühl, dass das Gespräch ganz gut gelaufen war. Er hatte verschiedene Fragen zu Budgetierung, Lieferantenverhandlungen und Personalführung beantwortet und Geschichten über die wildesten Partys im Half Moon zum Besten gegeben. Bei den Fragen über Marketing und Werbung hatte er weniger gut abgeschnitten. Mit sozialen Medien kannte er sich nicht aus, aber immerhin hatte er die beiden zum Lachen gebracht. Er sollte ihnen drei Drinks mixen, zwei nach ihren Vorgaben und einen improvisierten. Danach gingen sie mit ihm am Jachthafen spazieren, und Noah fragte ihn, ob er einen Bootsführerschein hätte. Nein, gab er zu, während er die auf dem Wasser schaukelnden Boote beobachtete. Später fragte Noah, wo sein Lieblingsstrand sei. Beach Haven, New Jersey, antwortete Malcolm.

»Beach Haven kenne ich. Wir waren oft auf Long Beach Island«, sagte Noah.

Aber Malcolm hatte Beach Haven nur deshalb genannt, weil dieser Strand als schönster von Jersey galt und weil er mit dieser Antwort auf der sicheren Seite war. Aber wollte er wirklich so tun, als kannte er einen Ort, an dem er noch nie gewesen war?

»Entschuldigung. Das stimmt gar nicht. Mein Lieblingsstrand heißt Sunset Cove. Mein Freund Patrick nennt ihn immer Cigarette Cove. Der Strand liegt an einem See, etwa drei Stunden nördlich von Manhattan. Ehrlich gesagt, ist er nicht besonders schön, aber ich liebe ihn trotzdem. Vielleicht ist er inzwischen sauberer. Ich war schon lange nicht mehr dort.«

Noah lehnte sich in seinem Stuhl zurück. »Der Name sagt mir nichts.«

»Der Strand ist auch kaum bekannt.«

»Und was genau lieben Sie an diesem Strand?«

Doch wie sollte Malcolm Liebe erklären?

»Ihnen kommt es mehr darauf an, mit wem Sie zusammen sind«, sagte Noah schließlich.

»Ja, natürlich«, sagte Malcolm. »Was haben die anderen denn geantwortet?«

Gleich am nächsten Morgen rief ihn Noahs Assistent an. Sie wollten, dass er in drei Wochen anfing. Kaum war das Gespräch zu Ende, überlegte Malcolm, was er bis dahin noch alles erledigen musste. Der erste Punkt, der ihm Kopfzerbrechen bereitete, war seine Mutter. Würde sie ohne ihn überhaupt zurechtkommen? Er musste Mary einweihen und ein offenes Gespräch mit Mr. Sheridan führen. Er fragte Noahs Assistenten, ob der Zeitplan flexibel sei, doch sie hatten ihre Entscheidung schon mehrmals verschoben, weil Adrian so lange gebraucht hatte, ihn zu erreichen.

»Das verstehe ich natürlich«, sagte Malcolm. »Drei Wochen sind ja genug. Ich brauche nur einen Tag, um darüber nachzudenken, in Ordnung?«

»Nehmen Sie sich das ganze Wochenende«, sagte der Assistent.

Zuerst wollte er Jess auf der Arbeit anrufen, um ihr die Neuigkeit zu verkünden, doch dann beschloss er, nach Manhattan zu fahren und sie zu überraschen. Er hatte sie noch nie bei Bloom besucht, obwohl sie schon drei Jahre dort arbeitete.

»Wo bist du?«, fragte Jess ungläubig, als er aus der Lobby anrief. Dann sagte sie ihm, er solle auflegen und den Security-Mitarbeiter bitten, sie anzurufen. Als er seinen Sicherheitsausweis bekommen hatte und Jess' Etage erreichte, erwartete sie ihn bereits am Aufzug, um ihn über das glänzende Parkett zu führen, das sich zwischen den großen Glastüren und ihrem Büro erstreckte. Dabei fiel ihr auf, dass alle, an denen sie vorbeikamen, die Hälse reckten. Malcolm war braungebrannt von der vielen Gartenarbeit und von seinem Tag in Florida. Er hatte seit Jahren nicht mehr so gut ausgesehen.

Er lächelte, als sie zu ihm hinübersah, und mit einem Mal wirkten ihre stundenlang unter Leuchtstoffröhren sitzenden Bürokollegen blass und kränklich.

»Rate mal, was passiert ist«, sagte er, als sie vor ihrer Bürotür standen, und umschlang ihre Taille. Ihre Assistentin kicherte.

»Es ist wie bei der Geschichte mit dem Boot, die ich dir mal erzählt habe, weißt du noch, Jessie? Als ich versucht hab, zu der Plattform zu schwimmen, und von dem Boot aufgesammelt wurde?«

»Wie meinst du das? Redest du von dem Job? Hast du ihn?«

»Es war doch von Anfang an klar, dass es klappen würde.«

Maureen Ryan war von dem Plan begeistert und erklärte sich bereit, sich um ihr Haus zu kümmern, bis es verkauft war. Sie habe selbst vor, bald aus Gillam wegzuziehen, sagte sie. Ihre Freundinnen zögen alle nach Florida, in eine Siedlung für Leute ab fünfundfünfzig namens The Villages; sie sei so groß, dass sie eine eigene Postleitzahl habe. Dort tränken sie schon mittags Bloody Marys und führen den ganzen Tag mit Golfmobilen herum. Zum Essen träfen sie sich immer bei irgendwem, und alle brächten etwas mit. Niemand bliebe allein zu Hause.

»Ich hätte nie damit gerechnet, dass ich mal dorthin ziehen würde. Wenn ihr ...« Sie unterbrach sich, doch es war klar, was sie hatte sagen wollen. Wenn ihr Kinder bekommen hättet. Wenn ich Großmutter geworden wäre. Wenn ich ein paar Blocks weiter eine Enkelin hätte, die zur Schule gebracht werden müsste. Aber so ...

Gail Gephardt dagegen reagierte verblüfft und schien eher daran zu zweifeln, dass es das Richtige war.

»Wirklich?«, sagte sie, als Malcolm ihr alles erzählt hatte. »Na, das ist ja eine Überraschung.«

Sie saßen zu zweit in ihrer Küche; im Radio lief der Sender von Fordham, der sonntags irische Musik brachte, die hörte sie gern. »Wie aufregend«, fügte sie hinzu, doch ihre Stimme klang zögernd. »Und Jess? Kommt sie mit?«

Er sah ihr an, dass sie sich sorgte. Er sah ihr an, wie viele Gedanken sie sich um ihn, ihren Jungen, machte. So ist das, wenn man Kinder hat, hätte er am liebsten zu Jess gesagt. Man ist selbst dann noch krank vor Sorge, wenn der Nachwuchs schon Mitte vierzig ist.

»Ja«, erwiderte er. Sie wirkte erleichtert.

»Das ist gut«, sagte sie und beugte sich vor, um sein Gesicht zu umfassen; das war ihr gemeinsames Ritual, seit er sich erinnern konnte. »Ihr habt einander immer so gutgetan, du und Jess. Früher habt ihr immer die halbe Nacht auf der Veranda gesessen und geplaudert. Weißt du noch? Ich habe es geliebt, euch zuzuhören. Ich bin froh, dass ihr wieder zueinander gefunden habt.«

Patricks Frage schoss ihm wieder durch den Kopf, wie so oft in letzter Zeit: *Warum?*

»Aber was ist mit dir? Wirst du hier zurechtkommen?«

»Ich?«, lachte sie.

»Du bist manchmal etwas durcheinander. Das weißt du doch. Was machst du, wenn ich nicht da bin?«

»Mag sein, dass ich manchmal etwas durcheinander bin, aber das sind andere auch. Und wenn was ist, rufe ich Artie an. Das mache ich doch ohnehin schon. Dich rufe ich nur an, wenn ich ihn nicht erreichen kann. Du hast ja so viel zu tun, aber Artie ist immer da. Was ist schon ein Jahr. In meinem Alter vergeht ein

Jahr wie im Flug. Was soll sich in dieser Zeit schon groß ändern. Und falls du beschließt, länger zu bleiben ...«

Sie ließ den Gedanken unausgesprochen.

»Jedenfalls will ich nicht, dass du meinetwegen hierbleibst, Junge. Das wäre mir wirklich nicht recht.«

»Du rufst Artie zuerst an?«, fragte Malcolm verblüfft. »Ma, hast du was mit Mr. Sheridan? Läuft da was zwischen euch?«

»Ob da was läuft?« Sie begann zu kichern und hielt sich den Mund zu, weil sie ihre Zahnprothese nicht trug.

Er rief Noahs Assistenten an, um mitzuteilen, dass er die Stelle annahm, und der Assistent organisierte sofort einen Telefontermin mit dem Umzugskoordinator. Später, als Malcolm sich in der Küche ein Sandwich machte, während im Fernsehen die Nachrichten liefen, hörte er plötzlich den Namen Charles Waggoner. Eine gefaltete Schinkenscheibe haltend ging er ins Wohnzimmer und erblickte Tripp, der in Handschellen abgeführt wurde; er hatte einen grauen Vollbart, der ihm bis zur Brust reichte. Der Reporter berichtete, ihm werde Betrug in acht Fällen, Geldwäsche, Meineid und Diebstahl zur Last gelegt. Die Polizei habe ihn auf einer Quinoa-Biofarm im Valle Sagrado in Peru aufgespürt, wo er unter falschem Namen gelebt und sich als Großhändler ausgegeben habe. Sie hätten dort bereits nach ihm gesucht und seien ihm schließlich auf die Fährte gekommen, weil in einem nahegelegenen Internetcafé mehrere Google-Suchen nach Charles Waggoner und dessen Kindern durchgeführt worden seien.

Er werde nun an die Staaten ausgeliefert, wo ihm innerhalb von sechs Monaten der Prozess gemacht werde. Roddy wurde nicht erwähnt.

Nur wenige Minuten später erreichte Malcolm eine ganze Flut von aufgeregten Chat-Nachrichten; Emma und die anderen aus dem Half Moon konnten es kaum fassen, dass einer ihrer früheren Stammgäste ein gesuchter Verbrecher war, der nun die

Schlagzeilen beherrschte. Roddy war auch im Gruppenchat, aber der Einzige, der nicht reagierte.

Kurz darauf bekam Malcolm eine Nachricht von Jess.

Heilige Scheiße. Hast du die Nachrichten gesehen?

Nach vier Tagen konnte er sich nicht länger gedulden und schickte Roddys Onkel eine Nachricht. Er habe noch ein paar Sachen von Roddy, aber Roddy reagiere nie auf seine Anrufe. Ob er eine neue Nummer habe? Oder sei er noch verreist?

Der Onkel rief sofort zurück. Roddy habe anscheinend jemanden kennengelernt, seufzte er. Er werde bis auf weiteres nicht zurückkommen. Das habe er seiner Mutter per Postkarte mitgeteilt. Er habe nicht einmal den Anstand besessen, sie anzurufen, das schlage dem Fass nun wirklich den Boden aus.

»Schmeiß das Zeug einfach weg«, sagte sein Onkel. »Was auch immer es ist.«

»Alles klar.«

Als er aufgelegt hatte, war Malcolm minutenlang wie gelähmt. Er konnte es kaum glauben. Roddy würde damit durchkommen.

Sie packten alles, was ging, zusammen, und räumten das Haus für Besichtigungen auf. An den Wochenenden fuhren sie morgens weg, um wandern zu gehen und unterwegs zu frühstücken, während Fremde sich das Haus anschauten und feststellten, wie klein die Schränke waren und dass die Küche dringend renoviert werden musste. Die Leute, die kamen, waren entweder frisch verheiratete Paare oder Paare mit Kind, die weiteren Nachwuchs planten. Malcolm fragte Jess, ob er die Sachen auf dem Dachboden, die sie in all den leidvollen Jahren gesammelt hatte, ohne sie zusammenpacken sollte, aber sie sagte nein, sie könnten das gemeinsam erledigen. Er solle sich keine Sorgen um sie machen. Es gehe ihr gut. Ihm auch?

Als sie auf dem muffigen Dachboden waren, packten sie den Inhalt der vielen kleinen Tüten mit Babywäsche in zwei riesige Kisten. Dann kümmerten sie sich um die Spielsachen und Dinge, die sich nicht einordnen ließen. Sie kamen überein, alles zu spenden, statt die Sachen an den Straßenrand zu stellen und zuschauen zu müssen, wie die Leute sie durchwühlten. Jess fand ein Frauenhaus, das die Spenden gut gebrauchen konnte.

»So etwas hatte ich früher auch«, sagte Jess und drehte am buntgemusterten Ball eines Baby Walkers. Sie hatte mit einem ganz ähnlichen Gestell auf vier Rollen laufen gelernt. Zu ihren frühesten Erinnerungen zählte, wie ihr Vater versuchte, das Ding noch festzuhalten, bevor sie damit die Stufen hinunterfiel, und dass er ihr danach einen festen Klaps aufs Bein gab und sie ermahnte, nie wieder in die Nähe der Treppe zu gehen.

»Ich hatte auch so etwas«, sagte Malcolm. Das Gestell besaß ein kompliziertes System aus Gurten und Schnallen. Es erschien ihm unvorstellbar, sich mit solchen Dingen jemals auszukennen.

»Schon komisch«, sagte er.

»Was meinst du?«, fragte sie.

Doch er konnte es nicht sagen. Gefühle in Worte zu fassen, fiel ihm schwer, selbst Jess konnte er sie kaum begreiflich machen, geschweige denn sich selbst. Er erinnerte sich an seine Kindheit, an all die Dinge, zu denen er sich fähig fühlte, all die Straßen und Wege, die vor ihm abzweigten, all die Möglichkeiten. Aber letzten Endes konnte er nur ein Leben haben, nur einer Straße folgen. Er konnte sich umdrehen oder innehalten, aber er konnte unmöglich zwei Wege gleichzeitig beschreiten. All das, worauf sie verzichtet hatten – Dinge, Orte, Menschen – prägte sie genau so wie all das, worauf sie nicht verzichtet hatten, wie Negativformen auf einem Foto oder Bild. Auch die Leben, die sie nicht führten, waren da und stets bei ihnen. Erst nach und nach erkannte er, wie diese Entscheidungen das Leben prägten.

Während Malcolm sich auf Saint John eingewöhnte, wollte Jess sich um alles kümmern, was es in Gillam und auf ihrer Arbeit noch zu organisieren gab, um ihm dann einige Wochen später zu folgen. Eines Abends kam Mr. Sheridan vorbei und unterhielt sich mit Malcolm auf der Veranda. Er beschränkte sich auf praktische Aspekte: dass Gail eine Schmutzwasserpumpe im Haus brauche, dass sie sich nicht davon abhalten ließe, auf die Leiter zu steigen und ihre Hecken selbst zu schneiden, obwohl es gefährlich sei. Er hoffe, sie erlaubte ihm endlich, ihre Badewanne durch eine barrierefreie Dusche zu ersetzen, um Stürzen vorzubeugen. Sein eigenes Haus habe er schon vor Jahren seniorengerecht umgestaltet, weil es ja keinen Sinn mache, die Augen vor dem Unvermeidbaren zu verschließen. Er wiederholte, was Gail schon zu Malcolm gesagt hatte; ein Jahr verginge wie im Flug, Malcolm und Jess schauten ja sicher hin und wieder vorbei, und er und Gail könnten ja auch zu Besuch kommen, wenn Malcolm nichts dagegen hätte. Auf Saint John seien sie beide noch nie gewesen.

»Jedenfalls wollte ich dir nur sagen, dass du dir keine Sorgen zu machen brauchst«, sagte Mr. Sheridan. »Ich kümmere mich um deine Mom. Das mache ich ja schon lange. Wenn ich zum Arzt muss, vereinbare ich jetzt immer Termine für uns beide und nehme sie mit.«

»Also kümmern Sie sich schon um sie, seit mein Vater gestorben ist«, sagte Malcolm. »Tut mir leid, dass es mir nicht klar war.«

»Sogar noch länger«, erwiderte Mr. Sheridan. Malcolm beschloss, sich jeden weiteren Kommentar zu verkneifen und später mit Jess darüber zu reden.

»Ich bin froh, dass Jess und du wieder zusammengefunden habt«, fügte Mr. Sheridan hinzu. »Deine Mutter ebenfalls.«

»Ich auch«, sagte Malcolm; noch ein Thema, auf das er nicht weiter eingehen wollte. »Das Leben ist kompliziert, nicht wahr?«

»Komisch«, sagte Mr. Sheridan. »Ich wollte gerade das Gegenteil sagen. Das Leben ist eigentlich ganz einfach, wenn man sich auf das konzentriert, was wirklich wichtig ist.«

Warum?

Weil er sie liebte.

Malcolms Flug ging morgens um zehn nach sieben. Er schlug vor, den Bus zum Flughafen zu nehmen, doch Jess war Frühaufsteherin und bestand darauf, ihn zu fahren, zumal sie sich erst ein paar Wochen später wiedersehen würden. Sie beschlossen, um viertel nach fünf aufzubrechen, das sei früh genug an einem Freitag im Hochsommer, wenig Verkehr. Doch sie waren so müde, dass sie erst gegen halb sechs loskamen und sich beeilen mussten; der Flughafen war vierzig Autominuten entfernt, und in Queens verfuhren sie sich zu allem Überfluss auch noch wegen einer Baustelle. Jess konnte nicht begreifen, dass ihr das auf einer Strecke passierte, die sie doch eigentlich wie ihre Westentasche kannte; sie wurde immer panischer. Sie war bis spät in die Nacht aufgeblieben, um herauszufinden, wie die Insel im Notfall evakuiert wurde, und dabei auf zig Bilder von Verwüstungen durch den letzten Hurrikan gestoßen. Nun beugte sie sich immer wieder übers Lenkrad, um nach Flugzeugen Ausschau zu halten, die ihr als Wegweiser dienen konnten.

Früher hatte sie sich nie so gesorgt.

»Wir haben uns nicht verfahren«, sagte Malcolm. Er las ihr die Wegbeschreibung vor, die über mehrere Einbahnstraßen, enge Seitenstraßen und breite Boulevards führte, und schon waren sie wieder auf dem richtigen Weg.

Als sie am Flughafen ankamen, war alles ruhig, als wäre er noch geschlossen; kein Cop weit und breit, der sie wegscheuchen würde. Jess hielt direkt vorm Eingang.

»Hast du alles dabei?«, fragte sie.

»Ich glaube schon«, sagte er und blickte auf die Fußgängerbrücke, die das Terminal mit dem Parkdeck verband, dann auf den kobaltblauen Himmel, der über allem leuchtete. Ein älterer Mann zog lächelnd seinen Rollkoffer hinter sich her, als er die Straße überquerte. »Guten Morgen!«, rief Malcolm ihm zu, als er aus dem Auto stieg.

Jess schüttelte den Kopf. Aber es war Malcolms Sache. Wenn er seinen Flug noch erwischen wollte, musste er rennen, und dabei würde er vermutlich jeden grüßen, an dem er vorbeisprintete.

Sie stieg ebenfalls aus, um ihn zum Abschied zu umarmen.

»Alles in Ordnung, Jess?«

»Was, wenn es nicht klappt mit diesem Neuanfang, wie du es nennst?«

Mit einem Mal, so schien es, füllte sich die Fahrbahn mit Autos, ein Cop ließ seine Trillerpfeife ertönen, Airline-Mitarbeiter wiesen den Leuten den Weg. Es war, als öffnete der Tag seine Türen und ließe alle hereinströmen. Malcolm strich über seine Tasche, um sich zu vergewissern, dass er seine Brieftasche dabeihatte. Er checkte sein Handy. Der Fahrer eines großen schwarzen Lastwagens hupte, während dicht über ihren Köpfen der weiße Bauch eines Flugzeugs erschien, und Malcolm stellte sich vor, wie er und die Menschen um ihn herum immer kleiner wurden, während das Flugzeug emporstieg und alles, was es in sich trug, mit ins Blau nahm.

»Wir sind noch nicht einmal dort. Warum machst du dir so viele Sorgen?«

»Wir haben das alles gar nicht richtig durchgesprochen. Was passiert, wenn es uns dort nicht gefällt, oder wenn ich keine Arbeit finde, oder wenn dein Vertrag nicht verlängert wird, oder …«

Während sie sprach, fuhr sie ihm mit den Händen die Arme hoch bis zu den Schultern, verschränkte die Finger in seinem Nacken und hielt ihn fest. Einen Moment lang fühlte er sich überwältigt von allem, was schon hinter ihnen und noch vor ihnen lag. Er gab ihr einen Kuss auf den Kopf.

»Was dann passiert? Wir kommen zurück nach Hause. Ganz einfach. Wir packen unsere Sachen, und schon sind wir wieder hier.«

DANKSAGUNG

VON GANZEM HERZEN danke ich Eleanor Henderson, Brendan Mathews und Callie Wright dafür, dass sie schon seit vielen Jahren alles, was ich schreibe, als Erste lesen und durch ihr Input dazu beitragen, dass aus einem schlechten Text ein guter wird.

Meinen tiefsten Dank an Jeanine Cummins, Catherine Keane, Annette Keane und Anna Solomon für ihr Feedback zu späteren Entwürfen. Ihr Enthusiasmus hat mich in dem Glauben bestärkt, dass diese Geschichte Potenzial hat.

Danke an Seamus Keane, Danny Keane und Jimmy McMorrow für die Beantwortung unzähliger Fragen zum Beruf des Barkeepers.

Danke insbesondere an Taylor Duck und Callie Wright, aber auch an die vielen anonymen Frauen in verschiedenen Online-Selbsthilfegruppen, die mir von ihren zutiefst persönlichen Erfahrungen mit künstlicher Befruchtung berichtet haben.

Danke an meine brillante Lektorin Kara Watson, durch deren wohlüberlegte Fragen dieser Roman noch stärker wurde. Danke an meinen Agenten Chris Calhoun und alle bei Scribner und Simon & Schuster, die mich dabei unterstützt haben, *Sieben Tage einer Ehe* zur Welt zu bringen: Jon Karp, Nan Graham, Brian Belfiglio, Wendy Sheanin, Stu Smith, Jaya Miceli, Emily Polson und Ashley Gilliam, um nur einige zu nennen. Ich weiß ihr großes Engagement für dieses Projekt sehr zu schätzen.

Danke an Jess Leeke von Penguin Michael Joseph und Jenny Meyer von der Jenny Meyer Literary Agency. Das sind nun vier gemeinsame Bücher, und es geht weiter!

Danke an meine Eltern dafür, dass sie mich immer wieder anspornen. Und vor allem danke an Marty und unsere Jungs, die es in Kauf genommen haben, dass ich mich ausgerechnet während des Lockdowns mit diesem Buch beschäftigt habe. Die seltsame und schwer zu beschreibende Einsamkeit der ersten Covid-19-Wochen steckt in dieser Geschichte. Ich möchte mit niemandem außer euch drei zu Hause eingesperrt sein. Und jedes Mal, wenn ich ein Monopoly-Brett sehe, werde ich daran denken, wie gemein ihr geschummelt habt.